U0551007

燦爛千陽

A Thousand Splendid Suns

Khaled Hosseini

卡勒德・胡賽尼——著　　李靜宜——譯

獻給 Haris 還有 Farah

你們是我眼中的光亮

也獻給阿富汗的女子

第一部

1

瑪黎安五歲的時候第一次聽到「哈拉密」這個詞。

那天是星期四。一定是，因為瑪黎安記得她那天坐立難安，心神不寧，她只有在星期四才會這樣。星期四，是嘉里爾到小屋來看她的日子。在還沒看見他穿過草長及膝的空地、揮著手走來之前，為了打發等候的時間，瑪黎安爬上椅子，拿下她母親的茶具。這套茶具是瑪黎安的母親，娜娜，僅有的亡母遺物。娜娜的母親在她兩歲的時候過世了。這一套白底藍花的瓷器，娜娜每一件都非常珍惜，她愛那茶壺壺嘴的優美線條、手繪的雀鳥與菊花圖樣，還有糖罐上用來嚇退邪魔的龍。

就是那個糖罐，從瑪黎安的指間滑落，掉在小屋的木頭地板上，摔得粉碎。

娜娜看見糖罐摔碎的時候，臉漲得通紅，上唇顫抖，而她的眼睛，無論是弱視或視力正常的那隻眼睛，都一眨也不眨地直瞪著瑪黎安。娜娜一副氣瘋了的模樣，讓瑪黎安很擔心靈魔[1]會再度跑進她母親的身體裡。但是靈魔沒上身，這次沒有。娜娜一把抓住瑪黎安的手腕，拉到面前，咬牙切齒地說：「妳這個笨手笨腳的小哈拉密。我吃盡苦頭，結果得到的是這種報應！一個打破傳家之寶、笨手笨腳的小哈拉密。」

當時，瑪黎安並不了解。她不知道「哈拉密」——私生子——這個詞是什麼意思。而且她也還不夠大，不懂什麼叫公平或不公平，更不知道真正該受譴責的是創造哈拉密的人，而不是哈拉密。因為哈拉密唯一的過錯就只是降生於世。但是，娜娜說出那個字眼的樣子，讓瑪黎安猜都猜得出來，哈拉密是個醜陋、討人厭的東西，就像小蟲子，就像跑得飛快、老是被娜娜咒罵著趕出小屋的蟑螂。

後來，瑪黎安年紀大一點時，終於明白了。是娜娜說出那個字眼的樣子——簡直不是用「說」的，而是像吐口水似的——讓瑪黎安痛苦不堪。她這才了解娜娜的意思：哈拉密是沒有人想要的東西。因為她，瑪黎安，是個沒有合法地位的人，這輩子絕對不能享有其他人所擁有的東西，例如愛，例如親人、家庭，或接納。

嘉里爾從來沒有這樣叫過瑪黎安。嘉里爾說她是他的小花兒。他喜歡抱她坐在膝上，說故事給她聽，就像那回他說起赫拉特的故事，這個瑪黎安在一九五九年出生的城市，曾經是孕育波斯文化的搖籃，是許多作家、畫家與蘇菲教徒[2]的家鄉。

「妳只要一伸腿，就會踢中一個詩人的屁股。」他笑著說。

嘉里爾告訴她佳哈．沙德王后的故事，他說在十五世紀時，王后築起著名的宣禮塔，歌頌她對赫拉特的鍾愛。他為瑪黎安描繪赫拉特的景色，那綠油油的麥田、果園、結實纍纍的葡萄藤、城裡人潮擁擠的拱頂市集。

「那裡有棵開心果樹。」有一天嘉里爾說：「樹下呢，瑪黎安優[3]，埋著有史以來最偉大的詩人賈米。」他彎下身，低聲說：「賈米[4]是五百多年前的人，是真的。我帶妳去過那裡一次，去看那棵樹。

1 jinn，伊斯蘭傳說中的魔怪，有超靈能力，善者可助人完成心願，惡者將施邪道危害生命。
2 Sufi，伊斯蘭神祕教派，主張透過個人親身體驗，感知體會神愛與神知的真理。
3 jo，赫拉特地區對親近之人的稱呼，等同於喀布爾地區的「將」(jan)。
4 Jami（1414-1492），波斯知名詩人，作品呈現蘇菲教派的神祕色彩。

那時候妳還很小。不記得了。」

這倒是真的，瑪黎安並不記得。儘管她人生的這十五個年頭，就住在離赫拉特徒步可及的範圍，但瑪黎安從沒見過故事裡的那棵樹。她從未挨近看過那些著名的宣禮塔，也從未在赫拉特的果園摘過果子，或在麥田裡漫步。但是每回嘉里爾一談起這些事，瑪黎安總是聽得入迷。她欽佩嘉里爾通曉世事的豐富知識。有位知道這些事情的父親，讓她驕傲得無法自已。

「騙死人不償命！」嘉里爾離開之後，娜娜說：「有錢人盡撒大謊。他從來沒帶妳去看過什麼樹。別讓他把妳迷昏頭。他背叛了我們，妳那個親愛的父親。他把我們掃地出門，把我們趕出他那棟富麗堂皇的大豪宅，好像我們在他眼裡一文不值似的。他還樂得很呢。」

瑪黎安乖乖聽著。她從來就不敢對娜娜說，她有多討厭她用這樣的口吻議論嘉里爾。事實是，在嘉里爾身邊，瑪黎安完全不覺得自己是個哈拉密。每個星期四，嘉里爾來看她的那一、兩個小時裡，所有的微笑、禮物與寵愛，都讓瑪黎安覺得自己值得擁有生命裡一切美好、豐厚的恩賜。也就因為如此，瑪黎安深愛嘉里爾。

雖然她必須與別人分享他。

嘉里爾有三個妻子，九個子女，九個合法的子女。對瑪黎安來說，他們全都是陌生人。他是赫拉特屈指可數的有錢人，擁有一家戲院，瑪黎安從沒去過，但是她堅持要嘉里爾描述給她聽，所以她知道戲院正面外牆貼的是藍色與黃褐色拼花的赤陶磁磚，而戲院裡有私人的包廂座席，格子雕花的天花板。雙扉大門通往鋪著磁磚的大廳，一幅幅印度電影海報貼在玻璃櫥窗裡。嘉里爾有一次說，每逢星期二，小孩可以在販賣區獲贈免費冰淇淋。

他提到這件事的時候，娜娜故作嫻靜地笑了笑，等他離開小屋之後，才不屑地說：「那些陌生人家的小孩有冰淇淋吃。妳呢，瑪黎安，妳有什麼？冰淇淋的故事而已。」

除了戲院，嘉里爾還在卡洛哈和法拉哈等地擁有地產、三家地毯店、一間服裝店，和一輛一九五六年分的黑色別克轎車。他是赫拉特最長袖善舞的人，是市長與省長的朋友。家裡有廚師、司機和三個佣人。

娜娜以前也在他家當佣人。直到她肚子大起來為止。

娜娜說，東窗事發的時候，嘉里爾一大家子全倒抽一口氣，幾乎把全赫拉特的空氣吸個精光。他的姻親們誓言動武雪恥，他的妻子們吵著要他把她趕出家門。娜娜自己的父親，古爾達曼村的一個貧賤石匠，也不認她這個女兒。他覺得很丟臉，於是收拾行囊，搭上一輛開往伊朗的巴士，再也不見蹤影，音信全無。

一天清晨，娜娜在小屋外面餵雞的時候說：「有時候。我真希望我父親有勇氣磨利他的刀，做他該做的高尚的事。或許那樣對我比較好。」她又丟了一把穀粒到雞群裡，頓了一下，看著瑪黎安說：「或許對妳也比較好。知道自己是什麼樣的人，只會讓妳更難過而已。可惜我父親他太懦弱了。他沒有勇氣。」

嘉里爾也沒有勇氣，娜娜說，不敢做高尚的事。不敢挺身對抗他的家族，對抗他的妻子和姻親，為自己所做的事負起責任。他反而關起門來，馬上搞定了顧及顏面的條件。第二天，他要她從一直住的佣人房裡打包僅有的一些物品，打發她離開。

「妳知道他為了替自己辯護，是怎麼跟他老婆說的嗎？說我是自己送上門去的。全是我的錯。懂嗎？女人活在這個世界上就是這麼回事。」

娜娜放下飼料碗，用一根手指支起瑪黎安的下巴。

「看著我，瑪黎安。」

瑪黎安很不情願地順從。

娜娜說：「現在就好好學會吧，我的女兒：男人問罪的手指找到的永遠是女人，就像指南針的針永遠指向北方。永遠都是這樣。牢牢記住吧，瑪黎安。」

2

「對嘉里爾和他老婆來說，我是豬玀草，是艾草。妳也一樣。打從妳還沒出生的時候就是。」

「什麼是豬玀草？」瑪黎安問。

「雜草啊。」娜娜說：「妳想要拔掉、丟掉的東西。」

瑪黎安暗暗皺起眉頭。嘉里爾沒當她是雜草。他從來沒有。但是瑪黎安覺得，最好還是別頂嘴。

「和雜草不一樣的是，我被移到別的地方去種，妳懂嗎？給我吃的喝的。多虧了妳啊。這是嘉里爾和他家裡談好的交換條件。」

娜娜說她不要住在赫拉特。

「幹麼？看他成天載著他那些老婆在城裡到處轉啊？」

她說她也不要住她父親的房子。那幢人去屋空的房子坐落在陡峭的山坡上，就在赫拉特以北兩公里外的古爾達曼村。她說她要住在更遠、更偏僻的地方，她不要有街坊鄰居盯著她的肚子看，不要有人指指點點，輕蔑訕笑，甚至更糟的，虛情假意故作親切傷害她。

「這樣。」娜娜說：「妳父親他從此不必再看見我，還真的鬆了一口氣。正合他意呢。」

建議她搬到這片空地來的人是穆辛，嘉里爾第一個妻子哈狄佳所生的第一個兒子。這塊地位在古爾達曼村外。要到這裡，必須離開赫拉特通往古爾達曼的主要道路，另外走一條坑坑疤疤的上坡泥土路。泥土路兩旁全是及膝的綠草，開滿白色和鮮黃的花朵。小徑蜿蜒上坡，通到一片平坦的野地，有白楊木與鵝掌楸樹聳立，野生的灌木一簇簇叢生。站在這裡往上望，可以看見古爾達曼村裡鏽漬斑斑的風車扇葉；而往下，赫拉特市景盡收眼底。小徑的盡頭是一條橫洩而過的溪流，從環繞古爾達曼的薩菲德山區奔流而下，溪面寬闊，溪裡到處是鱒魚。沿著溪流往山區走，約兩百碼處，有一圈低垂的柳樹。正中央，在垂柳蔭下，就是這片空地。

嘉里爾先去實地勘察。回去之後，娜娜說，他活像個吹噓牢房牆壁有多乾淨、地板有多光亮的典獄長。

「於是呢，妳父親就給我們蓋了這間老鼠窩。」

娜娜十五歲的時候，有一回差點結成婚。對方出身辛丹德[5]，是個賣長尾鸚鵡的小夥子。這個故事，是娜娜自己說給瑪黎安聽的。雖然輕描淡寫，但是看到娜娜眼中閃爍希望的光芒，瑪黎安知道她當時必定很快樂。或許這一輩子，只有在等待婚禮舉行的那一段時間，娜娜才真正覺得快樂。

娜娜說這件事的時候，瑪黎安坐在她膝上，腦海中浮現她穿上新娘禮服的模樣。她想像娜娜騎在馬背上，臉藏在面紗裡害羞微笑，身上一襲綠色長禮服，手掌用指甲花染成紅色，頭髮用銀粉分邊，髮辮用樹汁黏在一起。她看見樂手吹奏嗩吶，敲著鐸霍鼓，街坊的孩子笑鬧追趕。

然而，就在婚禮舉行前一個星期，靈魔上了娜娜的身。娜娜不必描述，瑪黎安也知道是怎麼回事，她已經親眼見過太多次了：娜娜突然昏倒，全身緊繃，變得僵硬，翻著白眼，手腳不斷抽動，好像身體裡有什麼東西扼得她窒息似的，嘴角有口沫，白色的，有時候還夾雜著血絲。接著是恍恍惚惚的神情和嚇人的茫然迷惑，以及顛三倒四的喃喃不休。

消息傳到辛丹德那裡，長尾鸚鵡販子家裡取消了婚禮。

「他們嚇死了。」娜娜說。

結婚禮服收了起來。之後再也沒有人上門提親。

在這塊空地上，嘉里爾和他的兩個兒子，法哈德和穆辛，蓋了這間小屋，瑪黎安在此度過人生前十五年。他們用日光晒乾的磚塊砌屋，抹上泥土，蓋上大把稻草。裡頭放了兩張小床、一張木桌、兩把高背椅，有一扇窗，還有幾個釘在牆上的架子，娜娜拿來擺陶壺，以及她心愛的茶具組。嘉里爾拿來一個新的鍛鐵爐，給她們冬天用，劈好的木柴則堆在小屋後面。他在屋外架上烤麵包用的烤爐，用籬笆圈起雞舍。他帶了幾隻羊來，造了飼料槽，還叫法哈德和穆辛在柳樹林外約百碼處，挖了一個很深的坑，蓋了一間廁所。

娜娜說，嘉里爾大可以僱工人來蓋小屋的，但他沒有。

「他想靠做苦工贖罪。」

據娜娜說，她生瑪黎安那天，沒有人來幫忙。那是個溼答答、陰沉沉的春日，一九五九年，也就是察希爾國王[6]主政的第二十六個年頭（他在位四十年期間，幾乎都是天下太平）。她說嘉里爾雖然

5 Shindand，赫拉特南方不遠處的城市。

6 Mohammed Zahir Shah（1914-2007），一九三三年其父 Nadir Shah 遇刺身亡後繼位為阿富汗國王，一九七三遭政變推翻，流亡國外。

知道娜娜生產時可能會有靈魔上身，發病昏倒，但他連請個醫生或助產士都不願意。她獨自躺在小屋的地板上，身邊擺了一把刀，全身汗水淋漓。

「陣痛愈來愈厲害，我咬住枕頭，一直尖叫到嗓子都啞了。還是沒有人來幫我擦擦汗，或端杯水給我喝。而妳，瑪黎安優，妳不急著出來。妳讓我躺在又冷又硬的地板上，幾乎整整兩天。我沒吃也沒睡，只能使勁推擠，祈求妳趕快出來。」

「對不起，娜娜。」

「我親手切斷了連著妳我的臍帶。這也就是我身旁要擺一把刀的原因。」

「對不起。」

每回講到這裡，娜娜就會緩緩露出一抹沉重的微笑，那到底是殘留不去的譴責，還是不情不願的諒解，瑪黎安從來沒弄清楚。而且，年幼的瑪黎安也從來沒想過，要為自己出生時的景況而道歉，這是多麼不公平的事。

後來，她滿十歲的時候，瑪黎安開始思索這個問題。瑪黎安不再相信關於她出生的故事。她相信嘉里爾的說法，說他雖然不在，但安排娜娜住進赫拉特的醫院，由醫生照料。她住在光線明亮的病房，躺在乾淨舒適的床上。瑪黎安提到那把刀子的時候，嘉里爾哀傷地搖搖頭。

瑪黎安也開始懷疑，她是不是真的讓母親足足受了兩天的苦。

「他們告訴我，不到一個小時就結束了。」嘉里爾說：「妳是個乖女兒，瑪黎安優。打從出生開始，妳就是個乖女兒了。」

娜娜則罵道：「他根本不在！他當時在塔克哈特薩伐[7]，與他那些高貴的朋友騎馬！」

娜娜說，嘉里爾得知自己添了個女兒時，只是聳聳肩，繼續刷著他那匹馬的鬃毛，在塔克哈特薩伐待了兩個星期。

「事實是，一直到妳滿月之後，他才第一次抱妳。而且呢，只瞄了妳一眼，說妳的臉好長，就把妳還給我了。」

瑪黎安對於這段情節深感懷疑。沒錯，嘉里爾承認，他那時是在塔克哈特薩伐騎馬，但是，他一聽到消息的時候，並沒有聳聳肩。他跳上馬鞍，立刻趕回赫拉特。他把她擁在懷裡，用拇指輕輕撫著她細柔的眉毛，哼著搖籃曲。瑪黎安也不相信嘉里爾會嫌她的臉太長，雖然這是事實，她的臉確實是有點長。

娜娜說，瑪黎安這個名字是她自己取的，因為這是她母親的名字。嘉里爾說是他挑的，因為瑪黎安是一種惹人憐愛的花：晚香玉。

「是你最喜歡的花？」瑪黎安問。

「這個嘛，是我最愛的花之一。」他微微一笑說。

7 Takht-e-Safar，赫拉特近郊山區的度假勝地，以風景優美的庭園著稱。

3

瑪黎安最早的記憶裡有一個聲音，是手推車的鐵輪子嘎嘎碾過石塊的聲音。那輛手推車每個月來一次，裝滿米、麵粉、茶、糖、食用油、肥皂和牙膏。推車的是瑪黎安的兩個同父異母兄弟，通常是穆辛與拉敏，有時候是拉敏和法哈德。兩兄弟輪流推車，走上泥巴路，越過石塊和鵝卵石，避開坑洞與樹叢，一直來到溪邊。在那裡卸下手推車上的物品，用手提著涉水過溪。然後，兄弟倆再把手推車扛過溪，把東西重新裝上車，繼續再推兩百碼。這回必須穿過濃密的草地，避開枝葉繁茂的灌木叢。青蛙從他們腳邊跳開。兩兄弟揮手拂開撲上他們汗涔涔臉龐的蚊子。

「他有佣人。」瑪黎安說：「他可以派佣人來啊。」

「他想贖罪啊。」娜娜說。

手推車的聲音將娜娜和瑪黎安吸引到外面來。瑪黎安永遠忘不了娜娜冷眼旁觀補給日的模樣：一個又高又瘦的女人光著腳丫靠在門邊，弱視的那隻眼睛瞇成一條縫，雙手抱在胸前，一副挑釁、嘲弄的樣子。她削得短短的頭髮沒戴頭巾，也沒梳理，暴露在陽光下。身上一件不合身的灰色襯衫，鈕釦直扣到脖子。口袋裡塞滿了核桃大小的石頭。

兩個男孩坐在溪旁，等瑪黎安和娜娜接手，把補給品運回小屋。他們很清楚，最好保持三十碼遠的距離，雖然娜娜常常丟不準，扔的石頭很少打中他們。娜娜把米袋扛進屋子的時候，還一面對著男孩咆哮，用瑪黎安聽不懂的詞罵他們。她詛咒他們的母親，還做出猙獰的表情。但男孩從來不回罵。

瑪黎安覺得很對不起他們。她憐憫地想，推這麼重的東西，他們的手和腿一定都很痠。她好希望自己能給他們水喝。但她什麼都沒說，如果他們對她揮手，她也不理睬。有一回，為了讓娜娜高興，瑪黎安甚至對著穆辛叫罵，說他的嘴長得像蜥蜴屁股，事後卻懊悔不已，充滿罪惡感，非常羞愧，也很怕他們會告訴嘉里爾。可是娜娜笑得好大聲，蛀得亂七八糟的門牙一覽無遺，瑪黎安很怕她會再度發病。瑪黎安罵完之後，她看著瑪黎安說：「妳真是個乖女兒！」

手推車上的貨卸完之後，男孩急忙轉身，推著車離開。瑪黎安會待在那裡，看著他們消失在又高又密的草叢和繁花盛開的野草裡。

「妳不進來嗎？」

「來了，娜娜。」

「他們嘲笑妳。真的。我聽見了。」

「我來了。」

「妳不相信我？」

「我進來了。」

「妳知道我愛妳，瑪黎安優。」

清晨，她們在遠方羊群的咩咩叫聲以及村裡牧羊人趕羊上山吃草的清亮笛聲中醒來。瑪黎安和娜娜擠羊奶、餵雞、揀雞蛋、一起做麵包。娜娜教她怎麼揉麵團，怎麼點燃烤爐，把擀平的麵團貼在烤爐內壁。娜娜也教她縫衣服，教她煮米飯以及各式各樣的澆醬：蕪菁燉菜、菠菜雜燴、薑汁花椰菜。

娜娜從不掩飾她討厭訪客的態度，事實上，她討厭每個人，只有少數幾個例外。其中之一是古爾達曼的村長哈比汗。這位個頭小小、肚子大大、留著大鬍子的男人大約每個月來訪一次。每回總有個僕人跟著來，提來一隻雞，有時是一鍋扁豆雜燴飯，或一籃染色的雞蛋給瑪黎安。

還有個胖胖的老婦人，娜娜叫她碧碧優。她的丈夫生前也是石匠，是娜娜父親的朋友。碧碧優有六個媳婦，每回總有個媳婦和一、兩個孫子陪她一起來。她步履蹣跚，喘著氣越過屋前空地，然後動作誇張地揉著臀部，彎下身子，痛苦地嘆一口氣，坐在娜娜拉過來的椅子上。碧碧優總會帶些東西給瑪黎安，一盒糖果，或一籃榲桲。而給娜娜的，先是抱怨自己每況愈下的健康，接著是赫拉特與古爾達曼的八卦，講得津津有味，滔滔不絕，她的媳婦只能謹守規矩，默默坐在她背後聆聽。

但是瑪黎安最高興的——當然是除了嘉里爾之外——是費伊祖拉穆拉[8]來訪，他是村裡年長的《古蘭經》教師，每個星期從古爾達曼來一、兩次，教瑪黎安一天五次的禮拜[9]，帶她念《古蘭經》，就像他當年教導年幼的娜娜一樣。費伊祖拉穆拉也教瑪黎安讀書，他耐心站在她背後，看著她努力蠕動嘴唇，念出每一個字。她的食指用力指著每一個字，壓得指甲都變白了，好像要從字裡擠出意義來似的。是費伊祖拉穆拉握著她的手，引導她手中的鉛筆劃出波斯字母的每一個勾起，每一個曲線，每一個點。

他是位瘦削、佝僂的老人，咧嘴笑起來沒半顆牙，一把白鬍子直垂到肚臍。他通常都獨自到小屋來，但有時也帶他那個一頭棕髮、比瑪黎安只大幾歲的兒子哈姆薩一起來。費伊祖拉穆拉一在小屋現身，瑪黎安就會親吻他的手——感覺上像親吻披著一層薄皮的樹枝——而他會親吻瑪黎安的額頭，然後才一起坐下來，開始當天的課程。下課後，他倆坐在屋外，吃松子，啜綠茶，看著白頭翁在樹林間飛來飛去。有時候，他們一起踏著褐色的落葉，在赤楊樹叢中散步，沿著溪邊，走向山區。費伊祖拉穆拉一面走一面捻著手上的念珠，用顫抖的聲音告訴瑪黎安他年輕時經歷的故事，比方說他在伊朗伊斯法罕[10]的三十三孔橋上，看過一條雙頭蛇，還有他在馬札爾[11]的藍色清真寺外剖開過一個西瓜，發現有半邊的西瓜子是排成「阿拉」兩字，另一邊則排成「偉大」。

費伊祖拉穆拉坦白對瑪黎安說，有時候他並不了解《古蘭經》字句的意思。但是他說，他喜歡那些阿拉伯文從他舌尖滑出時所發出來的迷人聲音[12]。他說那些聲音可以撫慰他，讓他的心靈平靜。「它們也會撫慰妳，瑪黎安優。」他說：「妳可以在需要的時候誦念，它們絕對不會讓妳失望。真主的箴言絕對不會背棄妳，我的孩子。」

費伊祖拉穆拉講故事，也聽故事。瑪黎安說話的時候，他總是全神貫注聆聽。他緩緩點頭，帶著感激的微笑，彷彿獲得眾所羨慕的特權似的。瑪黎安不敢告訴娜娜的事，卻很容易就能對費伊祖拉穆拉說出口。

有一天，就在散步的時候，瑪黎安告訴他，她希望能去上學。

8 Mullah，《古蘭經》教師。
9 Namaz，即伊斯蘭教義五功之「禮功」，每日須朝麥加方向禮拜五次，破曉一次稱為「晨禮」，中午一次稱為「晌禮」，下午一次稱為「晡禮」，日落後一次稱為「昏禮」，夜間一次稱「宵禮」。
10 Isfahan，伊朗古城，有許多波斯、穆斯林相關建築。
11 Mazar，為阿富汗巴爾卡省古城，以藍色清真寺聞名，據稱為穆罕默德女婿阿里長眠之地，亦為什葉派聖地。
12 伊斯蘭教奉《古蘭經》為真主的語言，只承認阿拉伯語版為正本，其他語文版本只能稱為譯本而非經典。

「老師，我說的是那種真正的學校。在教室裡上課的那種。就像我父親其他的孩子一樣。」

費伊祖拉穆拉停下腳步。

上個星期，碧碧優帶來一個消息，說嘉里爾的女兒莎伊黛與娜希德要去上赫拉特的梅赫里女校。從那時起，瑪黎安腦海裡就不斷盤旋著教室啊、老師啊的念頭，想像著劃線的筆記本、一欄欄的數字，以及可以劃出粗黑字跡的鉛筆。她勾勒自己和同齡女生一起在教室裡的情景。瑪黎安渴望能把尺放在翻開的書頁上，劃線標出重點。

「妳想上學？」費伊祖拉穆拉說，同時用他那雙溫和、水汪汪的眼睛看她。他的手擺在佝僂的背後，包在頭上的頭巾在那片開滿金鳳花的地上投下陰影。

「對。」

「所以妳要我請求妳母親答應？」

瑪黎安微笑了。除了嘉里爾之外，她覺得這個世界上，最了解她的人莫過於這位老師。

「我能怎麼辦呢？真主以祂的智慧，賜給我們每個人弱點，而在我這麼多的弱點裡，最糟糕的一個就是沒辦法對妳說不，瑪黎安優。」他那患有關節炎的手指輕拍著她臉頰說。

稍後，等他向娜娜提起這件事時，正在切洋蔥的她，把刀子一丟，說：「幹麼？」

「如果這女孩想學習，就讓她去吧，親愛的。讓這女孩去受教育吧。」

「學習？學習什麼啊，穆拉先生？」娜娜不留情面地說：「有什麼好學的？」她瞪著瑪黎安。

瑪黎安低頭盯著自己的手。

「妳這樣的女孩去上學幹麼？就跟把痰盂擦得亮晶晶一樣沒道理。妳在那種學校裡學不到有用的東西。像妳我這樣的女人，這輩子只有一件事要學，而且是學校裡學不到的事。看著我。」

「妳不該跟她說這種話的，孩子。」費伊祖拉穆拉說。

「看著我。」

瑪黎安抬起頭來。

「只有一件事要學會。那就是：忍耐。」

「忍耐什麼，娜娜？」

「喔，這妳可不需要擔心。」娜娜說：「需要忍耐的事永遠不會少的。」

她開始述說嘉里爾的妻子怎麼嘲笑她是個醜陋、低賤的石匠女兒。她們怎麼在天寒地凍的時候叫她到外面洗衣服，害得她臉凍僵，指尖刺痛。

「這是我們的命啊，瑪黎安。像我們這樣的女人，我們要會忍耐。我們就只能忍耐。妳了解嗎？而且，在學校裡，他們會取笑妳。他們一定會。他們會叫妳哈拉密。他們會用最惡毒的字眼罵妳。我不要這樣。」

瑪黎安點點頭。

「別再提學校的事了。妳是我的一切。我不要讓他們把妳搶走。看著我。別再提學校的事。」

「講理一點。別這樣。如果這女孩想要——」費伊祖拉穆拉又說。

「你，穆拉先生，請恕我無禮，你不該鼓勵她有這種蠢念頭的。如果你真的關心她，就應該讓她知道，她屬於這裡，應該安安分分和母親待在家裡。離開這裡，她就什麼也沒有了。除了被排擠和心痛之外，什麼都沒有。我很清楚，老師，我很清楚。」

4

瑪黎安喜歡有客人到小屋來。村長和他的禮物、碧碧優和她發疼的屁股以及喋喋不休的八卦，當然，還有費伊祖拉穆拉。但是，瑪黎安最最期盼見到的，莫過於嘉里爾。

從星期二晚上開始，瑪黎安就感到不安，輾轉難眠，擔心嘉里爾有事纏身，星期四沒辦法來，讓她得再等一個星期才能見到他。星期三，她會在外面踱步，繞著小屋走來走去，心不在焉地把飼料丟進雞舍裡。她漫無目的到處走，摘下花瓣，拍打叮咬手臂的蚊子。最後，到了星期四，她什麼事都做不了，只能靠牆坐著，眼睛眨也不眨地盯著溪澗，靜靜等待。如果嘉里爾來晚了，驚慌恐懼會一點一滴淹沒她。她的膝蓋會發軟，她得去找個地方躺下來。

然後就聽見娜娜喊著：「妳父親，他來了。大駕光臨了。」

看見他躍過石頭，跨過小溪，滿臉笑容，熱情揮手，瑪黎安就會跳起來。瑪黎安知道娜娜會看著她，打量她的舉止，她要費很大的勁，才能勉強自己留在門口，等著，看著他慢慢走近，而不向他飛奔過去。她壓抑著自己，耐心看著他穿過高高的草叢，外套披在肩上，紅色的領帶被風吹起。

嘉里爾一踏進屋前空地，就隨手把外套往屋外的烤爐上一丟，張開手臂。瑪黎安朝他走去，愈走愈快，終於變成飛奔。嘉里爾一把抓住她，把她高高抬起，瑪黎安放聲尖叫。

懸在半空中，瑪黎安可以清楚看見下方嘉里爾仰起的臉龐，他歪嘴大咧的笑容，他的美人尖，他有凹痕的下巴——凹痕剛好就是她小指尖的大小，還有他的牙齒，在爛牙比比皆是的城裡最白的牙齒。她喜歡他修剪得整整齊齊的鬍髭，她喜歡他不管天氣好壞永遠西裝筆挺來訪——他最喜歡的顏色是深褐色，胸前袋口露出白手帕的三角形尖端——當然還有袖釦，至於領帶，通常是紅色的，而且打得鬆鬆的。瑪黎安也看得見自己，映照在嘉里爾的褐色眼眸裡：她的臉閃著興奮的光芒，背後是一大片天空。

娜娜說總有一天他會失手，瑪黎安就會從他手裡掉下來，撞到地上，摔斷骨頭。但瑪黎安不相信嘉里爾會沒接住她。她相信她永遠會安安穩穩落在父親乾乾淨淨、指甲修剪平整的雙手裡。

他們坐在小屋外面，樹蔭下。娜娜會端茶給他們喝。嘉里爾和她不太自在地笑笑，點點頭，就算打過招呼了。嘉里爾從來沒提起娜娜丟石頭或罵人的事。

雖然嘉里爾不在身邊的時候，娜娜提到他就咬牙切齒。但是他來的時候，娜娜卻很克制，溫文有禮。她的頭髮總是洗過，刷過牙，為他戴上她最好的頭紗，安安靜靜坐在他對面的椅子上，兩手交疊擺在膝上。她不會正眼看他，但他在的時候從來不會出言不遜。笑的時候，還會用手掩住她那一口爛牙。

娜娜問他的生意好不好，也問候他的妻子。她提到，聽碧碧優說他最年輕的妻子納吉絲就要生第三胎了，嘉里爾禮貌微笑，點點頭。

「那麼，你一定很高興囉。」娜娜說：「你現在有幾個孩子啦？十個吧，老天哪？十個？」

嘉里爾說沒錯，十個。

「十一個吧，如果把瑪黎安也算進去的話，當然。」

後來，嘉里爾回家之後，瑪黎安和娜娜為了這件事小小吵了一架。因為瑪黎安怪她設計嘉里爾。

與娜娜喝過茶之後，瑪黎安和嘉里爾就一起去溪邊釣魚。他示範如何拋線，如何收線拉起鱒魚。他教她如何正確剖開鱒魚，清理腸肚，俐落地把魚肉從骨頭剝離。等待魚兒上勾的空檔，他就畫畫給她看，教她如何用一筆就畫出一頭大象。他教她唱歌，他們一起唱著：

小小盆兒路邊站，
小小魚兒盆裡玩，
魚兒喝水喝喝水，
喝著喝著滑下水。

嘉里爾會帶赫拉特報紙《伊斯蘭聯盟》的剪報來，讀給她聽。他是瑪黎安與外界的聯繫，讓她知道在小屋之外，在古爾達曼與赫拉特之外，的確還有一個更大的世界存在，那裡有許多念不出名字的總統，有火車、博物館與足球，還有會繞行地球、登陸月球的火箭。每個星期四，嘉里爾帶著世界的縮影來到小屋。

一九七三年夏天，瑪黎安十四歲那年，就是他告訴她，於喀布爾主政長達四十年的察希爾國王被不流血的政變推翻了。

「他的堂弟達烏汗[13]趁國王到義大利就醫的時候發動政變。妳記得達烏汗，對吧？我告訴過妳他的事。妳出生的時候，他在喀布爾當首相。反正，瑪黎安，阿富汗不再是王國了。妳知道，現在是共和了，達烏汗是總統。有謠言說，是喀布爾的社會主義分子幫他取得政權。他並不是社會主義者，我跟妳說，但是他們幫了他。反正傳言是這麼說的。」

瑪黎安問他，什麼是社會主義者，嘉里爾開始解釋，但是瑪黎安根本沒聽進去。

「妳有在聽嗎？」

「有啊。」

他看見她盯著他外套鼓鼓的口袋。「啊，差點忘了。別管這些事了……」

他從口袋裡掏出一個小盒子，拿給她。他有時會帶小禮物給她。有回是一只瑪瑙手鐲，又有一回是條青金石珠的短項鍊。這天，瑪黎安打開盒子，看見一個葉狀的鍊墜，上面垂吊著鏤刻月亮和星星的小錢幣。

「戴看看，瑪黎安優。」

她戴上。「你覺得怎麼樣？」

嘉里爾綻開微笑。「我覺得妳像皇后一樣。」

他離開之後，娜娜看見瑪黎安脖子上的鍊墜。

「游牧族的首飾。」她說：「我看過他們做這種首飾。他們把別人丟給他們的銅幣融化掉去做首飾。下次看他會不會帶金子給妳吧，妳那個親愛的父親。我們等著看吧。」

每當嘉里爾要離開的時候，瑪黎安總是站在門口，目送他離開。一想起阻隔在她和他下次來訪之

13 Mohammad Daoud Khan（1909-1978），原為阿富汗首相，一九六三年迫於國內經濟情勢惡化而下台，一九七三年趁察希爾國王赴義大利治療眼疾時，於左傾勢力支持下發動政變，成立共和國，出任總統。一九七八年共黨發動政變，遭處死。

間的一整個星期，宛如無邊無際、難以撼動的龐然大物，就讓她情緒低落。瑪黎安總是屏住呼吸看著他離去。她屏住氣，在腦海中暗自數秒。她假裝自己每屏住一秒鐘的呼吸，真主就會應許她與嘉里爾多共度一天。

夜裡，瑪黎安躺在睡墊上，好奇地想，他在赫拉特的房子不知是什麼模樣。她很想知道，和他一起生活，每天看見他，會是什麼樣的情景。她想像她在他刮鬍子的時候遞毛巾給他，在他刮破皮膚的時候提醒他。她會替他泡茶。她會替他縫掉下來的鈕釦。他們會一起在赫拉特散步，到拱頂市集去，嘉里爾說在那裡想要什麼東西都有。他們會搭他的車，大家會指著他們說：「那是嘉里爾汗和他女兒。」他會帶她去看那棵底下埋著大詩人的著名大樹。

瑪黎安下定決心，不久之後，總有一天，她要把這些話告訴嘉里爾。等他聽完，等他知道他不在身邊時她有多麼想他，他一定會帶她走。他會帶她到赫拉特，住在他的房子裡，就像他其他的孩子一樣。

5

「我知道我要什麼。」瑪黎安對嘉里爾說。

那是一九七四年的春天，瑪黎安就快滿十五歲了。他們三個坐在小屋外的柳蔭下，三張折疊椅擺成一個三角形。

「我的生日禮物……我知道我要什麼。」

「真的？」嘉里爾帶著稱許的微笑說。

兩個星期前，拗不過瑪黎安的催促，嘉里爾透露，他的戲院正在上演一部美國電影。是很特殊的電影喔，他說叫做「卡通」。整部電影就是一連串的圖畫，好幾千張，等他們把所有的圖片接起來成為一部電影，在銀幕上放映時，觀眾會以為那些圖畫會動。嘉里爾說，那部電影講的是一個年老、沒有小孩的老玩具匠，孤單單的，很渴望有個兒子。所以他雕了一個木偶，結果這個木偶男孩奇蹟似地活了起來。瑪黎安央求嘉里爾多講一些，嘉里爾說，那個老人和小木偶經歷各式各樣的探險，他們去過一個叫歡樂島的地方，在那裡，壞孩子會變成驢子。到最後，小木偶和他父親還被鯨魚吞進肚子裡。瑪黎安也把電影的情節說給費伊祖拉穆拉聽。

「我要你帶我到你的戲院去。」瑪黎安這天說：「我要去看那部卡通。我要去看那個小木偶。」

話才出口，瑪黎安就感覺到氣氛丕變。她的父母在椅子上坐立難安。瑪黎安可以感覺得到他們互換眼神。

「這不是個好主意。」娜娜說。她的聲音很平靜，很自制，是在嘉里爾面前慣用的那種有禮貌的語氣，但是瑪黎安可以感覺到她嚴厲譴責的目光。

嘉里爾在椅子上挪動了一下身體。他咳了一聲，清清喉嚨。

「妳知道嗎。」他說：「那部影片的畫質不太好。配音也不行。而且最近放映機也有問題。妳母親也許說得沒錯。或許妳可以想想其他禮物，瑪黎安優。」

「嗯。」娜娜說：「看吧，妳父親也這麼說。」

但後來，在溪邊，瑪黎安說：「帶我去。」

「這樣吧。」嘉里爾說：「我會派人來接妳，帶妳去。我會交代他們給妳最好的位子，妳要吃多少糖果都可以。」

「不，我要你帶我去。」

「瑪黎安優——」

「我要你也邀我的兄弟姊妹一起去。我要認識他們。我要大家一起去。我只要這個。」

嘉里爾嘆了一口氣。他轉開視線，望著山脈。

瑪黎安記得他說過，在銀幕上，人的臉大的像房子；銀幕上的車子撞毀的時候，觀眾會真的感覺金屬鏗鏗鏘鏘震得渾身顫動。她想像自己坐在包廂裡，舔著冰淇淋，身邊是嘉里爾和她的兄弟姊妹。

「我只要這個。」她說。

嘉里爾看著她，臉上浮現愁苦的神色。

「明天。中午。我就在這裡和你碰面。好不好？明天？」

「過來。」他說。他蹲了下來，把她拉到身邊，緊緊抱著她，好久，好久。

起初，娜娜在屋裡踱來踱去，拳頭不斷握緊又鬆開。

「我什麼女兒不好生，老天偏偏要給我一個像妳這麼忘恩負義的女兒？我忍氣吞聲，全都是為了妳！妳竟敢這樣！妳竟敢這樣丟下我，妳這個該殺千刀的小哈拉密！」

然後她開始冷嘲熱諷。

「妳真是個蠢女孩啊！妳以為他會在乎妳嗎？妳以為他會讓妳去住他的房子？妳自以為是他的女兒？他要帶妳回家？讓我告訴妳吧。男人的心卑鄙無情啊，瑪黎安。男人的心不像母親的子宮，沒流過血，也不會撐大來容納妳。我是唯一愛妳的人。在這個世界上，妳只有我啊，瑪黎安。等我死了，妳就一無所有。妳會一無所有。妳根本什麼都不是！」

然後她開始想讓瑪黎安良心不安。

「如果妳走了，我就會死。靈魔會來，我就會再度發作。妳等著瞧，我會咬舌自盡。別離開我，瑪黎安優。求求妳，留下來。如果妳走了，我就會死。」

瑪黎安默不作聲。

「妳知道我愛妳，瑪黎安優。」

瑪黎安說她要去散步。

她怕自己留在屋裡會說出傷害娜娜的話：她知道所謂的靈魔根本是謊言，嘉里爾告訴過她，娜娜得的只是一種病，吃藥就能改善。她或許可以問娜娜，為何不聽嘉里爾的話去看他的醫生？為什麼不吃他帶來的藥丸？如果她有辦法條理分明地說清楚，她或許會對娜娜說，她已經受夠了被當成工具、被欺騙、被據為己有、被利用。她痛恨娜娜扭曲她們生活的真相，把她，瑪黎安，變成用來控訴這個世界的另一樁冤屈。

妳是在害怕啊，娜娜，她或許會這麼說。妳怕我會找到妳未曾擁有過的幸福。妳不想讓我快樂。妳不想讓我過好日子。卑鄙無情的人是妳啊。

空地邊上，有個可以遠眺的地方，瑪黎安很喜歡到這裡來。此刻她就坐在這裡，坐在乾燥、溫暖的草地上。從這裡可以看到赫拉特，就在她腳下延展開來，宛如孩子們的遊戲棋盤：女子花園在城市北邊，恰蘇克市場和亞歷山大大帝舊城堡的遺跡在南邊。遠遠的，她可以辨認出聳立的宣禮塔輪廓，猶如灰撲撲的巨人手指。還有一條條的街道，她想像那裡擠滿川流不息的人群、馬車與騾子。她看見燕群在頭頂上飛撲盤旋。她嫉妒這些鳥兒。因為牠們到過赫拉特。牠們飛越過城裡的清真寺和市集。或許牠們也曾經停在嘉里爾家的牆上，停在他戲院前的台階上。

她撿了十顆鵝卵石，垂直排成三行。這是她趁娜娜不注意的時候，常常偷偷玩的遊戲。她在第一行擺了四顆石頭，代表哈狄佳的孩子；三顆是艾芙森的孩子，第三行的三顆石子是納吉絲的孩子。然後她又加上第四行。自成一行的第十一顆鵝卵石。

隔天早上，瑪黎安穿上及膝的米白長衫、棉布長褲，戴上綠色頭紗裹住頭髮。她對這條頭紗很不滿意，顏色和她的衣服不搭。但也只能這樣將就，因為她的白頭紗被蠹蛾咬得破洞了。

她看著時鐘。那是個老舊的發條時鐘，薄荷綠的鐘面，黑色的數字，是費伊祖拉穆拉送的禮物。九點鐘。她不知道娜娜到哪裡去了。她想過要到外面去找娜娜，但又怕面對那委屈的眼神。娜娜會責怪她忘恩負義，會嘲笑她不知天高地厚的癡心妄想。

瑪黎安坐了下來。她想打發時間，於是用嘉里爾教她的方法，一筆畫出一頭大象，畫了一隻又一隻。坐久了，渾身僵硬，但是她不敢躺下來，怕把衣服弄縐。

時針終於指向十一點三十分。瑪黎安在口袋裡裝進十一個小石子，離開小屋。往小溪走去的時候，她看見娜娜坐在一把椅子上，就在柳樹低垂的樹蔭下。瑪黎安不知道娜娜是不是看見她了。

到了溪邊，瑪黎安在他們前一天約好的地點等候。天空中，幾朵花椰菜形狀的灰色雲朵緩緩飄過。嘉里爾教過她，雲朵會是灰色的，是因為雲層太厚，頂端吸收了陽光，往下形成陰影，讓下層的雲籠罩在陰影裡。那就是妳看到的，瑪黎安優，他這麼說，雲層下的陰影。

又過了一段時間。

瑪黎安走回小屋。這一回，她從空地的西側繞過去，這樣就不必經過娜娜旁邊。她查看時鐘，快一點鐘了。

他是個生意人，瑪黎安想。有事情耽擱了。

她走回溪邊，又等了更久。烏鴉在頭頂盤旋，俯衝到草叢裡。她看見一隻毛毛蟲緩緩爬過一株尚未開花的薊草底下。

她等著等著，等到腿都僵了。這一次，她沒走回小屋。她把褲管捲到膝蓋上，跨過溪澗，這輩子第一次，下山到赫拉特去。

娜娜對赫拉特的說法也是錯的。沒有人指指點點。沒有人嘲笑。瑪黎安獨自走在喧鬧、擁擠、柏樹夾道的大馬路上，夾雜在川流不息的行人、騎腳踏車的人和趕驢的車夫中間，沒有人對她丟石頭。沒有人叫她「哈拉密」。幾乎沒有人看她一眼。出乎意料、也很神奇的，她在這裡只是個普通人。

一座卵石小徑交錯的大公園裡，正中央有個橢圓形的水池，瑪黎安在池邊站了好一會。她驚嘆不已，摸著那些佇立池畔、以不透光的眼睛俯視池水的大理石駿馬。她還偷偷望著一群男生放紙船。瑪黎安看見到處都有花，有鬱金香、百合、矮牽牛，花瓣沐浴在陽光裡閃閃發亮。有人沿著小徑散步，坐在長椅上喝茶。

瑪黎安很難相信她人就在這裡。她的心興奮狂跳。她真希望費伊祖拉穆拉可以看見她此時的模樣。他會發現她有多麼可愛！多麼勇敢！她讓自己迎向這個城市裡的新生活，一個有父親、有兄弟姊妹、有愛與被愛、不須預約或排時間、沒有恥辱的生活。

她快活地走回靠近公園的那條寬闊大道。梧桐樹下，滿臉風霜的老攤販坐在樹蔭裡，面前堆著像金字塔般的櫻桃和一落落的葡萄，面無表情地看著她走過眼前。打赤腳的男生追著汽車和巴士跑，手裡揮著一袋袋的榅桲叫賣。瑪黎安站在大街轉角，看著過往行人，無法了解他們為何能對周遭驚人的景物無動於衷。

過了一會，她鼓起勇氣，問一個年老的馬車夫，知不知道戲院的老闆嘉里爾住在哪裡。老人家有張圓胖的臉，身穿彩虹條紋的傳統罩袍。「妳不是赫拉特本地人，對吧？」他很好心地說：「大家都知道嘉里爾汗住在哪裡。」

「你能告訴我怎麼走嗎？」

他打開一顆裹著錫箔紙的太妃糖說：「妳自己一個人啊？」

「嗯。」

「上來吧。我載妳去。」

「可是我沒辦法付你錢。我身上沒錢。」

他把太妃糖遞給她，說反正他已經兩個小時沒生意，本來就打算回家去了。到嘉里爾家剛好順路。

瑪黎安爬上馬車。他們並肩坐著，一路沉默無語。途中，瑪黎安看見草藥鋪，還有一些小店面，顧客買柳橙和梨子、書籍、披肩，甚至獵鷹。小孩在泥地上畫的圈圈裡打彈珠。茶館外面，鋪著地毯的木台上，男人聚在一起喝茶，抽水菸。

老車夫轉進一條針葉樹夾道的寬闊街道，在中央停下來。

「到了。看來妳運氣不壞，小女娃。那是他的車。」

瑪黎安跳下車。他微微一笑，繼續上路。

瑪黎安從來沒摸過汽車。她伸出手，順著嘉里爾汽車的引擎蓋一路滑過。這是輛黑色的車，擦得晶亮，連輪圈都光可鑑人，讓瑪黎安看見自己扁平、變寬的倒影。座椅是白色的真皮。方向盤後面，瑪黎安看見幾個圓形有指針的玻璃面板。

這一瞬間，瑪黎安聽見腦海中響起娜娜的聲音，冷嘲熱諷，澆熄她滿腔熾熱的希望。瑪黎安雙腿顫抖，慢慢走向這幢房子的大門。她把手放在牆上。嘉里爾家的圍牆，好高，好森嚴。她必須伸長脖子，才能瞥見從圍牆內冒出頭來的柏樹頂端。樹梢在微風中搖曳，她想像它們是在點頭歡迎她的到來。瑪黎安強自鎮定，壓抑住一波波湧過心頭的恐懼。

一個赤腳的女孩開了門。她的下脣邊有個刺青。

「我要找嘉里爾汗。我是瑪黎安，他的女兒。」

女孩現出困惑的神情。然後，突然恍然大悟，嘴邊出現一抹淡淡的微笑，對瑪黎安的態度也熱絡起來，一副期待的樣子。「在這裡等一下。」女孩馬上說。

她關上門。

又過了幾分鐘。來了一名男子開門。他個子高高的，肩膀很寬，睡眼惺忪，但神色自若。

「我是嘉里爾汗的駕駛。」他說，態度還算親切。

「他的什麼？」

「他的司機。嘉里爾汗不在家。」

「可是我看見他的車。」瑪黎安說。

「他有急事出去了。」

「他什麼時候回來？」

「他沒說。」

瑪黎安說她要等。

他關上大門。瑪黎安坐下來，膝蓋抵在胸前。夜色已近，她覺得餓了。她吃掉馬車夫給她的太妃糖。一會兒之後，那個司機又出現了。

「妳該回家去了。」他說：「再過不到一個小時就天黑了。」

「我不怕黑。」

「會變冷的。我載妳回家好嗎？我會告訴他說妳來過了。」

瑪黎安只是看著他。

「再不然，我載妳到旅館吧。妳可以舒舒服服睡一覺。明天早上再看看該怎麼辦。」

「讓我進屋子裡去。」

「我得到的指示是不可以。聽著，沒有人知道他什麼時候回來。可能要好幾天。」

瑪黎安雙手環抱胸口。

司機嘆了一口氣，用略帶責備的眼神看著她。

此後許多年，瑪黎安不時回想，如果那天她讓司機載她回小屋，事情會怎麼發展。但是，她並沒有回去。她在嘉里爾的房子外面待了一整夜。她看著天空變暗，陰影吞噬了附近街坊的房舍。刺青女孩端了麵包和一碗飯出來，但是瑪黎安說她不想吃。女孩把食物留在瑪黎安身邊。三不五時，瑪黎安聽見街上的腳步聲，門打開的聲音，模糊不清的招呼聲。電燈亮起，窗戶透出朦朧的燈光。狗兒吠叫。等瑪黎安餓得再也受不了，就把那碗飯和麵包吃了。然後她側耳傾聽花園裡的蟋蟀鳴唱。頭頂上，雲朵輕輕拂過蒼白的月亮。

早晨，她被搖醒了，發現夜裡有人幫她蓋上毯子。

是那位司機搖著她的肩膀。

「夠了。妳已經鬧夠了。嘿，該走了。」

瑪黎安坐起來，揉著眼睛。她的背和脖子都很疼。「我要等他。」

「聽我說。」他說：「嘉里爾汗說，我必須馬上送妳回去。馬上。妳明白嗎？嘉里爾汗這麼說。」

他打開汽車後座的門。「嘿。上來吧。」他輕聲說。

「我要見他。」瑪黎安說，她的眼睛充滿淚水。

司機嘆口氣。「我載妳回家吧。來吧，小女娃。」

瑪黎安站起來，朝他走去。但是在最後一刻，卻改變方向，拔腿衝向大門。她感覺到司機的手想抓住她的肩膀。她閃躲開來，一溜煙衝進敞開的大門。

短短幾秒鐘之內，她已置身嘉里爾的庭園裡。瑪黎安一眼就看見一間發亮的玻璃屋，裡面種滿花草，還有攀爬在木棚架上的葡萄藤、灰色石塊砌成的魚池、果樹，一簇簇色彩豔麗的花朵到處盛開。她的目光掃過這一切，然後才看見那張臉，在庭園另一端，樓上窗戶裡的那張臉。那張臉只出現了一瞬間，一閃而過。但已夠了，夠讓瑪黎安看見那張臉上的眼睛圓睜，嘴巴大張，然後就從眼前消失。接著出現了一隻手，猛然拉著細繩。窗簾倏地關上。

此時，一雙手架住她腋下，把她抬離地面。瑪黎安雙腿猛踢。鵝卵石從口袋掉了出來。但瑪黎安還是不停地踢，一路哭著被拎到車裡，塞進後座冰冷的真皮座椅上。

司機一面開車，一面小聲安撫她。瑪黎安根本沒聽他在說什麼。整段車程，她都坐在後座哭。

她的淚是哀痛，是憤怒，也是幻影破滅。但更多的是很深很深的恥辱，因為她竟然笨得一心依戀嘉里爾，她竟然擔心該穿什麼衣服，擔心她的頭紗不相配，還走了這麼長的路到那裡，不肯離開，像條流浪狗似地睡在街上。而且她也覺得很羞愧，自己竟然毫不理會母親大受打擊的表情、哭腫的眼睛。娜娜警告過她了，娜娜自始至終說得一點都沒錯。

瑪黎安不斷想到他在樓上窗戶裡的那張臉。他讓她睡在街上。在街上哪。瑪黎安哭得躺了下來。她不要坐起來，她不要被人看見。在她的想像裡，今天早上，整個赫拉特都知道她是怎麼作賤自己的。她好希望費伊祖拉穆拉現在就在身邊，她可以把頭靠在他膝上，他會安慰她。

一會兒之後，路開始變得更崎嶇不平，車頭朝上。他們已經開到赫拉特通往古爾達曼的上坡路了。

她該怎麼對娜娜說？瑪黎安心中猶豫著。她該怎麼道歉？她現在如何面對娜娜呢？

車子停了下來，司機扶她下車。「我陪妳走回去。」他說。

她讓他領著穿過馬路，走上小徑。路邊長著忍冬花，還有乳草。蜜蜂在野花間嗡嗡飛舞。司機拉著她的手，牽她涉水過溪。然後他放開手，談起赫拉特出名的季風很快就要開始吹起了，從中午一直到黃昏，足足吹上一百二十天，沙蠅狂亂四飛地到處覓食。就在此時，他突然擋在她面前，想掩住她的眼睛，推她往回走，說：「回去！不。別看！轉過去！回去！」

但來不及了。瑪黎安已經看見了。一陣風吹來，把低垂的柳樹枝條像窗簾般吹開來。瑪黎安瞥見了樹下的景象：那張高背的椅子，倒在地上。高高的枝頭垂下一根繩子。繩子下，懸著娜娜。

6

他們把娜娜葬在古爾達曼墓園的一角。瑪黎安在碧碧優旁邊，與其他婦女站在一起。費伊祖拉穆拉在墓邊念經文，男人們把裹著壽衣的娜娜放進墓地。

葬禮之後，嘉里爾陪瑪黎安回小屋，在陪伴著他們的村民面前，努力表現出一副對瑪黎安照顧有加的樣子。他幫她收拾了一些東西，放進一個行李箱。瑪黎安躺在她的小床上，嘉里爾在她身邊坐下，替她的臉搧風。他輕撫著她的額頭，一臉憂心忡忡，問她需不需要任何東西？任何東西？他連問了兩次。

「我要費伊祖拉穆拉。」瑪黎安說。

「好。他就在外面。我替妳請他進來。」

費伊祖拉穆拉微微駝背的身影出現在小屋門口的時候，瑪黎安這天第一次真正哭了出來。

「噢，瑪黎安優。」

他在她身旁坐下，雙手捧著她的臉。「哭吧，瑪黎安優。哭吧。別怕丟臉。但是記住，我的孩子，古蘭經說：『多福哉擁有主權者！祂對於萬事是全能的。祂曾創造生死，以便於考驗你們。[14]』古蘭經說的是真理，我的孩子。真主放在我們肩上的每一個考驗、每一個哀傷背後，都自有祂的道理。」

但是瑪黎安無法從真主的話語裡聽見安慰。這天沒有。此時此刻沒有。她耳中只聽見娜娜說的話：「如果妳走了，我就會死。我會死。」她只能不停不停地哭，淚水落在費伊祖拉穆拉那雙斑斑點點、皮膚薄如紙的手上。

搭車回嘉里爾家的途中，他和瑪黎安一起坐在後座，手臂攬著瑪黎安的肩膀。

「妳可以和我一起住，瑪黎安優。」他說：「我已經要他們替妳收拾了一個房間，就在樓上，可以看見花園，我想妳會喜歡的。」

這是第一次，瑪黎安用娜娜的耳朵聽著他說話。她清清楚楚聽見一向潛藏在他話語背後的言不由衷，那種空洞、虛偽的好言安慰。她無法抬頭看他。

車子在嘉里爾家門口停下來，司機替他們開門，提起瑪黎安的行李箱。嘉里爾攬著她，帶著她穿過兩天前她一直想要進去，卻只能睡在外面人行道等他的那扇大門。僅僅兩天之前，當時瑪黎安在這世上最想做的事，莫過於和嘉里爾一起走進這座庭園——現在感覺已恍如隔世。瑪黎安問自己，她的生命怎麼會這麼快就天翻地覆。她垂下目光，盯著自己的腳，踏上灰石小徑。她知道還有其他人在庭園裡，在她和嘉里爾經過的時候，竊竊私語，閃避讓道。她感覺得到目光落在她身上的重量，那些從樓上窗戶俯望著她的目光。

進了屋裡，瑪黎安還是低著頭。她走過交織著黃藍八角形圖案的栗色地毯，眼角瞥見雕像的大理石底座、花瓶的下半部，以及掛在牆上那些色彩繽紛的壁毯磨損的下緣。她和嘉里爾走上的樓梯很

14《古蘭經》第六十七章〈國權〉第一至二節，引文未引全句，原文應是：「……以便於考驗你們誰的作為是最優美的。祂是萬能的，至赦的！」

寬，鋪著類似的地毯，在每一階的邊緣都釘牢固定。到了樓上，嘉里爾帶她往左轉，走上另一條鋪著地毯的長廊。他在一扇門前面停下腳步，打開門，領她進去。

「妳的妹妹，妮洛珐和艾緹葉有時候在這裡玩。」嘉里爾說：「但是我們多半把這裡當成客房。我想，妳在這裡會很舒服。這裡很不錯，對吧？」

房裡有一張床，鋪著綠花毯子，針腳很細密，織成蜂巢的花樣。和毯子花色相襯的窗簾拉開來了，樓下的庭園一覽無遺。床邊有個三層抽屜的櫃子，上面擺了花瓶。沿牆一排架子上放著相框，照片中的人，瑪黎安一個也不認得。其中一個架子上，瑪黎安看到一組一模一樣的木頭娃娃，但一個比一個小，按大小排成一列。

嘉里爾注意到她在看什麼。「這是俄羅斯娃娃。我在莫斯科買的。如果妳想要的話，可以拿下來玩。沒有人會說什麼的。」

瑪黎安坐在床上。

「妳還想要什麼嗎？」嘉里爾問。

瑪黎安躺下來，閉起眼睛。一會兒之後，她聽見他輕輕地關上門。

除了去樓下浴室之外，瑪黎安一直留在房間裡。那個臉上有刺青，也就是那天替她開門的女孩，用托盤端來她的餐點：烤羊肉、蔬菜雜燴，麵條湯。但她幾乎一口都沒吃。嘉里爾一天來好幾次，坐在她的床邊，問她好不好。

「妳可以下樓和我們一起吃飯。」他說，但是顯然言不由衷。瑪黎安說她比較想一個人吃的時候，他有點過於迫不及待地表示了解。

從窗戶望出去，瑪黎安沒什麼感覺地看著她之前一直很好奇、也一直很渴望的景象：嘉里爾家日常生活的作息。僕人急急忙忙從大門進進出出；有個園丁整天修剪花木，給溫室裡的植物澆水；街道停著又長又光滑晶亮的汽車；車裡鑽出一個個身穿西裝或穿罩袍戴羊皮帽的男人，或者頭戴面紗的女人，以及頭髮梳得整整齊齊的小孩。瑪黎安看著嘉里爾和這些陌生人握手，看著他雙掌交叉貼胸，點頭對他們的妻子致意，她知道娜娜說對了。她不屬於這裡。

但是我屬於哪裡呢？我現在能怎麼辦呢？

在這個世界上，妳只有我啊，瑪黎安。等我死了，妳就一無所有。妳會一無所有。妳根本什麼都不是！

難以形容的黑暗，宛如吹過小屋周圍柳樹的風，不斷向瑪黎安襲來。

瑪黎安在嘉里爾家的第二天，有個小女孩到她的房間來。

「我要拿個東西。」小女孩說。

躺在床上的瑪黎安爬起來，盤腿坐好，把毯子拉到膝上。

女孩快步穿過房間，打開櫃子的門，拿出一個方形的灰色盒子。

「妳知道這是什麼嗎？」她說。她打開盒子。「這叫留聲機。留，聲，機。可以放唱片，就是音樂。留聲機。」

「妳是妮洛琺。妳八歲。」

小女孩笑了。她的笑容很像嘉里爾，像他一樣下巴有個凹痕。「妳怎麼知道的？」

瑪黎安聳聳肩，沒告訴小女孩，她曾經用這名字給一顆鵝卵石命名。

「妳想聽歌嗎？」

瑪黎安又聳聳肩。

妮洛琺手伸進留聲機裡，從盒蓋下方的袋狀物裡拉出一張唱片。她把唱片擺到機器上，放下唱針。音樂開始演奏。

我要用花瓣當紙
給你寫最甜蜜的信
你是主宰我心的王
主宰我心的王

「妳聽過這首歌嗎？」

「沒有。」

「這是一部伊朗電影的主題曲。我在我爸爸的戲院裡看過。嘿，想看我表演嗎？」

瑪黎安還來不及回答，妮洛琺就把手掌和頭頂在地上。接著腳一蹬，整個人倒立起來，頭下腳上，成一個V字形。

「妳會嗎？」她啞著嗓子說。

「不會。」

妮洛珐放下腳站起來，拉整好襯衫。「我可以教妳。」她一面說，同時撥開披散在泛紅額頭上的頭髮。「妳要在這裡住多久？」

「我不知道。」

「我媽說妳不算是我真正的姊姊，雖然妳說妳是。」

「我從來沒說我是。」瑪黎安騙她。

「她說妳說過。我才不管呢。我的意思是，我才不管妳有沒有說過，或者妳到底是不是我姊姊呢。我不在乎。」

瑪黎安躺下來。「我累了。」

「我媽說是靈魔害妳媽上吊自殺。」

「妳可以停了。」瑪黎安轉身背對著她：「我是說，音樂。」

那天，碧碧優也來看她。她來的時候下起了雨。她彎下龐大的身軀，把自己塞進床邊的椅子裡，露出痛苦的表情。

「這雨啊，瑪黎安優，簡直害我的屁股痛死了哪，真的是痛死了，我告訴妳……我希望……噢，過來，孩子。過來碧碧優這裡，別哭。過來。妳這可憐的小東西。唉。妳這可憐、可憐的小東西。」

那天晚上，瑪黎安一直睡不著。她躺在床上望著窗外的天空，傾聽樓下的腳步聲、被牆壁阻隔的模糊說話聲，以及淅瀝瀝打在窗上的雨聲。等她終於昏沉欲睡的時候，卻被嘶吼聲給驚醒了。從樓下傳來的喊叫聲，尖銳又憤怒。瑪黎安聽不清楚在說些什麼。有人用力摔上門。

隔天早上，費伊祖拉穆拉來看她。瑪黎安看見他出現在門邊，白蒼蒼的鬍子，溫柔親切沒有牙齒的微笑，讓她的眼角又泛起淚水，刺痛不已。她從床邊跳下來，奔向他。她親吻他的手，而他也一如往常地親她的額頭。她把他拉到一張椅子上坐下來。

他拿出帶來的《古蘭經》，翻開來。「我覺得沒有理由不繼續上課，對吧？」

「你知道我已經不需要上課了，穆拉先生。好幾年以前，你就已經教會我古蘭經裡的每一章每一節了。」

他微笑著，舉起手做出投降的樣子。「我認罪，可以了吧。被拆穿了。但是我只能想出這種蹩腳的藉口來看妳。」

「你不需要藉口的。你不需要。」

「妳這麼說真貼心，瑪黎安優。」

他把他的《古蘭經》遞給她。她照他以前教她的，親吻了三次——每親一次，就用《古蘭經》輕觸額頭——然後還給了他。

「妳還好嗎，我的孩子？」

「我一直。」瑪黎安開口，卻又停住了，好像有顆石頭哽在喉嚨出不來。「我一直在想，我那天離家之前，她對我說的話。她——」

「不，不，別這樣。」費伊祖拉穆拉把手放在她的膝上。「妳母親，願真主赦免她，是個有很多煩惱、不快樂的女人，瑪黎安優。她對自己做了可怕的事。對她自己，對妳，對真主都是。祂會赦免她，因為祂大慈大悲，但是她做的事讓真主很傷心。祂不許任何人奪走生命，無論是自己的或他人的生命，因為祂說生命是神聖的。妳知道——」他拉近椅子，握住了瑪黎安的手。「妳知道，早在妳還沒出生以前，我就認識妳母親了，那時她還是個小女孩，而且我可以告訴妳，她從那時候就不快樂。她之所以會這麼做，恐怕是很久以前就種下的因。我想說的是，這不是妳的錯。這不是妳的錯，我的孩子。」

「我不該離開她的。我應該——」

「別這樣想。這樣想不好，瑪黎安優。妳聽見我說的話了嗎，孩子？不好。這樣的想法會毀了妳。這不是妳的錯。這不是妳的錯。不是。」

瑪黎安點點頭，但是不管怎麼拚命努力想做到，她還是無法相信他說的話。

一個星期之後，有天下午，有人敲門，一個高個子的女人走了進來。她皮膚光滑細緻，一頭紅髮，手指修長。

「我是艾芙森。」她說：「妮洛琺的母親。瑪黎安，妳要不要梳洗一下，下樓來？」

瑪黎安說她想待在房間裡。

「不。妳不了解。妳必須下樓來。我們必須和妳談談。很重要的事。」

7

他們坐在她對面。嘉里爾和他的妻子們，一起坐在一張深咖啡色的長桌旁。在他們中間，桌子的正中央，有個插滿新鮮金盞花的水晶花瓶和一壺水，壺身上結滿了水珠。妮洛珐的母親，也就是那個叫艾芙森的紅髮女子，坐在嘉里爾右邊。他另外兩個妻子，哈狄佳和納吉絲坐在他左邊。每個妻子都戴了薄薄的黑紗絲巾，但沒蒙在頭上，而是鬆鬆地圍在頸間，彷彿是突然想起該戴似的。瑪黎安無法想像她們竟然會為娜娜戴黑紗致哀，心想很可能是在她被叫下來之前，某個人建議的，或嘉里爾要她們這麼做的吧。

艾芙森從水壺裡倒了一杯水，放在瑪黎安面前的一個花格布杯墊上。「才只是春天，天氣就已經這麼熱了。」她說，用手做出搧涼的動作。

「妳這幾天還好嗎？」有個尖下巴和一頭黑色鬈髮的納吉絲問：「我們希望妳還好。這……考驗……妳一定很難受。太難受了。」

另外兩個人點點頭。瑪黎安注意到她們精心修過的眉毛，以及她們賜給她的淺笑，笑裡帶著容忍。瑪黎安腦海裡響起了惱人的嗡嗡聲。她的喉嚨如火灼熱。她喝了一口水。

從嘉里爾背後寬闊的窗戶，瑪黎安看見一排開著花的蘋果樹。窗邊靠牆的位置，有個深色的木櫃。木櫃裡有個時鐘，還有一張裝在相框裡的照片，是嘉里爾和三個男生一起抓著一條魚，魚鱗在陽光的照耀下閃閃發亮，嘉里爾和男孩們咧嘴大笑。

「是這樣的。」艾芙森開口說：「我——應該說是我們——請妳來，是有個很好的消息要告訴妳。」

瑪黎安抬起頭。

她瞥見艾芙森和嘉里爾身邊那兩個女人很快地交換了眼神。嘉里爾無精打采地坐在椅子上，眼神空洞盯著桌上的水壺。三個妻子裡看起來年紀最長的哈狄佳，看向了瑪黎安，瑪黎安覺得，在她們叫她下來之前，一定已經先討論過由誰擔起這個責任，而且得出共識了。

「有人來向妳提親了。」哈狄佳說。

瑪黎安的心開始下沉。「有什麼？」她瞬間痲痺的嘴脣擠出了幾個字。

「提親的人。他名叫拉席德。」哈狄佳繼續說：「他是妳父親在生意上認識的一個朋友。他是普什圖人，老家在坎達哈，不過目前住在喀布爾，在瑪桑區有一棟兩層樓的房子，是他自己的。」

艾芙森點點頭。「而且他會說法爾西語，就像我們、像妳一樣。所以妳不必學普什圖語。」

瑪黎安的胸口發緊。房間開始天旋地轉，她腳下的地板也開始移動。

「他是做鞋子的。」哈狄佳又說：「但可不是一般在路邊叫賣的鞋匠喔，不是，不是。他有自己的店，他是喀布爾數一數二最搶手的鞋匠。他替外交官、總統的家人……那種階級的人做鞋子。所以，妳知道，他可以讓妳過好日子。」

瑪黎安緊緊盯著嘉里爾看，她的心在胸口翻滾。「是真的嗎？她說的，是真的嗎？」

但是嘉里爾沒看她。他依舊咬著下脣，瞪著水壺。

「他的年紀比妳大一點。」艾芙森插嘴說：「但是他不到……呃，四十。頂多四十五。妳說呢，納吉絲。」

「沒錯。我還看過九歲的女孩許配給比向妳提親的人大上二十歲的男人呢，瑪黎安。我們都看過。妳幾歲，十五？很好，正是女孩子最適合結婚的年齡！」幾個女人全都熱心點頭稱是。但是瑪黎安注意到，她們刻意不提她那兩個同父異母的姊妹莎伊黛與娜希德，她們同樣是十五歲，都是赫拉特梅赫里女校的學生，也都準備到喀布爾大學註冊。很顯然的，對她們來說，十五歲並不是最適合結婚的年齡。

「而且呢。」納吉絲說：「他也經歷過親人過世的痛苦。我們聽說他的妻子十年前難產過世。然後，三年前，他的兒子在湖裡淹死了。」

「真是太悲慘了，真的。過去幾年他一直想找個太太，可是找不到合適的。」

「我不想嫁人。」瑪黎安說。她看著嘉里爾。「我不想。別逼我。」她痛恨自己這種抽噎、哀求的語氣，卻無法控制自己。

「講理一點吧，瑪黎安。」其中一個妻子說。

瑪黎安已經不想搞清楚是誰說了這句話。她繼續瞪著嘉里爾，等他開口，說這些都不是真的。

「妳不能一輩子都待在這裡。」

「妳不想要有自己的家嗎？」

「對啊，一個家。還有妳自己的小孩？」

「妳要繼續過日子啊。」

「當然啦，妳可能比較想嫁本地人，嫁個塔吉克人。但是拉席德身強力壯，對妳很有興趣。他有房子，也有工作。這才重要，對不對？而且喀布爾是個很美麗、很有意思的城市。說不定妳以後找不到這麼好的機會了。」

瑪黎安把注意力轉到那幾個妻子身上。

「我要去和費伊祖拉穆拉住。」她說：「他會接納我的。我知道他會。」

「那不好吧。」哈狄佳說：「他那麼老，又那麼……」她思索著合適的字眼，瑪黎安知道，她真正想說的是：他住得又那麼近。她了解她們的意圖是什麼。說不定妳以後找不到這麼好的機會了。對她們來說，的確如此。她們早就因為她的出世而蒙羞，現在她們可以趁這次機會，永永遠遠抹去丈夫丟臉行徑的最後一點痕跡。她之所以要被送走，是因為她這個活生生、會呼吸行走的人，分明就是她們恥辱的化身。

「他那麼老，又那麼虛弱。」哈狄佳最後說：「如果他過世了，妳要怎麼辦？妳會變成他們家人的負擔。」

就像妳現在是我們的負擔一樣。瑪黎安幾乎能看見這句沒說出口的話，宛如冬天從口中吐出的白霧，從哈狄佳嘴裡冒出來。

瑪黎安想像自己到了喀布爾，一個廣大、陌生、擁擠的城市，那裡，嘉里爾有一回告訴過她，位於赫拉特以東六百五十公里之外。六百五十公里。她從小到大離開小屋最遠的距離，不過就是上回徒步走到嘉里爾家的那兩公里。她想像自己住在那裡，住在無從想像的遙遠距離之外的喀布爾，住在陌生人的房子裡，必須忍受他的喜怒無常，接受他提出的種種要求。她必須替這個叫拉席德的男人打掃，替他煮飯，替他洗衣服。還有其他的工作——娜娜告訴過她，丈夫會對妻子做什麼。尤其是想到這些親密的事情，她想像那是一種噁心又令人痛苦的行為，她心中就充滿恐懼，冷汗直冒。

她又轉頭看嘉里爾。「告訴她們。告訴她們，你不會讓她們這麼做。」

「事實上，妳父親已經答應拉席德了。」艾芙森說：「拉席德人在這裡，在赫拉特。他大老遠從喀布爾來。你們明天早上舉行婚禮，然後搭中午的巴士去喀布爾。」

「告訴她們！」瑪黎安大叫。

三個女人全靜了下來。瑪黎安察覺到，她們也望著他。等待著。房裡一片靜默。嘉里爾轉著他手上的婚戒，一臉受傷、無助的表情。櫃子裡，時鐘滴滴答答走著。

「嘉里爾優？」終於，有個女人打破沉默。

嘉里爾緩緩抬起目光，迎上瑪黎安的視線，流連了一會兒，然後又垂下去。他張開嘴，但只發出一聲痛苦的呻吟。

「說話啊。」瑪黎安說。

於是嘉里爾開口了，用微弱無力的聲音說：「該死！瑪黎安。別這樣對我！」彷彿他才是被擺布的那個人。

就在這一刻，瑪黎安感覺到房裡的緊張氣息一掃而空。

嘉里爾的妻子們開始新一波、更加興致勃勃的遊說，瑪黎安只是低頭看著桌子。她的目光順著桌腳優美的造型，滑過桌角彎曲的弧線，望向映著倒影、深咖啡色桌面上的微光。她注意到，她每次一呼氣，桌面上就凝結出現一團白霧，讓她從父親的桌上失去影跡。

艾芙森陪著她回到樓上的房間。艾芙森一關上門，瑪黎安就聽見鑰匙喀啦喀啦上鎖的聲音。

8

早晨，瑪黎安拿到一件墨綠色的長袖衫，罩在白色的棉褲外面。艾芙森給她一條綠色頭巾，與一雙相配的涼鞋。

她被帶到那間有咖啡色長桌的房間，此時桌子中央擺了一碗糖衣杏仁、一本《古蘭經》、一條綠色面紗，以及一面鏡子。兩個瑪黎安從未見過的男人——見證人吧，她猜——和一個她不認識的穆拉已經坐在桌邊了。

嘉里爾領她到一把椅子旁。他穿著淺棕色的西裝，打紅領帶，頭髮洗得乾乾淨淨。替她拉開椅子的時候，他勉強擠出一個鼓勵的微笑。這回，哈狄佳與艾芙森和瑪黎安坐在桌子的同一邊。

穆拉朝面紗比了個手勢，於是納吉絲先幫瑪黎安戴上面紗，才坐了下來。瑪黎安低頭看著自己的手。

「現在可以叫他進來了。」嘉里爾交代某個人說。

瑪黎安還沒見到他，就先聞到他的味道。菸味，還有很濃、很甜的古龍水味，不像嘉里爾身上那種隱隱約約的香味。瑪黎安鼻孔裡滿是他的氣味。透過面紗，瑪黎安的眼角餘光瞥見一個男人佇在門口，個子高高的，肚子大大的，肩膀寬寬的。他的體型讓她倒抽一口氣，連忙垂下目光，心臟狂跳不已。她感覺到他停留在門口。接著，緩慢、沉重的步伐跨過房間。桌上的糖果盒隨著他的腳步聲微微震動。他低沉地咕噥一聲，在她身邊的椅子坐下。他呼吸的聲音好大。

穆拉歡迎他們。他說這不是傳統的婚禮。

「我知道拉席德先生已經買了巴士票，馬上就要搭車到喀布爾。所以，因為時間的關係，我們會省略一些傳統的步驟，加快程序的進行。」

穆拉為他們祈福，說了幾句強調婚姻重要性的話。他問嘉里爾，對新人的結合有無反對意見，嘉里爾搖搖頭。接著，穆拉問拉席德，他是不是真心希望與瑪黎安締結婚約。拉席德說：「是的。」他沙啞刺耳的嗓音，讓瑪黎安想起秋天踩在腳下的枯葉聲音。

「而妳，瑪黎安將，妳願意接受這個男人作妳的丈夫嗎？」

瑪黎安默不作聲。周圍有清喉嚨的聲音。

「她願意。」桌子另一端有個女人的聲音說。

穆拉說：「其實呢，她必須自己回答。而且她應該先等我問三遍再回答。畢竟啊，是他來向她提親，而不是她非嫁他不可。」

他又問了這個問題兩遍。瑪黎安沒回答，所以他又問了一遍，這一次加重了語氣。瑪黎安感覺得到，坐在她身邊的嘉里爾開始如坐針氈，桌下的雙腿翹起來又放下。又有清喉嚨的聲音。一隻白皙纖秀的手伸出來，拂掉桌上的灰塵。

「瑪黎安。」嘉里爾在她耳邊低聲說。

「願意。」她顫抖地回答。

一面鏡子遞進她的面紗裡。在鏡子裡，瑪黎安先是看見自己的臉，不怎麼好看的一字眉，扁平的頭髮，而眼睛呢，那雙憂鬱的綠眼睛靠得太近了，猛一看還以為是鬥雞眼。她皮膚粗糙暗沉，有許多斑點。她覺得自己額頭太寬，下巴太尖，嘴唇太薄。整體看起來就是一張長臉，三角形的臉，有點像獵犬。儘管瑪黎安眼中的自己是這副模樣，但古怪的是，這些平凡無奇的五官組合在一起，卻變成一張雖稱不上美麗，卻也還不算難看的臉。

透過鏡子，瑪黎安第一次瞥見拉席德：四四方方、紅光滿面的大臉；鷹勾鼻；紅潤的臉頰帶著狡詐的喜悅；水汪汪的眼睛裡滿布血絲；一口牙齒密密擠在一起，兩顆門牙翹起有如人字形屋頂；髮線低的無法想像，距濃密的眉毛不到兩指的寬度；一頭濃密粗硬的頭髮已經斑白。

在鏡子裡，他們的眼神剎時交會，瞬即轉開。

這是我丈夫的臉，瑪黎安想。

拉席德從外套口袋掏出兩只單薄的金戒指。他們交換戒指。他的指甲是黃褐色的，看起來很像爛掉的蘋果核，幾根指甲尖還彎曲翹起。瑪黎安努力想把戒指套進他的手指時，手抖個不停，還得靠拉席德幫她。拉席德給她的戒指有點太緊，但是他毫不費力就用力推過了她的指關節。

「好了。」他說。

「好漂亮的戒指。」有個妻子說：「很好看喔，瑪黎安。」

「就只剩簽證書了。」穆拉說。

瑪黎安簽了她的名字——瑪，黎，安——她知道所有的眼睛都盯著她的手。瑪黎安第二次在文件上簽名，是二十七年後，同樣也有位穆拉在場。

「你們已經結為夫妻。」穆拉說：「恭喜。」

拉席德在五彩繽紛的巴士上等候。瑪黎安從她和嘉里爾站著的地方看不見他。他們站在車子的後方，只看見從打開的車窗飄出一縷輕煙，是他在抽菸。他們周圍，許多人握手說再見。有人親吻著《古蘭經》，從經文底下穿過。光著腳丫的男孩在旅客身邊打轉，高舉著裝口香糖與香菸的托盤，遮得臉幾乎都看不見了。

嘉里爾急著告訴她，喀布爾有多麼美麗，蒙兀兒帝國的皇帝巴布爾要求後人將他安葬在那裡。瑪黎安知道，接下來他就要談起喀布爾的花園、商店、樹木和空氣，再過一會，她就要坐上巴士，而他會跟在巴士旁邊揮手，開心愉快，若無其事，沒有愧疚不安。

瑪黎安再也忍不住了。

「我以前一直很崇拜你。」她說。

嘉里爾的話講到一半突然停住。他的手臂一會抱在胸前，一會又放下。一對年輕的印度夫妻，妻子抱著嬰兒，丈夫拖著行李箱，從他們中間穿過。嘉里爾似乎很感謝他們打斷談話。他們連聲道歉，他很有禮貌地報以微笑。

「每個星期四，我坐在那裡好幾個小時等你來。我好擔心你不會出現。」

「路途很遠。妳該吃一點東西。」他說他可以幫她買些麵包和羊乳酪。

「我總是想念你。我常祈禱你能活一百歲。我一直不知道，我一直不知道我讓你覺得很丟臉。」

嘉里爾低下頭，像個長不大的孩子，用鞋尖挖著土。

「你覺得我很丟臉。」

「我會去看妳的。」他低聲說：「我會到喀布爾去看妳。我們可以——」

「不，不要。」她說：「不要來。我不要見你。你別來。我永遠不要再跟你聯絡。永遠。永遠不要。」

他用受傷的眼神看著她。

「我們就到此為止。道別吧。」

「別就這樣離開。」他的聲音很微弱。

「你甚至不讓我去和費伊祖拉穆拉道別。」

她轉身，走向巴士旁。她聽見他跟在她背後。她走到車門的時候，聽見他在叫她。

「瑪黎安優。」

她踏上階梯，儘管沒看窗外，但從眼角餘光還是瞥見嘉里爾在車外跟著她走。她沿通道直走到底，拉席德坐在那裡，雙腿夾著她的行李箱。嘉里爾的手壓在車窗上，指關節一敲，再敲，但瑪黎安沒轉頭看。巴士搖搖晃晃開動了，嘉里爾快步跟在車邊走，她也沒轉頭看。一直到車子開遠了，她還是沒轉頭去看他愈來愈渺遠的身影，沒轉頭去看他在巴士的廢氣與煙塵中消失無蹤。

占了窗邊與中間座位的拉席德，他把厚實的手掌覆在她手上。

「好啦，女孩。沒事，沒事了。」他一面說，一面瞄著窗外，彷彿外面有什麼更有趣的東西吸引了他的目光。

9

第二天傍晚時分，他們才抵達拉席德家。

「這裡是瑪桑區。」他說。他們站在屋外的人行道上。他一手提著她的行李，一手打開木頭大門的門鎖。「算是喀布爾的西南區。動物園就在附近，還有大學也是。」

瑪黎安點點頭。她已經知道，他開口說話的時候她必須很注意聽，才能理解他說的話。她不習慣他夾雜喀布爾方言的法爾西語，以及改不掉的普什圖口音。出身坎達哈的拉席德，母語是普什圖語。但是，對於她赫拉特口音的法爾西語，他似乎理解無礙。

瑪黎安很快觀察一下拉席德家所在的這條狹窄泥土路。街上的房子蓋得很密，兩家共用一道圍牆。每一戶前面都有個圍牆圍起的小院子，與街道隔開。大多房子都是平頂屋，用晒過的磚塊建成的，有些則是灰撲撲的泥塊屋，顏色和環繞城市周圍的群山一樣。街道兩旁各有一條水溝與人行道隔開，溝裡流著泥巴水。瑪黎安看見小堆小堆腐壞的垃圾，散落在街道各處。拉席德家是幢兩層樓的房子。瑪黎安看得出來，房子原本應該是藍色的。

拉席德一打開大門，瑪黎安眼前出現的是一個荒蕪的小院子，枯黃的野草從一小塊一小塊泥土地裡奮力冒出頭來。瑪黎安看見院子右邊有間廁所，左邊有座裝著手壓幫浦的水井，以及一排奄奄一息的小樹。井旁有間工具房，一輛腳踏車靠在牆邊。

「妳父親告訴我說妳喜歡釣魚。」穿過院子往屋裡走的時候，拉席德說。瑪黎安發現，這裡沒有後院。「從這裡往北就是山谷。那裡的河裡有很多魚。找一天我帶妳去。」

他打開前門的鎖，讓她進到屋裡。

拉席德的房子比嘉里爾家小得多，但是，比起瑪黎安和娜娜的小屋，這裡簡直是豪宅。樓下有玄關、客廳和廚房。在廚房裡，他拿出各式湯鍋和平底鍋給她看，還有一個壓力鍋和煤油爐。客廳裡有張淺綠色的皮沙發，側邊裂開一條縫，草草縫補起來。牆上光禿禿的。還有張桌子、兩把藤椅、兩張折疊椅，角落有個黑色的鍛鐵爐子。

瑪黎安站在客廳中央，環顧四周。在小屋裡，她一伸手就可以碰到天花板。她躺在小床上，靠著陽光穿透窗戶的角度就可以判斷時間。她知道小屋裡的門要推得多開，門鉸鍊才會咿呀作聲。而三十塊木頭鋪的地板上，每一條裂痕、每一個縫隙，她都知道在哪裡。如今，她所熟悉的一切都已遠去了。娜娜死了，而她在這裡，在這個陌生的城市，隔著河谷、白雪覆頂的山脈以及廣袤的沙漠，與她所熟知的生活永遠分離。她在一個陌生男子的家裡，這房子裡有著全然不同的房間，有著香菸氣味，有著裝滿陌生器具的陌生櫥櫃，有著厚重的墨綠窗簾，有著她知道自己伸手搆不著的高高天花板。這空間讓瑪黎安喘不過氣來。一波波渴望的痛楚向她襲來，那是對娜娜的渴望，對費伊祖拉穆拉的渴望，對她昔日生活的渴望。

於是，她哭了起來。

「妳哭什麼啊？」拉席德沉下臉說。他的手在褲子口袋裡掏著，然後扳開瑪黎安握緊的手指，把一條手帕塞進她的掌心。他給自己點了一根香菸，靠在牆邊。他望著瑪黎安拿手帕揩眼睛。

「沒事了？」

瑪黎安點點頭。

「確定？」

「是的。」

他拉起她的手肘，帶她到客廳的窗邊。

「這個窗戶朝北。」他說，用食指彎曲的指甲敲著玻璃窗。「我們正前方就是阿斯瑪伊山，看見沒？左邊，是阿里阿巴德山。大學就在山腳下。希爾達瓦札山在我們後面，在東邊，妳從這裡看不到。每天中午，他們會在山上發射加農炮。別哭了，我說真的。」

瑪黎安輕輕擦眼睛。

他皺起眉頭說：「我最受不了的，是女人家哭的聲音。很抱歉，我沒耐性應付這種事。」

「我想回家。」瑪黎安說。

拉席德很不高興地嘆口氣。一股菸味噴上瑪黎安的臉。「這一次，我不和妳計較。」

他再次拉著她的手肘，帶她上樓。

樓上有一條昏暗、狹窄的走廊，以及兩間臥房。較大的那個房間門半掩著。瑪黎安瞥見房裡和屋子其他的地方一樣，沒有多少家具：角落裡有張床，床上有咖啡色的毯子與枕頭，還有一個衣櫃以及梳妝台。牆上什麼都沒有，只有一面小鏡子。拉席德把門關上。

「這是我的房間。」

他說，她可以住客房。「我希望妳不會介意。我習慣自己一個人睡。」

瑪黎安沒告訴他，她有多麼慶幸，至少對這件事覺得很慶幸。

瑪黎安住的那個房間，比她在嘉里爾家的那個房間小多了。房裡有張床、一個陳舊的灰棕色梳妝台，還有一個小小的衣櫥。窗戶望出去就是院子，以及院子外的街道。拉席德把她的行李箱放在牆角。

瑪黎安坐在床上。

「妳剛沒有注意到。」他說。他站在門口，略微彎著腰。「看看窗台。妳知道那是什麼嗎？我去赫拉特之前放在那裡的。」

直到此時，瑪黎安才看見窗台上有個籃子，白色的晚香玉從籃裡探出頭來。

「妳喜歡嗎？這樣妳高不高興？」

「喜歡。」

「那麼，妳可以謝謝我。」

「謝謝你。對不起。謝謝——」

「妳在發抖。也許是我嚇到妳了。我嚇著妳了嗎？妳怕我嗎？」

瑪黎安沒看他，但是她感覺得出來，他的問話裡有幾分戲謔，彷彿揶揄似的。她馬上搖搖頭，卻又意會到這是她婚姻生活中的第一個謊言。

「不怕？那就好。這樣很好。嗯，這裡是妳的家了。妳會喜歡上這裡的。妳會明白的。我有沒有告訴過妳，這裡有電？白天大部分的時間，還有每天晚上都供電。」

他像是要離開的樣子。但在門邊，他停頓了一下，深深吸了一口菸，菸霧讓他的眼睛瞇了起來。瑪黎安以為他要開口說話。但並沒有。他關上門，留下她一個人，以及她的行李箱，與她的花。

10

起初幾天，瑪黎安很少離開她的房間。每天黎明，遠處召喚晨禮的聲音響起，她就起床禮拜，之後再爬回床上。她一直躺在床上，聽見拉席德進浴室，梳洗，甚至他要去店裡之前到房裡來看她的時候，她都沒起來。從房間的窗戶，她看見他在院子裡，把午餐綁在腳踏車的後架上，然後牽著腳踏車走過院子上街。她望著他騎車離去，望著他寬厚肩膀的身影消失在街道盡頭的轉角。

白天大多時間，瑪黎安都待在床上，覺得漂泊無依、孤寂絕望。偶爾，她會下樓到廚房，伸出手，一路摸著油漬點點、黏答答的流理台，以及聞起來有食物焦味的印花塑膠窗簾。她仔細查看亂七八糟的抽屜，看著不成套的湯匙與餐刀、篩網與缺角的木匙，這些都是她未來日常生活要用到的器具。而這一切的一切都提醒著她，她的生活已經完全變樣，也讓她覺得自己離鄉背井，不知身在何處，就像誤闖他人生活的入侵者。

以前在小屋的時候，她的胃口一直還不錯。但在這裡，她卻沒什麼食欲。偶爾，她端著一盤隔夜剩下的白米飯和一點點麵包到客廳窗邊。從窗戶望出去，她可以看見這條街上那些平房的屋頂。她也可以看見鄰人的院子，婦人忙著洗衣服趕孩子，雞群啄著泥地，鐵鏟與鋤頭，以及拴在樹旁的牛。

她極度懷念以前那些夏日夜晚，她和娜娜睡在小屋的屋頂平台上，看著在古爾達曼上空散發光輝的月亮，夜裡好熱，襯衫都黏在胸口，彷彿溼溼的樹葉黏在窗戶上。她不能忘記那些冬日午後，與費伊祖拉穆拉在小屋裡讀書，樹梢垂下的冰柱叮叮噹噹掉落屋頂；被白雪壓得低垂的枝椏上，烏鴉嘎嘎低吟。

一個人在家，瑪黎安不停踱來踱去，從廚房走到客廳，上樓到她的房間，然後再下樓。最後又回到房間裡，禱告或坐在床上，思念她的母親。她覺得想吐，害思鄉病。

然而，一直到太陽西斜，緩緩下山之際，瑪黎安的擔憂才真正開始。她一想到夜晚來臨，一想到拉席德或許終於決定要對她做丈夫對妻子所做的事時，牙齒就不住打顫。他獨自在樓下用餐的時候，她躺在床上，緊張得無法動彈。

他總是在她房門口停下腳步，探頭進來。

「妳不會已經睡了吧。現在才七點鐘。妳還醒著嗎？回答啊。快點。」

他一直催，直到瑪黎安在漆黑的房裡說：「我在這裡。」

他蹲下來坐在房門口。從床上，她可以看見他的龐大身軀、他的一雙長腿，還有繚繞著他鷹勾鼻剪影的菸霧，以及他香菸上的琥珀色星火一閃一滅。

他講白天發生的事情給她聽。外交部次長特別來訂製了一雙休閒鞋——拉席德說，這位次長只買他做的鞋子。還有一位波蘭外交官和夫人訂購了涼鞋。他告訴她，人們對於鞋子的迷信：把鞋放在床上，會給家裡招來死神；如果左腳先穿上鞋子，不久就會有人來挑釁。

「除非是在星期五不小心這樣做的。」他說：「而且妳知道嗎，把鞋子綁在一起掛在釘子上，會是不祥之兆。」

但是拉席德自己一點也不相信。在他看來，迷信大都是婦道人家先入為主的偏見。

他把街頭巷尾聽到的事情說給她聽，例如美國總統理查．尼克森因為醜聞而下台的事。

瑪黎安從沒聽說過尼克森這個人，也不知道他是因為什麼醜聞而被迫辭職，所以一句話都沒回答。她焦急地等拉席德說完話，捻熄香菸，離開她的房間。只有等她聽到他踏過走廊，聽到他房門打開又關上，只有等到此時，緊抓她腹部那無形、沉重的鐵拳才會鬆開。

有天晚上，他摁熄香菸，卻沒說晚安，只靠在門邊。

「妳到底要不要打開行李？」他朝她行李箱的方向點了個頭。他把手臂環抱在胸前。「我想妳可能需要一點時間。可是這樣也太誇張了吧。已經過了一個星期，而且……算了，這樣吧，從明天早上開始，我希望妳能像個妻子的樣子。聽懂了沒？」

瑪黎安的牙齒開始打顫。

「回答我。」

「好。」

「很好。」他說：「妳腦袋瓜在想什麼？以為這裡是旅館啊？以為我是個旅館經理啊？哎，這……噢，噢。別又來了。我是怎麼跟妳說的，還哭？瑪黎安。妳上回哭的時候，我是怎麼說的？」

隔天早上，拉席德出門工作之後，瑪黎安從行李箱裡拿出衣服，放進抽屜。她從井裡打了一桶水，拿抹布擦洗她房間的窗戶，以及樓下客廳的窗戶。她掃了地，清掉掛在天花板角落裡的蜘蛛網，又打開窗戶，讓屋裡通風。

她拿了三瓢扁豆泡在鍋裡，然後拿了一把菜刀，切了一些胡蘿蔔和兩個馬鈴薯，一起泡在鍋裡。她到處找麵粉，最後在櫥櫃裡一排髒兮兮的香料罐後面找到。她按娜娜教她的方法揉麵，用手掌底部壓平麵團，摺起外緣，翻面，再推平。她揉好麵團之後，用一塊溼布包起，戴上頭巾，出門到公用的烤爐去。

拉席德告訴過她烤爐的位置，就在街底，先左轉再右轉，但是瑪黎安只要跟著一群和她目的地相同的婦人與孩子走就行了。瑪黎安看見那些小孩子，不是跟在媽媽後面追著跑，就是跑在媽媽前面，身上穿的襯衫到處是縫縫補補的痕跡，長褲不是太大就是太小，腳下的涼鞋鞋帶破破爛爛，啪噠啪噠甩來甩去。他們用棍子滾著報廢的腳踏車舊輪胎玩。

他們的母親三四成群地走著，有些穿著布卡[15]，有些沒有。瑪黎安聽見她們高聲閒聊，咯咯大笑。儘管低著頭走，她還是聽見她們的閒談，不外乎都是講小孩生病啦，或是數落好吃懶做、不知感恩的老公。

好像飯菜自動就煮好似的。

一刻都不得閒！

他還跟我說啊，我發誓，沒騙妳，他真的跟我說……

無休無止的閒聊，語氣雖然哀怨，又帶有一種怪異的歡愉，不停兜著圈子轉啊轉啊。走到街底，繞過街角，在烤爐前排隊等候，還是聊個沒完。好賭的丈夫、只關心母親卻不肯花一文錢在老婆身上的丈夫。瑪黎安不禁納悶，怎麼會有這麼多女人都同樣倒霉，嫁給這麼可怕的丈夫。或者這只是她還不了解的主婦間的玩笑，只是她們日常作息的一部分，就像洗米或揉麵團一樣？她們會期待她早日加

15 burqa，伊斯蘭婦女傳統服飾，會將全身蒙住。

入她們的行列嗎？

烤爐前排隊等候的隊伍裡，瑪黎安發現有人偷偷瞄著她，也聽到竊竊私語。她的手心開始冒汗。她想像她們全知道她是個「哈拉密」，是她父親和家族的恥辱。她們全都知道她背叛了母親，羞辱了自己。

她用頭巾的一角輕揩著脣鼻之間的汗水，努力想鎮靜下來。

好幾分鐘過去了，一切都安然無事。

然後，有人拍拍她的肩膀。瑪黎安轉頭，看見一個身材圓潤、膚色較白的婦人，和她一樣戴著頭巾。這婦人一頭粗硬的黑色短髮，配上神情開朗、近乎正圓形的臉。她的嘴脣比瑪黎安的脣要豐滿許多，下脣微微下垂，好像被嘴脣下方那個深色大痣拖得往下垂似的。她那雙綠色的大眼睛望著瑪黎安，眼神閃閃動人。

「妳是拉席德將的新娘子，對不對？」那婦人笑得很開心地說：「從赫拉特來的那位。妳好年輕噢！瑪黎安將，對吧？我叫法麗芭。我住在妳們那條街，妳們家左邊數過去第五間，有綠色大門的那一家。這是我兒子努爾。」

她身邊的那個男孩有張光滑、愉快的臉，頭髮像媽媽一樣粗硬。左耳耳垂有一小簇黑毛。眼睛裡閃著淘氣、魯莽的神采。他舉起手：「您好，卡哈拉將[16]。」

「努爾十歲。我還有一個大兒子，阿哈馬德。」

「他十三歲。」努爾說。

「十三，很快就四十歲了。」法麗芭大笑說：「我丈夫叫哈金。他是瑪桑區這裡的老師。妳應該找個時間過來，我們可以一起喝——」

突然，其他的婦人好像壯起膽子來，紛紛推開法麗芭，全擠到瑪黎安身邊，用驚人的速度把她團團圍住。

「妳就是拉席德將的年輕妻子——」

「妳喜歡喀布爾嗎？」

「我去過赫拉特。我有個表親住在那裡。」

「妳喜歡先生男孩還是女孩？」

「那裡的宣禮塔！噢，太漂亮了！實在是個輝煌非凡的城市！」

「兒子比較好，瑪黎安將，兒子可以傳宗接代。」

「才怪！兒子結了婚就不見人影。女兒會留在身邊，等妳老了可以照顧妳。」

「我們早就聽說妳要來。」

「生雙胞胎吧。一男一女！就皆大歡喜囉。」

瑪黎安不禁後退。她呼吸急促，耳朵嗡嗡響，脈搏亂跳，她的目光從一張臉跳到另一張臉上。她又後退一步，但是根本無路可退——她站在人群正中央。她瞥見法麗芭。法麗芭皺起眉頭，看出她的驚惶。

「饒了她吧！」法麗芭說：「讓開，饒了她吧！妳們把她嚇壞了。」

16 Khala，姑姨的稱謂。

瑪黎安把麵團緊緊貼在胸前，推開圍在她身邊的人群。

「妳要去哪裡，姊妹？」

她不停往外擠，擠到沒有人的地方，回頭往街上跑。但一直跑到交叉路口的時候，她才發現自己走錯路了。於是她掉頭，往另一個方向跑，低著頭，不小心跌了一跤，擦傷了膝蓋；但她又站起來，繼續跑，頭也不回地穿過那群女人身邊。

「妳怎麼回事？」

「妳流血了，姊妹！」

瑪黎安轉過街角，接著又拐過另一個轉角。她找到了她住的那條街，卻突然不記得拉席德的房子是哪一幢。她沿著街跑，氣喘不已，幾乎快哭了，開始盲目地挨家挨戶找。有些門鎖著；有些門一打開，只看到陌生的院子、吠叫的狗，受驚的雞群。她想像拉席德回到家，發現她還在街上尋尋覓覓，膝蓋流著血，在自己住的街上迷了路。於是，她開始哭了起來。她推開一戶戶人家的門，驚惶失措地念著經文禱告，臉上涕淚縱橫。直到打開一戶門，她如釋重負地看見廁所、水井與工具間。她用力關上大門，轉上門鎖。接著就癱倒在地，挨著牆，開始乾嘔。覺得好一點之後，她匍匐著爬開，坐在牆邊，腿伸得直直的。她這輩子從來沒有覺得如此孤獨過。

那天晚上，拉席德回家的時候，帶著一個棕色紙袋。瑪黎安覺得有點失望，因為他沒注意到擦乾淨的窗戶、打掃過的地板，以及清掉的蜘蛛網。但是他看起來很高興，因為她已經在客廳地板上鋪好乾淨的餐蓆，擺上他的餐盤。

「我煮了豆泥。」瑪黎安說。

「很好。我餓了。」

她從水缽裡倒水給他洗手。他用毛巾擦手的時候，她在他面前放了一碗熱騰騰的豆泥，一盤鬆軟的白飯。這是她為他煮的第一頓飯，瑪黎安真希望自己是在比較好的狀況下做飯。因為煮飯的時候，她根本還沒從烤爐那邊的意外恢復過來，依舊渾身發抖。一整天，她都煩躁不安，擔心豆泥的濃度和顏色，怕自己加了太多薑，或者是薑黃放不夠。

他把湯匙放進金黃色的豆泥裡。

瑪黎安有點害怕。萬一他不滿意或生氣怎麼辦？如果他氣呼呼地把盤子推開怎麼辦？

「小心。」她打起精神說：「很燙。」

拉席德噘起嘴脣，吹涼，把湯匙放進嘴巴。

「不錯。」他說：「有點不夠鹹，但是不錯。或許比不錯還好，真的。」

瑪黎安鬆了一口氣，看著他吃，油然而生的自豪讓她卸下心防。她煮得還不錯——或許比不錯還好，真的——她很意外，他小小的讚美竟然讓她如此激動。白天的不愉快悄悄消褪。

「明天是星期五[17]。」拉席德說：「我帶妳到處逛逛，妳覺得怎麼樣？」

「逛喀布爾？」

「不是。是加爾各答。」

17 依據伊斯蘭教義，星期五象徵太陽升起以來最好的日子。穆斯林會於這日聚集在一起祈禱。

瑪黎安大表驚訝。

「開玩笑的啦。當然是喀布爾啊。不然還有哪裡？」他伸手去拿那個棕色紙袋。「但是，首先，我有些話要告訴妳。」

他從袋裡拿出一件天藍色的布卡。他手一揚，長長、打褶的布料飄落在他膝上。他捲起布卡，看著瑪黎安。

「瑪黎安，我有些顧客，男的客人，會帶他們的妻子到我的店裡來。那些女人在店裡毫無遮掩，直接和我說話，眼睛看著我，一點都不覺得羞恥。她們臉上化妝，穿的裙子短到連膝蓋都露出來了。有時候，她們甚至把腳擺在我面前，那些女人真的就這樣讓我量她們的腳，而她們的丈夫就站在旁邊看。他們容許妻子這麼做。他們不在乎陌生人摸他們老婆的光腳丫！他們自認為是摩登的男人，是知識分子，就憑他們曾受過的教育。他們不知道自己是在摧毀他們的榮譽和自尊。」

他搖搖頭。

「他們大多都住在喀布爾有錢人住的地區。我會帶妳去。妳會明白。但是這裡也有這樣的男人，瑪黎安，就在我們的街坊，有這種懦弱的男人。我們這條街底有個老師，叫哈金，我常看見他老婆法麗芭自己一個人走在街上，頭上什麼都沒戴，只裹了一條披巾。老實說，看見一個男人管不住自己老婆，真的讓我覺得很丟臉。」

他用嚴厲的眼神盯著瑪黎安。

「不過我和他們不一樣，瑪黎安。在我的家鄉，一個不該有的眼神，一句不得體的話，馬上就會導致血流成河。在我生長的地方，女人的臉只屬於她的丈夫。我要妳記住這句話。妳了解嗎？」

瑪黎安點點頭。他把袋子遞給她，她接了過來。

原本他讚美廚藝而帶來的喜悅，已消失無蹤。取而代之的，是一股卑微的感覺。這個男人的意志力脅迫著瑪黎安，宛如俯視著古爾達曼村的薩菲德山那般盛氣凌人，無可撼動。

拉席德把紙袋交給她。「那麼，我們有共識囉。現在，我還要多來一些豆泥。」

11

瑪黎安從來沒穿過布卡，還得靠拉席德幫忙才能穿上。加了襯墊的頭罩很緊又很重，而且，透過眼部的網紗看外面也實在很奇怪。她試著穿上布卡在房間裡走，卻不時踩上裙襬，踉蹌跌跤。視野受限讓人很難受，同時，她也不喜歡打褶的布料貼在嘴脣上那種窒息的感覺。

「妳會習慣的。」拉席德說：「需要一點時間。我相信妳說不定還會愛上它。」

他們搭巴士到拉席德稱之為新城公園的地方。那裡有些孩子互相推著盪鞦韆，有些就用綁在樹幹上的破爛球網打排球。他們一起漫步，看孩子們放風箏。瑪黎安走在拉席德身邊，一會兒絆倒，一會兒踩到布卡的裙襬。午餐時，拉席德帶她到清真寺旁的一家小烤肉店吃飯。拉席德說那是哈吉．亞霍伯清真寺。餐館地板黏黏的，到處是油煙。牆壁聞起來隱隱有生肉的味道，音樂聲震耳欲聾，拉席德告訴她那是羅戈里音樂[18]。廚師全是瘦瘦的男孩，一手煽著烤肉串，一手忙著趕飛蟲。以前從來沒到過餐館的瑪黎安起初覺得很怪異，要與這麼多陌生人同坐在擁擠的餐館裡，還必須掀起布卡，把一小口一小口的食物送進嘴裡。烤爐事件那天的焦慮感，又在她的胃裡翻攪，但是有拉席德在身邊，讓她稍稍寬心，一會兒之後，她發現自己不再那麼在意音樂、油煙，甚至周遭的人。而身上的布卡呢，她很詫異發現，竟然也讓她覺得有安全感。布卡就像一面單向的窗戶。窗裡，她是一個旁觀者，可以躲開陌生人打量的眼光。她不必再擔心陌生人只消瞥上一眼，就察覺到她過往所有的羞辱與祕密。

在街上，拉席德權威十足地帶她認識一幢幢建築：這是美國大使館，那是外交部。他指著一輛輛汽車，告訴她廠牌，是在哪裡製造的：蘇聯的伏爾加、美國的雪佛蘭、德國的歐寶。

「妳最喜歡哪一種？」

瑪黎安遲疑了一下，指著一輛伏爾加，拉席德笑了起來。

和喀布爾的擁擠程度比起來，瑪黎安在赫拉特見識過的場面真是小巫見大巫。這裡的樹少得多，馬車也少得多，但是汽車多得多，建築比較高，還有比較多的交通號誌，以及鋪得平整的道路。而且，不管走到哪裡，瑪黎安都聽得到這個城市特有的口音，稱呼他人的名字尾音是念成「將」而不是「優」，「姊妹」念成「哈姆須拉」而不是「哈恩須雷」。

拉席德向街上的攤販買了冰淇淋給她。這是瑪黎安第一次吃冰淇淋，她從沒想到會有這麼奇妙的味覺享受。她吃得乾乾淨淨，包括上面撒的開心果碎片和杯底的小米果。那迷人的口感，脣齒間的甜味，令她嘖嘖稱奇。

他們走到一個叫雞仔街的地方。這是個狹窄擁擠的市集，拉席德說附近就是喀布爾有錢人住的區域。

「附近住的都是外國的外交官、有錢的生意人，或者王公貴族，都是這類的人。不像妳我這種平民百姓。」

「我沒看見雞啊？」瑪黎安說。

「雞仔街上什麼都有，就是沒有雞。」拉席德大笑說。

---

18 logari，阿富汗傳統音樂。

街道兩旁全是一家家商店和攤販，賣著羊皮帽、五顏六色的傳統罩袍。拉席德停在一家店前面看著一把雕花的銀劍，又在另一家店看一把舊的來福槍，老闆向他保證，那是第一次抗英戰爭[19]遺留下來的古董。

「那我還是戴揚[20]咧。」拉席德咕噥說。他半笑不笑的樣子，讓瑪黎安覺得他的笑容似乎只給她一個人看。一個私密的、夫妻之間的笑容。

他們漫步走過一家家地毯店、手工藝品店、糕餅店、花店，以及賣著男士西裝與女士洋裝的商店，瑪黎安看見那些服裝店的蕾絲窗簾後面，有年輕的女孩在縫鈕釦，熨衣領。拉席德不時和他認識的店東打招呼，有時用法爾西語，有時用普什圖語。他們握手、親吻臉頰的時候，瑪黎安就站在幾呎之外。拉席德沒招手要她過去，也沒替她引見。

他要她在一家刺繡品店外頭等著。他說：「我認識這個老闆。我進去一下，打個招呼。」

瑪黎安站在擁擠的人行道上等候。她看著一輛輛汽車慢慢駛過雞仔街，在成群的小販和行人之間穿梭，按喇叭警告那些不肯讓路的小孩與驢子。她望著那些滿臉無聊的商人站在小小的攤位裡，抽菸或對著銅痰盂吐痰，不時從陰暗處冒出來，向過往行人兜售織品或毛領外套。

但是，最吸引瑪黎安注意的是女人。

喀布爾這個區域的女人，與生活在貧困地區的女人大不相同。她和拉席德住的那個地區，大多女人從頭到腳包得很嚴密。而這裡的女人很——拉席德是怎麼說來著？——很「摩登」。沒錯，摩登的阿富汗女人嫁給摩登的阿富汗男人，那些男人不在意自己的妻子化妝，頭上沒戴任何東西，和陌生人一起走在街道上。瑪黎安看著她們無拘無束地在街上漫步，有的與男人一起，有的獨自一人，有的還是帶著腳穿光亮皮鞋、戴皮帶手錶、臉頰粉嫩的孩童，牽著高手把、金色輪軸的腳踏車——這些孩子和瑪桑區的孩子有天壤之別；瑪桑區的孩子臉上有被蚊蚋叮咬的疤痕，玩的是腳踏車的舊輪胎，用棍子滾著玩。

這些女人的皮包跟著身體搖擺，裙子沙沙作響。瑪黎安甚至看到有個女人一面開車一面抽菸。她們留著長長的指甲，塗上粉紅或橙黃的指甲油，嘴唇紅豔像是鬱金香。她們踩著高跟鞋，步伐急促，彷彿老是有急事趕著辦。她們戴著深色太陽眼鏡，像一陣風似的走過瑪黎安身邊時，留下一股香水氣息。瑪黎安想像她們都有大學學歷，都在辦公大樓上班，坐在自己的辦公桌後面，打字、抽菸、打重要的電話給重要的人士。這些女人讓瑪黎安覺得神祕費解。她們讓她意識到自己的卑微、長相的平庸，以及她的胸無大志，她的貧乏無知。

就在這時，拉席德拍拍她的肩膀，遞給她一件東西。

「拿去。」

是一條深栗色的絲質披肩，邊緣有金線刺繡，垂著流蘇。

「喜歡嗎？」

瑪黎安抬起頭。拉席德做了一件令她感動的事。他眨眨眼，避開她的目光。

瑪黎安想起嘉里爾，想起他把珠寶首飾遞給她時那種慎重其事、開心愉快的樣子，他的興高采烈

19 十九世紀英國為爭奪中亞控制權入侵阿富汗，發生三次英阿戰爭，第一次抗英戰爭為一八三八至一八四二年。

20 Moshe Dayan（1915-1981），以色列前國防部長，為一九六七年以阿六日戰爭的勝利英雄。

讓人難以招架，只能乖乖感恩拜謝。娜娜對嘉里爾那些禮物的看法是正確的。那只是不真心的贖罪，只是虛情假意的賄賂，為的是他自己的心安，而不是她的快樂。這條披肩，瑪黎安知道，是真正的禮物。

「好漂亮。」她說。

那天晚上，拉席德又到她的房間。但他沒站在門口抽菸，而是走了進來，在她躺著的床上坐下。床墊的彈簧吱嘎一聲，朝他坐下的那一邊稍稍傾斜。

他遲疑了一陣，然後，伸手撫著她的脖子，粗粗的手指輕觸著她的頸背。他的拇指往下滑，滑過鎖骨上方的凹陷處，滑過鎖骨下方的肌膚。瑪黎安開始顫抖。他的手繼續往下探，探得愈來愈低，愈來愈低，她的棉布襯衫卡住了他的指尖。

「我不行。」瑪黎安沙啞地說。她望著他在月光下的剪影，他厚實的肩膀與寬闊的胸膛，幾簇灰色的胸毛從他敞開的領口冒出來。

他的手隔著襯衫，用力揉搓她右邊的乳房。她聽見他鼻子沉重的呼吸聲。

他鑽進毯子裡，躺在她身邊。她可以感覺到他的手忙著解開自己的皮帶，扯開她褲腰的拉繩。她緊緊抓著床單。他翻身趴在她身上，蠕動著，扭動著，她不禁輕輕抽噎。瑪黎安閉上眼，咬緊牙關。痛楚來得突然且驚人。她的眼睛倏然睜開。她張嘴吸進一口空氣，緊緊咬著自己的拇指。她伸出手臂抱住拉席德的背，手指掐進他的襯衫裡。

拉席德把臉埋進她的枕頭裡，瑪黎安睜大眼睛，瞪著他肩頭上方的天花板，渾身顫慄，緊抿嘴唇。他呼吸急促，呼出的熱氣噴在她肩膀上。他倆之間的空氣混雜著菸草味，以及他們稍早之前吃的洋蔥與烤羊肉的氣味。他的耳朵一直摩挲著她的臉頰，從那刺癢的感覺裡，她知道他一定刮過鬍子了。

事後，他躺在她身旁，氣喘不已，手擱在額頭上。黑暗裡，她看得見他手錶的藍色指針。他們就這樣躺了一會兒，仰臥著，誰也不看誰。

「這沒有什麼好羞恥的，瑪黎安。」他有點口齒不清地說：「結婚的人都這樣的。先知與他的妻子們也都這麼做的。沒有什麼好羞恥的。」

過了一會，他推開毯子，走出房間，留下她獨自一個人，面對他留在枕頭上的凹痕；留下她獨自一個人，等待身體的痛楚消退；留下她獨自一個人，望著夜空冰冷的星星，以及一抹掩蓋明月面容的薄雲，宛若新娘面紗的薄雲。

12

那年，一九七四年秋天，齋戒月[21]來臨。瑪黎安生平第一次目睹一輪新月的出現如何改變了整個城市，改變了城市的節奏與情緒。她察覺到一股昏昏然的沉寂籠罩喀布爾。交通變得遲緩、稀疏，甚至靜止。商店門可羅雀。餐館熄掉燈光，關上大門。瑪黎安在街上看不到抽菸的人，也看不到窗台上冒著熱氣的茶杯。而等到太陽一西沉，希爾達瓦札山的加農炮一響，開齋晚餐開始，整個城市就大吃大喝，瑪黎安也不例外。她吃著麵包，配著椰棗，享受她十五年來第一次與眾同歡的甜美經驗。

但是大部分的日子，拉席德都沒遵守齋戒。而在少數幾個乖乖守戒的日子裡，他回家的時候心情都很不好。飢餓讓他粗魯暴躁，不太講話、沒耐性。有天晚上，瑪黎安晚了幾分鐘開飯，他就開始吃麵包配蘿蔔。甚至等瑪黎安把米飯、羊肉和秋葵咖哩放在他面前的時候，他還是連碰都不碰。他什麼都沒說，繼續嚼他的麵包，太陽穴猛烈抽動，額頭上青筋畢露，十分生氣。他一直嚼著麵包，眼睛盯著正前方，瑪黎安和他說話時，他對她視而不見，自顧自地又塞了一片麵包到嘴裡。

齋戒月結束的時候，瑪黎安鬆了一口氣。

齋戒月剛結束之後，就是連續三天的開齋節[22]慶典。以前在小屋的時候，嘉里爾都會在開齋節的頭一天來探望她和娜娜。他穿西裝打領帶，送來開齋節禮物。有一年，他送了瑪黎安一條羊毛披肩。他們三個一起坐下來喝過茶之後，嘉里爾就會告辭。

「趕著去和他真正的家人慶祝開齋節。」他涉過溪澗，揮手告別的時候，娜娜這麼說。

費伊祖拉穆拉也會來。他會給瑪黎安帶來錫箔紙包的巧克力，一籃染色的水煮蛋和餅乾。等他一離開，瑪黎安就帶著這些東西爬上柳樹。坐在高高的枝幹上，吃著費伊祖拉穆拉送的巧克力，把錫箔紙往下丟，散落在樹幹上，彷彿一樹銀花。巧克力吃完之後，她開始吃餅乾，然後拿著鉛筆，在他帶來給她的水煮蛋上畫臉。然而，她不太開心。瑪黎安害怕開齋節，因為這是迎賓待客、舉行慶典的節日，是全家人穿上最好的衣服、互相拜訪的日子。她想像赫拉特洋溢著熱鬧歡樂的氣息，興高采烈、眼神發亮的人們互相表達情誼與問候之意。這時，孤寂就會像裹屍布一樣層層纏在她身上，直到開齋節過去才掙脫得掉。

今年，是第一次，瑪黎安親眼目睹她童年時代所想像的開齋節。

拉席德和她一起上街。瑪黎安從來沒和這麼多生氣勃勃的人走在一起。不畏冬寒，扶老攜幼擠在全城各地的街頭上，忙著到處探訪親友。在她住的這條街上，瑪黎安看見法麗芭和她兒子努爾。努爾穿著西裝，法麗芭裹著白色披肩，走在一個戴眼鏡、看起來很害羞的小個頭男子身邊。她的大兒子也在——瑪黎安不知怎麼的還記得他的名字：阿哈馬德，那是法麗芭和她在烤爐邊第一次碰面提到的。他有一雙深陷沉思的眼睛，一張比起弟弟更慎慮、更嚴肅的臉，那是張早熟的臉，不像他弟弟還童稚未脫。阿哈馬德脖子上掛了一條項鍊，鍊墜上有著閃閃發光的「阿拉」字樣。

法麗芭一定是認出穿著布卡走在拉席德身邊的瑪黎安了。因為她揮揮手，喊道：「開齋節平安！」

21 Ramadan，伊斯蘭教義中規定於回曆九月行齋戒，日出至日落禁止飲食。
22 全球穆斯林慶祝齋月結束的節日，親友會互相拜訪，舉辦宴會。

罩在布卡裡，瑪黎安若有似無地對她微微頷首。

「妳認識那個女人啊，那個老師的妻子？」拉席德問。

瑪黎安說她不認識。

「妳最好離她遠一點。她是個長舌婦，那個女人。而她丈夫呢，老愛端個知識分子的架子，裝模作樣。看看他那副德性。妳不覺得他長得就像隻老鼠嗎？」

他們到新城區，成群穿著新襯衫與鮮豔鑲珠背心的孩子追逐笑鬧，互相炫耀節日禮物。婦人們端著一盤盤糖果招呼客人。瑪黎安看見商店櫥窗掛著節慶燈籠，擴音器裡傳來喧嚷的音樂。經過身邊的陌生人對她說：「開齋節平安！」

那天晚上，他們到察曼公園。站在拉席德背後，瑪黎安看見煙火高衝上夜空，綻放出綠的、粉紅的、黃的火光。她好懷念和費伊祖拉穆拉坐在小屋外面，望著遙遠的赫拉特上空煙火四射，乍然奔放的繽紛色彩映照在她老師那雙有白內障的溫柔眼睛裡。但是，她最想念的是娜娜。瑪黎安好希望母親能活著看見此情此景，並且看見她，與她一起在這裡；她好希望娜娜能體會得到，滿足與美好並非遙不可及的東西。即使對像她們這樣的人來說也不例外。

他們家也有開齋節訪客。全是男客，是拉席德的朋友。一有人敲門，瑪黎安就知道她該上樓回房間，關上房門。客人和拉席德在樓下一起喝茶、抽菸、聊天的時候，她一直待在房間裡。拉席德早就告訴過瑪黎安，要等客人全離開之後，才可以下樓。

瑪黎安不在意。事實上，她甚至有點受寵若驚。因為拉席德認為他倆共同擁有的生活神聖不可侵犯。她的榮譽，是值得他捍衛的。她很珍惜他對她的保護，珍貴且意義深遠。

開齋節的第三天，也是最後一天，拉席德去看幾個朋友。反胃了一整夜的瑪黎安煮了一壺水，給自己泡了一杯撒上小荳蔻粉的綠茶。在客廳裡，她清楚看見前一夜開齋節訪客留下的殘局：打翻的茶杯，吃了一半的南瓜子塞在墊子之間，盤子上凝結的油漬，還是前一夜餐點留下的輪廓。瑪黎安開始整理這一團混亂，男人可以懶散邋遢到這種地步，真讓她嘆為觀止。

她原本並沒有打算進拉席德房間。但是一路打掃，讓她從客廳整理到樓梯，然後到樓上的走廊，再到他的房門口，接著，等她回過神的時候，人就已經在他房間裡了。這是她第一次進到他的房間，坐在他的床上，感覺像個闖空門的人。

她看見厚重的綠色窗簾，幾雙擦得光亮的皮鞋整整齊齊擺在牆邊，還有灰色油漆剝落的衣櫃門，露出底下的木頭原色。她看見床頭櫃上有包香菸。她拿了一根菸刁在脣間，站在掛在牆上的橢圓形小鏡子前，對著鏡子吹了一口氣，做出撣菸灰的動作。她把菸放了回去。她永遠沒有辦法做出像喀布爾女人抽菸那種不著痕跡的優雅儀態。她做來笨拙、可笑。

她帶著罪惡感，打開梳妝台的第一層抽屜。

她先看見的是槍。黑色的槍，木頭握柄，短短的槍管。瑪黎安把槍拿起來之前，還先確定記住原先擺放的方向。她在手中把玩著。這把槍拿起來比看起來還要重。握柄在手中感覺很光滑，槍管冷冰冰的。她心中覺得不安，因為拉席德竟然擁有這種唯一作用就是殺人的東西。然而，可以確定的是，他擁槍是為了保護他們的安全。她的安全。

槍下面有幾本雜誌，雜誌頁面的邊角都捲起來了。瑪黎安打開一本。她的心一沉。嘴巴不由自主張得大大的。

每一頁都是女人，漂亮的女人，沒穿襯衫、沒穿長褲、沒穿襪子或內褲的女人。她們什麼都沒穿，躺在床單凌亂的床上，眼睛半睜半閉地看著瑪黎安。大部分的照片裡，她們都張開了腿，連最隱密的部位都讓瑪黎安一覽無遺。幾張照片裡，那些女人擺出了宛如——祈真主原諒——禱拜時五體投地的動作。她們回頭後望，露出慵懶、目空一切的表情。

瑪黎安連忙把雜誌放回原位。她有點恍神。這些女人是誰？她們怎麼能容許自己這樣被拍攝？她的胃噁心翻攪。他沒到她房間去的時候，就是看這些東西？她在這方面無法滿足他嗎？他老是掛在嘴邊的榮譽和節操又算什麼？他對那些在他面前露出腳來試鞋的女人不以為然的態度又是怎麼回事？女人的臉，他說過，只屬於她的丈夫。雜誌上的這些女人當然有丈夫，有些一定有。至少，她們有兄弟。倘若如此，拉席德既然可以無所謂地看著其他男人的妻子與姊妹的隱密部位，為何又非堅持要她遮住臉不可呢？

瑪黎安坐在他床上，很難為情，也很迷惑。她雙手掩住臉，閉上眼睛，不停深呼吸，直到恢復平靜。

慢慢地，答案自動浮現。畢竟，他是個男人，她搬進來之前，他是個獨居多年的男人。他的需求與她不同。對她來說，經過這幾個月之後，歡愛仍然是強忍痛苦的歷練。但是另一方面，他的需求很強烈，有時甚至接近暴力。他用力壓倒她，使勁揉搓她胸部，還有他臀部多麼狂烈地抽動啊。他是個男人。多年來沒有女人在身邊的男人。他是真主造就的生物，她能因此而責怪他嗎？

瑪黎安知道，她永遠不能跟他談起這件事。永遠不能提。但是這真的是不可原諒嗎？她只消想想她生命中的另一個男人：嘉里爾，三個女人的丈夫，九名子女的父親，卻還是和娜娜暗渡陳倉。哪一個比較惡劣，是拉席德的雜誌或嘉里爾的行為？更何況，她不過是個村婦，是個哈拉密，又有什麼資格評論別人呢？

瑪黎安拉開梳妝台最底層的抽屜。

她找到了那個男孩尤納斯的照片，是一張黑白照片。他看起來只有四、五歲的樣子，穿著一件條紋襯衫，打著蝴蝶領結。他是個好看的小男孩，秀氣的鼻子，棕色的頭髮，微凹的深色眼睛。照片裡的他看來有點分神，彷彿在快門一閃的那一剎那，有其他東西吸引了他的注意。

這張照片下面，瑪黎安找到了另一張，也是黑白的，但是看起來顆粒比較粗。照片中有個坐著的女人，背後是比較瘦、比較年輕、滿頭黑髮的拉席德。那是個漂亮的女子。或許不像雜誌上的女人那麼漂亮，但還是很漂亮。當然也比瑪黎安自己漂亮得多。纖巧的下巴，一頭中分的烏黑長髮，高高的顴骨，細緻的額頭。瑪黎安想起自己的臉，那單薄的嘴唇和長長的下巴，心中湧起一絲嫉妒。

她看著照片良久。拉席德站在那名女子背後的樣子，隱隱有一股令人不安的氣息。他的雙手放在她肩上。他意興盎然、緊抿嘴唇微笑，而她卻一笑也不笑，神色凝重。她的身體微微向前傾，彷彿想擺脫他的手。

瑪黎安把拿出來看的東西全擺回去。

後來，她洗衣服的時候，很懊悔自己偷偷溜進他房裡。幹麼呢？她又弄清楚什麼關於他的事了嗎？知道他有一把槍，知道他是個有慾求的男人？她不應該盯著他和他妻子的照片看了那麼久。那只不過是在快門一閃的瞬間，所捕捉到的不經意肢體動作，她的眼睛卻想從中找尋意義。

衣服晾好後，面前的晒衣繩沉甸甸地抖動，瑪黎安此刻反倒為拉席德難過。他曾有過艱苦的歲月，一段銘刻著喪親與命運乖舛的歲月。她的思緒回到他兒子尤納斯的身上，那個曾經在院子裡堆雪人，曾經在這屋子的樓梯上蹦蹦跳跳的男孩。湖水把他從拉席德身邊奪走，吞噬了他，就像鯨魚吞噬了《古蘭經》那個也叫尤納斯的先知一樣。一想到拉席德當時驚慌、無助地在湖岸邊奔走，祈求湖水能讓他兒子回到人世間來，就讓瑪黎安心痛——非常痛。她第一次覺得和丈夫是一家人。她告訴自己，他們一定能白頭偕老。

13

從診所搭巴士回家的途中，瑪黎安身上有了最奇妙的變化。放眼四顧，她看到的盡是明豔的色彩：在灰暗單調的水泥公寓上，在錫板屋頂上，在大門敞開的商店裡，在水溝淌流的泥水裡，就像有道彩虹融進她的眼底。

拉席德戴在手套裡的手指敲著節奏，嘴裡哼著歌。每回巴士急駛過坑洞，一顛簸，他馬上就伸手護住她的肚子。

「薩瑪伊怎麼樣？」他說：「這是個不錯的普什圖名字。」

「萬一是個女兒呢？」瑪黎安說。

「我覺得是個兒子。沒錯，是兒子。」

巴士裡開始響起竊竊私語，有些乘客對著窗戶指指點點的，其他人則側身靠向車窗去看。

「看。」拉席德用指關節敲著窗戶說。他面帶微笑：「那邊。看見了嗎？」

在街上，瑪黎安看見人們紛紛停下腳步。在紅綠燈前，一張張臉孔從車窗裡冒了出來，抬頭迎接從天而降的片片柔雪。冬季的第一場降雪，瑪黎安驚嘆著，竟然如此迷人！是因為碰巧得見尚未被玷污、未被踐踏的純潔細雪嗎？還是因為有幸目睹嶄新季節稍縱即逝的優雅美景，在尚未被蹂躪、被破壞之前，捕捉到一個美好的開端呢？

「萬一是個女孩。」拉席德說：「不可能，但是，萬一是個女孩，隨便妳想取什麼名字都可以。」

隔天早上，瑪黎安在鋸子和鎚子的聲音裡醒來。她裹著披肩，走到積雪的院子裡。前一夜紛飛的大雪已停了。此時只有輕柔飛旋的零星雪花輕輕碰觸她的臉頰。風也停了，空氣裡有煤炭燃燒的氣味。喀布爾出奇寧靜，被靜靜包圍在四處飄散的裊裊白煙裡。

她在工具間找到拉席德。他正在木板上釘釘子。他看見瑪黎安，就把刁在嘴角的釘子拿下來。

「這本來是個驚喜的。他會需要一張小床。做好之前不該讓妳看到的。」

瑪黎安真希望他不要這樣全心全意期望她懷的是個兒子。雖然懷孕讓她很高興，但是拉席德的期盼對她來說實在太沉重。昨天，拉席德出門去，回來的時候帶了一件小男孩的麂皮大衣，內襯是柔軟的羊皮，袖口繡著精美的紅色與黃色絲線。

拉席德抬起一塊很長的窄木板。他一面把木板鋸成兩半，一面說他很擔心樓梯。「等他會爬的時候，就得想個辦法改善。」爐子也讓他很擔心。刀叉得收到他搆不著的地方。「一定要很小心，男孩天生好動，永遠動個不停。」

瑪黎安拉緊披肩，抵禦寒冬。

又過了一天的早上，拉席德說他要邀朋友來慶祝。整個上午，瑪黎安都在淘米，洗扁豆。她切茄子做優格沙拉，煮韭蔥和牛絞肉做牛肉餃。她擦地板，撣窗簾，讓房子通風，儘管雪又開始飄了起來。她在客廳牆邊排好了蓆子和坐墊，桌上擺了一碗碗的糖果和烤杏仁。

那天黃昏，早在第一批客人抵達以前，她就回到自己房裡。她躺在床上，聽著樓下開始喧譁，響起叫囂、大笑與嬉鬧的聲音。她不停撫著自己的肚子。她想到肚子裡成長的小生命，喜悅猶如突然一陣風灌入，力道之大，吹得大門洞開。她的眼睛滿是淚水。

瑪黎安想起她那趟六百五十公里的巴士旅程，與拉席德同行，遠從位在阿富汗西部、靠近伊朗邊界的赫拉特，來到東邊的喀布爾。他們一路行經大小城鎮，以及一座又一座連綿不斷的小村落。他們越過山嶺，穿過寸草不生的沙漠，從一個省分到另一個省分。而今，她人在此地，在跨越崎嶇石路與荒涼山丘之後，擁有了一個屬於自己的家，一個屬於自己的丈夫，邁向最後也最珍貴之處：成為母親。想到這個孩子，她就無比喜悅。她的孩子，他們的孩子。知道自己對他的愛已遠遠超過她在人世間所珍愛的一切事物，知道自己已不再需要任何鵝卵石遊戲，她有多麼心滿意足啊。

樓下，有人拉起手風琴。隨即響起拍擊手鼓的聲音。有人清清喉嚨。接著，口哨、拍手、喊叫與歌聲此起彼和。

瑪黎安輕撫著她柔軟的腹部。還不到指甲大小，那位醫生說。

我就要當媽媽了，她想。

「我就要當媽媽了。」她說。她自己笑了起來，說了一遍又一遍，回味無窮。

瑪黎安想到這個孩子的時候，她的心開始膨脹。一直膨脹，膨脹，直到生命中所有的遺憾，所有的傷痛，所有的孤寂和自卑自棄，全都消散無蹤。這就是真主之所以帶她千里跋涉，橫越整個國家來到此地的原因。她如今能夠懂了。她記起費伊祖拉穆拉教過她的《古蘭經》經文：東方和西方都是真主的，無論你轉向哪方，都是真主的旨意……她趴在禱拜毯上，開始做昏禮。做完之後，她雙手合掌，祈求真主別讓這一切好運離她而去。

去澡堂是拉席德的主意。瑪黎安從未到過澡堂，但是他說，當踏出澡堂，吸進第一口冷冽的空氣，感覺到皮膚蒸騰而出的熱氣，是什麼都比不上的美妙感受。

瑪黎安在女澡堂裡，周圍一個個身影在蒸汽中移動，這兒瞥見一個臀部，那兒露出一個肩膀。到處都有年輕女孩的尖叫，年老婦人的咕噥，還有擦背洗頭髮的滴水聲在牆壁間回響。瑪黎安獨自坐在偏僻的角落，用浮石搓著腳後跟，與走動的人影之間隔著一道蒸汽簾幕。

突然，血水湧現，她放聲驚叫。

腳步聲開始出現，踩在溼淋淋的圓石上，水花四濺。一張張臉孔從蒸汽裡探了出來。七嘴八舌。那天晚上，法麗芭躺在床上告訴丈夫，她一聽到尖叫聲，就衝了過去，看見拉席德的妻子在角落瑟縮成一團，抱著膝蓋，腳邊一灘血。

「你甚至聽得見那個可憐的女孩牙齒打顫的聲音，哈金，她實在抖得太厲害了。」

法麗芭說，瑪黎安一看見她，馬上就用高亢、哀求的聲音說：這是正常的，對不對？對不對？這很正常吧？

再次與拉席德搭上巴士。這次也下著雪，但是下得很大。厚厚的積雪堆在人行道、屋頂，積在蔓生的樹幹凹洞裡。瑪黎安看見商家忙著鏟淨店門口的雪。一群小男生追著一條黑狗。他們笑鬧對巴士招手。瑪黎安轉頭看拉席德。他眼睛閉著，沒哼歌。瑪黎安斜倚著頭，也閉上眼睛。她想要脫掉冰冷的襪子，想甩掉刺得皮膚發癢的潮溼羊毛衣。她想離開這輛巴士。

回到家，她躺在沙發上，拉席德替她蓋上被子，但是他的動作有種生硬、敷衍的味道。

「這算是什麼答案？」他再次說：「那是穆拉才該說的話。妳付錢給醫生，就該有個好一點的答案，而不是要聽什麼『真主的旨意』。」

瑪黎安在被子底下縮起膝蓋，說他該休息一下。

「真主的旨意！」他的怒氣快爆發了。

他一整天都坐在他房裡抽菸。

瑪黎安躺在沙發上，雙手塞在膝蓋之間，望著窗外的雪花旋轉飛舞。她想起娜娜有一回說，每一片雪花都是世上某個悲傷女人的一聲嘆息。所有的嘆息高飛入天，聚積成雲，然後碎成片片細雪，靜靜落入凡間。

彷彿就為了提醒我們，像我們這樣的女人吃了多少苦頭，她曾說，我們又是怎麼默默忍受加諸在我們身上的命運。

14

哀慟總是出奇不意地襲擊瑪黎安。一想到工具間那個尚未完成的嬰兒床，或是拉席德衣櫥裡那件麂皮大衣，哀慟就鋪天蓋地而來。於是，嬰兒彷彿來到人間，她可以聽見他的聲音，聽見他餓哭的聲音，聽見他咯咯笑，喃喃學語。她感覺到他吸吮著她的乳房。哀慟襲來，擊倒她，讓她的世界一團混亂。瑪黎安驚惶失措，因為她竟然可以思念一個從來沒有見過的人，到了如此傷心欲絕，難以承受的地步。

然後，有一段時間，憂傷似乎沒把瑪黎安壓得那麼喘不過氣來。那幾天，她似乎不會一想到要重回過去的生活模式就心疲力竭，她似乎並不需要費盡全力才能起床，才能禱拜，才能洗衣服，才能替拉席德煮飯。

瑪黎安害怕出門。突然之間，她開始嫉妒街坊鄰居的婦人，嫉妒她們擁有子女。有些婦人有七、八個孩子，她們不了解自己多幸運，不了解她們的子女多麼有福分，能在她們的子宮成長茁壯，在她們的臂彎扭動，在她們的胸脯前吸吮乳汁。她們的孩子沒出血流掉，混在肥皂水與陌生人的體垢中流進澡堂的水溝裡。瑪黎安聽到她們抱怨兒子不乖、女兒懶惰時，不禁十分怨妒。

她腦海裡有個聲音試著想安撫她，立意雖然良善，卻完全搞錯方向。

妳會有其他孩子的，真主保佑。妳還年輕，妳當然還會有很多機會的。

只是，瑪黎安的哀慟並非漫無目標，也不是沒有具體對象。瑪黎安哀悼的是這個孩子，這一個孩子，這個曾經短暫讓她如此快樂的孩子。

有時候她相信，這個孩子是她不配擁有的福報，她要為自己對娜娜做的事付出代價。難道她不也算是親手把繩子套在自己母親的脖子上嗎？狠毒的女兒不配當母親，這就是她該受的懲罰。她不時做夢，夢見娜娜的靈魔趁夜溜進她的房間，伸出利爪探進她的子宮，偷走她的孩子。夢裡，娜娜呵呵大笑，滿是復仇的快感。

其他日子，瑪黎安怒火攻心。她認為，都是拉席德的錯，不該那麼早就大肆慶祝。都是他沒頭沒腦地相信她懷的一定是兒子。都是他替孩子先取了名字。都是他把真主的意旨視為當然。都是他的錯，要她上澡堂去。都是因為那個地方，蒸汽啦，髒水啦，肥皂啦，都是那裡的什麼東西害她出事。不。不是拉席德。全是她的錯。她很氣自己，都是因為她睡覺的姿勢不對，她吃得太辣，吃的水果不夠，喝的茶太多。

是真主的錯，故意這樣折磨她。因為祂賜給許許多多其他女人恩慈，卻不把這種恩慈賜給她。因為祂拿著明知道會帶給她極大快樂的誘餌在她面前晃動，讓她渴求不已，再一把抽走。

可是，這麼想是不對的，所有的這些歸咎，所有這些在她腦海中聲嘶力竭哭喊的控訴都是不對的。這些念頭都是褻瀆。真主不會心懷怨懟。祂並非器量狹小的神。費伊祖拉穆拉的話在她耳邊響起：多福哉擁有主權者！祂對於萬事是全能的，祂曾創造生死，以便於考驗你們。

瑪黎安滿懷罪惡感，跪下祈禱，祈求真主赦免她有這些念頭。

同時，從澡堂事件發生的那一天之後，拉席德也變了。大多數的日子，他晚上回家以後，幾乎一句話也不說。他就只是吃飯、抽菸、上床睡覺。有時候半夜過來和她同床，但也只是草草了事。他的脾氣變得愈來愈壞，挑剔她做的菜，抱怨院子亂七八糟，甚至連屋裡稍有一點不乾淨都要挑出來。偶爾，他在星期五帶她上街，就像以前一樣，但是在人行道上，他走得很快，老是走在她前面好幾步。他不說話，也不管瑪黎安幾乎必須用跑的才跟得上他。他們一起外出的時候，他不再開懷大笑。他不再買甜食買禮物給她，他不再停下腳步告訴她這裡那裡是什麼地方，不再像以前一樣。她問的問題似乎只會讓他生氣。

夜裡，他們一起坐在客廳裡聽收音機。冬天就要過去了。把雪片吹得滿臉、把眼睛弄溼的強勁寒風已經平息。高大的榆樹枝椏上，銀白的細雪已開始融化，再過幾個星期，就會冒出短短的淺綠色嫩芽。拉席德跟著哈馬漢歌曲的手鼓節奏，漫不經心晃著腿，他的眼睛在香菸的雲霧中瞇了起來。

「你生我的氣嗎？」瑪黎安問。

拉席德沒回答。歌播完了，開始播報新聞。有個女人的聲音播報說，達烏汗總統又把一個蘇聯顧問團遣送回莫斯科，預料將造成克里姆林宮的不快。

「我擔心你在生我的氣。」

拉席德嘆口氣。

「你生氣嗎？」

他的目光飄到她身上。「我為什麼會生氣？」

「我不知道。但是自從孩子——」

「我替妳做了這麼多事，妳還以為我是這種人？」

「不，當然不是。」

「那就別再煩我！」

「對不起。拉席德。對不起。」

他捻熄香菸，又點起一根，並調高收音機的音量。

「不過，我一直在想。」瑪黎安提高聲音，壓過音樂聲說。

拉席德又嘆了一口氣，這回似乎更加惱火，再次把音量調低。他很疲憊地揉著額頭說：「又怎麼啦？」

「我一直在想，或許我們該舉行一個葬禮，我指的是，為孩子。就只是我們兩個，簡單禱告一下就可以了。」

瑪黎安已經考慮好一陣子了。她不想忘掉這個孩子。不用某種形式永遠紀念孩子的過世，似乎很不應該。

「幹麼？太白痴了。」

「那會讓我好過一些，我想。」

「那妳自己去做啊。」他厲聲說：「我已經埋過一個兒子了。我不要再埋一個。現在，如果妳不介意，我要聽收音機了。」

他再次調高音量，頭靠在椅背上，閉起眼睛。

那個星期，一個陽光普照的早晨，瑪黎安在院子裡挑了個地方，挖一個洞。

「奉真主之名，奉傳達真主賜福與平安的使者之名。」她一面鏟土，一面壓低聲音念道。她把拉席德替孩子買的那件麂皮大衣放進洞裡，鏟土覆上。

「祢使黑夜變成白晝，使白晝變成黑夜；祢從死亡中創造生命，從生命中創造死亡。祢賜予至為寵愛之人無上支持。」

她用鏟背拍拍泥土。她蹲在土塚旁，閉上眼睛。

賜予支持，阿拉。

賜我以支持。

15

一九七八年四月

一九七八年，瑪黎安滿十九歲的那年，四月十七日，一個名叫米爾．阿卡巴．海貝爾[23]的人遇害身亡。兩天之後，喀布爾舉行大規模的示威運動。附近的每個人都在街頭上議論紛紛。窗戶外，瑪黎安看見鄰居鬧哄哄地在街上，興奮交談，把電晶體收音機貼在耳朵上。她看見法麗芭靠在自家的牆邊，與一個剛搬來瑪桑區的女人說話。法麗芭面帶微笑，手撫著圓滾滾懷有身孕的肚子。瑪黎安一時想不起來另一個女人的名字，她看起來比法麗芭年長，頭髮染成怪異的紫色。她拉著一個小男孩的手。瑪黎安知道那個小男孩叫塔力格，她聽過這個女人在街上喊他的名字。

瑪黎安和拉席德沒加入其他鄰居。他們在收音機裡聽到，上萬名民眾蜂擁上街，浩浩蕩蕩朝喀布爾的行政區前進。拉席德說，米爾．阿卡巴．海貝爾是位重要的共產黨員，支持他的人認為他是被達烏汗總統的政府謀殺的。他說這些話的時候，並沒有看著她。這些日子以來，他不再正眼瞧她，而瑪黎安也不確定自己是不是該開口說話。

23 Mir Akbar Khyber（1925-1978），為共黨支持之阿富汗人民民主黨（People's Democratic Party of Afghanistan, PDPA）重要領袖，據稱為阿富汗政府暗殺，引發革命。

「共產黨員是什麼？」她問。

拉席德哼了一聲，揚起雙眉。「妳不知道共產黨員是什麼？這麼簡單的事。每個人都知道。這是常識。妳不……唉。我沒什麼好意外的。」他腳踝交疊，擱在桌上，說共產黨員就是相信卡爾．馬克思的人。

「誰是卡爾．馬克思？」

拉席德嘆口氣。

收音機裡，有個女人的聲音說，阿富汗共產黨多數派領袖塔拉奇[24]，正在街頭演說，鼓動示威群眾的情緒。

「我的意思是，他們想要做什麼？」瑪黎安問：「這些共產黨員，他們相信什麼？」

拉席德輕輕笑著，搖搖頭。但是瑪黎安從他環抱手臂在胸、轉開視線的樣子看出了某種不確定。「妳什麼都不知道，對吧？妳就像個小孩。妳的腦袋空空。裡面什麼都沒有。」

「我之所以問，是因為——」

「閉嘴。」

瑪黎安乖乖住嘴。

容忍他用這樣的態度對她說話，忍受他的冷嘲熱諷、他的無禮羞辱，以及把她當隻貓似的經過她旁邊，這一切並不容易。但是經過四年的婚姻生活，瑪黎安很清楚知道，當女人心生恐懼的時候，可以忍耐到什麼樣的地步。而瑪黎安很恐懼。她生活在恐懼裡。她怕他陰晴不定的情緒，怕他瞬息萬變的脾氣，害怕任何一點柴米油鹽的生活小事，都能成為他大發雷霆的導火線，甚至招來他的揮拳、掌摑、腳踢，有時候他會隨口道歉了事，有時候根本就不當一回事。

澡堂事件過後四年以來，瑪黎安經歷過六次希望燃起又破滅的循環，每一次的流產，每一次的病倒，每一次的搭車去看醫生，對她的折磨就更加深。而隨著一次又一次的失望，拉席德也變得愈來愈疏遠，愈來愈怨恨。現在，不管她怎麼做都無法讓他高興。她打掃屋子，讓他永遠有乾淨的襯衫可穿，煮他最愛的料理。有一回，無計可施的她甚至買了化妝品，特別為他化了妝。但是他回到家，只瞟了她一眼，一副厭惡得退避三舍的神情。她急忙衝進浴室，洗掉臉上的妝，羞愧的眼淚隨著肥皂水、口紅與睫毛膏簌簌流下。

現在，傍晚一聽到他回家的聲音，就讓瑪黎安不寒而慄。鑰匙喀啦喀啦，門吱吱嘎嘎，這些聲音讓她心狂跳不已。躺在床上，她傾聽他鞋跟的扣扣聲，以及脫下鞋子之後模糊的腳步聲。她從耳朵所聽見的聲音，可以知道他正在做的事：把椅子拖過地板的聲音；他坐下時藤椅哀怨的吱嘎聲；湯匙在盤子上的叮噹聲；翻著報紙的啪啪聲；喝水的咕嚕聲。她心臟砰砰跳，開始想著他今天晚上又會用什麼理由來對她拳打腳踢。理由永遠都有，再微小的事都能讓他大動肝火，不管她怎麼取悅他，不管她怎麼屈從迎合他的需索與要求，永遠都不夠。她不能把他的兒子還給他。在這件最要緊的事情上，她無法達成他的願望──她足足讓他失望了七次──現在，對他來說，她只是個負擔。從他看她的樣子──當他還願意看她的時候──她就明白了。對他來說，她只是個負擔。

24　Nur Muhammad Taraki（1913-1979），阿富汗人民民主黨領袖，於一九七八政變之後出任總統，一九七九為同黨其他派系推翻，並遭謀殺。

機。他把收音機帶到他在樓上的房間。關上門。

「會發生什麼事？」她這天問拉席德。

拉席德斜斜地瞄了她一眼，發出介於嘆息與抱怨之間的聲音，把腳從桌上放了下來，關掉收音機。他把收音機帶到他在樓上的房間。關上門。

四月二十七日，瑪黎安的問題有了答案。回答她的是一連串的爆炸聲，以及乍然巨響的轟隆聲。她光著腳跑到樓下的客廳，發現拉席德已經站在窗邊，身上只穿著內衣，頭髮凌亂，手貼在玻璃窗上。瑪黎安衝到窗前，站在他旁邊。她看見軍機從頭頂上呼嘯而過，飛往北方與東方。震耳欲聾的尖銳聲響讓她耳朵刺痛。遠處，刺耳的隆隆聲此起彼落，一柱柱濃煙猛然沖天。

「怎麼回事，拉席德？」她說：「這是怎回事？」

「天曉得。」他喃喃說。他打開收音機，但什麼都聽不到。

「我們該怎麼辦？」

拉席德很不耐煩地說：「看著辦。」

這天稍晚，瑪黎安忙著在廚房煮菠菜醬配米飯的時候，拉席德還不停地試收音機。瑪黎安想起有段時間，她很樂意，甚至還很期待替拉席德做飯。而今，做飯是極度令人苦惱的差事。咖哩不是太鹹就是太淡，不對他的口味。米飯嘗起來不是太黏就是太乾，麵包要不是太軟就是太脆。拉席德的找碴讓她在廚房裡極度缺乏自信。

她把盤子端給他的時候，收音機裡傳來國歌的樂聲。

「我煮了蔬菜雜燴。」她說。

「擱著，別講話。」

音樂奏完之後，開始響起一個男人的聲音。他說他是空軍上校阿巴杜・卡狄爾[25]。他宣稱，今天稍早，起義的裝甲第四師已經占領機場與城裡的交通要道。喀布爾電台、交通部、內政部與外交部也都在他們的控制之下。現在，他很得意地宣布，喀布爾已經在人民手中。起義的米格機攻擊了總統府，坦克也已攻破防線，正展開猛烈戰鬥。阿巴杜・卡狄爾用堅定的語氣說，效忠達烏的衛隊已被全面擊潰。

幾天之後，共產黨政權開始迅速肅清達烏政權的相關人士。但一直到喀布爾四處謠傳波爾恰克希監獄裡有挖眼、電擊去勢等酷刑時，瑪黎安才聽說總統府裡殘酷的屠殺行動。達烏汗被殺了，但是共產黨叛軍先殺了他的二十幾個家人，包括婦女和孫兒之後，才殺了他。各種謠言紛飛，有人說他是自殺的，有人說他死在交戰的槍火之下，還有人說叛軍留他活命到最後，讓他目睹家人慘遭屠殺之後，才槍斃了他。

拉席德調高音量，靠近收音機傾聽。

「武裝部隊革命委員會已成立，我們的國家現在稱為『阿富汗民主共和國』。」阿巴杜・卡狄爾說：「各位同胞，權貴政治、族閥掌權、不公不義的時代已經結束。我們終結了長達數十年的專制統

25 Abdul Qadir（1944-2014），阿富汗軍事將領，為北方聯盟領導人，曾任納加哈省（Nangarhar）省長，塔利班主政時被黜，美國入侵後復職。

治。現在，權力是在廣大熱愛和平的人民手中。我們國家歷史上一個輝煌的新時代已經展開。一個新的阿富汗已經誕生。我們向各位保證，阿富汗同胞們，你們完全不用懼怕。新政權將奉行最高的原則：也就是伊斯蘭教義與民主原則。這是值得大家歡欣鼓舞慶祝的時刻。」

拉席德關掉收音機。

「這是好還是不好啊？」瑪黎安問。

「聽起來，對有錢人來說不好。」拉席德說：「對我們來說或許還不壞。」

瑪黎安的思緒飄到嘉里爾身上。她很想知道，共產黨會不會逮捕他。他們會把他關起來嗎？嘉里爾的兒子呢？會不會毀了他的生意，奪走他的家產？

「還熱的嗎？」拉席德問，眼睛瞄著米飯。

「才剛從鍋裡盛出來。」

他咕噥一聲，要她端一盤給他。

街底處，就在紅色與黃色的爆炸火光乍然照亮夜空時，筋疲力竭的法麗芭靠著手肘撐起身子。她的頭髮汗溼糾結，上唇邊一排汗珠顫顫欲滴。在她床邊，年長的助產士瓦姬瑪望著法麗芭的丈夫和兒子輪流抱著新生兒。寶寶淺色的頭髮，粉紅的雙頰，微皺如玫瑰花苞的嘴唇，以及在略微泡腫的眼皮下閃動的寶石綠眼睛，在在讓他們驚嘆。當他們第一次聽到她的聲音，先是像貓咪般的喵喵叫，繼而變成扯開喉嚨的有勁哭吼時，不禁彼此微笑起來。努爾說，她的眼睛好像寶石。家裡最虔誠的阿哈馬德在小妹妹的耳邊輕念《古蘭經》經文，然後對著她的臉吹了三口氣。

「叫萊拉，對吧？」哈金輕輕搖著女兒問。

「是叫萊拉。」法麗芭虛弱地微笑說：「夜美人。太完美了。」

拉席德用手捏了一個飯團，放進嘴裡，嚼了一下，兩下，接著皺起臉孔，吐到餐蓆上。

「怎麼了？」瑪黎安問，她好討厭自己充滿歉疚的語氣。她感覺得到自己的脈搏加快，汗毛直豎。

「怎麼了？」他模仿她，裝出怯生生的聲音：「妳竟然又犯了，就是這麼回事。」

「可是我比平常還多煮了五分鐘。」

「妳騙誰啊。」

「真的——」

他生氣甩掉手指上的飯粒，推開盤子，醬汁和米飯全灑到餐蓆上。瑪黎安看著他衝出客廳，衝出家門，用力摔門。

瑪黎安跪在地上，想撿起米粒，放回盤子上，但是她的手實在抖得太厲害，她只能停下來等自己平復。恐懼壓得她喘不過氣。她試著深呼吸好幾次，在變暗的客廳玻璃窗上瞥見自己蒼白的面容，連忙轉開視線。

她聽見前門打開的聲音，拉席德又進到客廳來。

「起來。」他說：「過來。起來。」

他抓住她的手，扳開她的手指，放進一把小石頭。

「放進嘴裡。」

「什麼？」

「放進去。這些。放進嘴裡。」

「別這樣，拉席德，我——」

他強勁有力的手抓住她的下頷，然後伸出兩根手指，撬開她的嘴巴，把冷冰冰、硬梆梆的石頭塞了進去。瑪黎安奮力掙扎，囁嚅著，但他還是一直把石頭塞進她嘴裡，輕蔑地撇著嘴，發出一聲冷笑。

「吃啊。」他說。

雖然砂礫和石子塞得滿嘴，但瑪黎安還是擠出一句哀求。淚水從她眼角汩汩流出。

「咬啊！」他吼道。他滿是菸味的氣息噴到她臉上。

瑪黎安咬著。她嘴巴裡面有什麼東西碎掉了。

「很好。」拉席德說。他的臉頰抖動著。「現在妳知道妳煮的飯是什麼味道了。現在妳知道妳在這個婚姻裡給我的是什麼了。糟糕透頂的飯菜，除此之外，什麼都沒有。」

他轉頭離去，留下瑪黎安一個人，吐出石頭、血，以及兩顆臼齒的碎片。

第二部

16

一九八七年春，喀布爾

九歲的萊拉和平常一樣，一起床就急著想見她的朋友塔力格。然而，這天早上，她知道自己見不著他。

塔力格先前告訴過她，他爸媽要帶他南下，到葛哈茲尼市去探望叔叔。「你要去多久？」她問。

「十三天。」

「十三天？」

「不算很久啦。妳擺臭臉喔，萊拉。」

「我才沒有呢。」

「妳不會哭吧，是不是？」

「我才不會哭！不會為你哭。再過一千年都不會。」

她往他的小腿一踢，不是踢他的義肢，而是完好的那條腿。他也半開玩笑地敲了她的後腦勺一下。

十三天。幾乎快兩個星期耶。到今天才過了五天，萊拉就已經體會到時間的基本概念：就像塔力格的父親常用來演奏普什圖老歌的那把手風琴一樣，時間有時拉得長，有時縮得短，端視塔力格人在或不在。

樓下，她爸媽在吵架。又吵架了。萊拉不用看都知道他們吵架的場景：媽咪暴跳如雷，誰也擋不住地走來走去；爸比坐著，溫馴而惶恐，乖順地猛點頭，等待風暴過去。萊拉關上房門，換衣服。但她還是聽得見他們的聲音。還是聽見她的聲音。最後，門砰一聲地摔上。笨重的腳步聲傳來。媽咪的床吱吱嘎嘎地響。看來爸比又可以活著見到明天的太陽了。

「萊拉！」他扯開嗓門喊道：「我上班要遲到了！」

「馬上好！」

萊拉套上鞋子，對著鏡子梳理那頭及肩的金色鬈髮。媽咪總是說萊拉的髮色，還有她那雙睫毛濃密的青綠眼睛、帶著酒渦的臉頰、高高的顴骨，以及和媽咪一樣微翹的下唇，全源自曾祖母，也就是媽咪祖母的遺傳。曾祖母美若天仙，令人驚豔，媽咪說。她的美麗是谷地的傳奇。我們家裡一連兩代的女人都沒遺傳到她的美貌，但是，萊拉，顯然妳遺傳到了。媽咪說的谷地是潘吉夏山谷，位於喀布爾東北方一百公里，為講法爾西語的塔吉克族地區。媽咪和爸比是表兄妹，都在潘吉夏出生長大，一九六〇年來到喀布爾的時候還是一對滿懷希望、天真爛漫的新婚夫婦。當時爸比才剛獲得喀布爾大學的入學許可。

萊拉匆匆下樓，希望媽咪不會走出房門，再度燃起戰火。她看見爸比跪在紗門旁。

「妳看見這個了嗎，萊拉？」

紗門上的裂縫已經存在好幾個星期了。萊拉在他身邊彎下腰。「沒發現。一定是剛破的。」

「我就是這樣跟妳媽說的。」他看起來驚魂未定，有氣無力，每回媽咪發過脾氣之後他都是這個樣子。「她說蜜蜂就是從這裡飛進來的。」

萊拉的心全向著他。爸比個頭不高，肩膀窄窄的，身形瘦削，雙手纖細的幾乎像女人。夜裡，萊拉走進爸比房間的時候，總是看見他的側影，臉埋在書本裡，眼鏡架在鼻梁上。有時候，他甚至沒有注意到她人就在旁邊。若他看見萊拉進來了，就會把手中的書頁標個記號，對萊拉抿嘴一笑，那是和藹的一笑，心滿意足的微笑。爸比熟背魯米和哈菲茲[1]大部分的詩。他可以滔滔不絕地講述英國和沙皇時代的俄羅斯為爭奪阿富汗展開的爭鬥。他知道鐘乳石與石筍的差別，還能告訴你地球和太陽的距離，等於喀布爾到葛哈茲尼的一百五十萬倍。但是，如果萊拉打不開糖果罐的蓋子，就只能去找媽咪，這總讓她有背叛爸比的感覺。再普通的工具器械都能把爸比搞得暈頭轉向。眼看著門上的鉸鏈嘰嘎嘎，他也從來不上油。他清過排水管之後，天花板仍然繼續漏水。廚房的櫃子裡到處發霉。媽咪說，阿哈馬德帶著努爾一起去參加抵抗蘇聯的聖戰之前，這些事情全是阿哈馬德按時打理的。

「但是呢，如果妳有一本書非馬上念不可。」她說：「那麼爸比就是妳需要的人。」

不過，萊拉心裡頭總是記得，在阿哈馬德和努爾去參加抗蘇聖戰之前——在爸比讓他們去之前，媽咪也曾認為爸比的嗜書如命實在很可愛。而且，很久以前，她也曾經覺得他的丟三落四與笨手笨腳很有魅力。

「那麼今天是第幾天啦？」爸比帶著戲謔的口吻笑著問：「第五天？還是第六天？」

「我怎麼知道啊？我才不在乎呢。」萊拉聳聳肩，沒說實話，又因為他還記得這件事而覺得很貼心。媽咪根本不知道塔力格出遠門去了。

「哦，趁妳不注意的時候，他的手電筒就會突然亮起來。」爸比說，指的是她和塔力格在夜裡玩的信號燈遊戲，他們玩了好多年，幾乎已經變成睡覺前的例行儀式，就像刷牙一樣。

爸比伸出手指摸著裂縫。「一有空，我就會補好。我們還是快點走吧。」他提高音量，轉頭喊道：「我們走囉，法麗芭！我帶萊拉去上學。別忘了去接她回來！」

走到屋外，爬上爸比腳踏車的後座架時，萊拉瞥見一輛汽車停在街邊，就在鞋匠拉席德和他那位足不出戶的妻子所住的房子對面。是輛賓士，在這附近不常見到這種車子，藍色的車身，一道粗粗的白色線條把引擎蓋、車頂和後車廂一分為二。萊拉看得出來，有兩個男人坐在車裡，一個坐在駕駛座，一個坐在後座。

「那是什麼人啊？」她說。

「不關我們的事。」爸比說：「上來吧，妳上課要遲到囉。」

萊拉想起另一場爭吵，那一回，媽咪緊逼著爸比不放，惡狠狠地說：*這難道不關你的事嗎？你事不關己。連你的兒子去上戰場都無所謂。我是怎麼求你的。但是你埋頭在那堆該死的書裡充耳不聞，讓我們的兒子像一對沒人要的哈拉密，就這樣走了。*

爸比踩著腳踏車上街，萊拉坐在後面，她的手緊緊抱著他的肚子。他們經過那輛藍色的賓士旁邊時，萊拉飛快瞄了一眼後座的男子：瘦削，白髮，穿著深棕西裝，胸前口袋露出折成三角形的白色手帕。除此之外，她唯一能把握時間注意到的是，這輛車掛的是赫拉特車牌。

他們一路沉默，只有轉彎時例外。因為爸比會謹慎小心地煞車，說：「抓緊喔，萊拉。要慢下

1 Rumi（1207-1273），十三世紀波斯知名詩人。Hafez，生卒年不詳，約生於一三一〇至一三三七年間，為十四世紀波斯知名詩人。

來囉，慢一點。注意。」

這天在課堂上，萊拉發現自己很難集中精神，因為塔力格不在，也因為她爸媽吵架。所以老師點名要她回答羅馬尼亞與古巴的首都時，她的心不在焉就被逮個正著了。

老師名叫夏莎伊，但是在她背後，學生都叫她油漆匠阿姨，因為她打學生耳光的樣子——先用手掌，再用手背，一再反覆，就像油漆匠刷油漆一樣。油漆匠阿姨很年輕，尖尖的臉蛋，配上濃濃的眉毛。開學第一天，她很驕傲地告訴全班，她是霍斯特[2]一個貧農的女兒。她腰桿挺得筆直，一頭烏黑的頭髮往後梳，緊緊紮成一個髮髻，所以油漆匠阿姨轉身的時候，萊拉看得見她頸背上的黑色汗毛。油漆匠阿姨從來不戴首飾不化妝。她不戴頭巾，也不准女學生這麼做。她說女人和男人在各方面都是平等的，如果男人不必遮頭遮臉，女人也沒有理由非遮不可。

她說蘇聯是世界上最棒的國家，和阿富汗一樣。蘇聯對工人很好，他們的國民也全都是平等的。蘇聯的每一個人都很快樂，很友善，不像美國，到處都是罪犯，讓人不敢踏出自己的家門一步。她說，只要那些反動匪徒、守舊分子被掃蕩一空，阿富汗的每一個人也都會很快樂。

「這也就是我們蘇聯同志在一九七九年到這裡來的原因。對他們的鄰邦伸出援手，幫助我們擊敗這些要我們國家變成落後蠻邦的畜牲。孩子們，你們也該伸出援手。只要有任何人可能認識這些叛徒，你們就該舉發他們。這是你們的責任。你們必須注意聽，然後揭發他們。就算是你們的父母、你們的叔伯阿姨也不例外。因為他們不像祖國這麼愛你們。國家至上，記住！我會以你們為榮，你們的祖國也會以你們為榮。」

油漆匠阿姨書桌後面的牆上有一張蘇聯的地圖、一張阿富汗的地圖，還有一張裱框的照片，是最近一任的共產黨總統納吉布拉[3]。據爸比說，他曾經是令人聞風喪膽的ＫＨＡＤ（阿富汗祕密警察）首腦。其他還有幾張照片，大部分都是年輕的蘇聯士兵，他們和農人握手、種蘋果樹苗、蓋房子，臉上滿是溫煦的笑容。

「嗯。」油漆匠阿姨說：「我打斷妳的白日夢了嗎，革命女孩？」

這是萊拉的綽號：革命女孩，因為她出生在一九七八年四月政變的那個晚上，但是油漆匠阿姨一聽到班上有人提到「政變」這兩個字就大發雷霆。她堅持說，那天發生的是革命，是工人階級起而反抗不平等待遇的革命。「聖戰」是另一個絕不容提及的名詞。據她說，在那些鄉下地方根本沒有戰爭發生，只有掃蕩滋事分子的零星衝突，而那些滋事分子全都是受了她口中所謂的外國野心家煽動。當然，沒有人，絕對沒有人膽敢在她面前提起傳得沸沸揚揚的謠言，說經過八年的戰爭之後，蘇聯還是快輸了。尤其是現任的美國總統雷根開始運送刺針飛彈給聖戰組織，用來擊落蘇聯直昇機，現在全世界的穆斯林都齊心齊力為這個目標奮戰：埃及人、巴基斯坦人全都來到阿富汗，甚至連有錢的沙烏地阿拉伯人也拋下千萬家產，加入聖戰。

「布加勒斯特。哈瓦那。」萊拉勉強擠出答案。

「這兩個國家是不是我們的朋友？」

2　Khost，阿富汗南部靠近巴基斯坦邊境的城市。
3　Mohammad Najibullah（1947-1996），於一九八六至一九九二年擔任阿富汗總統，一九九二年被推翻後尋求聯合國庇護，一九九六年塔利班占領喀布爾後遭處決。

「是，是我們的朋友。是友好的國家。」

油漆匠阿姨微微點頭。

放學之後，媽咪又食言了，沒有依約出現。萊拉只好和兩個同學，吉娣和哈西娜一道走回家。

吉娣是個瘦巴巴、緊張兮兮的女孩，頭髮用橡皮圈紮成兩個馬尾。她老是皺著眉頭，走路時把書緊抱在胸前，活像抱個盾牌似的。哈西娜今年十二歲，比萊拉和吉娣大三歲，只是她三年級留級一次，四年級又留級兩次。雖然聰明才智不如人，但是她的淘氣程度和她那張嘴──套句吉娣的話──像縫紉機般忙個沒完的嘴，讓她和其他人比起來毫不遜色。油漆匠阿姨這個綽號就是哈西娜想出來的。

今天，哈西娜忙著面授機宜，教她們如何讓討人厭的提親者知難而退。「簡單的不得了，保證奏效。我敢打包票。」

「別蠢了，我年紀還太小，才不會有人來提親呢。」吉娣說。

「妳年紀才不算小咧。」

「哦，又沒人來向我求婚。」

「那是因為妳長鬍子啊，親愛的。」

吉娣馬上伸手摸著下巴，用驚慌的眼神看著萊拉。萊拉露出同情的微笑──吉娣是萊拉見過最沒有幽默感的人──搖搖頭，要她放心。

「總歸一句，兩位小姐，妳們到底想不想知道該怎麼做啊？」

「妳說吧。」萊拉說。

「豆子。至少要吞四罐。在沒牙的老蜥蜴上門來提親的晚上準管用。但是呢，時機，小姐，時機最重要。妳們一定要忍耐住，把霹靂啪啦的鞭炮留到端茶給他的時候才放。」

「我一定會記住。」萊拉說。

「他也一定忘不了。」

萊拉本來大可以回答說她根本不需要這個祕訣，因為爸比一點都不打算這麼早就把她嫁掉。雖然爸比在喀布爾規模龐大的麵包工廠工作，整天置身在熱騰騰、鬧哄哄的機器之間，給巨大的火爐撥火，磨麵粉，但是，爸比是個受過教育的讀書人。他原本是個高中老師，在一九七八年政變（也就是蘇聯入侵的一年半之前）過後不久，被共產黨開除。從萊拉還很小的時候，爸比就對她說得很明白，他這一生中最重要的事，除了她的安全之外，就是她的教育。

我知道妳還很小，但是我要妳了解，而且現在就了解，他說。婚姻可以等，教育不能等。妳是個非常、非常聰明的女孩。真的，妳很聰明。妳可以做任何妳想做的事，萊拉。我很清楚妳的能力。我也知道，等戰爭結束了，阿富汗會需要妳，就像需要男人一樣，甚至可能更需要妳。因為，如果女人沒受教育，這個國家就沒有成功的機會，萊拉。沒有機會。

但是萊拉沒把爸比的話告訴哈西娜，也沒說她有多高興能有這樣的父親，說他這麼看重她，讓她多麼自豪，說她已下定決心要像他一樣努力受教育。最近兩年，萊拉都得到每年頒給全年級第一名的優異學生獎。她沒對哈西娜說這些事。不過哈西娜那位脾氣暴躁、當計程車司機的父親，在這兩、三年內肯定會想辦法把女兒嫁掉。有一回，哈西娜很難得的正經八百告訴萊拉，家裡已經決定讓她嫁給親表哥。他比她大二十歲，在拉合爾開一家汽車零件行。我見過他兩次，哈西娜說，他兩次都張大嘴巴吃東西。

「豆子，姑娘們。」哈西娜說：「妳們要記住。當然啦，除非。」她頑皮地咧嘴笑，用手肘推了一下萊拉：「除非來敲門的是妳那位年輕英俊、只有一條腿的白馬王子，那麼……」

萊拉拍開她的手肘。只要任何人用這樣的語氣談起塔力格，她就會很不高興。但是她知道哈西娜並沒有什麼惡意。哈西娜就是愛取笑別人，就像現在這樣，她誰的玩笑都敢開，而且最愛的是開自己的玩笑。

「妳不該這麼說別人的。」吉娣說。

「什麼別人啊？」

「因為戰爭而受傷的人啊。」吉娣認真地說，沒注意哈西娜戲謔的語氣。

「我想吉娣穆拉是喜歡上塔力格囉。我就知道！哈！但是他早就名草有主了，妳不知道嗎？我說的對不對啊，萊拉？」

「我沒有喜歡上誰。任何人都沒有！」

她們和萊拉道別，轉進她們住的那條街時，還一直鬧個沒完。

萊拉還要獨自走過三個街口。踏進她家的那條街時，她看見那輛藍色的賓士還停在那裡，就在拉席德與瑪黎安家的門口。那位穿棕西裝的老先生站在車子前面，拄著手杖，抬頭望著那幢房子。

就在這個時候，萊拉背後響起一個聲音：「喂，黃毛丫頭。看這裡。」

萊拉轉頭，一把槍對著她。

17

那把槍是紅的，扳機護弓是鮮綠色的。槍後浮現的，是卡哈丁獰笑的臉。卡哈丁十一歲，與塔力格一樣大。他很高，很壯，一張下巴凸得厲害的戽斗臉。他父親是瑪桑區的屠夫，卡哈丁最常玩的把戲是對著路過行人丟牛腸子。有時候，如果塔力格不在附近，卡哈丁就會趁下課在校園裡跟蹤萊拉，一路裝神弄鬼，發出嗯嗯啊啊的聲音。有一次，他甚至拍她的肩膀說：妳實在太漂亮了，黃毛丫頭。我想娶妳。

此時他揮著槍。「別擔心。」他說：「看不出來的。在妳頭髮上看不出來的。」

「別這樣。我警告你！」

「妳能怎樣？派妳那個瘸子來對付我？『噢，塔力格將。噢，你為什麼不快回來，把我從這個混蛋手裡救出來！』」

萊拉開始後退，但是卡哈丁已經扣下扳機。一發又一發溫暖的液體噴上萊拉的頭髮，她伸手護住臉的時候，液體又噴上她的手掌。

其他男生從躲藏的地方跑了出來，又笑又叫。

萊拉冒出一句她從街上聽來的髒話。她並不完全了解意思，想不透其中的道理，但是這句話聽起來很夠力，她脫口而出。

「你媽吃公雞[4]！」

「至少她不像妳媽是個瘋子！」卡哈丁無動於衷地反脣相譏：「至少我爸不是個娘娘腔！再說呢，妳幹麼不聞聞看妳的手！」

其他的男生也嚷嚷起來：「聞聞妳的手！聞啊！聞妳的手！」

萊拉聞了。但是，早在之前她就知道了，早在他說在她頭髮上看不出來的時候，她就已經知道了。她扯高嗓音驚叫。然而，這樣只讓那群男生更喧鬧不已。

萊拉轉身，放聲狂叫，跑回家去。

她從井裡打了水，提到浴室，注滿水盆，脫下衣服。她在頭髮抹上肥皂，猛力用手指搓著頭皮，噁心地直掉眼淚。她用盆子盛水沖淨頭髮，再抹一遍肥皂。有好幾次，她以為自己就要吐了。她不停低聲啜泣，全身發抖，用抹著肥皂的毛巾一次又一次地擦臉擦脖子，皮膚都紅了起來。

她一面換上乾淨的襯衫與長褲一面心想，如果塔力格在她身邊，這樣的事絕對不會發生。卡哈丁絕對不敢這麼膽大妄為。當然，如果媽咪照原先的約定來接她，這事也不會發生。有時候萊拉很懷疑，媽咪幹麼要這麼費事生下她。她現在相信，如果大人已經把全部的愛都灌注在幾個較大的孩子身上，就不該再生其他的孩子。這樣太不公平了。她心中升起一股怒火。萊拉回到房間，倒在床上。

等心情稍稍平復之後，她穿過走廊到媽咪房間，敲敲門。小時候，萊拉常在這個房門口一坐就是幾個小時。她會不停敲門，一次又一次輕聲喚著媽咪，彷彿誦念破除魔咒的咒語：媽咪，媽咪，媽咪……但是媽咪從來不開門。她現在也不開。萊拉扭動門把，走了進去。

偶爾，媽咪的狀況會比較好。她會神清氣爽、心情愉快地起床。原本下垂的嘴脣往上揚成一彎微笑。她會洗個澡，換上潔淨的衣服，塗睫毛膏，會讓萊拉幫她梳頭髮，這是萊拉很愛的差事，然後戴上耳環。她們會一起到曼達伊市場去逛街。萊拉會和她玩棋，然後一起吃大塊黑巧克力削下的薄片。那是少數幾樣她們兩人都愛的零食。媽咪狀況好的日子裡，萊拉最喜歡的是爸比回家來的時候，她與媽咪從棋盤上抬起頭，對著他咧嘴笑，露出一口染成巧克力色的牙齒。房裡洋溢著溫馨滿足的氣氛，那一瞬間，萊拉瞥見以前在這幢房子還人多、喧鬧、快樂的日子裡，她父母曾擁有的溫柔與浪漫。

狀況不錯的日子，媽咪偶爾會烤點心，請鄰居過來喝茶吃甜點。萊拉負責把碗擦乾淨，媽咪則在桌上擺杯子、餐巾與精美的盤子。等婦人們閒聊，喝著茶，稱讚媽咪的手藝時，萊拉會在客廳的桌子旁找個位子坐下，看看能不能加入對話。儘管她從來就沒有太多機會開口，但是萊拉很喜歡坐在那裡聽她們說話，這些聚會帶給她莫大的快樂：她能聽到媽咪滿懷柔情地談起爸比。

「他真是個一流的老師哪。」媽咪說：「他的學生都很愛他。不只是因為他不會像其他老師那樣拿尺打學生。他們尊敬他，妳們知道，因為他也尊敬他們。他實在很了不起。」

媽咪喜歡談她是怎麼向他求婚的故事。

「那年我十六歲，他十九歲。我們兩家在潘吉夏是隔壁鄰居。噢，姊妹啊，我好迷戀他喔！我常爬過我們兩家之間的牆，和他一起在他父親的果園裡玩。哈金總是很擔心我們會被逮到，我父親一定

4　cock亦有陰莖之意。

會賞他一巴掌。『妳父親一定會打我一巴掌。』他老是這麼說。他實在很謹慎，很認真，從那個時候就是這樣。然後有一天，我忍不住了。我對他說：『表哥，到底要怎麼樣？你是要向我提親呢，還是要我向你求婚啊？』我就是這麼說的。妳們該看看他當時的表情！」

鄰家婦人和萊拉大笑的時候，媽咪也拍著手。

聽媽咪談起這些陳年舊事，萊拉知道曾經有段時間，媽咪總是用這樣的語氣談起爸比。曾經有段時間，她父母沒有分房而睡。萊拉真希望自己沒錯過那段時光。

無可避免的，媽咪這段求婚的往事會讓大家話題一轉，開始談起作媒配對的計畫。等阿富汗擺脫蘇聯的控制，男孩們都回家之後，他們會需要新娘，於是，婆婆媽媽把鄰近街坊的女孩一一品頭論足，說誰可能或不可能適合阿哈馬德和努爾。每回大家談起兩個哥哥時，萊拉就覺得自己好像是個局外人，彷彿這些婆婆媽媽討論的是一部大家都很愛卻只有她沒看過的電影。阿哈馬德和努爾離開喀布爾，北上潘吉夏，加入阿哈馬德・謝赫・馬蘇德[5]的軍隊打聖戰的時候，萊拉才兩歲。萊拉對他們兩人幾乎沒有印象。阿哈馬德脖子上有個閃閃發亮的「阿拉」鍊墜。努爾的耳朵上有簇黑毛。她只記得這麼多了。

「艾吉妲怎麼樣？」

「那個地毯工的女兒？」媽咪說，假裝生氣地拍著她的臉頰。「她的鬍子比哈金還多呢。」

「還有阿娜希妲。我們聽說她在札格胡納都念第一名呢。」

「妳們看過那女孩的牙齒嗎？像墓碑一樣。她嘴唇後面藏了一座墓園呢。」

「瓦希蒂家的兩姊妹呢？」

「那兩個侏儒？不，不。喔，不，不。配我的兒子不成。我那兩個寶貝不行。他們該有更好的對象。」

隨著她們的閒話八卦，萊拉的心愈飄愈遠，最後，總是飄向塔力格。

媽咪早已拉上泛黃的窗簾。昏暗之中，房間裡混雜著好幾重的氣味：睡意、沒洗的衣物、汗水、髒襪子、香水、前一夜吃剩的咖哩。萊拉等眼睛適應昏暗，才走入房間。即便如此，她的腳還是被散落在地上的衣服給絆住了。

萊拉掀開窗簾。床腳邊上有張金屬折疊椅。萊拉坐了下來，看著床上一動也不動、毛毯裹著的東西。那是她的母親。

媽咪房間的牆上掛滿阿哈馬德與努爾的照片。無論萊拉往哪個方向看，都有這兩個陌生人的微笑迎接她。這是努爾騎著三輪車。這是阿哈馬德在禱告，身邊的日晷是他十二歲的時候和爸比一起做的。還有他們兩人的合照，她的兩個哥哥背靠背坐在院子的老梨樹下。

在媽咪床下，萊拉看見阿哈馬德的鞋盒露出一角。媽咪老是把鞋盒裡裝的那些舊剪報給她看，還有阿哈馬德從巴基斯坦的抗暴團體與反抗組織總部蒐集來的宣傳小冊。萊拉記得，有張照片是身穿白色長外套的男子拿一根棒棒糖給一個斷腿的小男孩。照片下有排文字說明：「蘇聯地雷戰，以兒童為目標。」這篇報導指出，蘇聯軍隊喜歡把爆裂物藏在色彩鮮豔的玩具裡。只要小孩一揀起來就爆炸，炸掉手指甚至整隻手。如此一來，父親就無法加入聖戰；他必須留在家裡照顧他的孩子。阿哈馬德鞋

5 Ahmad Shah Massoud（1953-2001），阿富汗抗蘇戰爭領袖，有「潘吉夏之獅」之稱，二〇〇一年遇刺身亡。

盒裡的另一篇報導中，一名年輕的聖戰士說，蘇聯軍隊在他的村子裡施放毒氣，讓村民的皮膚灼傷，眼睛失明。他說他看到自己的母親和姊妹跑向溪邊，咳出血來。

「媽咪。」

那堆毛毯微微挪動，發出一聲呻吟。

「起來了，媽咪。三點鐘了。」

又一聲呻吟。一隻手伸了出來，像潛水艇的潛望鏡破水而出，然後又放了下來。這一次，那堆毛毯的動作更加明顯了。接著，一層又一層的毯子剝了開來，發出一陣又一陣的沙沙聲。慢慢的。媽咪一步步現出原形：先是亂糟糟的頭髮，接著是蒼白扭曲的臉，被光線刺得睜不開的眼睛，摸索著床頭櫃的一隻手，她一面起身，一面呻吟，床單滑落。媽咪很費力地抬頭，眼睛畏光而瞇成一條線，然後頭又低垂到胸前。

「上學還好嗎？」她喃喃說。

又開始了。例行性的問題，敷衍了事的回答。兩個人都言不由衷。虛情假意的舞伴，她們兩個，跳著這令人厭煩的老套舞步。

「很好啊。」萊拉說。

「妳學到什麼了嗎？」

「跟平常一樣。」

「吃過了嗎？」

「吃過了。」

「很好。」

媽咪又抬起頭，面對著窗戶。她皺起臉，眼睛眨呀眨。她的右臉頰紅通通的，右邊的頭髮則是塌扁扁的。「我頭痛。」

「要我拿阿斯匹靈給妳嗎？」

媽咪揉著太陽穴。「等一下吧。妳父親回來了嗎？」

「現在才三點。」

「喔，也對。妳已經說過了。」媽咪打著哈欠。「我剛剛做了個夢。」她說。她的聲音只比睡袍在床單上的沙沙聲響略高些：「剛剛，就在妳進來之前。可是我現在想不起來。妳碰過這樣的事嗎？」

「每個人都碰過，媽咪。」

「真是最奇怪的事。」

「我跟妳說，就在妳做夢的時候，有個男生用水槍把尿噴在我頭髮上。」

「噴什麼？妳說什麼？我沒聽清楚。」

「尿。小便。」

「那……真是太可怕了。老天哪。我好難過。我可憐的女兒。明天一早我就去找他。或者去找他母親。沒錯，我想，找他母親比較好。」

「我又沒告訴妳是誰。」

「喔，對啊，是誰？」

「算了。」

「妳生氣了。」

「妳應該去接我的。」

「我應該去。」媽咪低啞著說。萊拉無法分辨她說的是問句還是不是。媽咪開始扯自己的頭髮。在萊拉看來，這真是最難以理解的事，媽咪這樣用力扯頭髮，竟然沒讓她的頭變得像顆雞蛋一樣光溜溜。「那麼，妳的朋友……他叫什麼名字？塔力格？沒錯，他到哪裡去了？」

「他到外地去一個星期。」

「哦。」媽咪哼了一聲。「妳洗乾淨了嗎？」

「洗過了。」

「所以妳弄乾淨了。」媽咪懶洋洋的眼神轉向窗外。「妳乾淨囉，都沒事了。」

萊拉站了起來。「我要去寫功課了。」

「妳當然得去寫功課。出去之前先把窗簾拉起來，親愛的。」媽咪說，聲音愈來愈小。她已經又躲進毛毯裡了。

萊拉伸手拉窗簾時，看見一輛車駛過，留下一陣煙霧。那輛掛著赫拉特車牌的藍色賓士終於開走了。她的目光緊緊跟隨，直到車影在街角消失，只見後車窗在陽光下閃閃發光。

「我明天不會忘記的。」媽咪在她背後說。「我保證。」

「妳昨天也這麼說。」

「妳不懂，萊拉。」

「不懂什麼？」萊拉猛然轉身，面對著母親。「我不懂什麼？」

媽咪的手抬到胸前，拍了拍。「這裡。這裡的東西。」然後又無力地垂了下來。「妳就是不懂。」

18

一個星期過去了，還是沒看到塔力格打亮的信號燈。然後，第二個星期又過去了。

為了打發時間，萊拉動手修補爸比一直還沒弄好的紗門。她把爸比的書全拿下來，撣淨灰塵，按字母順序排好。她和哈西娜、吉娣以及吉娣的母親妮拉一起去雞仔街。妮拉是個裁縫，有時也和媽咪一起做女紅。那個星期，萊拉開始相信，人不得不面對的各種痛苦之中，再也沒有比單純的等待更折磨人的了。

又過了一個星期。

萊拉發現自己陷在惶恐的思緒中，無法自拔。

他再也不會回來了。他跟父母永遠搬走了，說要到葛哈茲尼，只是個藉口。是大人為了不讓他們這兩個小朋友傷心道別而設計的小小藉口。

他又踩到地雷了。就像上一回他爸媽帶他去了葛哈茲尼，也就是一九八一年，他五歲的時候一樣。那時萊拉才剛過完三歲生日。那次算他走運，只丟了一條腿；還能活著，算他走運。

這些念頭在她腦海裡不斷、不斷盤旋。

然後，有天晚上，萊拉看見街的另一頭有道小小的閃光。一聲介於尖叫與驚呼之間的聲音從她唇邊迸出。她急忙從床底下撈出自己的手電筒，但卻不亮了。萊拉拿在手裡猛敲，咒罵該死的電池。

不過沒關係。他回來了。萊拉坐在床沿，鬆了一口氣咯咯地笑，望著那隻一閃一滅的美麗黃眼睛。

隔天早上，到塔力格家途中，萊拉看見卡哈丁和他那群朋友在對街。卡哈丁蹲著，用一根棍子在泥地上不知畫些什麼東西。他一看見萊拉，就丟下棍子，伸出手指晃啊晃的。他說了幾句話，引來一陣笑聲。萊拉低下頭，快步走開。

「你怎麼回事啦？」塔力格開門的時候，她不禁大叫。但就在此時，她才想起，他叔叔是個理髮師。

塔力格摸著他剛剃過的頭，微微一笑，露出潔白但參差不齊的牙齒。

「喜歡嗎？」

「你看起來像要去當兵了。」

「要不要摸摸看？」他低下頭。

短短粗硬的頭髮扎著萊拉的手掌，刺癢癢的感覺很舒服。塔力格不像其他男生要靠頭髮遮住圓錐形的頭顱和難看的坑坑疤疤。塔力格的頭形弧度優美，而且沒有坑疤。

等他抬起頭來，萊拉看見他的臉頰和額頭都晒黑了。

「你為什麼去這麼久？」她說。

「我叔叔病了。來，進來吧。」

他帶她穿過玄關到客廳。萊拉喜歡這幢房子裡的每樣東西。客廳地板上陳舊的地毯、沙發上的拼布罩、塔力格生活的日常雜物；他母親的幾卷布料、她插在線軸上的針、過期的雜誌、放在牆角等待開啟的手風琴盒。

「是誰？」

他母親在廚房裡問道。

「萊拉。」他回答。

他拉了把椅子給她。這間起居室光線明亮，有一扇開向院子的雙扉窗。窗台上有幾個空罐子，那是塔力格的母親拿來醃茄子、做胡蘿蔔醬用的。

「你說的是我們家的媳婦啊。」他父親走進屋裡說。他是個木匠，六十出頭，瘦瘦的，滿頭白髮，門牙之間有個縫隙，一雙瞇斜的眼睛，是長年在戶外工作的結果。他張開手臂，萊拉奔進他懷裡。迎接她的是他那愉悅、熟悉的木屑味道。他們互親臉頰三次。

「你再這樣叫她，她就不來了。」塔力格的母親走過他們身邊說。她端著一個托盤，上面有一個大碗，一根大湯杓，還有四個小碗。她把托盤放在桌上。「別理這個老傢伙。」她捧著萊拉的臉說：「好高興看到妳，親愛的。來，坐下。我買了一些水果乾回來。」

這張桌子很大，用沒加工過的淺色木材製成，是塔力格的父親親手做的，椅子也是。桌上蓋了一條紫紅色新月與星星圖案的苔綠色塑膠桌布。客廳的牆上掛著塔力格不同時期的照片，有些較早的照片裡，塔力格還雙腿健全。

「我聽說您弟弟生病了。」萊拉對塔力格的父親說。她把湯匙放進裝滿葡萄乾、開心果與杏子的碗裡。

他點起一根菸。「是啊。不過他已經好了。感謝真主。」

「心臟病。已經第二次了。」塔力格的母親說，用警告的眼神瞥了她丈夫一眼。

塔力格的父親噴了一口菸，對萊拉眨眨眼。這讓萊拉再次想起，塔力格的父母幾乎可以當他的祖父母了。他母親一直到四十幾歲才生下他。

「妳父親還好吧，親愛的？」塔力格的母親看著她的碗說。

打從萊拉認識她開始，塔力格的母親就戴假髮。那頂假髮隨著歲月增長，已經變成黯淡的紫色。今天那頂假髮拉得很低，蓋到眉頭，萊拉看見她兩鬢的灰髮。有時候，假髮會戴得比較高，露出額頭。但是，在萊拉眼裡，塔力格的母親就算戴假髮也不會顯得可憐兮兮。在假髮下面，萊拉看見的是平靜有自信的臉龐、聰慧的眼睛，以及從容不迫的愉悅儀態。

「他很好。」萊拉說：「當然，還是在麵包廠上班。他很好。」

「妳母親呢？」

「時好時壞，老樣子。」

「是啊。」塔力格的母親若有所思地說，同時把湯匙伸進碗裡。「兒子離開身邊，做母親的一定很難受，很痛苦。」

「妳要留下來吃午飯吧？」塔力格說。

「妳一定要。」他母親說：「我燉了蔬菜濃湯。」

「我不想當不速之客。」

「不速之客？」塔力格的母親說：「我們才離開幾個星期，妳就開始和我們客套起來了？」

「好吧。我留下來。」萊拉臉紅微笑地說。

「就這麼說定囉。」

事實是，萊拉喜歡在塔力格家吃飯的程度，相當於她討厭在自己家裡吃飯的程度。在塔力格家，不會有人獨自進餐；他們總是全家一起吃飯。萊拉喜歡他們用的那種淺紫色塑膠水杯，喜歡水罐裡總是漂著四分之一的檸檬。她喜歡他們進餐前先吃一小碗優格；喜歡他們每道菜餚都擠上酸橘汁，連優格也不例外；也喜歡他們拿彼此來開些無傷大雅的小玩笑。

吃飯的時候，他們總是講話講個不停。塔力格的父母都是普什圖人，但是只要萊拉在場，他們都為她改講法爾西語，雖然萊拉在學校學過，或多或少聽得懂他們的普什圖母語。爸比說他們所屬的阿富汗少數族裔塔吉克族，和塔力格所屬的普什圖族（是占阿富汗人口多數的種族）之間的關係很緊張。

塔吉克人老是覺得受歧視，爸比說過。普什圖國王統治這個國家將近兩百五十年，萊拉，而塔吉克人只在一九二九年統治過九個月。

而你，萊拉問，你覺得被歧視嗎，爸比？

爸比用襯衫下襬擦擦眼鏡。在我看來，這實在很無稽，而且是很危險的無稽之談：分什麼我是塔吉克人，你是普什圖人，他是哈札拉人，她是烏茲別克人。我們全都是阿富汗人，這才重要。但是，一個民族統治另一個民族過久……就會有蔑視。有對抗。一定會。總是會有的。

或許如此。但是萊拉在塔力格家裡從來沒這種感覺，這一類的事情從來沒人提起。與塔力格家人在一起，萊拉總是覺得很自然，很輕鬆，沒有種族或語言的隔閡，也沒有在她家裡揮之不去的那種個人恩怨與嫉妒怨懟。

「來玩牌吧？」塔力格說。

「好啊，到樓上去。」他母親說，很不以為然地揮開丈夫吐出的菸霧。「等我把蔬菜濃湯煮好。」

他們趴在塔力格房間中央，輪流發牌。塔力格的腿踢呀踢的，一面把這趟旅程的見聞講給她聽。說他幫叔叔種的桃子樹苗，還有他抓到的一條草蛇。

就在這個房間裡，萊拉和塔力格一起寫功課，一起用紙牌疊高塔，為彼此畫些荒謬可笑的畫像。如果下雨了，他們就靠在窗邊，喝冒著汽泡、溫溫的芬達橘子汽水，看著愈來愈大的雨點順著玻璃滑落。

「好吧，猜猜看喔。」萊拉一面洗牌一面說：「什麼東西待在角落裡就能環遊世界？」

「等等。」塔力格坐了起來，搖一搖他那條義腿。他皺起臉，側躺下來，用手肘撐住身體。「把枕頭給我。」他把枕頭墊在腿下。「好。這樣好多了。」

萊拉記得他第一次給她看那條斷腿的情景。她那時六歲。她用一根手指戳著他左膝下方光滑潔亮的皮膚。她的手指摸到一些小小的硬塊，塔力格告訴她，那是骨刺，是有時在截肢後會長出來的東西。她問他，他的腿會不會痛，他說一整天下來會痠，因為腿部腫脹，讓原本應該大小恰好的義肢變得太緊，就像戴著頂針的手指一樣。有時候還會磨破皮。特別是天氣熱的時候。我會起疹子，長水泡，但是我媽有一種藥膏很有效。情況還不算太糟啦。

萊拉當時哭了起來。

妳幹麼哭啊？他把義腿戴回去。是妳說要看的，傻瓜，妳這個愛哭鬼！早知道妳會這樣哭哭啼啼的，就不給妳看了。

「郵票。」他說。

「什麼？」

「謎語啊。答案是郵票。我們吃過午飯之後到動物園去。」

「你以前聽過這個謎語。對不對？」

「絕對沒有。」

「你騙人。」

「妳嫉妒。」

「嫉妒什麼？」

「我這男子漢大丈夫的聰明才智。」

「你這男子漢大丈夫的聰明才智？是嗎？告訴我，下棋的時候是誰贏？」

「我故意讓妳的。」他大笑。兩人都知道這絕對不是事實。

「數學不及格的是誰？你找誰教你數學功課，雖然你明明高人家一個年級？」

「如果數學沒找我麻煩，我就高妳兩個年級囉。」

「我猜呢，地理也找你麻煩囉。」

「妳怎麼知道？好了，好了，閉嘴啦。我們到底要不要去動物園？」

萊拉笑了起來：「去啊。」

「很好。」

「我好想你。」

一片沉寂。然後塔力格對她咧開嘴，露出半帶笑意、半扮鬼臉的噁心表情。「妳是怎麼搞的啊？」

萊拉心想，有多少次她、哈西娜和吉娣僅僅兩三天沒見面，就毫不遲疑地對彼此說出這四個字？我好想妳，哈西娜。喔，我也想妳。在塔力格的鬼臉裡，萊拉知道了，男生和女生在這方面大不相同。他們不會大方坦露友誼。他們沒有這樣的衝動，也不覺得有必要談這種事。萊拉想像她的哥哥也是這個樣子。男生哪，萊拉開始了解，看待友誼的態度和他們看待太陽一樣：它的存在毋庸置疑，它的光芒令人欣喜，卻不容睜眼直視。

「我想要惹惱你啊。」她說。

他斜瞄了她一眼說：「那妳可成功囉。」

但是，她覺得他臉上的怪表情柔和了些。她也覺得，他臉頰上日晒的痕跡好像更深了些。

萊拉本來不想告訴他的。其實，她原本已經下定決心，不要告訴他，否則有人可能會受傷，因為塔力格不會就這樣善罷干休。可是，後來他們上街往巴士站走去的時候，她又看見卡哈丁，斜靠在牆邊，拇指勾著皮帶環釦，身邊有一群朋友圍繞。他挑釁似地對她咧嘴笑。

於是她告訴塔力格了，在她得以制止自己之前，話就從她嘴裡脫口而出。

「他做了什麼？」

她再說一遍。

他指著卡哈丁。「他？就是他？妳確定？」

「我確定。」

塔力格咬牙切齒，用普什圖語自言自語說了一些萊拉聽不懂的話。「妳在這裡等一下。」他用法爾西語說。

「不，塔力格……」

但他已經朝對街走去。

卡哈丁先看到他。他的笑容褪去，身體靠著牆撐起來站直，拇指從皮帶釦裡抽了出來，讓自己顯得更挺一點，擺出惡狠狠的樣子。其他人也跟著他望了過來。

萊拉真希望自己什麼也沒說。如果他們一起圍上來怎麼辦？他們有多少人？十個？十一個？十二個？如果他們打傷了他怎麼辦？

塔力格在距離卡哈丁和他的狐群狗黨幾呎的地方停下腳步。他在考慮，萊拉想，或許是改變主意了吧。他彎下腰的時候，萊拉以為他是要假裝鞋帶鬆了，然後走回她身邊。但是接著，他的手開始動起來，她就明白了。

塔力格挺起身子，單腳站著的時候，其他人也明白了。他一跳一跳地衝向卡哈丁，那條解下來的義肢高舉過肩，宛如一把劍。

其他男生立刻退開，讓出一條路來，讓他直奔卡哈丁。

頓時煙塵四起，只見拳打腳踢，一陣陣的嘶吼。

自此而後，卡哈丁再也沒找過萊拉麻煩。

那天晚上，和大多夜晚一樣，萊拉只擺了兩人份的餐具。媽咪說她不餓。在她覺得餓的晚上，她也會在爸比回來之前，叫萊拉把餐盤端到她房間去。等萊拉和爸比坐下來吃飯的時候，她通常已經睡了，即使還沒睡，也已經躺在床上了。

爸比從浴室出來，回家時沾滿白白麵粉的頭髮已經洗乾淨，整整齊齊往後梳。

「我們今天吃什麼，萊拉？」

「昨天剩下的麵條湯。」

「聽起來不錯喔。」他一面說，一面把用來擦乾手的毛巾摺好。「我們今天晚上要做什麼？分數加法？」

「不，是把分數變成帶分數。」

「喔，對。」

每晚吃過飯後，爸比會教萊拉寫作業，並給她一些額外的功課。這只是為了讓萊拉的進度比班上同學超前一兩步，而不是他不贊同學校所教的東西，儘管全是宣傳教材。事實上，爸比還覺得共產黨做對了一件事，至少是打算做——那就是教育。雖然說來諷刺，他就是被共產黨趕出教育體系才丟掉工作的。共產黨重視女性的教育。政府贊助專為女性開設的識字班。爸比說，現在，喀布爾大學有近三分之二的學生是女性，女性在大學裡研讀法律、醫學和工程。

在這個國家裡，女性一直過得很辛苦，萊拉，但現在，她們的日子稍微好過一些，在共產黨的統治下，她們比以前享有更多的權利，爸比總是壓低聲音說，因為他知道媽咪絕對不容許任何人對共產黨有任何一絲正面的評價。但這是真的，爸比說，現在正是阿富汗女性的大好機會。妳可以利用這個優勢，萊拉。當然，女性的自由，說到這裡，他遺憾地搖搖頭，也是某些地方的人之所以拿起武器戰鬥的主要原因。

他說的「某些地方」，並不是喀布爾。因為喀布爾一直是個相當自由進步的城市。在喀布爾，女人可以在大學教書，可以治理學校，可以在政府部門任職。不，爸比指的是一些部族地區，特別是南部或東部靠近巴基斯坦邊界的普什圖地區。那裡的街頭上少有女人，如果要出門，也必須身著布卡，由男人陪同。他指的那些地區裡，男人堅持奉行古老部落律法，反抗共產黨下令解放女性、廢止強迫婚姻、提高女性結婚年齡到十六歲。爸比說，那裡的男人認為政府（而且還是個無神論的政府）命令他們要把女兒送出家門去上學，與男人一起工作，簡直是褻瀆他們千百年的傳統。

真主不容許哪！爸比總是諷刺地說。接著，他會嘆氣：萊拉，親愛的，阿富汗人唯一無法打敗的敵人就是他們自己啊。

爸比在餐桌旁坐下，把麵包泡進湯碗裡。

萊拉決定，吃飯的時候，她要告訴他塔力格教訓卡哈丁的事，然後才去做分數功課。但是她卻永遠沒有機會說。因為，就在此時，響起了敲門聲。門外，一個陌生男子捎來了消息。

19

「我有事必須與妳父母親談談，小姑娘。」萊拉開門的時候，他這麼說。那是個短小結實的男人，有張敏銳、飽經風霜的面容。他穿著褐色外套，頭上戴著棕色羊毛氈帽。

「您是？」

這時，爸比的手搭在萊拉肩頭，輕輕把她推開。

「妳到樓上去，萊拉。去吧。」

她走向樓梯的時候，聽見那個客人對爸比說，他有潘吉夏來的消息。這時媽咪也已在客廳裡了。她一手掩住嘴，目光很快從爸比身上移到那個戴氈帽的男子身上。

萊拉在樓梯上偷偷往下望。那個客人和爸媽坐在一起。他身子前傾，低聲說了幾句話，但萊拉聽不見。爸比的臉色慘白，而且愈來愈白，他低頭瞪著自己的手。媽咪放聲尖叫，不斷尖叫，扯著她自己的頭髮。

隔天是悼念會[6]的日子，早上，一群鄰居婦人蜂擁到家裡來，幫忙準備悼念會結束之後所舉行的

6 fatiha 原意為「開始」，亦即《古蘭經》的第一章〈法諦海〉，依據伊斯蘭教義，逝者須盡速下葬，但親友為表達哀思與追念，可於葬禮當夜、第七日、第四十日、或第一年內擇日舉行悼念儀式，誦念《古蘭經》，以為逝者祈福。

誦經晚餐。媽咪整個早上都坐在沙發上，手指絞著手帕，臉都哭腫了。照料她的是兩個抽抽噎噎的婦人，她們輪流輕拍著媽咪的手，好像把她當成世界上最珍貴、最易碎的娃娃似的。但是媽咪好像根本沒意識到她們的存在。

萊拉跪在媽媽面前，握著她的手：「媽咪。」

媽咪的目光往下飄，眨了眨眼。

「我們會照顧她的，萊拉將。」其中一個婦人用自以為是的語氣說。萊拉以前在葬禮上就見識過像這樣的婦人，只要碰上和死亡沾上邊的事就過度熱心，彷彿是公家派來的慰問者，不容別人侵犯她們指派給自己的神聖使命。

「沒事了，妳去吧，孩子，去做別的事。別吵妳媽媽。」

萊拉被趕走之後，覺得自己一點用都沒有。她從一個房間走到另一個房間，還無精打采地在廚房打發了一些時間。哈西娜和母親一起來，她一副乖巧的樣子，和平常天差地別。吉娣和她母親也來了。吉娣一看見萊拉，就衝了過來，用骨瘦如柴的手臂抱住萊拉，給她一個出奇有力的長長擁抱。才放開手，萊拉就看見她熱淚盈眶。「我覺得好遺憾，萊拉。」她說。萊拉謝謝她。她們三個一起坐在院子裡，直到有個婦人差遣她們去洗杯子，擺餐盤。

爸比也在屋子裡裡外外漫無目標地走來走去，好像想找點事來做似的。

「別讓他靠近我。」一整個早上，媽咪只說了這句話。

最後，爸比坐在玄關的那張折疊椅上，看起來孤寂渺小。有個婦人說他擋到路了。他道了歉，躲進書房。

那天下午，男性賓客出發到卡帖希斯區，那個爸比租來舉行悼念會的大堂。女性賓客則到家裡。萊拉和媽咪一起坐在客廳門口邊，依據習俗，那是逝者家屬坐的位置。悼客在門口脫掉鞋子，走進屋子裡，與認識的人點頭致意，然後在沿牆擺放的那排折疊椅上坐下。萊拉看見瓦姬瑪，那位為她接生的年長助產士。她也看見塔力格的母親，黑色的圍巾掩住假髮。她對萊拉點點頭，抿著嘴，緩緩露出一抹哀傷的微笑。

卡式錄音機裡傳出一個帶鼻音的男聲，誦念著《古蘭經》。每念完一段，婦人們便發出嘆息、挪動與抽噎的聲音。也有人悶聲咳嗽，低聲呢喃，每隔一段時間，還有人發出誇張的悲痛啜泣。

拉席德的妻子瑪黎安走了進來。她戴著黑色的頭巾，露出幾綹頭髮，垂到前額。她在萊拉對面的牆邊找位子坐下。

媽咪坐在萊拉身邊，不斷前後搖晃。萊拉把媽咪的手拉到她的膝上，用雙手緊緊握住。但是媽咪好像根本沒注意。

「妳要喝水嗎，媽咪？」萊拉在她耳邊說：「妳口渴嗎？」

但是媽咪什麼都沒說，什麼也沒做，就只是前後搖晃，用漠然無神的目光瞪著地毯。

坐在媽咪身邊，放眼盡是愁眉苦臉的沮喪面容，讓萊拉意識到打擊她家的滔天巨變。一切的機會都不復存在，所有的希望都灰飛煙滅了。

但是這種感覺並沒有持續太久。媽咪的失落很難去體會，很難真正體會。在萊拉心中，她的這兩個哥哥一直都不是活生生的真人，此時也就很難喚起哀傷之情，去追悼他們的過世。阿哈馬德和努爾對她來說一直像是某種傳說。就像神話裡的人物，像歷史故事裡的國王。

活生生、有血有肉的是塔力格。塔力格，那個教她用普什圖語罵粗話，喜歡鹽漬酢醬草葉，嚼東西的時候皺起眉頭、發出低低的磨牙聲，左鎖骨下方有個形似倒轉曼陀鈴的粉紅色胎記的塔力格。

所以，她坐在媽咪身邊，行禮如儀地追悼阿哈馬德和努爾。但是，在萊拉心中，她真正的哥哥還活著，活得好好的。

20

從此以後，媽咪日日病痛纏身。胸痛、頭痛、關節痛、夜裡盜汗、耳朵痛得下不了床，還有其他人摸不著也感覺不到的腫塊。爸比帶她去看醫生，抽了血，驗了尿，照過X光，就是找不出任何生理上的疾病。

大多日子，媽咪整天臥床。她穿著一身黑，老是扯頭髮，咬著下脣的那顆痣。媽咪醒來的時候，萊拉看見她在屋裡走來走去，最後總是停在萊拉的房間，彷彿她只要一次又一次走進兒子曾經睡覺、吃喝拉撒、打枕頭仗的房間，遲早就能遇到他們似的。但是，她找到的卻只是他們的離去，以及萊拉。萊拉相信，對媽咪來說，她的存在和他們的離去已經變成同一回事了。

媽咪唯一不會掉以輕心的工作是每天五次的禮拜。每回禱拜結束的時候，她總是垂著頭，雙手向前伸，掌心朝上，喃喃低語祈求真主賜以聖戰士勝利。萊拉必須擔起愈來愈多的家務。如果她不打理，就會發現衣服、鞋子、敞開的米袋、豆子罐頭、髒碗盤堆得到處都是。萊拉替媽咪洗衣服、換床單。她哄媽咪下床、洗澡、吃飯。替爸比熨襯衫、疊長褲的也是她。慢慢的，她也開始掌廚了。

偶爾，做完家事之後，萊拉會溜到床上，躺在媽咪身邊。她伸出雙臂攬住媽咪，與媽咪的手十指交纏，把臉埋進媽咪的頭髮裡。媽咪會轉個身，咕噥幾句。然後，毫無例外地，開始談起兒子們的往事。

有一天，她們這樣躺著的時候，媽咪說：「阿哈馬德本來可以成為領袖的。他有領袖氣質。年紀大他三倍的人都恭恭敬敬地聽命於他。很不得了啊。還有努爾。噢，我的努爾。他老是畫大樓和橋梁的草圖。他要當建築師，妳知道。他想用他的設計改變喀布爾。他們都變成烈士了，我的兒子，都變成烈士了。」

萊拉躺在那裡聽，一心盼望媽咪能注意到她，萊拉，沒變成烈士的她，活生生地躺在媽咪身邊，擁有未來，也擁有希望。但是，萊拉知道，她的未來永遠比不上她哥哥的過去。他們活著的時候讓她的生活蒙上陰影。他們死了之後，也讓她的形影消聲匿跡。媽咪是他們生命博物館的館長，而她，萊拉，只是個參觀的訪客，是保存他倆神話的容器。是媽咪用來書寫他倆傳奇的羊皮紙。

「捎來消息的那個人說，他們把妳哥哥的屍體帶回營區的時候，馬蘇德親自主持葬禮。他在墓邊為他們誦經。妳哥哥就是這麼勇敢的人，萊拉，指揮官馬蘇德，潘吉夏之獅馬蘇德，願真主保佑他，親自主持他們的葬禮。」

媽咪翻身仰臥。萊拉挪動了一下，頭靠在媽咪胸前。

「有些日子。」媽咪啞著嗓子說：「我聽著玄關那個時鐘滴滴答答的聲音，我就想到，所有的這些滴滴答答聲，所有在我人生前頭等著我的每一分，每一時，每一天，每一週，每一月，每一年，全都沒有他們在我身邊。我就無法呼吸，就像有人用腳踩著我的胸口，萊拉。我變得好虛弱。虛弱得只想倒下來。」

「真希望我能做點什麼。」萊拉真心誠意地說。但是話一出口聽起來卻空泛敷衍，像個親切的陌生人隨口安慰。

「妳是個好女兒。」媽咪深嘆一口氣說：「我卻不是妳的好母親。」

「別這麼說。」

「噢，是真的。我自己知道。我很對不起妳，親愛的。」

「媽咪？」

「嗯？」

萊拉坐起來，俯望著媽咪。媽咪的頭髮已有幾縷灰白。媽咪的削瘦也讓萊拉心頭一驚。向來豐滿的她，現在瘦得厲害，兩頰凹陷乾癟。她身上的襯衫鬆垮垮地從肩膀垂下來，領口和脖子之間露出一大塊空隙。萊拉不只一次看見媽咪的婚戒從手指上滑了下來。

「我想問妳一件事？」

「什麼事？」

「妳該不會……」萊拉說。

她和哈西娜談過這件事。哈西娜提出建議後，她們把整瓶的阿斯匹靈倒進水溝，把菜刀和尖銳的烤肉叉藏在沙發下面的地毯底。哈西娜還曾在院子裡找到一條繩子。爸比找不到他的刮鬍刀時，萊拉只得把自己的擔憂告訴他。他頹然坐在沙發的一角，雙手埋在膝蓋之間。萊拉等著他說幾句讓她放心的話，結果卻只等到一個迷惑空洞的眼神。

「妳該不會……媽咪，我擔心——」

「我們得到消息的那天晚上我的確想過。」媽咪說：「我不想騙妳。在那之後，我也想過好幾次。但是，不會。別擔心，萊拉，我要看見我兒子的夢想成真。我要看見蘇俄大兵狼狽滾回家，聖戰士勝利光復喀布爾的那一天。在夢想成真，阿富汗重獲自由的那一天，我一定要親眼目睹，這樣我的兒子也才能看見。他們會透過我的眼睛看見。」

媽咪很快又睡著了，留下萊拉一個人悲喜交集：喜的是，媽咪保證會活下去；悲的是，她竟然不是媽咪活下去的理由。在媽咪心中，她永遠無法及得上那兩個兒子的分量，因為媽咪的心像個蒼涼的沙灘，一波波漲起又消退的哀傷海浪沖刷下，萊拉的腳印永遠無法留下痕跡。

21

計程車司機停下車子，讓另一列蘇聯吉普車與裝甲車通過。塔力格往前座趴過去，越過司機，喊道：「好耶！好耶！」

一輛吉普車按了喇叭，塔力格吹口哨回應，嘻嘻笑，興高采烈地揮手。「好棒的槍喔！」他喊道：「好壯觀的吉普車啊！好壯觀的軍隊啊！太可惜了，你們竟然輸給一群拿彈弓的農夫！」

車隊走了。司機又開車上路了。

「還有多遠？」萊拉問。

「頂多再半小時。」司機說：「除非碰上更多車隊或檢查哨。」

他們出門一日遊。萊拉、爸比和塔力格。哈西娜原本也想來，還哀求過她父親，但他不同意。這趟旅程是爸比的主意。雖然憑他的薪水實在很難負擔得起，但是他還是把一輛計程車包下一整天。至於目的地是哪裡，他什麼也沒透露，只告訴萊拉說是為了她的教育。

他們清晨五點就上路了。透過車窗，萊拉看見景物飛快變換，從白雪覆頂的山峰到沙漠，到峽谷，再到豔陽焦灼的岩石露頭。一路上，他們經過許多茅草屋頂的泥塊屋，田野上四處堆著一綑綑的麥子。塵土飛揚的原野上，萊拉看到東一個西一個的黑色帳篷，那是庫奇族的游牧人。燒毀的蘇聯坦克與墜毀的直昇機殘骸也愈來愈隨處可見。她想，這就是阿哈馬德和努爾的阿富汗。畢竟，這裡，就在都會區以外的鄉間，是戰爭真正進行的地方，而不是在喀布爾。喀布爾大部分地區都還是平安無事。在喀布爾，若不是偶爾有槍聲響起，有蘇聯大兵在人行道上抽菸，有蘇聯吉普車在街頭呼嘯駛過，戰爭很可能只被當成是個傳聞。

他們又經過兩個檢查哨，進入谷地的時候，上午已過了大半。爸比要萊拉往前靠到前座，指給她看遠方的一列城牆。經日光曝晒成紅色的牆，看起來年代久遠。

「那是紅城。本來是一座堡壘。大約九百年前蓋來防範敵人入侵谷地。十三世紀的時候，成吉思汗的孫子曾經攻打過這裡，但是被殺了。後來是成吉思汗御駕親征，把紅城給毀了。」

「小朋友，這就是我們國家的歷史，一個接一個的外族入侵。」司機說，在車窗外撣撣菸灰。「馬其頓人。波斯人。阿拉伯人。蒙古人。現在又有蘇俄人。可是我們就像那些城牆一樣，遍體鱗傷，看起來慘不忍睹，但還是屹立不搖。你說是不是啊，先生？」

「的確是。」爸比說。

半小時之後，司機停下車。

「來吧，你們兩個。」爸比說：「下車來看看。」

他們下了計程車。爸比指給他們看：「在那裡，看！」

塔力格驚嘆一聲，萊拉也是。她知道，就算活到一百歲，也不可能再看到比眼前更壯麗的奇景。

兩尊巨佛巍峨聳立，遠比她看照片所想像的要來得更高更大。雕鑿在久經曝晒的石崖上，這兩尊大佛俯視著他們，萊拉想，一如兩千年前大佛俯視著絲路上往來的商旅行經谷地。大佛兩邊，沿著突懸的壁龕，有無數個洞穴挖鑿在峭壁上。

「我覺得自己好渺小。」塔力格說。

「你們想爬上去嗎？」爸比說。

「爬到佛像上？」萊拉問：「可以嗎？」

爸比微微一笑，伸出手說：「走吧。」

登上懸崖對塔力格來說很吃力。爬上彎彎曲曲、狹窄陰暗的樓梯時，他必須靠著萊拉與爸比的扶持。一路上，他們看見許多黑漆漆的洞穴，還有一條條隧道，整座石崖看起來像個蜂窩。

「小心你們的腳步。」爸比說。他的聲音激起宏亮的回音。「這裡的土有點鬆軟。」

有幾段樓梯通向大佛像所在的凹洞。

「別往下看，孩子們。往前看就好。」

往上爬的時候，爸比告訴他們，巴米揚[7]曾是興盛的佛教中心，直到第九世紀被伊斯蘭的阿拉伯人統治之後才衰落。佛教僧侶在沙岩懸崖開鑿洞穴當住處，也讓旅途勞頓的朝聖客得以留宿。爸比說，那些僧侶在洞穴的壁頂與牆壁上美麗的壁畫。

他說：「曾經，一度有五千名僧侶隱居在這些洞穴裡。」

7 Bamiyan，阿富汗山城，為中亞佛教中心，山谷中建有高達五十二公尺與三十八公尺的大佛像，並有許多石窟壁畫，極具宗教與藝術價值，為聯合國認定之世界遺產。二〇〇一年遭塔利班政權炸毀。

爬到山頂的時候，塔力格幾乎喘不過氣來。爸比也氣喘吁吁。但是他的眼神散發興奮的光彩。

「我們站在佛像的頭頂囉。」他說，用手帕擦著額頭。「那裡有個壁龕，我們可以從那邊眺望。」

他們一步一步慢慢踏上崎嶇不平的龕頂，併肩站在一起，爸比站在中間，一起俯望谷地。

「看哪！」萊拉說。

爸比綻開笑容。

底下的巴米揚谷地平疇綠野，滿是青翠的農田。爸比說田裡種的是綠油油的冬麥、紫花苜蓿，還有馬鈴薯。一畦畦田地以白楊樹為界，溪流與灌溉溝渠縱橫交錯，河堤邊有小小的婦人身影，蹲著在洗衣服。爸比指著斜坡上種植稻米與大麥的田地。時值秋季，萊拉看見身穿鮮麗袍子的人在住家泥磚屋的屋頂上晒乾莊稼。通向城裡的主要道路，也有白楊樹夾道。馬路兩邊有著小商店和茶館，還有在街頭做生意的理髮師。越過村莊，越過河流和溪澗，萊拉望見光禿禿的土黃色小山丘。然後，越過山丘，在阿富汗所有的一切之上，就是白雪皚皚的興都庫什山。

穹蒼湛藍，純淨無瑕。

「好安靜喔。」萊拉深吸一口氣說。她看見小小的羊與馬，可是聽不見牠們的咩叫與嘶鳴。

「這也是我對這裡的印象。」爸比說：「寧靜，平和。我希望你們也能體會。但是，我也希望你們能看看我們國家的悠久傳統，孩子，了解我們國家豐富的歷史。你們知道，有些東西我可以教你們，有些你們可以從書本裡學到。但是，還有一些東西，你們必須親自去看，去感覺。」

「你們看！」塔力格說。

他們看見一隻老鷹，在村莊上空盤旋翱翔。

「你帶媽咪上來過這裡嗎？」萊拉問。

「噢，來過好多次，在妳哥哥還沒出生之前。他們出生之後也還來過。妳母親，她以前很愛冒險的，而且……很活潑。她是我見過最活潑、最快樂的人。」他沉浸在回憶之中，微笑著：「她好愛笑。我發誓，萊拉，我之所以娶她，就是因為她的笑聲，讓人招架不住，完全無法抗拒。」

萊拉心裡湧起一股溫馨的感覺，終此一生，她會永遠記得此時此刻的爸比：他手肘靠在岩塊上，手托著下巴，頭髮被風吹亂，眼睛在陽光下瞇成一條線，溫柔提及媽咪的往事。

「我想去看那些洞穴。」塔力格說。

「小心一點。」爸比說。

「我會的，卡卡將[8]。」塔力格的聲音在山谷中迴響。

萊拉看見下方遠處有三個人聚在一起講話，旁邊有頭牛綁在籬笆上。在他們周圍，林木已開始變色，黃赭、橙黃、豔紅。

「我也想念兒子，妳知道。」爸比說。他眼眶微溼，下巴顫動。「我或許……和妳母親不一樣。她的快樂和悲傷都很極端。她也沒辦法藏得住。她從來就沒辦法。我，我想我和她不一樣。我向來……但是，死了兒子，我一樣是大受打擊。我也很想他們。我沒有一天不……很難受啊，萊拉。非常非常難受。」他用拇指和食指用力捏著雙眼內側的眼角。他想開口，卻發不出聲音來。他咬著嘴唇，等了一會，然後深吸一口氣，看著她。「但是我很高興有妳在我身邊。每一天，我都感謝真主把

8 kaka，叔伯的稱謂。

妳賜給我們。每一天。有時候，妳母親情況真的很糟的時候，我就覺得妳是我僅有的一切，萊拉。」

萊拉靠近他，把頭貼在他胸口。他似乎有點驚訝——他不像媽咪，很少把親密情感以肢體動作表現出來。他在她額頭飛快地親了一下，擁抱著她，又顯得有點手足無措。他們就這樣靜靜站了一會，望著底下的巴米揚谷。

「雖然我好愛這塊土地，但是有時候我也想要離開。」爸比說。

「去哪裡？」

「任何地方都好，可以輕易遺忘一切的地方。可能，先到巴基斯坦，我想。一年，或許兩年。等我們的文件通過審核。」

「然後呢？」

「然後，嗯，這個世界很大的。或許去美國。到靠近海洋的地方，例如加州。」

爸比說美國人很慷慨。他們會提供錢和食物，幫助他們一段時間，直到他們可以自力更生。

「我會去找工作，過幾年，等我們存夠了錢，就開一家阿富汗餐館。不必太花俏，只是個小小的餐廳，放幾張桌子，鋪幾條地毯。或許掛一些喀布爾的照片。我們讓美國人嘗嘗阿富汗的菜餚。靠妳母親的手藝，他們一定會在街上大排長龍。

「至於妳，妳繼續去上學，當然。妳知道我對這件事的看法。讓妳接受好的教育是第一優先要緊的事，先上高中，然後上大學。但是妳空閒的時候，如果妳願意的話，可以來幫忙，點菜啦，倒水啦，這類的事。」

爸比說，他們可以在餐館裡辦生日宴會、訂婚典禮、新年聚會等等。那裡會變成其他跟他們一樣逃離戰火的阿富汗人聚會場所。到了深夜，所有的人都離開，餐館也清理乾淨之後，他們會在空蕩蕩的桌子之間坐下來喝茶，他們三個，雖然疲累，卻為自己的幸運心存感激。

爸比說完之後，又陷入沉默。他們兩人都沒講話。他們知道，媽咪哪裡也不會去。在阿哈馬德和努爾還活著的時候，離開阿富汗，對她來說無法想像。而今，他們已殉難，收拾行囊離開家園是更卑劣的侮辱與背叛，等於否定她兒子所做的犧牲。

你怎麼能這樣想呢？萊拉幾乎可以聽得見媽咪在說：他們的死對你來說沒有任何意義嗎，表哥？我唯一的安慰是，我腳下踏的是吸收了他們鮮血的土地。不，絕對不行。

而爸比永遠也不會離棄她，萊拉知道，儘管現在媽咪對爸比來說已不再像妻子，對萊拉來說也不再像母親。但是為了媽咪，他會輕輕拂掉他的白日夢，就像他下班回家時輕輕拍掉外套上的麵粉一樣。他們會留在這裡，直到戰爭結束。他們會留在這裡，無論戰爭結束之後會有什麼事發生。

萊拉記得媽咪有一回對爸比說，她嫁了一個信念不堅的男人。媽咪不了解。她不了解的是，如果她照著鏡子，她在鏡中看見的那個女人，就是爸比終生信守的誓約。

午餐時，他們一起吃水煮蛋、馬鈴薯配麵包，然後塔力格在潺潺小溪邊的樹下打盹。他把外套摺得整整齊齊的當枕頭，雙手交疊擺在胸前。司機到村裡去買杏仁了。爸比坐在樹幹粗壯的金合歡樹下看一本平裝書。萊拉認得那本書，爸比有一回讀給她聽。故事說的是一個名叫桑迪亞戈的老漁夫，捕到一條很大的魚。但是等他把船開回安全地帶，那條大魚已經屍骨無存，被鯊魚吃個精光。

萊拉坐在溪畔，腳泡在沁涼的溪水裡，頭頂上蚊子嗡嗡叫，白楊籽隨風飛舞。一隻蜻蜓在附近旋繞，萊拉望著牠從一片葉梢飛到另一片葉梢上，翅膀在陽光下閃閃發亮，忽而紫，忽而綠，忽而橙。小溪對岸，一群附近的哈札拉男生在地上撿拾乾牛糞，丟進掛在他們背上的粗麻布袋裡。某處，有隻驢在叫。還有部發電機突然啟動。

萊拉想著爸比的小小夢想。靠近海洋的地方。

在佛像頂端的時候，她有些話沒對爸比說，那就是，她其實很高興他們無法離開祖國。她會想念吉娣和她緊皺著臉的認真模樣，沒錯，還有哈西娜裝神弄鬼的嘻笑和肆無忌憚的惡作劇。但是，最重要的，萊拉清清楚楚地記得，塔力格到葛哈茲尼去的那四個星期，沒有他在身邊的那種想躲也躲不掉的痛苦。她記得清清楚楚，沒有他在身邊的日子多麼難捱，她如何舉步維艱，跌跌撞撞，失去平衡。她怎能忍受再也沒有他的生活？

或許，只為了渴望靠近某個人，就留在這個槍炮奪走自己哥哥生命的國家裡，聽起來實在很沒道理。但是，只要想想塔力格舉起義肢對卡哈丁揮舞的畫面，對萊拉而言，這世界上再也沒有比這件事更有意義的了。

六個月後，一九八八年四月，爸比回家時帶來了一個天大的消息。

「他們簽署條約了！」他說：「在日內瓦。是正式的條約！他們要離開了！再過九個月，阿富汗就沒有半個蘇俄人了！」

媽咪從床上坐了起來。她聳聳肩。

「但是共產黨政權還在。」她說：「納吉布拉是蘇聯的傀儡總統。他還沒走。戰爭還是會繼續。

不會就這樣結束的。」

「納吉布拉撐不了多久的。」爸比說。

「他們要走了，媽咪！他們真的要走了！」

「你們兩個想慶祝就慶祝吧。但是，我要等著看聖戰士在喀布爾舉行勝利遊行才甘心。」

她一說完就又躺了下來，拉起毯子。

22

一九八九年一月

一九八九年一月，就在萊拉十一歲生日的三個月前，一個寒冷陰鬱的日子，萊拉和爸媽以及哈西娜一起去看最後一批蘇聯軍隊撤出喀布爾。瓦吉·阿卡巴汗區附近的官兵俱樂部外面，圍觀群眾擠滿道路兩側。他們站在泥濘的雪地裡，看著一長排坦克、裝甲卡車和吉普車駛過，車頭燈的亮光下，輕盈的雪花飄飛。群眾訕笑怒罵，阿富汗士兵把人群趕離街道。每隔一會，就必須開槍示警。

媽咪高舉著阿哈馬德和努爾的照片。那張他倆背靠背坐在梨子樹下的照片。還有其他婦人也跟她一樣，高舉著她們死去的丈夫、兒子與兄弟的照片。

有人拍了拍萊拉和哈西娜的肩膀。是塔力格。

「你從哪裡弄來那個東西？」哈西娜大叫。

「我覺得我應該為這個大日子好好打扮一番啊。」塔力格說。他戴了一頂很大的俄國毛皮帽，附有耳罩的那種，他還把耳罩拉了下來。「我看起來如何啊？」

「好好笑。」萊拉笑了起來。

「就是要好笑啊。」

「你爸媽也像你穿成這樣一起來啊?」

「他們在家。」他說。

前一年秋天，塔力格住在葛哈茲尼的那位叔叔心臟病發過世，幾個星期之後，塔力格的父親也在家裡心臟病發作，變得虛弱容易疲累，還常常陷入憂鬱和沮喪之中，一發作就是好幾個星期。萊拉很高興看見塔力格現在這個樣子，恢復他本來的樣子。他父親發病之後好幾個星期，萊拉看著他鬱鬱寡歡，老是臉色沉重，心情不好。

媽咪和爸比還站在那裡觀看蘇聯大軍撤退的時候，他們三個偷偷溜走。塔力格在路邊的攤子替大家一人買了一盤澆著濃稠香菜酸辣醬的水煮豆子。他們在一家沒開門的地毯店遮雨篷下吃完，然後哈西娜跑回去找她的家人。

回家的巴士上，塔力格和萊拉坐在她爸媽後面。媽咪坐靠窗的位子，凝視窗外，把那張照片緊緊貼在胸口。坐在媽咪身邊的爸比，無動於衷地聽著另一名男子大發議論，說蘇俄人或許是離開了，但他們還是會運武器到喀布爾來給納吉布拉。

「他是他們的傀儡。他們會透過他繼續作戰，你們等著瞧吧。」

走道另一側有人出聲附和。

媽咪低聲自言自語，氣也不換地一再反覆誦念經文，念到喘不過氣來，必須用微弱尖細的嗓音勉強吐出最後幾個字。

那天稍晚，萊拉和塔力格到電影院去看一部蘇聯電影。這部片子配上法爾西語發音，產生了意想不到的喜劇效果。情節背景是一艘商船上，大副愛上了船長的女兒，她名叫艾優娜。暴風雨來襲，雷電交加，大雨傾盆，商船在洶湧浪濤中載浮載沉。影片中有個水手氣急敗壞地大聲嘶吼，結果可笑的是，配上的卻是個冷靜的阿富汗聲音：「親愛的長官，可以請您把繩子遞給我嗎？」

看到這裡，塔力格笑了出來。接著，他們兩個就不由自主地狂笑不已。好不容易有一個笑累了，另一個就又噗嗤一聲，於是兩人又開始笑個不停。坐在前兩排的一名男子回頭叫他們安靜。

電影快結束的時候，有一幕婚禮的場景。船長態度已經軟化了，同意讓艾優娜嫁給大副。新人相視而笑。每個人都暢飲伏特加。

「我絕對不要結婚。」塔力格低聲說。

「我也是。」萊拉先緊張遲疑了一下下，才接著說。她擔心自己的聲音透露了她對塔力格這句話的失望情緒。她的心狂跳，用更堅定的語氣補上一句：「絕不。」

「婚禮實在是太蠢了。」

「自找麻煩。」

「還浪費錢。」

「為什麼？」

「因為那些禮服妳絕對不會再穿第二次。」

「哈！」

「如果要我結婚。」塔力格說：「婚禮舞台上一定得站三個人。我、新娘，還有一個拿槍抵著我頭的傢伙。」

前排的那個男人又回頭瞪了他們一眼。

銀幕上，艾優娜和她的新婚夫婿雙唇緊貼。看著親吻的鏡頭，萊拉突然感到很難為情。她注意到自己的心臟劇烈狂跳，耳裡的血液澎湃奔騰，還有她身邊的塔力格坐直身子，變得安靜。親吻的鏡頭久久不去。萊拉頓時有種極度迫切的感覺，覺得自己最好動都不要動，也不該發出聲音。她感覺到塔力格正在觀察她——一眼看著銀幕，一眼看著她——正如她也在觀察他一樣。她不禁想，他是不是在側耳傾聽她鼻孔吸進呼出的氣息，等待一絲輕微的顫聲或無法掩飾的不規則律動，洩露她的思緒？

親吻他，讓他唇上細細的鬍子刺著她的嘴唇，會是什麼感覺？

塔力格坐立難安，在椅子上挪動身體。他用緊繃的聲音說：「妳知道嗎，如果妳在西伯利亞擤鼻涕，鼻涕還沒流到地上就已經變成綠色的冰柱了。」

他們笑了起來，但是這回的笑聲很短暫，很不安。電影散場，他們走到戲院外面的時候，天色已暗，萊拉鬆了一口氣，因為她不必在大白天明亮的光線裡與塔力格四目交會。

23

一九九二年四月

三年過去了。

這段期間，塔力格的父親中風過好幾次。後遺症是左手不靈活，講話有點口齒不清。他常常發脾氣，但只要一生起氣來，口齒就更不清。

塔力格的腿又長長了，紅十字會已經配給他一條新的義肢，但他必須再等六個月才領得到。

哈西娜害怕的事終究成真，家人把她送到拉合爾，嫁給那個開汽車零件行的表哥。哈西娜被帶走的那天早晨，萊拉和吉娣去她家道別。哈西娜告訴她們，她表哥，也就是她未來的丈夫，已經著手申辦手續，準備帶她移民德國，因為他有兄弟住在那裡。今年之內，她說，她們就會搬去法蘭克福。她們三個人抱在一起哭。吉娣哭成淚人兒，誰也安撫不了。萊拉最後一次看見哈西娜，是她父親扶著她，坐進計程車擁擠的後座裡。

蘇聯瓦解了，速度快得驚人。萊拉覺得，好像每隔幾個星期，爸比回家時就會帶來一個新共和國宣布獨立的消息。立陶宛、愛沙尼亞、烏克蘭。克里姆林宮降下蘇維埃聯邦的旗幟。俄羅斯共和國誕生了。

在喀布爾，納吉布拉改弦易轍，想把自己塑造成一個虔誠的穆斯林形象。「他做得不夠，也做得太遲了。」爸比說：「你不可能今天還是祕密警察的頭目，明天就和那些家人親戚被你刑求殺害的人一起在清真寺裡做禮拜。」納吉布拉感覺到喀布爾山雨欲來的緊張氣氛，想與聖戰士達成協議，但是聖戰士悍然拒絕。

媽咪躺在床上說：「他們這樣做是對的。」她仍舊為聖戰士夜夜祈禱，期盼看見他們的凱旋遊行，期盼看見她兒子的敵人萬劫不復。

最後，她終於等到了。在一九九二年的四月，萊拉滿十四歲的那年。

納吉布拉終於投降，於喀布爾南邊達魯拉曼宮附近的聯合國營區受到政治庇護。

聖戰結束了。從萊拉出生那天晚上開始掌政的共產黨政權被徹底瓦解了。媽咪的英雄，阿哈馬德和努爾的同袍兄弟戰勝了。如今，經歷十多年犧牲一切、拋家棄子，在山區為阿富汗主權奮戰的歲月之後，聖戰士們回到喀布爾，帶著飽經戰火洗禮的疲憊身軀回來了。

媽咪知道他們每一個人的名字。

鐸斯通[9]，鋒芒畢露的烏茲別克將領，「民族運動」領袖，以見風轉舵、立場善變而著稱。脾氣狂暴、陰晴不定的古勒卜丁・赫克馬提雅[10]，普什圖族的「伊斯蘭黨」領袖，學工程出身，曾謀殺一

9 Abdul Rashid Dostum（1954-），阿富汗的烏茲別克領袖，於塔利班主政後流亡土耳其。

10 Gulbuddin Hekmatyar（1949-），阿富汗「伊斯蘭黨」領袖，一九九〇年代蘇聯撤軍之後兩度出任總理，塔利班主政時期流亡伊朗，美國出兵阿富汗之後公然反美，二〇〇三年被美國列入恐怖分子通緝名單。

名信仰毛澤東主義的學生。拉巴尼[11]，塔吉克族「伊斯蘭會社」領袖，君權時代曾在喀布爾大學教授伊斯蘭教。塞雅夫[12]，出身帕格曼的普什圖人，與阿拉伯人有往來，是不屈不撓的穆斯林，也是「伊斯蘭聯盟」領袖。阿布都．阿里．馬薩里[13]，「伊斯蘭人民團結黨」領袖，被他的哈札拉同胞尊稱為「馬薩里老爹」，與伊朗什葉派[14]關係密切。

當然，還有媽咪的英雄，拉巴尼的盟友，深謀遠慮、洋溢領袖魅力的塔吉克指揮官，潘吉夏之獅馬蘇德。媽咪在她房間裡釘了一張他的海報。馬蘇德那張英俊、深思的臉，豎起的眉毛，和註冊商標似的斜戴氈帽，後來在喀布爾街頭到處可見。他那對充滿靈性的黑色眼睛，從告示板、牆面、商店櫥窗，以及插在計程車天線上的小旗子裡，凝望著大家。

對媽咪來說，這是她渴望已久的日子。她多年的等待終於有了圓滿成果。

終於，她的守夜祈禱可以結束了，她的兒子可以安息了。

納吉布拉投降後的隔天，媽咪煥然一新地起床。自從阿哈馬德與努爾殉難之後，這是五年來她頭一次換下了黑衣服。她穿著深藍底白圓點的亞麻洋裝，清洗窗戶，打掃地板，打開窗戶通風，洗了一次長長的澡。她聲音興奮而高亢。

「準備好辦慶祝會了！」她宣布。

她派萊拉去邀請左鄰右舍。「請他們明天中午來我們家大吃一頓！」

媽咪在廚房裡，兩手叉腰，環顧四周，語氣溫和地責備說：「妳把我的廚房搞成什麼樣子了，萊拉？天哪，所有的東西都擺錯地方了。」

她開始誇張地把鍋碗瓢盆挪來移去，彷彿重新宣示主權，標定她的疆界。現在，她回來了。萊拉袖手旁觀。這樣最好。媽咪興致一來的時候和發起脾氣一樣不可理喻。媽咪精力充沛，一刻也靜不下來，著手準備菜餚：腰豆和晒乾的小茴香燉麵條湯、炸肉丸、熱蒸餃拌新鮮優格，撒上薄荷。

「妳修眉毛啦？」媽咪說，一面打開流理台旁邊裝米的大麻布袋。

「稍微修了一下。」

媽咪從麻布袋裡把米倒進一個裝滿水的黑色鍋子裡。她捲起袖子，開始淘米。

「塔力格好嗎？」

「他父親病了。」萊拉說。

「他現在幾歲啦？」

「我不知道。六十多吧，我猜。」

「我是問塔力格幾歲。」

「喔，十六。」

---

11 Burhanuddin Rabbani（1940-2011），阿富汗塔吉克「伊斯蘭會社」領袖，一九九二到一九九六年間擔任阿富汗總統，直至塔利班主政，二〇〇一年美國進軍阿富汗後曾再度出任總統，隨後領導「伊斯蘭會社黨」。

12 Abdulrab Rasul Sayyaf（1946-），蘇聯與阿富汗戰爭期間，與沙國關係密切。曾與拉巴尼政府結盟。

13 Abdul Ali Mazari（1946-1995），阿富汗「伊斯蘭人民團結黨」領袖，於葛哈茲尼遭暗殺身亡。

14 伊斯蘭教主要分成兩大派系，遜尼派（Sunni）為伊斯蘭的主要教派，另一派系為什葉派（Shiite）。目前約有百分之八十五的穆斯林為遜尼派，什葉派則掌控伊朗、伊拉克南部與黎巴嫩南部，以及阿富汗與巴基斯坦部分地區。兩派系間的鬥爭為伊斯蘭世界內部衝突的主要原因之一。

「他是個不錯的孩子。妳不覺得嗎？」

萊拉聳聳肩。

「不過，已經不能算是孩子囉，對不對？十六歲，差不多是大人了。妳不覺得嗎？」

「妳想說什麼，媽咪？」

「沒什麼。」媽咪露出無辜的微笑說：「沒什麼。只是妳……嗯，沒什麼。反正我最好別說。」

「我知道妳是故意說的。」萊拉被這種拐彎抹角的玩笑話給惹惱了。

「這個嘛。」媽咪雙手交疊，擺在鍋子邊上。從她這句「這個嘛」以及雙手交疊擺在鍋緣的姿勢裡，萊拉察覺到一絲非常不自然、甚至近乎演練過的氣息。她怕有場長篇大論要聽了。

「你們還小的時候，成天混在一起到處跑是沒什麼大不了。而且還很討人喜歡。但是現在，現在，我注意到妳穿胸罩了，萊拉。」

萊拉沒料到媽咪會提到這件事。

「說到這裡，妳早該和我談胸罩這事的。我完全不知道。我很失望，妳竟然沒告訴我。」媽咪知道自己占了上風，繼續乘勝追擊。「算了，我要談的不是我或胸罩的事。是妳和塔力格。他是男生，妳知道，所以，他哪裡在乎什麼名聲不名聲的？但是妳呢？女孩子的名聲，特別是像妳這麼漂亮的女孩子，是很微妙的，萊拉。就像手裡抓隻八哥鳥，一個不注意手放鬆了，就沒有了。」

「那妳以前爬牆，跟爸比溜到果園裡，又怎麼說？」萊拉對自己的迅速反擊有些得意。

「我們是表兄妹。而且我們後來也結婚了。這個小子向妳求婚了嗎？」

「他是我朋友。我們兩個之間不是那麼回事。」萊拉說，聽起來像自我辯解，不太有說服力。「對我來說，他就像哥哥一樣。」她補了一句，卻徒增誤會。她知道，甚至早在烏雲尚未籠罩媽咪臉上，早在媽咪臉色尚未沉下來之前，她就知道自己說錯話了。

「他不是。」媽咪語氣強硬：「妳不能把這個只有一條腿的木匠兒子和妳哥哥相提並論。沒有人能跟妳哥哥相比。」

「我不是說他……我不是這個意思。」

媽咪哼了一聲，咬緊牙關。

「反正。」她又回歸正題，但是先前的輕鬆愉快已經一掃而空了。「我想說的是，如果妳不注意一點，別人會說閒話的。」

萊拉還想辯解。其實媽咪的話不能說沒道理。萊拉知道，與塔力格在街頭巷尾天真無邪、大方嬉鬧的歲月已經過去了。偶爾，兩人在公共場所一起出現的時候，萊拉已經察覺到有種陌生的異樣，是萊拉以前從沒體會過的感覺：被盯著看，被指指點點，被竊竊談論。若非有個不容否認的事實攤在眼前，她直到此刻恐怕都還難以體會。事實是：她愛上了塔力格。愛得絕望，愛得深切。只要他在身邊，她就無法克制自己，只能陷溺於最可恥的思緒中，想像他削瘦赤裸的身體與她交纏。夜裡躺在床上，她想像他親吻自己的腹部，想知道他的雙脣有多麼柔軟，他的雙手游移在她頸項、胸口、背部，繼續往下探的感覺是什麼。她這樣想他的時候，心中滿是罪惡感，卻也有一股溫暖而奇妙的感覺從腹部往上升起，再升起，直到她的臉頰泛紅暈。

的確。媽咪說的有道理。事實上，她自己也很清楚。萊拉猜想，就算不是大部分，也必定有些鄰居開始講她和塔力格的閒話了。萊拉已經注意到鬼鬼祟祟的笑容，也察覺到街坊間流傳的耳語，說她和塔力格是一對。例如，有一天，她和塔力格一起在街上走，碰上鞋匠拉席德，後面跟著他那個身罩布卡的妻子瑪黎安。拉席德走過他們身邊的時候，開玩笑說：「這不是萊麗和馬吉努嗎？」萊麗和馬吉努是十二世紀詩人納札米[15]著名的浪漫詩作中，一對命運多舛的戀人，也可以說是法爾西語版的「羅密歐與茱麗葉」，爸比這麼說過。但是他也說，納札米寫下這對苦情戀人故事的時間，比莎士比亞足足早了四個世紀。

媽咪說的有道理。

萊拉心痛的是，媽咪沒有資格這麼說。如果提起這件事的是爸比，那又另當別論。但是媽咪呢？經過這麼多年的冷漠疏離，自我封閉，她從來不在乎萊拉去了哪裡，見了誰，想些什麼……這不公平。萊拉覺得自己和這些鍋碗瓢盆沒兩樣，是可以置之不理擱在一旁，然後興致來了，又可以被人隨心所欲宣示主權的東西。

但是今天是個大日子，一個重要的日子，對每一個人來說都是。為了這件事毀了這一天，實在太可惜了。萊拉決定不再追究，息事寧人。

「我懂妳的意思。」她說。

「很好！」媽咪說：「那就解決了。哈金哪裡去了？我那個可愛的丈夫到哪裡去了？」

這天陽光耀眼，萬里無雲，是個辦宴會的好日子。男人們坐在院子裡搖搖晃晃的折疊椅上喝茶、抽菸、高聲談笑，議論聖戰組織的計畫。萊拉已經從爸比那裡知道事情的梗概：阿富汗已改名為阿富汗伊斯蘭國。由數個聖戰組織在帕夏瓦組成的伊斯蘭聖戰協會，將先由西巴哈圖拉．莫賈狄狄[16]領導，監督兩個月。再由以拉巴尼為首的領導委員會接管四個月。這六個月中，將由各方領袖與長老舉行大會議[17]，組成過渡政府主政兩年，朝民主選舉的目標邁進。

有個男人搧著烤架上烤得滋滋作響的羊肉串。爸比和塔力格的父親在那棵老梨樹的樹蔭裡下棋，兩人神情專注，繃緊著臉。塔力格也坐在棋盤旁，一會兒看著棋賽，一會兒豎起耳朵聽旁邊那桌人在聊的政治話題。

女人們聚在客廳、玄關和廚房裡。她們一面閒話家常，一面抱起嬰孩，同時還靈巧地閃躲，稍一扭臀擺腰就避開滿屋子追逐狂奔的孩童。錄音機裡播放著薩拉罕[18]演唱的詩歌。

萊拉在廚房裡，與吉娣一起泡一壺壺的薄荷優格。吉娣已經不像以前那麼害羞，或者應該說是沒那麼嚴肅了。最近幾個月，她老是深鎖的愁眉已經消失無蹤。這些日子以來，她常常率直地大笑，甚至還帶點輕浮，讓萊拉很吃驚。她不再綁單調的馬尾，反而放下頭髮，還挑染成紅色。後來萊拉終於知道，這一切的改變緣自於擄獲吉娣芳心的一個十八歲男孩。他名叫夏比爾，是吉娣哥哥那個足球隊的守門員。

15 Nezami（1141-1209），浪漫主義敘事詩人，其詩作〈五卷詩〉（Khamseh）為波斯文學的重要作品。

16 Sibgharullah Mojaddedi（1925-2019），為一九九二年阿富汗推翻共黨政權之後的首任過渡總統，後獲選國會議員，為「阿富汗民族解放陣線」（Afghan National Liberation Front）領袖。

17 loya jirga，原意為中亞地區的部族長老會議，阿富汗推翻共黨及塔利班政權之後，為解決內部衝突，均由各族群派系長老代表共組大議會進行協商。

18 Ustad Sarahang（1924-1983），阿富汗知名的民謠演唱家。

「他笑起來的樣子好帥，他的頭髮好黑好濃密！」吉娣對萊拉說。當然，沒有人知道他們交往的事。吉娣已經私下和他碰面喝過兩次茶，在城另一端的塔伊馬尼區一家小茶館裡，兩次都各聊了十五分鐘。

「他打算向我提親，萊拉！可能最快就是今年夏天。妳相信嗎？我敢發誓，我無時無刻不想著他。」

「學校怎麼辦？」萊拉問。吉娣偏著頭，給她一個「我們都知道該怎麼辦」的表情。

哈西娜以前常說，等我們二十歲的時候，吉娣和我，我們會各有四、五個小孩。但是妳，萊拉，妳會讓我們兩個笨蛋引以為榮。妳會出名。我知道，有一天，我拿起報紙，會在頭版上看見妳的照片。

現在，吉娣在萊拉身邊，切著小黃瓜，一臉如夢似醉的表情，心飄得老遠。

媽咪也在旁邊，穿著亮眼的夏季洋裝，與助產士瓦姬瑪以及塔力格的母親一起剝水煮蛋。

「我要送一張阿哈馬德和努爾的照片給馬蘇德指揮官。」媽咪對瓦姬瑪說。瓦姬瑪點點頭，努力裝出真的很感興趣的樣子。

「他親自主持葬禮。他在他們的墓邊誦經。送他照片是為了感謝他的恩德。」媽咪敲開另一個水煮蛋。「我聽說他是個很有見地、值得尊敬的人。我想他會很樂意接受。」

她們身邊，婦人們在廚房裡進進出出，端出一碗碗咖哩，一盤盤橙皮飯，一條條麵包，擺在客廳地板的餐蓆上。

每隔一會兒，塔力格就晃進來，抓點這個，嚐點那個。

「男人不准進來。」吉娣說。

「出去，出去，出去。」瓦姬瑪大叫。

塔力格笑咪咪面對女人們半開玩笑的大呼小叫。在這裡當不速之客，用他半帶戲謔、玩世不恭的陽剛氣息沖淡這裡的陰柔，好像讓他頗為自得其樂。

萊拉盡力克制不去看他，不讓這些早就閒言閒語的女人有更多八卦可說。所以她兩眼低垂，什麼話都沒對他說，但是她想起幾天之前做過的夢。夢裡，綠色的面紗底下，他和她的臉一起映在鏡子裡。米粒從他的頭髮落下，在鏡面上一彈，噹噹響。

塔力格伸手準備嘗一口馬鈴薯燉小牛肉。

「別碰！」吉娣一掌拍在他的手背上。但塔力格還是拿到手了，呵呵大笑。

他現在幾乎比萊拉高出三十公分。他刮了鬍子，臉看起來更瘦，更稜角分明。他的肩膀也變寬了。塔力格喜歡穿打褶褲、擦得發亮的黑色休閒鞋，以及短袖襯衫，好展露他最近練成的臂肌——這是他每天在院子裡舉那對鏽漬斑斑的舊啞鈴的成果。最近以來，他開始有一種愛耍嘴皮的戲謔表情。說話的時候刻意昂起頭，略微傾斜，笑的時候揚起一邊的眉毛。他的頭髮留長了，而且不時習慣且毫無必要地甩著垂下來的髮絲。半笑不笑的邪氣表情也是最近才有的。

塔力格最後一次被趕出廚房的時候，他母親逮到萊拉偷偷瞄了他一眼。萊拉嚇了一跳，眼睛帶著罪惡感地眨呀眨。她馬上集中心思，忙著把切好的小黃瓜丟進已加水撒鹽的優格裡。但是她感覺到塔力格的母親還在看著她，感覺到她一抹會心、讚許的微笑。

男人們在杯盤裡裝滿東西，把餐點端到院子裡。等他們把食物端走之後，女人和孩子們才圍坐在地板的餐蓆上開始吃。

餐蓆清理乾淨，盤子全堆到廚房之後，就在忙著記住誰喝綠茶誰喝紅茶，手忙腳亂開始泡茶的時候，塔力格揚起頭示意，溜了出去。

萊拉等了五分鐘，才跟出去。

沿街走過三幢房子之後，她找到了塔力格，他正倚在兩幢相鄰房舍之間的窄巷入口牆邊，哼著一首阿瓦．米爾唱的普什圖老歌：

這是我們美麗的鄉土

這是我們心愛的鄉土

他在抽菸，這也是新染上的習慣，是從最近常和他在一起的那些傢伙身上學來的。萊拉看過他們一道在街上混。萊拉很受不了那些塔力格的新朋友。他們的穿著打扮全是一個德性：打褶褲，強調臂膀與胸膛曲線的緊身襯衫。他們都噴了太多的古龍水，也全都抽菸。他們成群結夥地在附近閒晃，互開玩笑，大聲嬉鬧，有時候還跟在女孩子後面喊她們的名字，臉上盡是愚蠢、自鳴得意的傻笑。塔力格有個朋友因為被公認長得很像席維斯．史特龍，所以堅持大家要叫他藍波。

「你媽媽如果知道你抽菸，一定會殺了你。」萊拉說，溜進巷子之前先看看左右。

「可是她不知道。」他說。他挪動了一下，讓出空位來。

「那可不一定。」

「誰會告訴她？妳？」

萊拉跺腳。「把祕密告訴風，就別怪風對樹說。」

塔力格微微一笑，挑起一邊眉毛。「這是誰說的？」

「卡哈里．紀伯倫[19]。」

「妳真是愛現。」

「給我一根菸。」

他搖頭拒絕，雙臂交疊。這又是他眾多新姿勢中的一種：背靠著牆，雙臂交疊，菸刁在嘴角，完好的那條腿漫不經心地彎著。

「為什麼不？」

「對妳不好。」他說。

「對你就不會不好嗎？」

「我是抽給那些女孩子看的。」

「什麼女孩子？」

他笑得很得意。「她們覺得這樣很性感。」

「才怪。」

「不是嗎？」

19 Kahlil Gibran（1883-1931），黎巴嫩詩人、畫家，為現代阿拉伯文學的傳奇人物，代表作《先知》、《人子耶穌》等均譯成多國語文，影響極為深遠。

「我保證不是。」

「不性感？」

「你看起來像個呆瓜。」

「妳這樣很傷人耶。」他說。

「話說回來，是哪些女孩？」

「妳嫉妒。」

「我只是好奇，一點都不在乎。」

「妳不可能既好奇又不在乎。」他又吐了一口菸，瞇起眼睛。「我敢打賭，他們這會兒一定在議論我們。」

萊拉腦海中響起媽咪的聲音。就像手裡抓隻八哥鳥。一不小心，手放鬆了，就飛掉了。罪惡感囓咬著她。但是，她馬上就甩掉媽咪的聲音，取而代之的，是甜蜜蜜享受塔力格說到「我們」這兩個字的口氣。這麼動人，這麼私密，似乎出自他的真心。聽他這麼說話真是令人安心——他是這麼隨興，這麼自然。我們。承認了他倆的關係，一清二楚。

「他們有什麼好議論的？」

「說我們正划向罪惡之河。」他說：「吃下不敬之餅。」

「搭上邪惡的黃包車。」萊拉跟著附和。

「煮著瀆神的咖哩。」

他們一起笑了起來。塔力格說她的頭髮留長了。「很好看。」他說。

萊拉希望自己沒臉紅。「你改變話題了。」

「什麼話題？」

「那些腦袋空空、覺得你很性感的女孩啊。」

「妳知道的。」

「知道什麼？」

「我眼裡只有妳。」

萊拉一陣心醉神迷。她努力端詳他的臉，想看出端倪，卻只看見深不可測的表情：傻呼呼的愉快笑容掩不住眼底半帶迫切渴望的神情。很高明的表情，經過精心算計，恰恰落在揶揄與真心中間點的表情。

塔力格用他完好的那條腿的鞋跟踩熄香菸。「那麼，妳覺得怎麼樣啊？」

「宴會嗎？」

「這會兒誰是呆瓜？我說的是聖戰士，萊拉。他們就要到喀布爾來了。」

「噢。」

她開始把爸比說的話告訴他，關於武器加上狂妄會產生的麻煩。就在此時，房子那邊傳來一陣騷動。高聲嘈嚷，驚叫連連。

萊拉轉身就跑。塔力格一跛一跛地跟在她後面。

院子裡一團混亂。正中央是兩個呲牙裂嘴的男人在地上扭打翻滾，有把刀子在他倆中間。萊拉認出其中一個是稍早在餐桌上高談闊論政治議題的男子，另一個則是給烤肉架搧風的人。好幾個男人想把他們兩個拉開。爸比不在其中。他站在牆邊，與這場混戰保持安全距離。塔力格的父親站在他旁邊，正在吼叫。

從周遭激動的話語聲中，萊拉拼湊出事情的緣由：餐桌上談論時政的男子是個普什圖人，他說馬蘇德是一九八〇年代和蘇聯「談條件」的叛國賊。烤肉的那名男子是個塔吉克人，則替馬蘇德辯護，要他收回這些話。普什圖人一口拒絕。塔吉克人便說，要不是有馬蘇德，那個普什圖人的姊妹還在替蘇聯大兵「服務」哩。於是兩人就打了起來。其中一個掏出刀子，但是究竟亮刀的是哪一個人，則眾說紛紜。

讓萊拉嚇了一大跳的是，塔力格竟然也捲進混戰裡。她看見幾個勸架的人自己也打了起來，隱隱約約還瞥見了第二把刀子。

那天晚上，萊拉回想這場混戰的經過，男人一個疊一個倒在地上，到處都是吼叫、咆哮、嘶喊，拳腳飛舞，而在這一片混亂之中，一臉怪表情的塔力格，頭髮亂七八糟，義腿也掉了，掙扎著想爬出來。

所有的事情紛至沓來，速度快得讓人眼花撩亂。

領導委員會匆匆成立。選出拉巴尼當總統。有個派系抨擊這是派閥分贓。馬蘇德則呼籲要和平包容。

被排除在外的赫克馬提雅大發雷霆。歷史上長久被壓抑輕視的哈札拉人群情激憤。

於是口出惡言，相互攻訐，控訴滿天飛。會議忿然取消，大門砰然關起。整個城市緊張屏息。

山區上，卡拉希尼柯夫步槍裝上了彈匣。

聖戰士們個個全副武裝，但此時既然已沒有共同的外患，就只能槍口對內尋找敵人。最後，喀布爾算總帳的日子終於來臨。

等火箭彈開始如雨點落在喀布爾的時候，大家紛紛奔逃藏匿。媽咪也是。她真的藏了起來。她又開始穿黑衣服，回到房間，關上窗簾，拉起毯子蓋住頭。

24

「咻咻聲。」萊拉對塔力格說：「該死的咻咻聲。我最痛恨的就是這個聲音。」

塔力格會心地點頭。

萊拉後來想，其實並不是咻咻聲，而是那個聲音一響起到落地爆炸的那幾秒鐘。那幾秒鐘雖短卻似乎無窮無盡，感覺揮之不去。那種未知，那種等待，就像被告聽候判決一樣。

通常都是在晚餐時分，她和爸比在餐桌上的時候發生。開始的那一剎那，他們會迅即抬起頭。叉子懸空舉著，食物含在嘴裡沒嚼，側耳傾聽咻咻聲。萊拉在漆黑的窗戶上看見他們父女倆半明半暗的面孔，他們映在牆上的影子，一動也不動。咻咻聲，接著是爆炸聲，慶幸還好是在其他地方，然後是大喘一口氣，知道自己雖然這回倖免於難，但是在某個地方，在哭喊和嗆鼻的煙霧中，有人匍匐爬行，有人瘋狂地徒手挖掘，從瓦礫碎片中拉出姊妹、兄弟或孫兒的軀體殘骸。

但是，慶幸自己倖免於難，卻也必須擔心有誰沒逃過一劫。每回火箭彈一爆炸完，萊拉就衝到街上，結結巴巴地禱告，擔心這一次，就是這一次，他們從瓦礫與煙霧之下找到的會是塔力格。

夜裡，萊拉躺在床上，望著突然迸現的白色閃光照亮她的窗戶。她傾聽機關槍的答答聲，房子搖晃不已，灰泥一片片從天花板上如雨般落下時，她暗數著從屋頂呼嘯而過的火箭彈數目。有些晚上，火箭彈爆炸的火光亮得足以看書，她就徹夜難眠。就算睡著了，萊拉的夢裡也盡是火燄、炸斷飛裂的四肢，受傷災民的哀嚎。

天亮了仍舊不得解脫。宣禮塔呼喚晨禮的鐘聲響起，聖戰士們放下槍，面對西方，開始禮拜。但是等禱拜毯一捲起來，槍砲立即上膛，山區對著喀布爾開火，喀布爾對著山區還擊，萊拉和全城的居民只能無助看著，就像桑迪亞戈老船長眼睜睜看著鯊魚把他的大魚咬得屍骨無存。

不管萊拉走到哪裡，都看得到馬蘇德的手下。他們在街上巡邏，每隔幾百碼就攔車盤查。他們身穿軍服，頭戴隨處可見的阿富汗傳統毛氈帽，坐在坦克車頂抽菸，或躲在十字路口的沙包堆後面偷瞄著過往行人。

萊拉現在不太出門了。如果要出門，也總是有塔力格陪在身邊。而塔力格似乎也樂於擔起這份展現騎士風範的職責。

「我買了一把槍。」他有天說。他們坐在屋外，在萊拉家院子裡的那棵老梨樹下。他秀給她看。他說這是半自動的貝瑞塔手槍。但是在萊拉眼裡，這就只是一把黑色的致命武器。

「我不喜歡。」她說：「槍讓我害怕。」

塔力格把彈匣抽出來。

「他們上個星期在卡帖希斯區發現了三具屍體。」他說：「妳聽說了嗎？三姊妹。全都被強暴，被割斷喉嚨。有人把她們手指上的戒指咬下來。看得出來，因為有齒痕——」

「我不想聽。」

「我不是故意嚇妳。」塔力格說：「我只是……我覺得帶著槍比較好。」

他現在是她與外面世界的聯繫管道。他聽到傳言，就會轉述給她聽。例如，就是塔力格跟她說，駐守山區的民兵為了精進射擊準確度（他們還為命中率下注打賭），從山上往下對平民百姓開槍，任意擇定目標，男女老幼都不放過。他告訴她，他們還對汽車射火箭彈，但是不知為什麼，獨獨計程車能逃過一劫。萊拉這才明白，為什麼最近許多人一窩蜂把自家車子漆成黃色。

塔力格也把喀布爾城裡劃疆隔界、不斷改變的詭譎情況解釋給她聽。例如，萊拉從他那裡聽說，這條街一直到左邊第二棵金合歡，是一個軍閥的地盤；而緊接著的四個街區，一直到炸毀的藥房隔壁那間麵包店為止，屬於另一個軍閥；如果她跨過街，往西走上半哩路，就會發現自己置身在另一個軍閥的地盤，也因此成為狙擊兵開火的最佳目標。媽咪的英雄們現在就叫這個名字：軍閥。萊拉聽到也有人叫他們「槍伕」。有些人還是叫他們聖戰士，但是叫的時候，總會扮個鬼臉，一個輕蔑、不齒的鬼臉。這個名稱現在瀰漫著深惡痛絕與極度不屑的意味。簡直像辱罵。

塔力格把彈匣推回手槍裡。

「你會用嗎？」萊拉說。

「用什麼？」

「用這個東西。用來殺人。」

塔力格把槍塞進牛仔褲的褲腰，然後說了一句既貼心又駭人的話。「為了妳。」他說：「是為了妳，萊拉，我會用它來殺人。」

他挨近她身邊，兩人的手輕撫著，一次，又一次。塔力格的手指試探著滑進她的手裡，萊拉並沒有反抗。突然之間，他俯身貼近，雙脣印上她的脣，萊拉還是沒有反抗。

此時此刻，媽咪那些關於名聲與蜚短流長的提醒，對萊拉而言似乎全都無關緊要。甚至還顯得荒謬。面對遍地殺戮掠奪的戰火，周遭猙獰醜惡的氛圍，坐在樹下親吻塔力格根本是無傷大雅的事，微不足道的小事，可以輕易原諒的一時情迷。所以萊拉讓他吻她，甚至在他抽身退後時，還湊上前去吻他。她的心狂跳，彷彿要從喉嚨裡蹦出來，臉頰興奮得微微刺痛，心窩裡燃起熊熊烈火。

那年，一九九二年的六月，西喀布爾的戰火愈演愈烈，普什圖軍閥塞雅夫的部隊與「人民團結黨」的哈札拉軍隊爭戰不休。炮彈炸毀電力系統，好幾條街道上的店鋪和住家被炸得粉碎。萊拉聽說普什圖軍隊攻擊哈札拉人的住家，破門而入，以處決的手法槍殺全家，而哈札拉人也以牙還牙，綁架普什圖平民，強暴普什圖女孩，炸毀普什圖社區，格殺勿論。每一天，都看得到綁在樹上的屍體，有時還燒得焦黑，面目全非。通常，受害人都是頭部中槍，被挖出眼睛，割掉舌頭。

爸比再次試著說服媽咪離開喀布爾。

「他們總會解決的。」媽咪說：「戰爭只是暫時的。他們一定會坐下來，談清楚的。」

「法麗芭，這些人什麼都不懂，就只會打仗。」爸比說：「他們打從學走路的時候開始，就一手抱奶瓶，一手拎槍了。」

「你憑什麼這樣說？」媽咪反駁道：「你去參加聖戰了嗎？你曾經放棄你擁有的一切，冒生命危險嗎？如果沒有聖戰士，我們到今天都還被蘇聯奴役呢，你最好記住。你竟然還要我們背叛他們。」

「背叛的人不是我們啊，法麗芭。」

「那你走啊。帶你的女兒，遠走高飛。寄張明信片給我。但是，和平就要來了。我無論如何都要等待那一天的來臨。」

出門上街已經變成非常危險的事，於是爸比做了一件無法想像的事：他讓萊拉輟學。

他自己擔負起教育她的責任。每天太陽下山之後，萊拉就到爸比書房。赫克馬提雅從喀布爾南郊對馬蘇德發射火箭彈的時候，爸比和她討論哈菲茲的詩歌，以及受人愛戴的阿富汗詩人卡哈里魯拉·卡哈里利[20]的詩句。爸比教她如何演算二次方程式，如何分解多項式，如何畫參數曲線。教課的時候，爸比彷彿變了一個人。沉浸在數學定理、在書籍中的爸比，在萊拉眼中變得高大起來。他的聲音宛如從更寧靜、更深遠的地方傳來，他的眼睛幾乎眨也不眨。萊拉可以想見，他曾經以優雅的姿勢擦著黑板，如慈父般專注的眼神看著學生。

然而，很難專心哪。萊拉不時分神。

「角錐形面積怎麼算？」爸比問。但是萊拉滿腦子都是塔力格豐滿的嘴唇，他流連在她唇邊的溫熱氣息，還有她映照在他那雙淡褐色眼睛裡的身影。樹下初吻之後，她又吻過他兩次，吻得更久，更熾烈，而且，她想，也更熟練。這兩次，她都是偷偷和他在暗巷見面，也就是媽咪辦午宴那天他躲著抽菸的那條巷子。第二次，她還讓他摸了她的胸部。

「萊拉？」

「嗯，爸比。」

「角錐面積。妳在想什麼？」

「對不起，爸比，我……呃。我想想。角錐。角錐。底乘高除以三。」

爸比有點遲疑地點點頭，直盯著她看。萊拉想著的卻是塔力格的手。塔力格的手捏著她的胸部，滑到她的後腰。他倆吻著，吻著。

就在這個六月一天，吉娣和兩個同學從學校走回家。就在離吉娣家兩個街口的地方，一枚誤射的火箭彈擊中這三名女學生。萊拉後來才聽說，在這恐怖的日子裡，吉娣的母親妮拉在女兒遇害的那條街上跑來跑去，歇斯底里地尖叫，拿一條圍裙揀拾女兒的殘骸。兩個星期之後，吉娣腐爛的右腳在一處屋頂上找到。腳上仍然套著尼龍襪和紫色的運動鞋。

吉娣遇害隔天舉行的悼念會上，萊拉坐在一屋子哭哭啼啼的女人中間，嚇得不知所措。這是第一次，萊拉熟識、親近且真心喜愛的人過世。她無法接受吉娣已經不在人間的事實。吉娣，那個和萊拉在課堂上偷偷傳紙條，讓萊拉替她塗指甲油，讓萊拉拿鑷子替她拔嘴脣上汗毛的吉娣。那個要嫁給守門員夏比爾的吉娣。吉娣死了。死了。被炸得粉身碎骨。於是，萊拉開始落淚，為她的朋友。在她哥哥葬禮上未曾流出的眼淚，全在此時簌簌落下。

20 Ustad Khalilullah Khalili（1908-1987），被譽為阿富汗二十世紀最偉大的詩人。

25

萊拉幾乎無法動彈，彷彿她身上的每一個關節都灌上了水泥。對話還在進行，萊拉知道自己正在講話，卻覺得好像離得好遠，宛如只是個在旁偷聽的人。聽著塔力格說話，萊拉看見自己的生命猶如腐壞的繩索，霹霹啪啪，撕扯開來，寸寸斷裂，粉碎成灰。

那是一九九二年八月，一個炎熱悶溼的下午，他們在萊拉家的客廳裡。媽咪一整天鬧胃疼，儘管赫克馬提雅從南方不停發射火箭彈，但爸比剛剛還是帶她出門去看醫生了。塔力格人在這裡，陪著萊拉坐在沙發上，眼睛盯著地面，雙手垂在膝間。

他說他要離開了。

不是到附近。不是喀布爾。也不是阿富汗的其他地方。

離開。

萊拉眼前一片黑。

「去哪裡？你要到哪裡去？」

「先到巴基斯坦。再來我就不知道了。或許到印度。或者伊朗。」

「多久？」

「我不知道。」

「我是說，你已經知道多久了？」

「好幾天了。我一直想告訴妳，萊拉，我發誓，但是我說不出口。我知道妳會有多難過。」

「什麼時候？」

「明天。」

「明天？」

「萊拉，看著我。」

「明天。」

「是因為我爸爸。他的心臟再也負荷不了了，這些戰鬥跟殺人放火的。」

萊拉雙手掩臉，心頭滿是恐慌。

她早該知道會有這一天的，她想。幾乎她認識的每一個人都打包離開了。原本到處是熟人面孔的街坊，在聖戰組織彼此開戰之後，僅僅四個月，萊拉在街頭就幾乎看不到半個認識的人了。哈西娜的家人在五月離開，去德黑蘭。同一個月，瓦姬瑪全家到伊斯蘭馬巴德去了。六月，就在吉娣遇害不久之後，她的父母帶她的兄弟姊妹離開了。萊拉不知道他們到哪裡去——她聽說他們是到伊朗的馬夏德去了。但是鄰居紛紛離開之後，他們的房子通常只空不到幾天，接著，若不是聖戰士進駐，就是有陌生人搬了進來。

每個人都急著離開。現在輪到塔力格了。

「我媽媽也不年輕了。」他說：「他們一直都很害怕。萊拉，看著我。」

「你應該早點告訴我的。」

「看著我，拜託。」

萊拉發出一聲哀嚎，然後是哭聲。塔力格的拇指指腹輕撫著她的臉頰。她撥開他的手。雖然這樣的念頭很自私，也很沒道理，但是她真的很氣塔力格拋棄她。塔力格，幾乎已和她融為一體，身影在她的記憶中無所不在的塔力格。他怎麼能就這樣拋下她？她打了他一個耳光。然後又摑了一下，用力扯著他的頭髮。塔力格只好抓住她的手腕。他在對她說話，但她聽不清楚。他輕聲細語，通情達理，結果，不知怎麼的，最後他倆竟額頭貼著額頭，鼻子抵著鼻子，她再次感覺到他呼出的熱氣，在她脣邊。

就在此時，在這一瞬間，他傾身向前。她也是。

日復一日，週復一週，萊拉一次又一次狂亂地重溫接下來發生的事，要把這一切深深銘刻在記憶裡。宛如藝術愛好者在起火燃燒的博物館裡疾行奔走，忙著搶救一切能拿到手的東西——一個眼神，一聲耳語，一句呻吟——免於毀滅，永遠留存。但是時間是最無情的大火，到頭來，她還是無法搶救全部。然而，她終究留下了這些部分：最初從身體底下傳來的劇烈痛楚。斜斜照在地毯上的陽光。她的腳後跟磨擦著他匆匆解下丟在他倆身邊的義肢，冷冰冰硬梆梆。她握住他的肘彎。他鎖骨下那道形如倒轉曼陀鈴的胎記泛紅。他俯望著她的臉。他飄散的黑色鬈髮輕搔著她的雙脣、她的下巴。擔心他們會被發現的恐懼。對他們自己大膽與勇氣的難以置信。陌生卻難以言喻的歡愉，纏雜著痛苦。還有眼神，塔力格複雜的眼神：有著擔憂，有著溫柔，歉疚與困窘，但是更多的，更多的，是飢渴。

事後，一片狂亂。襯衫鈕釦匆匆扣上，皮帶繫好，頭髮用手指撫平。他們並肩坐著，身上留著彼此的氣息，雙頰泛紅。他倆嚇壞了，面對剛剛發生的滔天大事，他們自己做的事，一句話都說不出來。

萊拉看見地毯上的三滴血，她的血，想像著她爸媽等會兒坐在這張沙發上，對她剛犯下的罪行一無所知。就在此時，羞恥之心油然而生，還有罪惡感，樓上，時鐘滴滴答答響，但在萊拉耳朵裡，那是大的難以置信的巨響。宛如法官的法槌一敲再敲，判了她的罪。

塔力格開口說：「跟我一起走。」

有那麼一會，萊拉幾乎相信所有的問題都迎刃而解了。她、塔力格，以及塔力格的雙親，一起出發。揹起他們的行囊，搭上巴士，把這裡一切的殘暴拋在腦後，一起去找尋幸福，或許會碰上磨難也說不定，但無論如何，他們都會一起面對。守候在她前頭的淒涼孤獨，令人痛不欲生的寂寞，她可以選擇不要。

她可以走。他們可以長相廝守。

他們可以共享更多像這樣的午後。

「我想娶妳，萊拉。」

從他們躺在地板上之後，她第一次抬頭迎向他的目光。她搜尋著他的臉。這一回沒有戲謔玩笑。他的表情如此堅定，如此純潔，又如此誠摯。

「塔力格──」

「讓我娶妳，萊拉。今天。我們今天就結婚。」

他開始滔滔不絕，說他們可以去清真寺，找個穆拉、兩個見證人，辦個速成的婚禮……

但是萊拉想起媽咪，像聖戰士一樣頑強不妥協，周遭盡是怨恨與絕望的氣息。她想起爸比，他早就棄械投降，早就成為媽咪手下哀傷可憐的敗將。

有時候……我覺得妳好像是我僅有的一切，萊拉。

這就是她人生的境遇，無法逃避的現實。

「我會向哈金卡卡提親。他會祝福我們，萊拉。我知道。」

他說得沒錯。爸比會祝福他們。但這也會讓他崩潰。

塔力格還說個沒完，原本嚴肅的聲音也愈來愈高亢，先是懇求，繼而分析起來；他臉上原本充滿希望，卻變得苦惱起來。

「我做不到。」萊拉說。

「別這麼說。我愛妳。」

「對不起——」

「我愛妳。」

她等他說出這句話已經等了多久？有多少次，她夢想著他說出這三個字來？我愛妳，他終於說出口了，但是她卻只感覺到造化弄人。

「我不能離開我父親。」萊拉說：「我是他僅有的一切。他承受不了的。」

塔力格很清楚。他知道她不能就這樣拋下人生的責任，遠走高飛，就像他不能拋棄自己的義務一樣。但是他倆還是戀戀不捨：他哀求，她拒絕；他求婚，她道歉；他落淚，她哭泣。

最後，萊拉只得要他走。

在門邊，她要他答應，走的時候不能說再見。她當著他的面把門關上。塔力格舉起拳頭捶著，門不停晃動。萊拉背抵著門，一手抱著肚子，一手掩住嘴巴，聽見他在門外許下承諾，說他會回來，說他會為了她回來。她站在門後，一直到他累了，到他放棄了，然後，她豎耳聆聽他一跛一跛的腳步聲愈來愈遠，愈來愈小聲，直到什麼都聽不見，只有遠處山崗的槍炮聲，和她自己的心跳聲，刺痛她的腹，她的眼，她的骨。

26

這天是今年以來最熱的一天。山區灼骨焦肉的熱氣聚積著，宛如煙霧籠罩整個城市，悶熱令人窒息。已經停電好幾天了。整個喀布爾，電扇全停擺不動，簡直像在嘲弄這一切似的。

萊拉一動也不動，賴在客廳的沙發上，整件上衣汗水淋漓。呼出的每一口氣都讓她的鼻尖一陣灼燙。她知道爸媽在媽咪房裡談話。前天晚上，然後昨天晚上，她都在夜裡醒來，隱約聽見他們在樓下談話的聲音。現在他們每天都談，自從那顆子彈飛來，自從大門上多了一個彈孔之後。

屋外，遠處有大炮的轟隆聲，更近處是一連串斷斷續續的槍響，一聲接著一聲。

在萊拉心裡，也有一場戰爭開打：一方是交雜著羞愧的罪惡感，另一方是堅信她和塔力格沒犯下罪孽，他們所做的是極其自然、良善、美好，甚至可以說是無可避免的事，因為他們可能再也無法相見了。

萊拉在沙發上翻了個身，努力想記起一些事：躺在地上的時候，塔力格曾低下頭貼著她的額頭。然後，他低聲說了一句話，不知道是「我傷害妳了嗎」還是「弄痛妳了嗎」。

我傷害妳了嗎？

弄痛妳了嗎？

他才離開兩個星期，怎麼就變成這樣了呢？時間模糊了原本鮮明的記憶邊角。萊拉絞盡腦汁。

他到底是怎麼說的？突然之間，弄清楚這句話似乎變成非常重要的事。

萊拉閉上眼睛，集中思慮。

隨著時間流逝，她會慢慢疲於這樣的思索。慢慢地，她會發現，想要召喚早已逝去的一切，拭淨塵埃，重現記憶愈來愈困難。事實上，多年之後，終有一天，萊拉不會再為失去他而哀痛。或許應該說，再也不會像此刻這般痛得椎心刺骨；再也不會。終有一天，回憶再也留不住他面貌的清晰輪廓，她再也不會在街上聽到一個母親呼喚名叫塔力格的兒子而茫然心碎。等失去他的痛苦永遠與她長相左右——就像截肢者擺脫不了的幻覺痛楚——到了那時，她就不會再像此刻這般絕望地思念他。

只是久久偶爾一次，等萊拉年紀更大些，已是成熟女性，燙著襯衫或幫小孩推鞦韆的時候，某些無關緊要的瑣事，或許是大熱天腳下地毯的溫度，或是某個陌生人額頭的弧度，會再次勾起那個下午的回憶。而那一切將鋪天蓋地重新襲來。那自然而然發生的一切。他們駭人的膽大妄為。他們的生澀笨拙。那動作帶來的疼痛、歡愉，以及哀傷。他們火熱的身體交纏。

這一切會吞沒她，讓她無法呼吸。

但是，終究會過去。這樣的時刻會悄悄流逝。只留下了無生氣的她，除了有些隱隱約約的騷動之外，什麼感覺都沒有。

她斷定，他說的一定是我傷害了妳嗎？沒錯，一定是。萊拉很高興，因為她還記得。

這時，爸比出現在玄關，從樓梯上叫她，要她趕快上樓。

「她答應了。」他說，聲音掩不住興奮地顫抖：「我們要離開了。我們三個。我們要離開喀布爾。」

他們三個在媽咪房裡，一起坐在床上。屋外，彈炮咻咻地飛過上空，因為赫克馬提雅和馬蘇德的部隊打個沒完沒了。萊拉知道，這個城市的某個角落，有人剛失去了生命，有某幢建築剛剛崩塌，龐大的塵灰噴出，黑色的濃煙直衝雲霄。到了早晨，一具具屍體四處散落，有些有人收屍，有些沒有。接下來，喀布爾的狗群，已養成酷愛人肉滋味的狗群，就能飽餐一頓。

然而，萊拉忍不住想上街狂奔。她快樂得幾乎無法自抑，幾乎坐不住，幾乎忍不住要高興大喊。爸比說他們要先到巴基斯坦，去申請簽證。巴基斯坦，塔力格就在巴基斯坦！塔力格才去了十七天，萊拉興奮地算著日子。如果媽咪早個十七天下定決心，他們就可以一起走了。她現在也就能和塔力格在一起了！但是，沒關係。他們要到帕夏瓦去，她、媽咪和爸比，他們會找到塔力格和他的爸媽。他們一定找得到。他們可以一起辦手續。然後呢，誰知道？誰知道呢？歐洲？美國？或許，就像爸比老是掛在嘴邊的，在某個靠海的地方……

媽咪倚在床頭，半坐半躺。她眼睛腫腫的，一直扯著頭髮。

三天前，萊拉走到屋外去透透氣。她靠在大門旁，突然聽見一聲轟然爆裂的巨響，有個東西嘶嘶地飛過她右耳，眼前一片片細小的木屑飛舞。吉娣早已遇害，喀布爾也歷經過成千上萬次槍炮開火與無數火箭彈攻擊，媽咪卻要等到看見門上被射穿一個小小的圓孔，距離萊拉頭部不到三指距離，才終於驚醒過來，才終於明白，上一場戰爭奪走了她兩個兒子的性命，而眼前的這場戰爭，很可能也會奪走她僅剩的這個女兒。

臥房的牆面上，阿哈馬德與努爾對著他們微笑。萊拉看見媽媽充滿罪惡感的目光，來回流連在一張張照片之間。彷彿在尋求他們的同意、他們的祝福。彷彿在尋求他們的寬恕。

「這裡已經沒什麼好留戀的。」爸比說：「我們的兒子走了，但是我們還有萊拉。我們還有彼此，法麗芭。我們可以展開新的生活。」

爸比傾身越過床去拉媽咪的手，媽咪沒抗拒。她臉上的表情是讓步，是順服。他們拉著彼此的手，輕輕地，擁抱在一起，默默地搖晃著。媽咪把臉埋進爸比的頸間，手裡緊緊抓著他的襯衫。

那天晚上好幾個小時，萊拉興奮得睡不著覺。她躺在床上，望著地平線慢慢亮起橘黃色的光彩。就在此時，儘管內心欣喜難安，儘管屋外炮火未熄，但她卻沉沉入睡。

進入夢鄉。

他們在沙灘上，坐在一條被子上。是個寒風刺骨的陰天，但是挨在塔力格身邊，肩上一起披著毛毯，她覺得很溫暖。一排被風吹得東搖西擺的棕櫚樹下，有一道白漆斑駁的矮圍牆，她看見一輛輛車停在圍牆外。風吹得她淚眼汪汪，吹得他們的鞋都是沙子，吹得一團團枯草從沙丘的弧形脊背滾到另一個沙丘上。他們望著遠處的帆船浮動。他們周遭，海鷗嘎嘎鳴叫，迎著風渾身顫抖。一陣風又從平緩的向風坡上吹起另一層飛沙。此時，一陣輕微的聲響，宛如吟唱一般，她告訴他，爸比好幾年前教過她，這就是在唱歌的沙。

他輕撫著她的眉毛，抹掉細沙。她瞥見他手指上的指環閃光。那只指環與她自己手上的一模一樣，都是整圈刻著繁複花紋的金戒指。

是真的，她對他說。因為摩擦，沙礫摩擦著沙礫。聽！他側耳傾聽。他皺起眉頭。他們等著。又聽見了。風兒輕緩的時候，是低吟的聲音；風勢強勁的時候，是如泣如訴、尖銳的合鳴。

爸比說他們只要帶走絕對必需的物品就好，剩下的東西全部賣掉。

「這樣應該夠我們在帕夏瓦撐一段時間，直到我找到工作。」

接下來兩天，他們整理要出售的東西，擺得一堆又一堆。

萊拉在房間裡整理出舊的襯衫、鞋子、書和玩具。她從床底下找出一隻小小的黃色玻璃牛，那是哈西娜在小學五年級下課的時候給她的。一個迷你足球鑰匙圈，是吉娣送的禮物。一隻腳下裝有輪子的木頭小斑馬。一個太空人瓷偶，是她和塔力格有天在水溝裡找到的。那年她六歲，他八歲。他們還小吵了一架，萊拉記得，是為了誰先看見這個人偶吵了一架。

媽咪也打包她自己的東西。她做得心不甘情不願，眼裡有一抹茫然恍惚的神色。她丟下了她那些精美的盤子、她的餐巾、她所有的首飾，只留下她的結婚戒指，還有她大部分的舊衣服。

「妳不會賣掉這個吧，呃？」萊拉拉起媽咪的結婚禮服說。那件禮服的裙襬散落在她膝上。她摸著鑲在領口的蕾絲和緞帶，還有衣袖上手工繡縫的小珠珠。

媽咪聳聳肩，從她手中拿走那件禮服，隨手丟進衣服堆裡。就像一把撕掉OK繃一樣，萊拉想。

但是最痛苦的是爸比。

萊拉看見他站在書房裡，細細察看書架，臉上盡是悔憾的表情。他身上穿了一件二手T恤，印著舊金山一座紅色大橋的圖案。白浪翻騰的水面浮起濃霧，吞沒了橋上的塔柱。

「妳聽過這個老套的問題吧。」他說：「妳人在荒島，只能帶五本書。妳會選哪幾本？我從來沒想到有一天我也非做選擇不可。」

「我們會再有一屋子書的，爸比。」

「嗯。」他苦笑：「我不敢相信，我就要離開喀布爾了。我在這裡上學，在這裡找到第一份工作，在這裡成為父親。想到不久之後就要睡在其他國家的天空下，感覺好怪。」

「我也覺得很怪。」

「我腦海裡一整天全是這首讚頌喀布爾的詩。應該是薩伊伯[21]在十七世紀寫的。我以前能背一整首，但現在只記得這兩句。」

數不盡照耀她屋頂的皎潔明月
數不盡隱身她牆後的燦爛千陽

萊拉抬起頭，看見他臉上的淚水。她伸手攬住他的腰。「噢，爸比，我們會回來的。等戰爭結束。我們會回到喀布爾來的，真主保佑。一定會。」

第三天早上，萊拉開始把一堆堆的東西搬到院子，擺在大門旁邊。他們要叫輛計程車，把東西載到當鋪。

萊拉在屋內與院子之間來回奔波，一趟又一趟，搬出一堆堆的衣服和碗盤，還有一箱又一箱爸比的書。到了中午，門口的東西堆得像座小山，高可及腰，她本來該累壞了，但是，每搬一趟，她就知

21 Mirza Muhammad Ali Saib（1601-1677），為十七世紀知名的波斯抒情詩人，出生於伊朗西北的塔布里茲，曾於伊斯法罕受教育，一六二六—七年間赴印度與喀什米爾，數年後返回家園。此詩為他赴印度途中行經喀布爾所寫的歌頌之作。

道自己與塔力格的距離更近了一點，於是，每搬一次，她的腿就更矯健幾分，她的手臂就更有力一些。

「我們需要一輛大計程車。」

萊拉抬起頭。是媽咪從樓上的臥房對她喊道。她手肘抵住窗台，探出窗外。明亮溫暖的陽光灑在她漸漸灰白的頭髮上，照亮了她憔悴瘦削的臉龐。媽咪身上的寶藍色洋裝，就是四個月前在午餐宴會上穿的那一件。那是一件青春洋溢的洋裝，給少婦穿的。但是在那一瞬間，萊拉眼裡的媽咪，卻像個老婦人，一個臂膀青筋畢露、太陽穴凹陷、兩眼無神、有著黑眼圈、疲態盡現的老婦人，與那位在老舊結婚相片上神采煥發的圓潤少婦相較，完全是判若兩人。

「兩輛大計程車。」萊拉說。

她也看到爸比，在客廳堆起一個又一個的箱子。

「妳弄完了就過來吧。」媽咪說：「我們要吃午飯囉。有水煮蛋和昨天剩的豆子。」

「我的最愛。」萊拉說。

她猛然想起自己做的夢。她和塔力格坐在一條被子上。大海。風。沙丘。

那會是什麼樣的聲音哪，她心中暗想，會唱歌的沙？

萊拉停了下來。她看見地上的裂縫裡爬出一隻灰色的蜥蜴。牠的頭左搖右擺，眨著眼睛，鑽進石頭底下。

沙灘又浮現在萊拉眼前。只是前後左右全是海沙的鳴唱。聲音愈來愈大。愈來愈響，愈來愈高亢。塞滿她的耳朵。其他的聲音都不見了。飛鳥就像披著羽毛的默劇演員，鳥喙一開一合，卻完全沒有聲音。波浪破碎成泡沫，洶湧翻捲，但是聽不見浪濤怒吼。海沙還在鳴唱，但現在變得刺耳了。

宛如……宛如叮叮噹噹的鈴響？

不是叮叮噹噹。不是。是咻咻聲。

萊拉手裡的書落在腳邊。她抬頭仰望天空，舉起手遮住陽光。

接著一聲轟然巨響。

在她背後，白光一閃。

她腳下的地面撼動傾搖。

某種又熱又猛的東西從她背後襲來，撞得她雙腳離地。鞋飛掉了。身體被高高抬起。她飛了起來，在空中翻騰旋轉，看見天，然後看見地，接著又是天，然後又是地。一段燃燒的木頭飛掠而過。還有成千上萬片碎玻璃，萊拉覺得她彷彿能看見每一塊在她身邊飛舞的碎片，一片接著一片慢慢飛過，每一片都閃著陽光，映出無數微小而美麗的彩虹。

最後，萊拉撞上牆，跌落地面。她的臉和手臂沾滿泥土、石子和玻璃。她最後意識到的，是看見某個東西戳進附近的地面，一塊血淋淋的東西。那上面，有座紅色大橋的塔頂穿透重重濃霧。

形影晃動。天花板上有盞亮晃晃的日光燈。出現一個女人的臉，俯望著她。

萊拉又墜入一片昏黑之中。

另一張臉。這回是男人的臉。他看起來似乎塊頭很大，無精打采的。他嘴唇蠕動，但沒發出任何聲音。萊拉只聽見嗡嗡響。

那人對她揮揮手，皺起眉頭。他的嘴脣又動了動。

很痛。一呼吸就痛。全身都痛。

一杯水。一顆粉紅色的藥丸。

又回到黑暗裡。

又是那個女人。長臉，兩眼靠得太近。她說了些話。但是萊拉什麼都聽不見，耳朵嗡嗡響。但是她看見那幾個字，宛如濃稠的黑色糖漿，從那女人的口中流出來。

她胸口痛。她的雙臂雙腿都痛。

周圍，形影晃動。

塔力格在哪裡？

為什麼他不在這裡？

黑暗。星辰點點。

爸比和她，在高高的地方。他指著一片大麥田。一部發電機開始運作。

長臉女子站在旁邊，低頭看她。

一呼吸就痛。

不知什麼地方，有人在拉手風琴。

謝天謝地，又是粉紅色的藥丸。深沉的寂靜。深沉的寂靜籠罩萬物。

第三部

27

瑪黎安

「妳知道我是誰嗎？」

女孩的眼睛眨呀眨。

「妳知道發生什麼事了嗎？」

女孩的嘴唇顫動。她閉上眼睛，吞了一下口水，手摸著左臉頰。她喃喃說了些什麼。

瑪黎安俯身靠近一些。

「這個耳朵。」女孩低聲說：「我聽不見。」

最初的那一個星期，女孩幾乎都在沉睡，拜拉席德掏錢從醫院買來的那些粉紅色藥丸之賜。她在睡夢中喃喃低語。有時候胡言亂語，大吼大叫，喊著瑪黎安聽不清楚的名字。她在睡夢中哭泣，生氣，踢掉毯子，瑪黎安得緊緊抱住她。有時候她一吐再吐，把瑪黎安餵她吃下的東西全吐出來。

不生氣的時候，女孩躺在毯子裡，瞪著一雙鬱鬱不樂的眼睛，用簡短的三言兩語，低聲回答瑪黎安和拉席德的問題。有幾天她像小孩一樣，轉頭東閃西躲，不讓瑪黎安或拉席德餵她吃東西。看見瑪黎安的湯匙一伸過來，她就頑強抵抗。但她很容易累，他們一直來煩她，終於讓她屈服了。無奈屈服之後就哭個不停。

拉席德和瑪黎安在女孩臉上與頸部的傷口，以及肩膀、額頭和小腿上的割傷搽消炎藥膏。瑪黎安給傷口貼上清洗過並重覆使用的繃帶。女孩想吐的時候，瑪黎安就幫她把垂到臉上的頭髮往後撥。

「她要留在這裡多久？」瑪黎安問拉席德。

「等她好一點吧。看看她。現在這個樣子怎麼走。可憐的東西。」

發現女孩的是拉席德。是他把她從瓦礫堆裡挖出來的。

「還好我在家。」他對女孩說。他坐在瑪黎安床邊的折疊椅上。女孩躺在床上。「妳很走運，我的意思是。我親手把妳挖出來的。有這麼大的一塊金屬碎片——」說到這裡，他張開拇指和食指，比著那塊金屬片的大小。但瑪黎安估算，他至少誇大了一倍。「這麼大。就插在妳的肩膀上。真的插得好深。我當時心想，恐怕得用鉗子才拔得出來。但妳現在沒事了。妳馬上就會康復，像沒出過事一樣。」

搶救了幾本哈金藏書的，也是拉席德。

「大部分都燒成灰了。其他的恐怕都被搶走了。」

第一個星期，他幫瑪黎安照顧女孩。有一天，他下班帶著新毛毯和枕頭回來。又有一天，帶著一瓶藥丸。

「維他命。」他說。

告訴萊拉，她朋友塔力格的家已經被人霸占的，也是拉席德。

「禮物。」他說：「塞雅夫的一個指揮官送給他三個手下的禮物。哈！」

那三個手下其實都還是年輕的男孩，臉晒得黑黝黝的，稚氣未脫。瑪黎安經過那裡的時候會看見他們，老是穿著軍服，蹲在塔力格家門口玩牌抽菸，他們的卡拉希尼柯夫步槍擺在牆邊。那個身材健壯、一副志得意滿、目空一切的是他們的頭頭。最年輕的那個最沉默寡言，對同伴那種天王老子都管不了的態度似乎有點不太能接受。瑪黎安經過的時候，他總會微笑點頭問好。那一瞬間，他表面那種自滿的神情會略略消退，讓瑪黎安瞥見他尚未被腐壞汙染，還留有一絲的謙遜。

有天早上，火箭彈炮轟那幢房子。後來謠傳說，那是「人民團結黨」的哈札拉人發射的。有一段時期，鄰居不斷發現那幾個男孩的殘骸屍塊。

「他們自作自受。」拉席德說。

女孩實在異常幸運，瑪黎安想，那枚火箭彈把她家炸成一堆冒煙的瓦礫，她竟然能死裡逃生，而且只受了一點輕傷。也因此，慢慢地，女孩逐漸康復。她開始吃得比較多了，開始梳她自己的頭髮。她開始自己洗澡。她開始下樓和瑪黎安與拉席德一起吃飯。

但是，有些回憶也逐漸浮現，不請自來，讓她不是冷冰冰地一句話都不說，就是胡亂鬧脾氣。退縮與崩潰，神情憔悴，惡夢連連，哀痛突如其來。還有乾嘔。

有時候會自怨自艾。

「我根本不該在這裡的。」她有天說。

瑪黎安正在換床單。女孩坐在地板上望著她，瘀青的膝蓋抵在胸前。

「我父親想把那些箱子搬出來。那些裝書的箱子。他說箱子太重我搬不動。但是我不讓他搬。我太急了。事情發生的時候，我本來該在屋裡的。」

瑪黎安抖開乾淨的床單，鋪在床上。她看著那女孩：金色的鬈髮，纖細的頸子，綠色的眼睛，高高的顴骨和豐滿的嘴唇。瑪黎安記得曾經在街上看過年紀尚小的她，跟在她母親後面到烤爐去，有時騎在她哥哥肩膀上，那個耳朵上有一小塊毛的二哥。她也和木匠家的兒子一起射彈珠。

女孩望著瑪黎安，彷彿在等她提供一些高明的見解，說幾句鼓勵的話。但是瑪黎安能有什麼高明的看法可提供？有什麼鼓勵的話可說呢？瑪黎安想起娜娜下葬的那天，費伊祖拉穆拉引用《古蘭經》經文帶給她的安慰何其之少。*多福哉擁有主權者！祂對於萬事是全能的。祂曾創造生死，以便於考驗你們。*還有他提到她的罪惡感時說的：*這樣想不好，瑪黎安優。這樣的想法會毀了妳。這不是妳的錯。這不是妳的錯。*

她能說什麼來減輕這女孩的痛苦？

結果，瑪黎安什麼都不必說。因為女孩臉扭曲，仰面躺下，說她想吐。

「等等！撐著點。我拿鍋子來。別吐在地板上。我才剛擦……喔，喔，天哪。」

大約是爆炸事件害女孩雙親喪命的一個月之後，一天，有個男人來敲門。瑪黎安去應門。他說明來意。

「有人來看妳。」瑪黎安說。

女孩從枕頭裡抬起頭。

「他說他叫阿布杜・夏拉夫。」

「我不認識什麼阿布杜・夏拉夫。」

「哦，他是來找妳的。妳得下樓去和他談談。」

28

萊拉

坐在阿布杜．夏拉夫對面。這人身形單薄，頭小小的，雙頰滿是凹凹凸凸的疤痕，配上同樣滿布坑疤的蒜頭鼻。短短的棕色頭髮，一根根豎在頭皮上，就像針插上的針。

「妳一定要原諒我，姊妹。」他拉著鬆垮的衣領，用手帕擦著額頭說。「我恐怕還沒全好。還要再吃五天藥，他們說那是什麼來著……磺胺劑……」

萊拉調整坐姿，讓她的右耳，聽得見的那隻耳朵，靠近他。「你是我爸媽的朋友嗎？」

「不，不是。」阿布杜．夏拉夫連忙說。「原諒我。」他伸出一隻手指，慢慢啜了一口瑪黎安擺在他面前的水。

「我應該從頭說起，我想。」他輕輕揩著嘴脣，然後揩揩額頭。「我是個生意人。我開服裝店，賣的多半是男人的衣服。罩袍、帽子、頭巾、西裝、領帶……妳想得出來的東西都有。我在喀布爾有兩家店，分別在塔伊馬尼和新城區，不過我剛把店賣掉。還有兩家在巴基斯坦的帕夏瓦。我的倉庫也在那裡。所以我常兩頭跑，來來回回。最近以來呢。」他搖搖頭，疲憊地輕笑一聲：「這麼說吧，每趟旅程都像是冒險。

「我前一陣子在帕夏瓦，為了生意，下訂單啦，清點存貨，這類的事。一方面也是去探望家人。我有三個女兒，真主保佑。聖戰組織開始鬥個你死我活的時候，我就把妻子和女兒送到帕夏瓦去了。我可不希望她們的名字出現在罹難者名單上。老實說，我也不希望自己在上頭。我很快就會去和她們團聚。

「長話短說，我應該在上上星期三回喀布爾的。但是世事難料，我竟然生病了。病情的細節我就不說了，小姐，妳只要知道，我在辦每天生活兩大事時，比較簡單的那件事讓我覺得，簡直像排出一塊塊碎玻璃般千刀萬剮。我可不希望赫克馬提雅也得了這病喔。我老婆，娜蒂亞將，真主保佑她，她求我去看醫生。但是我想，只要吃吃阿斯匹靈，多喝點水就沒事了。娜蒂亞堅持要我去看醫生，我說不要，兩個人就這樣要或不要吵了好久。妳知道有句俗話說，頑驢就需倔車夫。那一回，恐怕呢，是頑驢贏了。那就是我。」

他喝光剩下的水，把杯子遞給瑪黎安。「麻煩再給我一些水。」

瑪黎安接過杯子，走去倒水。

「說實在的，我應該聽她的話。她一向比我明智。願真主賜她壽比南山。我到醫院的時候，已經在發高燒，全身抖得像棵風中的柳樹，幾乎站都站不住了。醫生說我感染了敗血症。她說如果再拖個兩三天，我就會害我老婆變寡婦了。

「他們讓我住進特別病房，我猜，那是給病得很嚴重的人住的。喔，謝謝。」他從瑪黎安手中接過杯子，在外套口袋裡掏出一顆白色的大藥丸。「瞧這東西有多大。」

萊拉看著他吞下藥丸。她感到自己的呼吸愈來愈急促，雙腿沉重，彷彿有什麼重物拴在腳上。

她告訴自己，他還沒說完，他什麼事都還沒對她說呢。但是他馬上就要說了，她幾乎忍不住想要站起來，掉頭離開，在他說出她不想聽的事之前就離開。

阿布杜．夏拉夫把杯子放在桌上。

「我就是在那裡碰見妳的朋友，穆罕默德．塔力格．瓦里札。」

萊拉的心跳加快。塔力格在醫院裡？特別病房？給病得很嚴重的人住的？

她乾嚥一口口水，在椅子上如坐針氈。她一定要堅強起來。否則的話，她怕自己會撐不住。她強迫自己不去想醫院和特殊病房，反而去想，自從好幾年前塔力格和她一起報名上冬季班的法爾西語課以來，她已經好久沒聽人提過塔力格的全名。當時，上課鐘響之後老師點名，就會這樣念他的名字：穆罕默德．塔力格．瓦里札。聽到別人這麼念他的名字，竟然讓她覺得很滑稽。

「我從護士那裡聽到他的事。」阿布杜．夏拉夫接著說，一面用拳頭捶著胸口，好像要讓藥丸順利吞下去似的。「因為常常待在帕夏瓦，我的烏爾都語相當好。言歸正傳，我聽到的是，妳的朋友擠在一輛載滿難民的卡車上，總共有二十三個人，都是要到帕夏瓦的。在靠近邊界的地方，碰上兩軍交火。一枚火箭彈擊中卡車。很可能是誤擊，但是妳永遠也搞不清楚那些人，很難說的。只有六個人活下來，全被送到同一家醫院。二十四小時之內，有三個人死了。有兩個人活下來——聽說是一對姊妹，後來就出院了。妳的朋友瓦里札先生是最後一個。我住進醫院的時候，他已經在那裡住院將近三個星期了。」

所以他還活著。但是他傷得有多重？萊拉快急瘋了。有多嚴重？顯然是嚴重到要住進特殊病房。

萊拉發現自己開始冒汗，臉發熱。她試著想些別的事，一些愉快的事，比方說爸比帶她和塔力格到巴米揚去看大佛。但是出現在她腦海裡的卻是塔力格雙親的影像：塔力格的母親陷在翻覆的卡車裡，在煙霧之間大聲呼喊塔力格，她的雙臂和胸口都著火了，假髮黏在她的頭皮上熔化……

萊拉快喘不過氣來了。

「他就在我的隔壁床。我們中間沒有牆，只隔著一道簾子。所以我可以清楚看見他。」

阿布杜．夏拉夫忽然玩起他的結婚戒指。他說得更慢了。

「妳的朋友，他傷得很重——非常嚴重，妳知道。他身上到處插滿了管子。起初。」他清清喉嚨。「起初，我以為這次受傷害他失掉兩條腿，但是護士說不是，這次只有左腿，右腿是先前受傷造成的。他還受了內傷，已經開過三次刀了，取出部分的腸子。我不記得其他的細節。他也有灼傷。相當嚴重。其他我就不必多說了。妳的惡夢已經夠多了，小姐。我不想再多增加妳的負擔。」

塔力格現在兩條腿都沒了，身上只剩下兩條殘腿根部。沒有腿了，萊拉覺得自己就要崩潰。她集中精神，費盡全力，讓自己的心緒飄出房間，飛出窗外，遠離眼前這名男子，飛過外面的街道，越過整個城市，俯瞰平頂房宅和市集，下方一條條迷宮似的狹窄街道，就像海灘上堆起的沙堡。

「他大部分時間都吃藥昏睡。為了止痛，妳知道的。但是有時候藥效消退，他會清醒一陣子。他很痛，但神智清楚。我就躺在床上和他聊天。我告訴他我是誰，從哪裡來。他很高興，我想，因為隔壁床有個同鄉。

「大半都是我在說話。因為他說話很費力。他的聲音沙啞，我想他張嘴一定很痛。我聊起我的女兒，我們在帕夏瓦的家，還有我和小舅子正打算在房子後面蓋一個陽台。我告訴他，我把喀布爾的店都賣掉了，還得回去辦完手續。就是談這些，但是他聽得很入神。至少，我希望這樣能夠讓他忘記痛苦。

「有時候他也開口說話。他說的話我有一半聽不懂，但是我可以猜個大概。他談起他住的地方，提到他住在葛哈茲尼的叔叔。還有他母親做的菜、他父親的木工手藝、他彈的手風琴。

「但是，他談的最多的是妳，姊妹。他說妳是——他是怎麼說來的——是他最初的記憶。我想他是這樣說的，沒錯。我聽得出來，他非常關心妳。哈，太明顯了。但是他說，他很慶幸妳不在那裡。他說不想讓妳看見他那個樣子。」

萊拉的雙腿又沉重起來了，牢牢釘在地板上，好像所有的血液瞬間全往下衝。但是她的心飄得遠遠的，自由自在，無拘無束，像一枚高速亂衝的飛彈，飛離喀布爾，飛過起伏不平的棕色山嶺，越過點綴著一叢叢山艾樹的沙漠、紅色岩塊嶙峋的峽谷、白雪皚皚的高峰……

「我告訴他，我要回喀布爾的時候，他拜託我來找妳。告訴妳說他很想妳，很思念妳。我答應他。我很喜歡他的，妳知道。他是個正直的男孩，我看得出來。」

阿布杜．夏拉夫用手帕擦著額頭。

「有天晚上我醒過來。」他繼續說，又開始弄著他的結婚戒指。「我想應該是晚上，在病房裡很難分得清白天黑夜。裡面沒有窗戶，日出，日落，妳永遠都不知道。但是我醒了過來，隔壁床有一陣騷動。妳要知道，我自己也吃了藥，總是睡睡醒醒，那個時候很難分得清楚什麼是真的，什麼是做夢。我只記得，醫生在床邊忙進忙出，叫著這個那個的，警示聲嗶嗶響，注射器丟得滿地都是。

「到了早上，那張床空了。我問護士，她說他奮戰到最後一刻。」

萊拉隱約知道自己在點頭。她早就知道了。她當然早就知道了。打從她坐在這個男人對面的那一刻起，她就知道他來幹什麼，她就知道他要帶來的是什麼消息。

「起初，妳知道，起初我以為根本沒有妳這個人的存在。」他又說：「我以為他是吃了藥胡言亂語。或許是我希望妳根本不存在。我很怕傳遞壞消息。但是我答應過他。而且，就像我說的，我很喜歡他。所以我前幾天到這附近來。我到處打聽妳，問一些鄰居。他們指點我到這裡來。他們也告訴我妳父母發生的事。我聽到這些之後，掉頭就走。我沒辦法告訴妳。我覺得妳承受不了的。任何人都承受不了。」

阿布杜．夏拉夫伸出手來，越過桌子，放在她的膝蓋上。「但是我回來了。因為，畢竟，他一定希望妳知道。我相信。很對不起，我希望……」

萊拉再也聽不下去了。她想起有人從潘吉夏來通報阿哈馬德與努爾死訊的那天。她想起爸比一臉慘白地癱坐在沙發上，而媽咪一聽到消息，馬上用手掩住嘴。萊拉看著媽咪從那天起就失魂落魄，讓她嚇死了，但是她並沒有真的覺得很哀傷。當時她無法了解母親的喪子之痛。現在，另一個陌生人帶來另一樁死訊。現在，坐在椅子上的人是她。這是不是她的報應呢？懲罰她對自己母親的傷痛冷眼旁觀？

萊拉想起媽咪是怎麼倒在地上，是怎麼尖聲哭喊，扯著自己的頭髮。但是萊拉連這個都做不到。她連動都不能動。她連半點力氣都使不了。

她只是坐在椅子上，手無力地放在腿上，眼睛茫然失神，心思遠颺。她任由心思飄遠，一直飄一直飄，直到某個安全美好的地方，那裡麥田翠綠，流水清澈，萬千楊木棉絮飛舞；在那裡，爸比在金合歡樹下看書，塔力格雙手疊放在胸前午睡，她則是赤腳浸在溪澗裡，在飽經日光曝晒的古老石刻佛像凝望下，編織著美夢。

29

瑪黎安

「真是遺憾。」拉席德對那女孩說，同時手裡接過瑪黎安遞給他的那碗香料燴飯和肉丸，眼睛卻連一眼都不看她。「我知道你們是很親近的……朋友……你們兩個。從小就玩在一起。好可怕啊，竟然發生這種事。這麼多阿富汗年輕人就這樣送命。」

他不耐煩地揮揮手，眼睛還是盯著女孩看。瑪黎安遞給他一塊餐巾。

這麼多年來，他吃飯的時候，瑪黎安總是在旁看著：太陽穴的肌肉隨咀嚼而牽動，用一手把米飯捏成小球，另一手的手背抹去黏在嘴角油膩膩的飯粒。這些年來，他總是埋頭吃飯，不抬起頭，不說半句話，他的沉默是一種譴責，彷彿馬上要進行宣判似的，然後就只有一聲不滿的咆哮、不以為然的咋舌，還有喊著要麵包要水的命令打破沉默。

但現在，他用湯匙吃飯，用餐巾擦嘴，要喝水的時候會說「請」。而且還會聊天。神采奕奕，談興頗濃。

「如果妳問我的意見，我會說美國把武器給赫克馬提雅是給錯人了。美國中情局在八〇年代給他一大堆槍去對付蘇聯。蘇聯大兵走了，可是槍還在他手上，現在拿來對付像妳爸媽這樣的無辜百姓。

他還說這是聖戰呢。真是笑話！殘殺婦女和小孩算什麼聖戰？中情局還不如把武器給馬蘇德司令。」

瑪黎安聽了不自覺揚起眉毛。馬蘇德司令？她腦海中還迴盪著拉席德對馬蘇德的謾罵，說他是叛國賊，是共產黨。但是，話說回來，馬蘇德是塔吉克人，當然啦，就和萊拉一樣。

「看哪，這才是個講理的傢伙。一個高貴的阿富汗人。一個真正對致力於和平有興趣的人。」

拉席德聳聳肩，嘆口氣。

「不過呢，美國人才不管這些咧。他們哪裡在乎普什圖人、哈札拉人、塔吉克人和烏茲別克人自相殘殺？有幾個美國人分得清楚誰是誰？我說呢，別指望得到他們的協助。現在蘇聯垮台了，我們對他們來說已經沒有用處了。我們只能自己靠自己囉。對他們來說，阿富汗只是個糞坑。請原諒我說粗話，但這是事實。妳覺得呢，萊拉將？」

女孩喃喃說了幾句含糊不清的話，把碗裡的肉丸翻來攪去。

拉席德若有所思地點點頭，彷彿她說的是他前所未聞的至理名言。瑪黎安只得別開頭。

「妳知道，妳父親，願他安息，妳父親和我常常討論這些問題。當然是在妳出生之前。我們不時談政治。也聊書。對不對啊，瑪黎安？妳還記得嗎？」

瑪黎安匆匆喝了一口水。

「總而言之，希望我談的這些政治問題不會讓妳覺得很無聊。」

餐後，瑪黎安在廚房，把碗盤泡進肥皂水裡。她心裡有個疙瘩，解不開的疙瘩。

並不是他說的那些話、那些大言不慚的連篇謊話，或處心積慮假裝的感同身受。更不是自從他把那女孩從瓦礫堆中挖出來之後，再也沒有動手打過瑪黎安。

是那種惺惺作態。好像演戲一樣。他狡詐又可笑地努力想讓萊拉感動，討她歡心。瑪黎安頓時領悟，她的猜疑並沒有錯。她陡然一驚，腦袋就像狠狠挨上一記重擊，因為她理解了，她所目睹的，就是求愛。

瑪黎安終於鼓起勇氣，到他的房裡去。

拉席德點了一根菸，說：「有何不可呢？」

瑪黎安立刻就知道自己潰不成軍了。她既期待又盼望他會全盤否認，對她所暗示的事裝出吃驚的樣子，甚至假裝生氣。如果是那樣，她或許還能占得上風，可以如願地讓他覺得羞愧。但是眼前的情勢卻讓她勇氣盡失，因為他平靜自若地承認，一派實事求是的口氣。

「坐下。」他說。他躺在床上，背靠著牆，兩條粗壯的長腿伸在床墊上。「趁還沒昏倒摔破頭之前，快坐下吧。」

瑪黎安茫然跌坐進床邊的那張折疊椅。

「把菸灰缸給我，好嗎？」他說。

她乖乖照辦。

拉席德至少有六十歲了——瑪黎安想，事實上連拉席德自己都弄不清楚自己確切的歲數。他的頭髮都白了，但還是和以前一樣又密又粗。他的眼袋都出來了，脖子上的皮膚粗糙，滿是皺紋，臉頰也比以前更鬆弛了一些。每天早上一起床，總有點佝僂。但是，他的臂膀依舊厚實，身軀壯碩，雙手強健，而一走進房間，先出現的總是他圓滾滾的肚子。

整體來說，瑪黎安覺得他比自己更禁得起歲月風霜的考驗。

「我們得讓眼前的情勢合法化。」他把菸灰缸擺在肚子上說。他噘起嘴脣，故作親吻狀。「大家會說三道四。很難聽的，一個沒結婚的年輕小姑娘住在這裡。我必須說，這有損我的名譽。還有她的。還有妳的。」

「十八年了。」瑪黎安說：「我從來沒求過你什麼事。什麼都沒有。但我現在求你。」

他吸了一口菸，慢慢噴出來。「她不能就這樣留在這裡，如果妳是想這麼建議的話。我不能繼續供她吃，供她穿，給她地方睡覺。我又不是紅十字會，瑪黎安。」

「但這樣……？」

「這樣？又怎樣？妳以為她年紀太小嗎？她十四歲，不算小孩子了。妳當年十五歲，記得嗎？我媽生我的時候才十四歲。她十三歲就嫁人了。」

「我……我不要這樣。」瑪黎安說，腦裡一片空白，只有輕蔑與絕望。

「這由不得妳。這是她和我該決定的事。」

「我太老了。」

「她太年輕，妳太老。盡是胡說八道。」

「我太老了。你不能這樣對待我。」瑪黎安說。她緊緊捏著衣服，緊得讓雙手不住顫動。「經過這麼多年之後，我老得讓你不願當我是個妻子。」

「別說得這麼誇張。這很普遍的，妳明明知道。我的朋友都娶了兩個、三個，甚至四個老婆。妳自己的爸爸就娶了三個。更何況，我拖到現在才這麼做，大部分我認識的男人都老早就做了。妳知道我沒有在騙人。」

「我不許你這麼做。」

聽到她這麼說，拉席德只幽幽地笑。

「還有另一個選擇。」他用粗硬的腳後跟搓著另一腳的腳掌。「她可以離開，我不會攔著她。但是我猜她走不遠的。沒飯吃，沒水喝，口袋裡沒有半毛錢，火箭彈和子彈到處飛。在她被拐走、被強暴或被割斷喉嚨丟進路邊的水溝之前，妳猜她撐得了幾天？她搞不好連半件壞事都逃不掉呢。」

他咳了幾聲，調整一下靠在背後的枕頭。

「外面的街道很險惡哪，瑪黎安，相信我。每個街角都有追捕者和土匪啊。我可不看好她，她一點機會都沒有的。而且，就算奇蹟發生，她真的到了帕夏瓦。接下來呢？妳想像得到難民營是什麼樣子嗎？」

他隔著菸霧凝視她。

「大家住在破紙板搭的棚子底下，到處是肺結核、痢疾、飢荒、犯罪。這還是冬天沒來之前的情況。等冰天雪地的季節一到，肺炎就來了。人都凍成冰柱。那些難民營全成了冰封的墳場。

「當然啦。」他的手一揮，做了個輕佻的手勢。「她可以躲到帕夏瓦妓院去取暖。聽說那裡生意可興隆囉。像她這麼標緻的姑娘應該可以賺進不少錢的，妳說對不對？」

他把菸灰缸放在床頭櫃上，雙腿在床邊晃啊晃的。

「聽著。」他說，語氣裡帶著更多安撫的味道，這是勝利者給得起的恩惠。「我知道妳沒法接受。我並不怪妳。但這是上上策。等著看好了。換個角度想吧，瑪黎安，我替妳在家裡添個幫手，也給她一個庇護所，一個家和一個丈夫。現在哪，這樣的世道，女人需要丈夫的。妳難道沒注意到，所有的寡婦都流落街頭？如果有這樣的機會，她們可會不顧一切搶破頭囉。事實上，這是……這樣說吧，因為我慈悲為懷啊。」

他微微一笑。

「依我看，我還真該得個獎章。」

後來，在黑暗之中，瑪黎安對那女孩說了。

好長一段時間，女孩什麼也沒說。

「他明天一早就要得到答案。」瑪黎安說。

「他現在就可以得到答案。」女孩說：「我的答案是，好。」

30

萊拉

隔天，萊拉一直窩在床上。早上，拉席德探頭進來說他要去理髮時，她窩在毛毯裡。那天傍晚他頂著新剪的髮型，身穿剛買的藍色白細紋二手西裝，帶著買給她的結婚戒指回家時，她還是躺在床上。

拉席德在床上坐下，挨在她身邊，鄭重其事地慢慢解開緞帶，打開盒子，小心翼翼拿出戒指。他說這是拿瑪黎安的舊婚戒去換來的。

「她不在乎的。相信我。她連注意都不會注意到。」

萊拉縮到床邊。她聽得見瑪黎安就在樓下，她的熨斗嘶嘶作響。

「反正她也從來沒戴過。」拉席德說。

「我不想要。」萊拉虛弱地說：「不要這種東西。你拿回去。」

「拿回去？」他臉上出現一抹不耐，轉瞬即逝，又露出微笑。「我還貼了一些錢，老實說還不少錢呢。這個戒指比較高級，二十二K金。掂掂看有多重？來嘛，掂掂看吧。不要？」他蓋上盒子。「那麼花呢？花很不錯吧。妳喜歡花嗎？有特別喜歡的嗎？小雛菊？鬱金香？紫丁香？不要花？很好！

我也覺得沒意思。我只是以為……這樣吧，我知道瑪桑區這裡有個裁縫。我想我們明天可以帶妳過去一趟，幫妳弄件像樣的衣服。」

萊拉搖搖頭。

拉席德揚起眉毛。

「我只想快點……」萊拉開口說。

他把手放在她的脖子上。萊拉不由自主地往後一縮。被他碰觸，感覺像沒穿內衣就套上刺癢癢的潮溼舊毛衣一樣。

「怎樣？」

「我只想快點把事辦好。」

拉席德咧開嘴，露出滿口黃牙的笑容。「樂意之至。」他說。

阿布杜．夏拉夫還沒來訪之前，萊拉曾下定決心要到巴基斯坦去。萊拉此刻回想起來，甚至在阿布杜．夏拉夫帶來消息之後，她可能還是會走。離開這裡，到遠方去。遠離這個每一條街都像陷阱、每一條巷弄都藏著鬼魅出其不意向她撲來的城市。她可能還是會冒險離去。

但是，突然之間，離開不再是個選項。

不再是個選項，因為她每天反胃乾嘔。

因為她胸部最近變得豐滿。

也因為在這一團混亂之中，她很清楚知道，月經遲遲沒來。

萊拉可以想見自己置身難民營中，光禿禿的野地上，上千條塑膠布綁在臨時湊合的樁柱上，在刺骨的寒風中啪撻啪撻飄動。在其中一個臨時帳篷裡，她看見她的小寶寶，塔力格的孩子，太陽穴凹陷，雙頰消瘦，皮膚上都是淡藍的灰色斑點。她看見那片強風狂掃的土地上，陌生人挖了個洞，把她的小寶寶清洗乾淨，裹上暗黃色的屍布，在禿鷹失望的目光注視下埋進小洞裡。

她現在怎麼能離開呢？

萊拉冷靜細數她生命中的人物。阿哈馬德和努爾，死了。哈西娜，走了。吉娣，死了。媽咪，死了。爸比，死了。現在，塔力格……

但是，奇蹟似的，她之前的生命裡還是有些東西留了下來，是她與以前的自己，成為孑然一身以前的那個自己，最後的關聯。塔力格的一部分，仍然活在她身體裡，伸出纖小的手臂，長出半透明的手掌。這是他唯一留給她的東西，是她舊有生命僅存的部分，她怎麼能冒著失去的風險呢？

她很快做了決定。她和塔力格在一起已經是六個星期前的事了。拖得太久，拉席德就要起疑心了。

她知道自己要做的事很卑鄙。卑鄙，陰險，可恥。對瑪黎安尤其不公平。但是，儘管腹中的孩子這時不過桑葚點大，萊拉卻已能體會身為母親該做的犧牲。節操只是她犧牲的第一樣東西罷了。

她把手擱在肚子上，閉上眼睛。

萊拉零星記得這場靜悄悄舉行的婚禮片段。拉席德西裝上的白色條紋；他髮油的刺鼻氣味；喉結上方的小小刮傷；他替她戴上戒指時，被菸燻得泛黃的手指、粗糙的指腹；鋼筆，寫不出字來；

趕忙找另一枝筆；證書；簽字，他大筆一揮，她卻抖個不停；祈禱；在鏡子裡，注意到拉席德修過的眉毛。

瑪黎安在房裡的某個角落，看著他們。空氣中瀰漫著她的不以為然。

萊拉鼓不起勇氣抬頭，看著這位比她年長的婦人。

那天晚上，萊拉躺在他冰冷的被子裡，看著他拉上窗簾。她全身發抖，從他還沒開始解開她的衣服釦子，還沒扯開她長褲的抽繩之前就開始發抖。他很興奮，忙著脫下自己的襯衫，解開皮帶。萊拉一覽無遺地看見他鬆垮垮的胸膛、突出的肚臍、肚臍中央那條藍色的小血管、胸膛上濃密的白色胸毛、他的肩膀，以及他的上臂。她感覺到他的目光在她全身游走。

「老天保佑，我想我愛妳。」他說。

牙齒顫抖的她求他關掉燈。

事後，確定他已經熟睡之後，萊拉悄悄從床墊下抽出她稍早藏在那裡的刀。她拿刀刺進食指指腹，掀開毯子，讓手指上的血滴在床單上，滴在他們剛剛一起躺著的地方。

31

瑪黎安

白天，女孩就只是床墊彈簧的吱吱嘎嘎聲，以及頭頂上啪啦啪啦的腳步聲。她是浴室裡嘩啦啦的水聲，或樓上臥房湯匙在玻璃杯裡的叮噹聲。偶爾也會映入眼簾：瑪黎安的眼角瞥見衣服擺動的模糊身影，疾走的步伐，環抱在胸口的雙手，在腳跟啪噠作響的涼鞋。

但是，她們難免還是要打照面。瑪黎安會在樓梯上、在狹窄的走廊上、在廚房裡，或是她從院子裡走進來的時候在門邊碰上女孩。每當這樣碰面的時候，她倆之間就湧現一種不安的緊張氣氛。女孩會拉拉裙子，擠出一兩句道歉的話。等她慌忙走開的時候，瑪黎安就有機會瞄一眼，瞥見她臉上的紅暈。有時候，她會在女孩身上聞到拉席德的味道。她在女孩的皮膚上聞到他的汗臭，他的菸味，他的慾望。老天垂憐，性已是她生活中不再開啟的章節。這樣已經有好長一段時間了，現在只要一想起躺在拉席德下面的苦差事，就讓瑪黎安厭惡作嘔。

然而，到了晚上，她和女孩之間刻意安排的避不見面，根本就不可能實現。拉席德說他們是一家人。他很堅持，一家人就該一起吃飯。

「這算什麼啊？」他說，手指忙著把肉從骨頭上剝下。與女孩完婚後一個星期，他就不用湯匙和叉子了。「我娶了兩尊雕像啊？拜託，瑪黎安，和她說幾句話吧。妳的禮貌都哪裡去了？」

他一面吸著骨頭裡的骨髓，一面對女孩說：「不過，妳也不能怪她。她很安靜。老實說，這還真是一項優點，因為人如果沒有什麼話可說，最好就少言少語。我們是都市人，妳和我都是，但她是鄉下人。小村裡長大的女孩。甚至連小村都不是。不是哪。她是在村子外面一間泥巴蓋的小屋裡長大的。她父親把她丟在那裡。妳告訴過她吧，瑪黎安？妳有沒有告訴她，妳是個哈拉密？沒錯，她就是。但是整體來說，她也不算一無是處。妳以後會了解的，萊拉將。至少，她很強壯，是個好工人，而且很樸實。打個比方吧，如果她是輛車，那一定是俄製的伏爾加。」

瑪黎安已是三十三歲的婦人，但是「哈拉密」這三個字仍然讓她錐心刺痛。聽見這幾個字，讓她覺得自己像隻害蟲，像隻蟑螂。她還記得娜娜扯著她的手腕說：妳這個笨手笨腳的小哈拉密。我吃盡苦頭就為了得到這種報應。一個打破傳家之寶、笨手笨腳的小哈拉密。

「妳。」拉席德對女孩說：「而妳呢，是一輛賓士。一輛全新、頂級、閃閃發亮的賓士。但是啊，但是。」他伸出一隻油膩膩的食指。「對賓士車必須……必須特別照顧。因為那車子的美感與工藝，妳知道的。噢，妳可能覺得我瘋了，盡談車子什麼的。我並不是說妳們是車子。我只是打個比方。」

接著，拉席德把他捏好的米飯團擺回盤子，雙手在菜餚上頭晃動著，目光朝下，露出深思的嚴肅表情。

「我們不應該說往生者的壞話。我這樣說並沒有不敬的意思，希望妳能明白，但是我有點……對妳父母親，願真主赦免他們，許他們進天堂，他們，嗯，他們對妳的嬌縱，我有點……呃，有點不以為然。」

聽到這句話，女孩冰冷怨恨的目光掃過拉席德，瑪黎安看見了，但拉席德低著頭沒注意。

「沒關係。重要的是，我現在是妳的丈夫，我的責任不只是捍衛妳的名譽，還有我們的名譽，沒錯，我們的名譽與尊嚴。這是為人丈夫的責任。妳讓我擔心。拜託。妳，妳就是皇后，這棟房子就是妳的皇宮。妳想幹麼，只要吩咐瑪黎安，她就會替妳做。對不對啊，瑪黎安？如果妳想要什麼，我也會買給妳。看，我就是這樣的丈夫。

「而我只要求妳一件簡單的事。我只要求妳，除非有我陪同，否則不要離開這棟房子。就只有這樣。很簡單，對吧？如果我不在，而妳又急著要某個東西，我指的是絕對需要的東西，而且不能等我回來，那麼妳可以叫瑪黎安去，她會出門去替妳買回來。妳一定注意到我有差別待遇。當然啦，開賓士車和開伏爾加的方式一定不同嘛。否則豈不是笨蛋，對不對？喔，我還有一個要求，我們一起出門的時候，妳得穿上布卡。這是為了保護妳，當然是。這樣最好。現在城裡到處是混混。那些人鬼頭鬼腦，就想占女人便宜，連已婚的女人也不放過。所以，就這樣啦。」

他咳了咳。

「我得說，我不在家的時候，瑪黎安就是我的耳目。」他飛快瞟了瑪黎安一眼，眼神銳利彷彿用鐵鞋尖踢中她的太陽穴。「並不是我不信任妳。恰恰相反。老實說，妳讓我吃驚，因為妳比同年齡的人聰明得多。但是妳畢竟還年輕，萊拉將，妳是一個年輕女子，而年輕女子往往會做出錯誤的選擇，很容易惡運臨頭。反正，就讓瑪黎安負責。如果有什麼閃失……」

他說個沒完。瑪黎安坐著，用眼角餘光瞥著女孩。拉席德的要求和評論如喀布爾的槍林彈雨一樣落在她們身上。

有一天，瑪黎安在客廳摺著她剛從院子收進來的拉席德襯衫。她不知道女孩在那裡站了多久，但是等她拿起一件襯衫，一轉身，就看見她站在門邊，手裡捧著一杯茶。

「我不是故意要嚇妳。」女孩說：「對不起。」

瑪黎安盯著她看。

陽光照在女孩臉上，照在她大大的綠色眼睛、光滑的額頭、高高的顴骨，還有那濃密動人的眉毛，和瑪黎安又稀疏又沒形沒狀的眉毛完全不同。一頭中分的金色秀髮，這天早上並沒有梳理。

女孩手捧著杯子的姿勢很僵硬，雙肩緊繃，瑪黎安看得出來她很緊張。她想像女孩坐在床上鼓起勇氣的模樣。

「樹葉變色了。」女孩用友善的口吻說：「妳看見了嗎？我最喜歡秋天了。我喜歡秋天的味道，秋天大家會在院子裡燒樹葉。我媽媽，她最喜歡的是春天。妳認識我媽媽吧？」

「不算認識。」

女孩把一手放在耳後說：「對不起？」

瑪黎安提高音量。「我說不認識。我不認識妳母親。」

「喔。」

「妳需要什麼東西嗎？」

「瑪黎安將，我想……他那天晚上說的話——」

「我正打算和妳談這件事。」瑪黎安打斷她說。

「好，請說。」女孩語氣懇切，近乎帶著渴望。她向前走了一步，看起來鬆了一口氣。

屋外，有隻黃鸝鳥在鳴唱。有人拉著推車。瑪黎安聽見推車鉸鍊的喀啦喀啦聲，以及鐵輪子叮噹叮噹、吱嘎吱嘎響。不遠處傳來槍聲，一聲之後，又連響三聲，然後，就沉靜下來了。

「我不會當妳的佣人。」瑪黎安說：「我不要。」

女孩畏縮地說：「不，妳當然不是。」

「妳或許是皇宮裡的皇后，而我是鄉下人。但是，我不會聽妳指揮。妳可以去找他訴苦，讓他割了我的喉嚨，但是我就是不要服侍妳。妳聽見了嗎？我不當妳的佣人！」

「不，我沒有——」

「妳如果以為妳可以靠美貌擠走我，那妳就錯了。是我先來的。我才不會被趕走呢。我才不會讓妳攆我走呢。」

「我不會這樣的。」女孩怯弱地說。

「我看妳的傷也都好了。所以妳要開始分擔家裡的事情——」

女孩猛點頭。茶濺了出來，但她沒注意。「是的，這也是我下樓來的原因，謝謝妳照顧我——」

「喔，我才不會照顧妳的。」瑪黎安怒斥說：「要是我知道妳會恩將仇報，偷走我丈夫，我絕對不會餵妳吃飯，替妳洗澡，照顧妳的。」

「偷走——」

「我還是會燒飯洗碗。妳負責洗衣打掃。其他的就每天輪流吧。還有一件事。我不要妳陪我。我不需要。我想要自己一個人。妳別管我，我也不管妳。我們井水不犯河水。就這麼辦。」

說出這些話的時候，瑪黎安的心狂跳不已，口乾舌燥。她從來沒用這樣的態度說過話，從來沒這麼強而有力地暢所欲言。她應該覺得很暢快才對，但是女孩淚水盈眶、垂頭喪氣的樣子，卻讓她大發一頓脾氣的快感有點索然無味，甚至還覺得有點不太應該。

她把襯衫交給女孩。

「放到抽屜櫃裡，不是衣櫃。他喜歡把白色的放在第一層抽屜，其他的放在中間，和襪子一起。」

女孩把杯子擺在地板上，伸出雙手，捧過襯衫。「所有的這些事，很對不起。」她沙啞地說。

「妳是該這麼覺得。」瑪黎安說：「妳是該覺得對不起。」

32

萊拉

萊拉想起多年前在家裡舉行的一次聚會，那天媽咪情況還不錯。女人家們坐在院子裡，吃著一盤瓦姬瑪從她家院子樹上摘來的新鮮桑椹。飽滿的桑椹有深有淺，有的還像瓦姬瑪鼻子上迸裂的微血管一樣是暗紫色的。

「妳們有沒有聽說他兒子是怎麼死的？」瓦姬瑪說，手裡忙著抓起另一把桑椹往張大的嘴裡送。

「溺死的，不是嗎？」吉娣的母親妮拉說：「在喀爾喀湖啊，對不對？」

「可是妳們知道嗎，妳們知道嗎，拉席德……」瓦姬瑪伸出一根手指，一面點頭一面嚼，要大家等她吞下嘴裡的東西。「妳們知道嗎，他以前常喝酒，那天還喝得爛醉。是真的，我聽說他喝得爛醉。那時候是早上。到了中午，他已經在沙發椅上躺平了。就算在他耳朵旁邊射午炮，他也不會抬一下眼皮子。」

萊拉還記得瓦姬瑪是怎麼掩住嘴巴，打了個飽嗝，舌頭在僅存的幾顆牙齒之間舔了舔。

「其他的事妳們就可以想像得出來囉。那個孩子掉下水的時候沒人注意到。後來有人看見他，臉朝下漂在水面。大家趕去幫忙，一半的人忙著救醒孩子，另一半忙著搖醒他父親。有人趴在那孩子身上……呃，做那種口對口的事。可是沒用哪。他們都知道，那孩子已經沒命了。」

萊拉記得瓦姬瑪舉起一根手指，聲音哆嗦地盡是憐憫的語氣：「所以古蘭經才會禁止喝酒。因為神智清醒的人總會因為酒鬼的罪孽而付出代價。一向如此。」

這個故事在萊拉腦海裡不斷迴盪，因為她才剛把懷孕的消息告訴拉席德。他立刻跳上腳踏車，趕到清真寺去，祈求生個兒子。

那天晚上，整頓飯的時間，萊拉看著瑪黎安在自己碗裡攪著一塊肉。拉席德用高亢誇張的語調向瑪黎安宣布這個消息的時候，萊拉也在場——她從沒親眼看過這麼過分殘酷的行為。瑪黎安一面聽著，眼睛眨呀眨的，兩頰發紅。她鬱鬱坐著，看起來淒涼孤寂。

飯後，拉席德上樓去聽他的收音機，萊拉幫瑪黎安清理餐蓆。

「真難想像妳現在像什麼了。」瑪黎安撿著飯粒和麵包屑說：「如果妳以前是賓士車的話。」

萊拉想用比較俏皮的方式回應。「火車吧？或許是一架巨無霸噴射機。」

瑪黎安直起身子。「希望妳別想用這個當藉口不做家事。」

萊拉張開嘴，卻再三猶豫。她提醒自己，在這整件事情裡，瑪黎安是唯一無辜的人。瑪黎安和小寶寶都是。

後來，在床上，萊拉忍不住哭了起來。

怎麼回事？拉席德托起她的下巴，他想知道怎麼回事。不舒服嗎？是因為肚子裡的孩子嗎？孩子有什麼問題嗎？不是？

是瑪黎安對她不好？

「是不是，是不是？」

「不是。」

「看著，我要下去給她一點教訓。她以為她是誰啊，那個哈拉密，竟敢對妳──」

「不是！」

他已經起身，萊拉只得抓住他的手臂，把他拉回來。「不要這樣！不要！她對我很好。我一下就好了。一下就好了。我沒事的。」

他在她身旁坐下，輕撫著她的脖子，喃喃低語。他的手慢慢滑下她的背，然後又滑上來。他傾身靠近，露出他那滿口牙齒。

「那麼。」他低聲說：「看我能不能讓妳舒服一點。」

起初，是樹木──沒被砍下來當柴薪的樹木──黃銅色斑駁的樹葉落盡。接著是風，嚴寒溼冷的風，橫掃全城，刮落了掛在樹上的最後幾片樹葉，一棵棵光禿的樹木襯著暗褐色的山丘，顯得如鬼魅。這一季的第一場雪下得很小，雪花一落地就化了。再來，道路結冰了，雪堆積在屋頂上，也把結霜的窗戶遮掉一大半。隨著雪季而來的是風箏。曾經主宰喀布爾冬季天空的風箏，如今已被呼嘯而過的火箭彈與戰鬥機逼退，反成了怯懦的侵入者。

拉席德不斷帶回戰爭的消息。他努力向萊拉解釋所謂的忠貞，卻讓她一頭霧水。塞雅夫攻打哈札拉人，他說。哈札拉人對抗馬蘇德。

「然後呢，馬蘇德打赫克馬提雅，當然啦，因為他是支持巴基斯坦人的。不共戴天囉，那兩個人，馬蘇德和赫克馬提雅。而塞雅夫呢，站在馬蘇德這邊。所以現在赫克馬提雅支持哈札拉人。」

至於高深莫測的烏茲別克指揮官鐸斯通，拉席德說沒有人知道他的立場到底是什麼。鐸斯通在一九八〇年代與聖戰組織併肩作戰，對抗蘇聯人，但是後來投降，在蘇聯撤軍之後，加入納吉布拉的共黨傀儡政權。他曾經得到納吉布拉親授的勳章，然而後來又再次叛變，重回聖戰組織陣營。目前，拉席德說鐸斯通暫時支持馬蘇德。

在喀布爾，特別是西喀布爾，戰火四起，白雪覆蓋的建築物上籠罩著黑色的煙幕。大使館關閉了。學校廢棄了。醫院的候診室裡，拉席德說，傷患失血致死。手術房裡，病患沒打麻藥就截去四肢。

「不過別擔心。」他說：「妳和我在一起很安全，我的小花。如果有人想傷害妳，我會挖出他的心肝，叫他吃下去。」

那年冬天，萊拉不管走到哪裡，都會碰到牆擋住去路。她好懷念小時候開闊的天空；懷念她和爸比去看騎術比武大賽，和媽咪到曼達伊市場逛街的日子；懷念她和吉娣、哈西娜在街上自由奔跑，聊男生的日子。懷念她和塔力格在小溪畔，坐在一大片酢漿草地上，猜謎語吃糖果，看著夕陽西下的日子。

但是，想起塔力格是很危險的，因為，在還來不及制止自己之前，她就彷彿看見他躺在病床上，遠離家園，燒傷的身上插滿管子。就像這陣子以來不斷灼燒她喉嚨的膽汁一樣，萊拉的胸口會湧起一股深沉得讓她無法動彈的哀痛。她的雙腿無力，宛如化成一灘水。她必須找個東西抓住才行。

一九九二年的冬天，萊拉成天打掃房子，擦洗她和拉席德那間臥房的南瓜色牆壁，在屋外的大銅盆裡洗衣服。有時候，她彷彿飄離自己的軀體，俯望著自己，看見自己蹲在銅盆邊，袖子高捲到手肘，粉嫩的雙手用力扭著拉席德的內衣，擠出肥皂水來。這時她就會覺得迷惘起來，絞盡腦汁盤算著，彷彿在船難中死裡逃生，眼前卻看不見海岸，只有一哩又一哩無邊無際的汪洋。

天氣太冷沒法外出的時候，萊拉就在屋子裡走來走去。她臉不洗，頭髮也不梳，只用指甲刮著牆壁，沿著走廊走，然後再回頭，走下樓梯，然後再上樓。她一直走一直走，直到撞上瑪黎安。瑪黎安不悅地瞄她一眼，回頭繼續切掉甜椒的梗子，割掉肉上的肥油。房裡滿是傷人的靜寂，萊拉幾乎可以看見瑪黎安身上放射出來的無言敵意，彷彿柏油路上蒸騰的熱氣一般。她退回到房間，坐在床上，望著雪花落下。

有一天，拉席德帶她到他的鞋店。

一起外出的時候，他總是走在她身邊，一手抓著她的手肘。對萊拉來說，上街變成如何避免受傷的考驗。她的眼睛還沒完全適應布卡網狀眼罩的狹窄視野，她的腳也老是踩到裙襬。她走得步步驚心，不時怕自己會絆倒，或一腳踩進坑洞，跌斷腳踝。然而，隱身在布卡裡無人識得，卻也讓她覺得很寬心。就算碰上舊識，這身打扮也不會有人認出她來。她也就不必看見他們眼底的驚詫、憐憫或幸災樂禍，因為她竟淪落如此地步，遠大的抱負竟然粉碎殆盡。

拉席德的店比萊拉想像的更大，也更明亮。他讓她坐在擺滿東西的工作檯後面。檯面上堆著舊鞋底、用剩的皮革。他給她看他的鎚子，示範砂輪怎麼運作，他高亢的聲音裡滿是驕傲。

他摸摸她的肚子，不是透過襯衫，而是伸手到衣服底下。他冰冷粗糙的指尖像樹皮般磨擦著她隆脹的皮膚。萊拉還記得塔力格的手，柔軟卻有力，手背上布滿彎彎曲曲的血管，總是讓她覺得好有男子氣概。

「肚子大得好快啊。」拉席德說：「一定是個大塊頭的男生。我兒子一定會是個壯丁！和他老爸一樣。」

萊拉把襯衫拉好。聽到他這樣說，讓她很害怕。

「妳和瑪黎安處得怎麼樣啊？」

她說她們相安無事。

「好，很好。」

她沒告訴他，她們才剛大吵一架，第一次真的吵架。

幾天前，萊拉進了廚房，看見瑪黎安使勁拉開一個個抽屜，又用力關上。瑪黎安說，她在找她用來攪拌米飯的那根木匙。

「妳把木匙放哪裡去了？」她猛然轉身對著萊拉說。

「我？」萊拉說：「我沒拿。我根本很少進來。」

「我注意到了。」

「妳是在指責我嗎？工作是妳自己分配的，記得嗎？妳說妳要負責做飯。如果妳是想交換——」

「那妳的意思是，那根木匙長了腳，自己爬走了？是啊，是啊，就是這麼回事啊，對不對？」

「我是說……」萊拉努力克制自己。通常，她都能夠忍氣吞聲，忍受瑪黎安的嘲笑和責難。但是，她這天腳踝腫脹，頭痛欲裂，反胃得厲害。「我是說，或許是妳放到別的地方了。」

「放到別的地方？」瑪黎安又拉開一個抽屜。裡面的刀子、菜鏟叮噹響。「妳在這裡才住多久，幾個月？我在這個房子裡住了十九年，小丫頭。打從妳還包尿布的時候，我就把木匙擺在這個抽屜裡。」

「可是。」萊拉快要克制不了，咬緊牙關說：「妳還是可能擺到其他地方，忘記了。」

「也有可能是被妳藏了起來，好惹我生氣。」

「妳真是個可悲又可憐的女人。」萊拉說。

瑪黎安愣了一下，但馬上就回過神來，噘起嘴。「妳呢，妳是個婊子。婊子，小偷。偷人丈夫的婊子。妳就是！」

接著就開始叫罵。拿起鍋碗瓢盆，只差沒丟出手。她們用各種不堪入耳的字眼對罵，那些字眼讓萊拉現在想起來還會臉紅。從那天之後，她們就不講話了。到現在，萊拉還是很驚訝，自己竟然這麼容易就情緒失控，但事實是，某一部分的她卻很喜歡這樣，喜歡對著瑪黎安嘶吼、叫罵的感覺，讓她有個對象可以發洩她心中蘊積的怒火，她的哀痛。

萊拉細細思索，說不定對瑪黎安來說也是如此。

事後，她上樓，倒在拉席德的床上。樓下，瑪黎安還在咆哮：「妳不要臉！不要臉！」萊拉躺在床上，埋在枕頭裡呻吟，突然想念起爸媽，好想念好想念，自從他們被戰火襲擊那天過後，她從來沒這麼想念過他們。她躺在那裡，緊緊抓著床單，直到，突然，屏住呼吸，她坐了起來，手滑到肚子上。

肚裡的寶寶踢了她一腳。

33

瑪黎安

隔年，一九九三年春天的一個清晨，瑪黎安站在客廳窗邊，看著拉席德陪女孩走出家門。女孩身子微微前傾，彎著腰，一手保護地托住肚子，儘管罩在布卡裡，仍然看得出來她的肚子大的像個繃緊的鼓。拉席德緊張兮兮，有點小心過度地扶著她，領著她穿過院子，活像個交通警察。他做了個「在這裡稍等一下」的手勢，衝到大門口，一腳撐開門，然後招手要女孩向前走。等她走近，他挽著她的手，扶她跨過大門。瑪黎安幾乎可以聽得見他在說：「小心走，我的小花。」

隔天傍晚，他們回來了。

瑪黎安先看見拉席德走進院子。他沒把大門撐著就逕自往前走，結果大門差點撞上女孩的臉。他走得很快，三步併兩步地穿過院子。瑪黎安在他臉上看見一抹陰影，在薄暮昏黃的光線中益發顯得陰沉。進了屋裡，他脫下外套，丟在沙發上，急匆匆走過瑪黎安身邊，粗聲粗氣地說：「我餓了。快點弄飯。」

屋子的大門敞開。站在玄關的瑪黎安看見女孩，左手臂彎裡抱著襁褓中的嬰兒。她一腳在門外，一腳踏進來抵住門，免得門彈回來關上。她彎著身子，嘴裡咕嚕著，努力想拿起裝著隨身用品的紙袋，那個她擺在地上撐住門的紙袋。她的臉因費勁而皺成一團。女孩抬頭一望，看見瑪黎安。

瑪黎安轉過身，進廚房去熱拉席德的晚餐。

「活像有人拿螺絲起子鑽我耳朵。」拉席德揉著眼睛說。他站在瑪黎安房門口，眼睛泡腫，身上只穿著袍子，衣帶鬆鬆繫著。一頭白髮七橫八豎亂糟糟的。「那種哭聲，真受不了。」

樓下，女孩抱著嬰兒走來走去，唱歌給她聽。

「這兩個月，我沒有一個晚上可以好好睡覺。」拉席德說：「而且房間像臭水溝。髒尿布到處都是。我有天晚上還踩到一條咧。」

瑪黎安心中暗笑，有點幸災樂禍。

「帶她出去！」拉席德轉頭吼道：「妳就不能帶她出去嗎？」

哼唱的聲音停了一會。「她會得肺炎的。」

「現在是夏天耶！」

「什麼？」

拉席德咬牙切齒，拉高嗓門說：「我說，外面很暖和！」

「我不要帶她出去！」

哼唱聲又響了起來。

「有時候，我發誓，有時候我真想把那個東西放進箱子，丟到喀布爾河，讓她漂走，像小摩西那樣。」

瑪黎安從來沒聽他叫過女兒的名字，女孩幫她取的名字：艾吉莎，是寶貝的意思。他總是叫她那個小孩，真的很生氣的時候就叫那個東西。

有些夜裡，瑪黎安會偷聽他們吵架。她躡手躡腳走到他們門口，聽他埋怨那個嬰孩——每回都是那個嬰孩——哭個沒完啦，房裡的臭味啦，害他絆倒的玩具啦，不時要萊拉餵奶、換尿布、幫嬰兒拍背打嗝、抱著走來走去，讓萊拉的注意力全轉移在她身上，一點都不關心拉席德。而女孩呢，則是怪他在房裡抽菸，不讓寶寶和他們睡在一起。

他們也為其他的事爭吵，但是嗓音壓低了。

「醫生說六個星期。」

「還沒，拉席德。不行。放開我。不要。別這樣。」

「都已經兩個月了。」

「噓。別吵。你吵醒寶寶了。」聲音變得更加嚴厲：「這下你高興了吧？」

瑪黎安溜回自己房裡。

「妳不能幫點忙嗎？」拉席德問瑪黎安。「一定有什麼妳可以幫得上忙的。」

「我又不懂嬰兒的事。」瑪黎安說。

「拉席德！拿奶瓶來好不好？在梳妝台上。她不肯喝奶。我要用奶瓶再試試。」

嬰兒的哭叫聲起起落落，宛如屠刀不斷切著肉。

拉席德閉上眼睛。「那個東西簡直是霸王。是赫克馬提雅。我告訴妳，萊拉生了個古勒卜丁・赫克馬提雅。」

瑪黎安冷眼旁觀女孩的生活被日復一日的餵奶、抱抱、搖搖、走走給占滿。就算孩子睡著了，也還有一大堆髒尿布等著刷洗，等著泡進女孩堅持要拉席德買給她的消毒水裡。指甲要用砂紙磨，罩衫與睡袍要洗淨晾乾。這些衣服，與其他有關嬰兒的事一樣，變成吵架的導火線。

「這又有什麼關係？」拉席德說。

「這是男生的衣服。男生的。」

「妳以為她會知道有什麼不一樣嗎？我為了這些衣服花了大把鈔票。還有，我不喜歡妳的語氣。我可警告妳。」

每週一次，絕無例外的，女孩在一個黑色鐵盆裡燃起火，丟進一把蒺藜籽，讓煙飄向嬰兒的方向，驅走惡魔。

女孩忙個沒完，瑪黎安光看都覺得很累，但她暗地裡也不得不佩服。實在難以置信，儘管整夜抱著寶寶走來走去，讓女孩一大早就滿臉倦容，眼裡卻還是閃耀著虔敬的光芒。寶寶一放屁，女孩就一陣笑聲。寶寶身上任何一點微小的變化都能讓她著迷，寶寶的任何舉動在她看來都是奇觀。

「看！她伸手要抓波浪鼓。好聰明喔！」

「我通知報社好了。」拉席德說。

每天晚上總要表演一下。女孩堅持要拉席德看的時候，他就會抬起下巴，不耐煩地看著自己青筋畢露的鷹勾鼻尖。

「看。我一彈響手指，她就笑了。看到沒？你看到沒？」

拉席德總是咕噥一聲，繼續埋頭吃飯。瑪黎安還記得，以前光是女孩在場就多麼令他目眩神迷。她說的每一句話都讓他滿心歡喜，讓他興味盎然，讓他從盤子上抬起頭來，讚許點頭。

奇怪的是，女孩的失寵應該讓瑪黎安覺得很高興，應該讓她有出了一口氣的快感才對。但是，並沒有。完全沒有。瑪黎安很意外的是，她竟然憐憫起女孩來了。

晚餐的時候，女孩也總會嘮嘮叨叨說出一大串擔心的事。清單上的第一項是肺炎，因為只要稍稍咳嗽，她就開始疑神疑鬼。第二項是痢疾，只要拉肚子就有可能是。而長疹子呢，若不是水痘就是痲疹。

「妳不該這麼寵著她。」有天晚上拉席德說。

「你這樣說是什麼意思？」

「我有天晚上聽收音機，美國之音，聽到一個有趣的統計數據。據說阿富汗每四個小孩裡就有一個活不到五歲。他們是這麼說的。而且，他們——幹麼？幹麼？幹麼啊？妳要去哪裡？回來。馬上給我回來！」

他很不解地看著瑪黎安說：「她是怎麼回事？」

那天晚上，瑪黎安躺在床上，又聽見爭吵的聲音。這是個又乾又熱的夏夜，是喀布爾典型的回曆四月氣候[1]。瑪黎安打開窗戶，但又關上，因為沒有一絲風吹進來驅散暑氣，只有蚊子飛來。她感覺得到熱氣從屋外的地面蒸發升起，穿透院子裡廁所發黃裂開的木板，穿透牆壁，往上進入她的房間。

通常爭吵只會持續幾分鐘，但是過了半小時，他們卻還在吵，而且愈吵愈厲害。這時瑪黎安聽見拉席德大聲咆哮。還有女孩的聲音，沒他那麼大聲，帶點顧忌，但尖銳刺耳。沒多久，嬰兒就開始嚎啕大哭。

瑪黎安聽見他們的房門猛力推開。到了早上，她將會在走廊的牆上發現門把圓圓的印痕。這時，她的房門啪一聲甩開，拉席德走進來。她從床上坐了起來。

他穿著白色的內褲和配成套的汗衫。汗衫腋下有黃黃的汗漬。他腳上套著夾腳拖鞋，手裡拿著一條皮帶，那條為了和女孩結婚而買的棕色皮帶，打孔的那一端現在就纏在他的拳頭上。

「是妳幹的。我知道是。」他大吼大叫地朝她走來。

瑪黎安滑下床，開始後退。她本能地用雙手環抱胸前，因為他總是先打她這裡。

「你在說什麼？」她慌得結結巴巴。

「她反抗我。一定是妳教她的。」

這些年來，她已學會讓自己堅強起來，面對他的嘲諷和辱罵，他的譏笑和斥責。但是，她從來沒克服過這種恐懼。這麼多年來，只要看到他這副模樣，口裡咒罵不休，把皮帶緊緊纏在拳頭上，皮革吱吱響，布滿血絲的眼裡露出凶光，她就會怕得渾身顫慄。那就像是山羊的恐懼，被放進虎籠裡的山羊，面對老虎一舉爪抬頭，開始發出吼聲時的恐懼。

女孩這時候衝進房裡，睜大眼睛，整張臉扭曲。

「我早該知道是妳帶壞了她。」拉席德痛罵瑪黎安。他揮著皮帶，在自己的大腿上試了一鞭。釦環叮噹叮噹響。

1 Saratan，為伊斯蘭曆四月，相當於陽曆六月二十二日至七月二十二日。

「住手！」女孩說：「拉席德，你不能這樣！」

「回房間去。」

瑪黎安又往後退。

「不，別這樣！」

「回去！」

拉席德又舉起皮帶，這一回是朝著瑪黎安揮去。

令人吃驚的事發生了。女孩撲到他身上。她雙手緊抓他的手臂，想把他往後拉，但怎麼努力也扳不倒他，反而讓自己掛在他手臂上搖來晃去。不過，她倒是延緩了他對瑪黎安的鞭打。

「放開！」拉席德大吼。

「你贏了。你贏了。別這樣，拜託。拉席德，別打！拜託別這樣！」

他們就這樣纏鬥不休，女孩纏著他不放，苦苦哀求。拉席德想甩開她，眼睛直盯著瑪黎安。瑪黎安嚇呆了，一動也不動。

最後，瑪黎安知道不會挨打了，今晚不會。他已經達到目的了。他就這樣僵持了好幾分鐘，手臂高舉，胸口劇烈起伏，額頭閃著汗光。慢慢地，拉席德放下手臂。女孩站穩了，但仍然不放手，好像不信任他似的。他猛力揮手甩開她。

「我知道妳在搞什麼鬼。」他把皮帶往肩上一甩。「我知道妳們兩個在搞什麼鬼。我不會在自己家裡被當成傻瓜耍。」

他又惡狠狠瞪了瑪黎安一眼，在女孩的背上推了一把，往外走去。

瑪黎安聽到他們的房門關上，才爬回床上，頭埋在枕頭下面，等著身體停止顫抖。

那天晚上，瑪黎安從睡夢中驚醒了三次。第一次是西邊的火箭彈隆隆聲，從卡帖希斯區傳來的。第二次是樓下嬰兒的啼哭，還有女孩的安撫，以及湯匙在奶瓶裡的攪動聲。最後一次，是口渴難耐，迫使她不得不下床。

樓下，客廳暗沉沉的，只有一束月光從窗戶流瀉進來。瑪黎安聽見有隻蒼蠅在飛，也依稀看得到角落裡那只鍛鐵爐子的輪廓，爐管突起，在天花板下方形成一個尖尖的銳角。

往廚房走的時候，瑪黎安差點絆倒。她腳邊有個東西。等她的眼睛適應黑暗之後，她才看出來，是女孩和她的寶寶鋪著被子躺在地板上。

女孩側身睡，打著呼。寶寶醒著。瑪黎安點亮餐桌上的煤油燈，蹲下來。燈光下，她第一次細看寶寶，黑色的髮綹，睫毛濃密的淡褐色眼睛，粉紅的臉頰，嘴唇的顏色像熟透的石榴。

瑪黎安覺得寶寶也在端詳她。她仰面躺著，頭斜向一邊，用既有趣又迷惑、懷疑的眼神盯著瑪黎安。瑪黎安不禁想，自己的臉會不會嚇著她，但是寶寶開心地呀呀叫，瑪黎安知道自己得到了不錯的評價。

「噓。」瑪黎安悄聲說：「妳會吵醒媽媽，雖然她有隻耳朵聾了。」

寶寶的手握起拳頭，舉起，放下，笨拙地想塞進自己嘴裡。拳頭塞進嘴裡，寶寶對瑪黎安咧嘴一笑，細小的口水泡沫在她唇邊發亮。

「看看妳，一身亂糟糟的，穿得像個臭男生。這麼熱還裹得緊緊的。難怪妳睡不著。」

瑪黎安拉開寶寶身上的毯子，赫然發現底下還有另一條毯子，嘖嘖咋舌，把這一條也扯掉。寶寶解脫似地咯咯笑，像小鳥拍翅般揮著手。

「舒服多了吧？」

瑪黎安打算站起來的時候，寶寶抓住她的小指頭。小小的手指緊緊纏在她的指頭上。溫暖而柔嫩，沾著口水，溼溼的。

「咕。」寶寶說。

「好了，放開我。」

寶寶還是抓著不放，腿踢啊踢的。

瑪黎安把手指抽回來。寶寶微微一笑，開始發出咿咿呀呀的聲音，接著又把手指塞到嘴裡。

「妳幹麼這麼高興呢？啊？妳在笑什麼？妳不像妳媽媽說的那麼聰明喔。妳爸爸這麼壞，媽媽又這麼呆。妳如果知道，就不該笑得這麼開心。妳不該笑的。睡覺吧，快。好啦。」

瑪黎安起身，走了幾步，便聽見寶寶發出ㄟㄟ的聲音，瑪黎安知道這是她快放聲大哭的前兆，於是又折了回來。

「怎麼啦？妳要我做什麼？」

寶寶咧開沒半顆牙的嘴，笑了起來。

瑪黎安嘆口氣。她坐下來，伸出手指讓寶寶抓著，看著寶寶呱呱叫，抬起胖胖的腿，凌空踢呀踢。瑪黎安就這樣坐著、看著，直到寶寶不再動來動去，輕輕打起呼來。

屋外，仿聲鳥開始輕快高歌，偶爾，鳥兒振翅飛起時，瑪黎安就看見月光穿透雲層，在牠們翅膀上映照出發亮的藍光。儘管她的喉嚨渴得焦乾，腿麻得如針刺痛，但是瑪黎安還是坐了好久好久，才從寶寶手中抽出手指，站了起來。

34

萊拉

世上所有的喜樂之中，萊拉最愛的是躺在艾吉莎身邊。寶寶的臉貼得好近，讓她看得見寶寶大大的瞳孔脹大縮小。萊拉喜歡用手指滑過艾吉莎光潔柔嫩的皮膚，摸著她有一圈圈紋路的指關節，還有胖嘟嘟的手肘皺摺。有時候，萊拉讓艾吉莎躺在胸口，貼著她柔軟的頭蓋骨低聲說起塔力格，那個艾吉莎永遠陌生、永遠無緣得見的父親。萊拉告訴她塔力格愛猜謎語的嗜好、他的調皮搗蛋和惡作劇，還有他的愛笑。

「他的睫毛最漂亮了，和妳一樣又濃又密。下巴漂亮，鼻子漂亮，額頭飽滿。噢，妳爸爸好英俊，艾吉莎。他完美無缺。完美無缺，和妳一樣。」

但她很小心不提到他的名字。

有時候，她注意到拉席德用怪異至極的眼神看著艾吉莎。有天晚上，他坐在臥房的地板上修腳底的硬皮，隨口說：「你們兩個到底是怎麼回事啊？」

萊拉看他一眼，覺得莫名其妙，好像不懂他問的是什麼。

「萊麗和馬吉努啊。妳和那個瘸子。你們兩個，妳和他，到底是什麼關係啊？」

「他是我朋友啊。」她說，很小心不讓音調有太大的變化。她手上忙著沖牛奶。「你曉得的。」

「我可不知道我曉得什麼。」拉席德把皮屑丟到窗台上，然後躺在床上。彈簧吱嘎一響，聲音很大。他張開腿，搔著胯下。「喔……朋友，你們兩個有沒有做過不該做的事？」

「不該做的事？」

拉席德若無其事地笑著，但是萊拉感覺到他的眼神，冷酷而警覺。「這樣說吧。他有沒有吻過妳？還是把他的手放在不該放的地方？」

萊拉一驚，只希望自己裝出的是氣憤的樣子。她感覺到心臟蹦蹦跳，彷彿就要跳出喉嚨。「對我來說，他就像哥哥一樣。」

「那麼，他到底是朋友還是哥哥？」

「都是。他——」

「是哪一個？」

「他兩個都是。」

「但是兄弟姊妹是好奇的動物。沒錯。有時候兄弟會讓自己姊妹看他的小雞雞，而姊妹呢——」

「你真噁心。」萊拉說。

「所以你們兩個沒怎麼樣囉。」

「我再也不要和你談這個話題。」

拉席德微傾著頭，噘起嘴脣，點點頭。「大家都在閒言閒語，妳知道的。我記得，關於你們兩個，有各式各樣的傳聞。可是妳現在說，你們根本沒怎麼樣。」

她強迫自己瞪著他看。

他也盯著她，眼睛一眨也不眨，盯了好久好久，久的簡直像是酷刑，讓她緊握著奶瓶的指關節都發白了。萊拉必須竭盡全力，才能讓自己不畏縮。

她一直在偷他的錢。一想到如果東窗事發，他會怎麼做，她就不寒而慄。自從艾吉莎出世之後，每個星期，她都趁他睡著或出去上廁所時，打開他的皮夾，抽出一張紙鈔。有時候，如果皮夾裡的錢不多，她就只抽走一張五元鈔票，或者什麼都不拿，因為怕他發現。而如果皮夾裡錢很多，她就會拿個十元或二十元，有回甚至冒險拿了兩張二十元。她把錢藏在小包包，縫在她那件花格大衣的內襯裡。

她不禁想，如果拉席德知道她計畫在明年春天逃走，他會怎麼做。最晚不會拖過明年夏天。萊拉希望她至少能攢一千元，或者更多一些，一半用來支付從喀布爾到帕夏瓦的巴士車資。等時日接近的時候，她會典當結婚戒指以及其他珠寶。珠寶都是拉席德前一年買來送她的，她那時還是他供在皇宮裡的皇后。

「不管怎麼說。」最後，他手指敲著肚子說：「妳不能怪我。我是丈夫。丈夫總會想知道一些事的。他這樣死了算他走運。因為他如果人在這裡，我就會親手對付他……」他咬著牙，搖搖頭。

「別說過世的人壞話不行嗎？」

「我想有些人就是沒死透。」他說。

兩天後，萊拉清晨醒來，發現一疊嬰兒服，摺得整整齊齊，放在她臥房門外。有件小洋裝，胸前繡著粉紅色的小魚；一件藍花的羊毛洋裝，配上成套的襪子與手套；黃底橘紅圓點的睡袍；以及褲腳有圓點荷葉邊的綠色棉褲。

「傳言說哪。」那天晚上吃飯的時候拉席德說。他咂著嘴唇，看都沒看艾吉莎一眼，也沒注意到萊拉替她穿上的睡袍。「鐸斯通準備改變立場，加入赫克馬提雅的陣營。到時候馬蘇德就頭大了，要同時對付這兩個人。我們也不能忘掉還有哈札拉人。」他拈起一塊瑪黎安夏天時醃的茄子。「我們只能希望這是個謠言。因為如果是真的，這場戰爭哪。」他揮著油膩膩的手：「就像帕格曼[2]星期五的野餐，可熱鬧囉。」

後來，他爬到她身上，一句話也捨不得多說地猴急發洩。他連衣服都沒脫，只把褲子褪到腳踝。等狂暴的晃動結束之後，他從她身上滾下來，不到幾分鐘就睡著了。

萊拉悄悄走出臥房，發現瑪黎安還蹲在廚房，處理兩條鱒魚，旁邊已經有鍋米泡著。廚房滿是茴香味與煙味，以及焦黃洋蔥與魚的氣味。

萊拉坐在角落裡，拉拉裙子的下襬，蓋住膝蓋。

「謝謝妳。」她說。

瑪黎安看都沒看她一眼，手裡已經切好第一條鱒魚，正抓起第二條。她用一把鋸齒狀的刀割掉魚鰭，把魚翻過來，魚腹朝上，熟練地從尾巴一刀剖開到兩鰓。萊拉看著她把拇指伸進魚嘴，差不多就在下頷的位置，往下一拉，取下魚鰓與內臟。

2 Paghman，喀布爾附近的避暑勝地，許多喀布爾人到此野餐、踏青。

「衣服很可愛。」

「我用不著。」瑪黎安喃喃地說。她把那條魚丟到沾著灰色黏液的報紙上，剁掉頭。「不給妳女兒穿，也是留著給蛀蟲咬。」

「妳在哪裡學會殺魚的？」

「我從小就會了。我以前住在溪邊，常自己抓魚。」

「我從來沒釣過魚。」

「釣魚也沒什麼。大部分的時間都是在等。」

萊拉看著她把清乾淨的鱒魚切成三塊。「衣服是妳自己做的？」

瑪黎安點點頭。

「什麼時候？」

瑪黎安把魚塊放在一碗清水裡洗了一下。「我第一次懷孕的時候。也可能是第二次的時候。十八、九年前。反正是很久以前的事了。就像我說的，留著也沒用。」

「妳真的好能幹。或許妳可以教教我。」

瑪黎安把洗好的魚塊擺進乾淨的碗裡。水珠從她的指尖滴落，她抬起頭看著萊拉，彷彿是第一次見到她似的。

「那天晚上，就是他……以前從來沒有人護著我。」她說。

萊拉端詳瑪黎安鬆弛下垂的臉頰，疲累浮腫的眼袋，嘴邊深深的皺紋——她凝神看著，也好像是第一次見到瑪黎安似的。第一次，在萊拉眼裡，這不是敵人的臉，而是一張有著說不出的哀傷、背負著難以違抗的重擔、對命運逆來順受的臉孔。如果她留下來不走，萊拉很想知道，這會不會就是她二十年後的面容？

「我不能眼睜睜看著他動手。」萊拉說：「我生長的家庭裡，沒有人會做這樣的事。」

「現在這裡就是妳家。妳應該要習慣。」

「我不要習慣。我不要。」

「他遲早也會這樣對付妳，妳知道的。」瑪黎安說，用抹布擦乾手。「不會太久的。妳替他生了個女兒。所以，妳知道，妳的罪孽比我還不可饒恕。」

萊拉站起來。「我知道外面很冷，可是，我們兩個罪人一起到院子裡喝杯茶，妳看怎樣？」

瑪黎安看起來很意外的樣子。「不行。我還有豆子要切、要洗。」

「明天早上我幫妳做。」

「這裡也得清理。」

「那明天我們一起做。如果我沒記錯的話，我們還有一些棗泥糕，配茶最好不過了。」

瑪黎安把抹布擺在流理台上。萊拉從她扯著袖子、拉拉頭巾、撥開一綹頭髮的神態，察覺她很不安。

「中國人說，可以三天不吃飯，不能一天不喝茶。」

瑪黎安欲笑又止地說：「說得真好。」

「的確是。」

「可是我不能待太久。」

「一杯就好。」

她們坐在屋外的折疊椅上，把棗泥糕擺在一個碗裡，用手拈著吃。她們喝了第二杯茶之後，萊拉問瑪黎安要不要再來一杯，瑪黎安說好。山丘上響起槍炮聲，她們望著雲朵悄悄拂過月亮，看著夏天最後的螢火蟲在黑夜中飛舞出一道道燦亮的黃色弧形。艾吉莎醒來大哭，拉席德吼著要萊拉上來叫她閉嘴的時候，萊拉和瑪黎安交換了一個眼神。一個毫不設防、心領神會的眼神。與瑪黎安這一瞬間無言的交流，讓萊拉知道，她倆已不再是敵人。

35

瑪黎安

從那一夜之後，瑪黎安和萊拉一起做家事。她們坐在廚房擀麵團，切蔥花，剁大蒜，餵艾吉莎吃幾口黃瓜。艾吉莎總是在她們旁邊，敲著湯匙，玩胡蘿蔔。如果是在院子裡，艾吉莎就躺在柳條搖籃，穿了一層又一層的衣服，脖子上緊緊裹著冬天用的圍巾。瑪黎安和萊拉一面洗衣服，一面注意她。刷洗襯衫、長褲和尿布的時候，她倆的指關節不時相碰。

瑪黎安慢慢習慣這種不太確定、但很愉快的相依相伴。她焦急等著和萊拉坐在院子裡對飲三杯茶，這已經是她們每晚例行之事了。早晨，瑪黎安發現自己期待聽到萊拉下樓吃早餐時，拖鞋踩在樓梯上啪啦啪啦的腳步聲，也期待聽見艾吉莎銀鈴似的笑聲，看見她長出的八顆牙，聞到她皮膚的奶香味。若是萊拉和艾吉莎睡著了，瑪黎安就會焦躁不安地等待。她洗著不需要洗的碗盤，重新整理客廳裡的坐墊，撢窗台上的灰塵。她讓自己忙個不停，直到萊拉揹著艾吉莎進了廚房。

早晨，艾吉莎第一次看見瑪黎安的時候，總是眼睛乍然一亮，開始咿咿呀呀，在媽媽懷裡扭來扭去。她對著瑪黎安伸出手臂要抱抱，兩隻小手不停握拳又張開，臉上的表情既歡喜又著急的不得了。

「妳別鬧嘛。」萊拉放下她，讓她朝瑪黎安爬去。「脾氣可真大啊！別鬧了。瑪黎安阿姨哪裡都不去。阿姨就在那裡啊，看見沒？去吧，快去。」

艾吉莎一爬到瑪黎安懷裡，就把拇指塞進嘴巴，頭埋在瑪黎安的頸窩。

瑪黎安動作不太熟練地搖著她，脣邊掛著半是迷惑半是欣慰的微笑。從來沒有人像這樣需要過瑪黎安。從來沒有人這麼坦率、這麼毫無保留對她表達愛意。

艾吉莎讓瑪黎安想哭。

「妳幹麼把小小的心繫在像我這樣又老又醜的老太婆身上？」瑪黎安臉貼在艾吉莎頭髮上喃喃低語：「嗯？我只是個微不足道的人，妳不知道嗎？我能給妳什麼呢？」

但是艾吉莎就只是滿足地咕咕噥噥，把頭埋得更深。看到她這樣，瑪黎安心都醉了。她的眼裡泛起淚光，她的心展翅飛翔。而讓她驚奇的是，經過這麼多年的離群遺世，經歷過一段段虛偽失敗的關係之後，她竟然在這個小小的生命上找到了此生第一段真誠的親密關係。

隔年年初，一九九四年一月，鐸斯通果真改變立場了。他加入赫克馬提雅的陣線，在希爾達瓦札山上俯視喀布爾的巴拉希薩舊城寨附近建立據點。他們合力攻擊駐紮國防部與總統府的馬蘇德和拉巴尼的部隊。兩軍隔著喀布爾河互相炮擊。街道上橫屍遍布，玻璃與金屬碎片到處散落。燒殺擄掠四起，而且強暴事件愈來愈多，藉以威嚇百姓，也用來犒賞官兵。瑪黎安聽說有些婦女怕被強暴而自殺，還有些男人在妻女遭兵士強暴之後，為了名譽殺了她們。

迫擊炮震耳欲聾的聲響嚇壞了艾吉莎。為了轉移她的注意力，瑪黎安把米粒撒在地上，排出房子、公雞或星星的圖案，再讓艾吉莎弄散。她也畫大象給艾吉莎看，筆尖不離紙，一筆畫就是嘉里爾教她的畫法。

拉席德說每天都有平民遇害，一天好幾十個。醫院和醫療用品店遭到炮轟。載送緊急食糧補給的車輛被擋在城外進不來，有時東西被洗劫一空，有時被炮火射中。瑪黎安很想知道，赫拉特的情形是不是也像喀布爾這樣恐怖，如果是的話，費伊祖拉穆拉若還活著，要怎麼能適應，還有碧碧優和她的兒子、媳婦、孫兒女呢？當然，還有嘉里爾。他也像她一樣躲在家裡不出門了嗎？或者他已經帶著妻子兒女離開自己的國家了？她希望嘉里爾身在安全的地方，希望他能躲過這場殺戮，安然無恙。

一整個星期，戰況愈來愈激烈，連拉席德都被迫留在家裡。他鎖上院子的門，又裝設陷阱，同時還鎖上大門，用沙發頂住。他在屋裡踱來踱去，抽菸，看著窗外，清理他的槍，上膛，再上膛。他有兩次對著外面開槍，說他看見有人想翻牆進來。

「他們強迫男孩入伍。」他說：「聖戰組織。光天化日之下，用槍桿子脅迫。他們在街上直接把年輕小伙子拖走。那些小伙子要是被敵對陣營的士兵逮到，就遭到刑求折磨。我聽說他們被電擊——我聽說啦，他們被鉗掉命根子。那些阿兵哥還強迫他們帶路回家，然後殺了他們的父親，強暴他們的母親和姊妹。」

他舉著槍在頭頂上揮來揮去。「看有誰敢闖進我家來。我會打碎他們的卵蛋。轟掉他們的頭！妳們兩個知不知道自己有多幸運啊，有我這個天不怕地不怕的漢子在？」

他低頭看著地上，注意到腳邊的艾吉莎。「滾開！」他大吼一聲，又做了個開槍的手勢。「別再跟著我！手別再那樣扭來扭去，我不會抱妳的！滾開！滾開，被踩著了可別怪我！」

艾吉莎嚇得一縮，爬回去找瑪黎安，一副很受傷又困惑的樣子。她坐在瑪黎安膝上，悶悶不樂地吮著拇指，一面用哀傷沉默的眼神看著拉席德。偶爾，她會抬頭一望，瑪黎安覺得，她似乎是要得到保證，求得安心似的。

但是，只要扯到父親，瑪黎安什麼都無法保證。

戰事再次平息，讓瑪黎安鬆了一口氣，主要是她們再也不必跟拉席德關在家裡，忍受他不時發作的乖戾脾氣。此外，他在艾吉莎身邊揮舞著那把上膛的手槍，也讓她很害怕。

那年冬天一日，萊拉說要幫瑪黎安綁辮子。

瑪黎安靜靜坐著，從鏡裡看著萊拉纖長的手指紮緊她的髮辮，臉上因專注而繃著。艾吉莎蜷縮著身子睡在地上，臂彎裡擁著瑪黎安做給她的布娃娃。瑪黎安給布娃娃塞進豆子，用茶汁染色的布料縫了一件娃娃衣服，還用線串起空線軸當項鍊。

熟睡的艾吉莎放了個屁。萊拉笑了起來，瑪黎安也跟著笑。她們笑著，朝鏡裡的對方笑著，兩人眼角帶淚，這一刻是如此真情流露，如此輕鬆自在，於是，瑪黎安開始談起嘉里爾，談起娜娜，以及靈魔。萊拉靜靜站著，雙手垂在瑪黎安肩上，眼睛定定望著瑪黎安映在鏡子裡的臉。話匣一開，就如動脈裡的血液源源不絕湧出。瑪黎安對她談起碧碧優、費伊祖拉穆拉、到嘉里爾家的那趟受辱之旅，以及娜娜的自殺。她談起嘉里爾的妻子們，與拉席德的匆匆成婚，到喀布爾的路程，她的數度懷孕，無數次滿懷希望卻又失望，以及拉席德的拳腳相向。

後來，萊拉坐在瑪黎安的椅腳邊上，若有所思地挑掉艾吉莎頭髮裡的一條絨線。一片沉寂。

「我也有話要告訴妳。」萊拉說。

那天晚上，瑪黎安睡不著覺。她坐在床上，看著雪花無聲飄落。

春去秋來，季節更迭；喀布爾的總統一個個就任，又一個個被暗殺；王國被推翻了；舊的戰爭結束，新的戰事又起。但是瑪黎安很少注意，很少關心。這些年來，她一直躲在自己內心深處的角落。那裡是一片乾涸荒蕪，沒有希望與悲慟，也無夢想與幻滅可言。在那裡，未來如何無關緊要。至於過去，也只讓她學到一件事：愛是可以致命的錯誤，而與愛相隨的希望，則是潛藏危機的幻覺。無論何時，只要這兩種相伴相生的毒花在她心田的焦土中冒出芽來，瑪黎安就立即連根拔起。她把它們連根拔起，在還來不及扎根滋長之前就扔了。

但是，不知為何，最近這幾個月，萊拉和艾吉莎——竟然和她一樣是個哈拉密的艾吉莎——已經成為她的一部分，一旦沒有她們，瑪黎安早已隱忍多時的生活會馬上變得難以忍受。

我們今年春天就要離開，艾吉莎和我。和我們一起走，瑪黎安。

這些年瑪黎安很不好過。但是或許，她想，未來的日子會更好。一個嶄新的生活，一個她可以找到幸福的生活，這種幸福，娜娜說，是像她這樣的哈拉密永遠得不到的。兩株新的花朵出乎意料地在她的生命裡發芽茁壯。瑪黎安望著雪花紛飛，彷彿看見費伊祖拉穆拉手撚著念珠，彎下身子，用他柔和顫抖的聲音在她耳邊輕輕說：*「但是，種下它們的是真主啊，瑪黎安優。妳必須遵從祂的旨意。這是祂的旨意啊，我的孩子。」*

36

萊拉

一九九四年春天的這個清晨，隨著晨光慢慢褪去天空的晦暗，萊拉也確定拉席德已經知情。他隨時都可能把她從床上拖下來，質問她怎麼會把他當笨蛋，以為他不會識破。但是，呼叫晨禮的聲音響起，早晨的陽光照耀在整個屋頂上，公雞啼叫，什麼異乎尋常的事都沒發生。

此時，她聽見他人在浴室，刮鬍刀輕敲著洗臉台邊緣。然後，下樓，走動，加熱茶水。鑰匙叮噹響。現在，他穿過院子了，推著腳踏車出門。

萊拉從客廳窗簾的細縫偷偷看著外面。他騎上腳踏車離去，一個龐然大物騎在小小的腳踏車上，車子把手在晨光下閃閃發亮。

「萊拉？」

瑪黎安站在門口。萊拉看得出來，她也一夜未眠。萊拉很想知道，瑪黎安是不是也和她一樣，因為油然而生的幸福與一陣陣口乾舌燥的焦急而輾轉難眠。

「我們再過半小時就走。」萊拉說。

在計程車的後座裡，她們一句話都沒說。艾吉莎坐在瑪黎安膝上，抱著她的娃娃，睜大眼睛迷惑地看著車窗外掠過的市街。

「噢哪！」她大叫，指著一群跳繩的小女孩。「瑪安！噢哪！」

只要一抬眼，萊拉彷彿就會看到拉席德。她看見他從有著煤灰色窗戶的理髮店走出來，從賣竹雞的小攤子冒出來，從大門敞開、舊輪胎從地板堆到天花板的破舊店鋪裡走出來。

她往下一縮，坐得更低一些。

身邊的瑪黎安嘴裡念念有詞地禱告。萊拉好希望能看見她的臉，但是瑪黎安罩著布卡，她倆都是，她只能隔著網紗看見她眼睛的閃光。

這是好幾個星期以來，萊拉第一次出門——除了前一天到當鋪去的短短路程以外。她到當鋪去，把結婚戒指推過玻璃櫃台，典當完之後，帶著激動的心情離開，因為她知道，再也無路可退了。

此刻，周遭所見盡是這陣子她在屋裡聽到的交戰後果。一幢幢房子只剩下沒有屋頂的瓦礫廢墟，千瘡百孔的大樓有斷落的橫梁穿洞而出，燒焦的汽車殘骸豎著，甚至一輛疊著一輛，彈孔布滿牆上，各種想得出來的口徑都有，玻璃碎片到處都是。她看見一排送葬的隊伍往清真寺前去，走在後面一個身穿黑衣的女人不停扯著頭髮。車子經過墓園，石塊堆成的墳墓錯落其中，還有幾面破破爛爛的烈士旗幟在微風中飄動。

萊拉伸手越過行李箱，緊緊握住女兒柔嫩的手臂。

喀布爾東區馬哈穆德汗橋附近的拉合爾門巴士站，路邊停放了一排熄火的巴士。戴著頭巾的男人們忙著把包袱和柳條箱丟到車頂上，用繩子把行李綁好。車站售票口前面一群男人大排長龍。身穿布卡的女人三三兩兩聚著聊天，腳邊堆著隨身行李。她們在懷裡哄著嬰兒，嘴裡罵著跑得太遠的孩童。聖戰組織的士兵在車站和路邊巡邏，這裡那裡咆哮著簡短的命令。他們腳踏皮靴，頭戴氈帽，身穿髒兮兮的草綠色軍服，手裡扛著卡拉希尼柯夫步槍。

萊拉覺得大家都在看她。她並沒有抬頭正視任何一個人，但是她覺得這裡的每一個人似乎都知情，而且都盯著她和瑪黎安看，對她們所做的事無法苟同。

「妳找到人了嗎？」萊拉問。

瑪黎安換手抱艾吉莎，說：「我正在找。」

萊拉早就知道，這是她們要面臨的第一個危險，也就是要找一個適合冒充她們家人的男人。女人在一九七八年到一九九二年間享有的自由與機會都成為過去了。萊拉還記得爸比在共產黨統治的那些年所說的話：現在正是阿富汗女性的大好機會啊，萊拉。自從聖戰士在一九九二年四月掌權之後，阿富汗的國名就改為「阿富汗伊斯蘭國」。拉巴尼統治下的最高法院裡全是強硬派的穆拉，他們廢除共產黨時代賦予女性的權力，反倒通過以嚴格的伊斯蘭教法為基礎的律法，規定女人必須蒙面；禁止女人出遊，除非有男性親人陪同；對通姦者處以擲石至死的極刑。雖然這些律法真正貫徹執行的並不多，但是，要不是他們忙著自相殘殺，殺害百姓，萊拉曾經對瑪黎安說，他們老早就更嚴格地執行來壓迫我們了。

這趟旅程的第二個風險是她們真正抵達巴基斯坦的時候。已經負荷將近兩百萬阿富汗難民的巴基斯坦，這年的一月關閉了與阿富汗接壤的邊界。萊拉聽說，只有持簽證的人才能獲准入境。但是邊境的漏洞頗多，這向來如此，萊拉知道，成千上萬的阿富汗人仍然透過賄賂或以人道為理由越過邊界到巴基斯坦。況且只要肯花錢，也還有走私客可以僱用。我們到了那裡自然就有辦法，她這麼對瑪黎安說。

「那個人怎麼樣？」瑪黎安說，抬起下巴，使個眼色。

「他看起來不太可靠。」

「那一個呢？」

「太老了。而且他和其他兩個男人是一起的。」

最後，萊拉找到一個坐在公園長椅上的年輕男人，他身邊有個蒙面紗的女人，膝上坐了個和艾吉莎年齡相仿、頭戴無邊便帽的小男孩，不安分地動來動去。那人高高瘦瘦的，留著鬍子，穿著敞領的襯衫和一件掉了鈕釦的淺灰色外套。

「在這裡等我。」萊拉對瑪黎安說。走開的時候，她聽見瑪黎安又開始禱告了。

萊拉走近的時候，那個男人抬起頭，伸手遮住刺眼的陽光。

「請原諒我，弟兄，請問，你是要到帕夏瓦嗎？」

「是的。」他瞇著眼睛說。

「我在想，不知道你能不能幫個忙？你願意幫我們嗎？」

他把小男孩交給妻子，與萊拉一起走到旁邊。

「什麼事，姊妹？」

萊拉看到他溫柔的眼睛以及和善的面容，心裡鬆了一口氣。

她把她與瑪黎安編好的故事告訴他。她說，她是個寡婦。她和母親與女兒在喀布爾沒有半個親友。她們要到帕夏瓦去投靠舅舅。

「所以，妳想和我們一起走？」那個年輕男子說。

「我知道這會給你添麻煩。但是你看起來是個可敬的弟兄，而且我——」

「別擔心，姊妹。我了解。並不麻煩。我去替妳們買票。」

「謝謝你，弟兄。這是大善事。真主會記得的。」

她從布卡底下的口袋裡掏出一個信封，交給他。裡面有一千一百塊錢，大約是她過去一年攢下來的私房錢，加上典當戒指的錢，兩者總額的半數。他把信封塞進長褲口袋。

「在這裡等我。」

她看著他走進車站。半小時之後，他回來了。

「車票最好還是放在我這裡。」他說。「巴士十一點開車，還有一個小時。到時候我們一起上車。我叫瓦基。如果他們問——他們應該不會問才對——我會說妳是我的表妹。」

萊拉把她們的名字告訴他，他說他會記住。

「別走遠。」他說。

她們在瓦基和他家人旁邊的長椅坐下。這是個晴朗溫暖的早晨，碧空如洗，只有遠遠的山頭飄著幾片薄雲。瑪黎安開始餵艾吉莎吃餅乾，那是她們匆忙打包時她還記得帶著的。她遞一片給萊拉。

「我有點想吐。」萊拉笑著說：「我太興奮了。」

「我也是。」

「謝謝妳，瑪黎安。」

「謝什麼？」

「這件事啊。謝謝妳和我們一起走。」萊拉說：「我自己一個人一定沒辦法。」

「妳不必謝我。」

「我們會沒事的，對不對，瑪黎安？到那裡我們就沒事了。」

瑪黎安伸出手，緊緊握住她的手。「古蘭經說東方和西方都是真主的，無論轉向哪裡，都是真主的旨意。」

「ㄅㄨㄅㄨ！」艾吉莎指著巴士大叫：「瑪安，ㄅㄨㄅㄨ！」

「我看見了，艾吉莎優。」瑪黎安說：「沒錯，ㄅㄨㄅㄨ。我們馬上就要坐ㄅㄨㄅㄨ囉。噢，妳會大開眼界喔。」

萊拉微微笑。她看見對街一個木匠在店裡鋸木頭，木屑飛揚。她看見車輛經過，車窗上滿是油煙和煤灰。她看見停在路邊的巴士引擎隆隆空轉，車廂外畫了孔雀、獅子、日出與閃亮亮的劍。早晨和煦溫暖的陽光，讓萊拉覺得有點飄飄然，勇敢無畏。幸福的火花再次在她心中燃起。一隻黃眼睛的流浪狗瘸著腿走過來，萊拉彎下腰，拍拍牠的背。

快十一點的時候，有個男人拿擴音器廣播，要所有往帕夏瓦的旅客開始上車。巴士的液壓門咻一聲猛然開啟。一大群旅客急忙衝過去，互相推擠著前進。

瓦基抱起兒子，對萊拉點頭示意。

「我們要走了。」萊拉說。

瓦基帶頭。走近巴士的時候，萊拉看見車窗裡出現一張張臉孔，鼻子和手掌貼在玻璃窗上。在她們身邊，道別聲此起彼落。

有個年輕的士兵在巴士門邊查票。

「ㄅㄨ！」艾吉莎叫著。

瓦基把車票交給那個士兵。士兵把票撕成兩半，還給他。瓦基讓妻子先上車，萊拉看見他和士兵交換了一個眼神。瓦基一腳踏上巴士門階，回頭俯身在士兵耳邊說了一句話。士兵點點頭。

萊拉的心陡然一沉。

「妳們兩個，抱孩子的，到旁邊來。」那士兵說。

萊拉假裝沒聽見。她爬上巴士階梯，但他用力抓住她的肩膀，把她拖出隊伍。「妳也是。」他對瑪黎安說：「快點！妳們擋到別人了！」

「有什麼問題嗎，弟兄？」萊拉的雙脣幾乎麻痺了：「我們有車票。我的表哥沒交給你嗎？」

他用手指做個「噓」的動作，低聲與另一個警衛說了幾句話。第二個警衛身材圓滾滾，右臉頰上有道疤。他點點頭。

「跟我走。」他對萊拉說。

「我們一定得上車啊。」萊拉大叫。她知道自己聲音顫抖。「我們有票啊。你要幹麼？」

「妳們不能上車。妳們最好認命。乖乖跟我走。除非妳想讓妳的小女兒看妳被人拖著走。」

被帶上卡車的時候，萊拉回頭一望，看見瓦基的兒子坐在巴士後面的座位。那個小男生也看見她了，愉快地對她揮揮手。

托拉巴茲汗路口的警察局裡，她們被隔開，分頭坐在一條擁擠的長迴廊兩端，中間隔了一張辦公桌。坐在辦公桌後的男人，菸一根接一根地抽，偶爾在打字機上敲敲打打。就這樣過了三小時。艾吉莎跌跌撞撞地從萊拉身邊走向瑪黎安，然後又走回來。她玩著辦公桌後面那個男人給她的迴紋針，吃完了餅乾。最後，終於在瑪黎安腿上睡著了。

大約三點鐘的時候，萊拉被帶進一間偵訊室。瑪黎安帶著艾吉莎在迴廊等著。

偵訊室裡，坐在桌子對面的是個三十來歲的男子，身穿便服——黑西裝、打領帶、黑色便鞋。他的鬍子修得很整齊，頭髮短短的，兩道眉毛幾乎連在一起。他瞪著萊拉，用鉛筆橡皮擦的那一端敲著桌子。

「我們知道。」他很有禮貌地用拳頭掩住嘴，清清喉嚨，開口說：「妳今天已經撒過一次謊了，姊妹。車站的那個年輕人不是妳的表哥。他自己告訴我們的。問題是，妳今天是不是要撒更多的謊？我個人勸妳還是別這麼做吧。」

「我們要去投靠舅舅。」萊拉說：「這是真的。」

那名警察點點頭：「在迴廊的那位姊妹，是妳的母親？」

「是的。」

「她有赫拉特口音。妳沒有。」

「她在赫拉特長大。我是在喀布爾出生的。」

「當然囉。妳是寡婦？妳說過的。我替妳難過。妳這位舅舅，他住在哪裡？」

「在帕夏瓦。」

「是的，妳說過了。」他舔了一下鉛筆尖，在一張空白的紙上擺出準備寫字的姿勢。「可是，在帕夏瓦哪裡呢？哪個區，請告訴我？街名？區號？」

萊拉努力壓抑漲滿胸口的驚慌。她說出了全帕夏瓦她唯一知道的那條街名——她以前聽人提到，就在媽咪為了聖戰士首度進駐喀布爾而舉行午宴的那天：「賈盧德路。」

「噢，是喔，與珍珠大陸飯店同一條街啊。他可能有提到過那家飯店。」

萊拉緊抓機會，說他的確提過。「就在同一條街，沒錯。」

「只是那家飯店是在卡希柏路。」

萊拉聽見艾吉莎的哭聲在迴廊響起。「我女兒很害怕，我可以抱她嗎，弟兄？」

「我希望妳叫我『警官』。妳很快就可以抱她了。妳有這個舅舅的電話號碼嗎？」

「我有。我是有。我……」即便他們兩人之間有布卡阻隔，萊拉還是逃不過他銳利的眼神。「我太慌張了，一時想不起來。」

他輕輕嘆了一聲。他問舅舅叫什麼名字，還有他妻子的名字。他有幾個孩子？他們叫什麼名字？他在哪裡工作？他幾歲？他的問題讓萊拉亂了方寸。

他放下鉛筆，雙手交握，俯身前傾，一副父母親對小孩諄諄教誨的樣子。「妳要知道，姊妹，女人離家出走是犯法的。我們看過不少例子。女人獨自出門，說她們的丈夫已經死了。有些人說的是實話，但大部分都是瞎掰的。妳可能會因為離家出走而坐牢，我相信妳了解，對嗎？」

「放我走，警官……」她念出他名牌上的名字。「拉曼警官。您有一個高貴的名字，別辱沒您的名聲，有點同情心吧。放過我們這兩個女人，對您又有什麼影響呢？放我們走，又會造成什麼傷害呢？我們不是罪犯。」

「我不能。」

「我求你，拜託。」

「這是法律的問題啊，姊妹。」拉曼的聲音有了嚴肅、自豪的語氣：「妳知道，維持治安是我的職責。」

儘管處境堪慮，但萊拉差點失聲笑出來。她覺得不可思議，面對聖戰組織所做的一切，燒殺擄掠、強暴、刑求、處決、爆炸，他們彼此發射數十萬枚火箭彈，全然不顧無辜百姓在戰火中喪生，他竟然有臉講出這兩個字：治安。但是她終究忍住沒說。

「如果你把我們送回去。」她只緩緩地說：「沒人知道他會怎麼對付我們。」

她看得出來，他費了點勁才能讓自己眼光不閃爍。「男人在自己家裡幹麼，別人管不著。」

「那麼法律呢，拉曼警官？」忿怒的淚水刺痛她的眼。「你會在那裡維持治安嗎？」

「基於政策，我們並不干預家務事，姊妹。」

「你們當然不干預囉。因為這對男人有好處啊。這才是你所謂的『家務事』吧？不是嗎？」

他往後退，站了起來，拉平外套。「我想偵訊結束了。我必須說，姊妹，妳的供詞實在對妳自己很不利。真的非常不利。現在，請妳到外面等一下，我和妳的……妳的……不管她是誰，我要和她說幾句話。」

萊拉開始抗議，然後大喊大叫，他只好叫來另外兩個人，把她拖出去。

瑪黎安的偵訊只進行了幾分鐘。她出來的時候，看起來嚇壞了。

「他問我好多問題。」她說：「對不起，萊拉優。我不像妳這麼聰明。他問我太多問題，我都答不出來。對不起。」

「這不是妳的錯，瑪黎安。」萊拉無力地說：「是我的錯。都是我的錯。全都是我的錯。」

警車停在家門口時，剛過六點。萊拉和瑪黎安被押在後座等著，由前座的聖戰士兵看守。駕駛下車，敲門，與拉席德交談，然後示意要她們下車。

「歡迎回家。」前座那個男子點起一根菸說。

「妳。」拉席德對瑪黎安說：「妳在這裡等著。」

瑪黎安靜靜地在沙發上坐了下來。

「妳們兩個，上樓。」

拉席德抓住萊拉手肘，推她上樓。他腳上穿的是上班的鞋，還沒換上拖鞋，還沒拿下手錶，甚至還沒脫掉外套。萊拉可以想見，過去的一個小時，或者幾分鐘之前，他一個房間衝過一個房間，乒乒乓乓摔門，氣急敗壞又無法置信地連聲咒罵。

走到樓梯頂端，萊拉轉身面對他。

「她不想這麼做。」她說：「是我逼她的。她不想走——」

萊拉沒看見拳頭揮過來。她原本在說話，突然之間就四腳朝天，眼睛圓睜，滿臉通紅，喘不過氣來。彷彿有輛車子高速駛來撞上她，撞到胸骨邊緣和肚臍之間那塊柔軟的部位。她回過神來，知道自己拋下了艾吉莎，因為艾吉莎放聲尖叫。她又努力吸一口氣，但只能發出沙啞喘不過氣來的聲音。口水從唇邊流了下來。

然後，萊拉被扯住頭髮拖著走。她看見艾吉莎被懸空抓起，鞋子掉了，一雙小腳踢個不停。萊拉的頭髮被扯掉了，痛得淚水直流。她看見他用腳踹開瑪黎安的房門，看見艾吉莎被丟到床上。他鬆手放開萊拉的頭髮，她感覺到他的鞋尖踢中她的左臀。她痛得哀聲哭號，但他用力摔上門。鑰匙在鎖孔裡喀啦喀啦響。

艾吉莎還在尖叫。萊拉蜷縮在地板上，大口喘氣。她用手撐起身體，爬到艾吉莎躺著的床上，挨近女兒。

樓下，拳打腳踢開始了。聽在萊拉耳裡，這些聲音是按部就班，令人熟悉。沒有咒罵，沒有尖叫，沒有哀求，沒有吃驚的喊叫，只有有條不紊的出拳與挨打。只聽到某種堅硬的東西反覆打在皮肉上「啪啪」的聲音，某個東西、某個人砰一聲撞上牆的聲音，還有衣服撕裂的聲音。偶爾，萊拉會聽到腳步急奔、一語未發的追逐、家具翻覆、玻璃破碎，然後，啪啪聲又重新開始。

萊拉把艾吉莎抱在懷裡。一股暖意流過她衣服前襟，是艾吉莎尿溼了。

樓下，奔跑和追逐終於停止了。現在，聲音聽起來像是木棍不斷搥打牛肉。

萊拉抱著艾吉莎搖啊搖，一直到聲音停止。她聽到紗門嘎吱被打開，砰一聲摔上，連忙放下艾吉莎，偷偷望著窗外。她看見拉席德拎著瑪黎安的脖子，拖她穿過院子。瑪黎安光著腳，彎著腰。他手上有血，瑪黎安的臉、頭髮、脖子和背上都有血。她襯衫的前襟整個撕破了。

「對不起，瑪黎安。」萊拉對著玻璃窗哭了起來。

她看著他把瑪黎安推進工具間。他也進去，出來的時候手裡多了一把鐵鎚和幾塊長木板。他把工具間的雙扉門關起來，從口袋裡掏出鑰匙，鎖上掛鎖。他試試門，然後走到工具間後面，搬出一把梯子。

幾分鐘之後，他的臉出現在萊拉窗前，嘴角銜著鐵釘。他的頭髮亂七八糟，額頭上有一抹血跡。一看見他，艾吉莎就嚇得縮起身子，把臉埋進萊拉臂彎裡。

拉席德開始把木板釘在窗上。

全然的黑暗，無法穿透，沒有變化，沒有層次，也沒有深淺。拉席德在木板的縫隙裡塞了東西，在門邊也放了某種體積龐大且無法移動的物體，光線透不進來。連鑰匙孔裡都塞了東西。

萊拉發現，她無法透過眼睛來判斷時間，所以她用聽力正常的那隻耳朵來計算時間。呼喚晨禮的鐘聲和公雞啼叫代表早晨。樓下廚房碗碟叮噹響，收音機哇啦哇啦，代表晚上。

第一天，她們在黑暗中摸索著尋找彼此。艾吉莎哭起來或爬開的時候，萊拉看不見她。

「牛奶。」艾吉莎嘟囔著：「牛奶。」

「不會太久的。」萊拉親吻女兒。她原想親女兒額頭的，卻親到了頭頂。「我們很快就會有牛奶的。妳要有點耐心喔。當媽咪的乖女兒，要有耐心喔。我會給妳牛奶的。」

萊拉唱了幾首歌給她聽。

呼喚晨禮的鐘聲再次響起，拉席德還是沒給她們任何食物，更糟的是，也沒給她們水。那天，濃厚令人窒息的熱氣籠罩她們。房間像個高壓鍋。萊拉伸出乾渴的舌頭，想念著屋外的水井，那冰涼鮮甜的水。艾吉莎哭個不停，萊拉伸手想抹掉她臉頰的淚水，卻驚覺手乾巴巴的。她脫掉艾吉莎身上的衣服，卻找不到東西替她搧風，只能不停對著她吹氣，吹到自己頭昏眼花。沒過多久，艾吉莎就不再到處爬了。她睡睡醒醒。

那天，好幾次，萊拉捶著牆，用盡全身的力量大聲求救，希望有鄰居會聽見。但是沒有人來，她的呼喊只嚇著了艾吉莎。艾吉莎又哭了起來，但只發出微弱、吵啞的聲音。萊拉滑坐在地板上。她滿懷罪惡感地想起瑪黎安，被打得皮開肉綻、大熱天被關在工具間裡的瑪黎安。

不知什麼時候，萊拉睡著了，身體熱得像在火上烤。她做了夢，夢見她和艾吉莎碰見塔力格。他在她們對面一條擁擠的街道上，就在一家裁縫店的遮陽篷下。他蹲著，在柳條箱裡挑撿著無花果。那是妳父親，萊拉說。那個人，妳看見了嗎？他是妳真正的爸爸。她喊著他的名字，但是街上太吵了，她的聲音塔力格沒聽見。

火箭彈從頭頂呼嘯而過的咻咻聲吵醒了她。在某個地方，在她看不見的天空中迸出轟然爆炸，響起一長串猛烈的機關槍聲。萊拉閉上眼睛。她又醒來，這回是拉席德在走廊上的沉重腳步聲。她蹣跚走到門邊，拍著門。

「只要一杯水就好，拉席德。不是給我，是給她的。你不希望她死在你手上吧。」

他走開了。

她開始苦苦哀求。她懇求他原諒，一再保證。她咒罵他。

他的門關上，收音機開著。

宣禮塔第三次呼叫晨禮。還是熱。艾吉莎變得更無精打采。她不哭了，也完全不動了。

萊拉把耳朵貼在艾吉莎嘴上，很怕再也聽不見她淺淺呼吸的嘶嘶聲。就連這麼一個簡單的動作，都讓萊拉頭昏眼花。她睡著了，夢見了什麼，她也不記得了。一醒來，她就急著查看艾吉莎，摸索著她龜裂乾渴的嘴唇，脖子上微弱的脈搏，然後又躺下來。她們會死在這裡，萊拉很確定，但是她最害怕的是，艾吉莎，這麼小又這麼脆弱的艾吉莎，會比她先死。艾吉莎還能撐多久呢？這麼熱的天氣，艾吉莎很可能熬不過去，那麼萊拉就必須躺在她漸漸僵硬的小小屍體旁，等待自己的死亡。她又睡著了。醒來。睡著。睡夢與清醒之間的界線逐漸模糊。

再次叫醒她的不是公雞啼鳴或呼喚晨禮的聲音，而是某個沉重的東西被拖走的聲音。她聽到一陣喀啦喀啦聲。突然之間，房裡滿是光線。她的眼睛受不了。萊拉抬起頭，用手遮住眼睛。透過指縫，她看見一個高大模糊的身影站在一片長方形的亮光裡。那個身影移動了。然後一個人影在她旁邊蹲下，靠近她，聲音在耳邊響起。

「妳如果敢再試看看，我一定會找到妳。我以先知穆罕默德的名號發誓，我一定會找到妳。而且，等我找到了，要怎麼收拾妳們，在這個該死的國家裡沒有人可以把我定罪。先是瑪黎安，再來是她，最後才是妳。我要妳眼睜睜看著。懂了嗎？我要妳眼睜睜看著。」

他說著，走出房間。但是，不忘先狠狠在萊拉的腰腹上踹一腳，讓她血尿了好幾天。

37

瑪黎安

一九九六年九月

兩年半之後，九月二十七日清晨，瑪黎安在歡呼與口哨、鞭炮與音樂聲中醒來。她跑到客廳，看見萊拉已經站在窗前，肩上扛著艾吉莎。萊拉轉頭微笑。

「塔利班[3]來了。」她說。

瑪黎安第一次聽說塔利班是在兩年前，一九九四年的十月，拉席德帶回消息說塔利班已經推翻坎達哈的軍閥，占領了坎達哈。他說，他們是一支游擊隊，成員都是蘇聯占領期間隨家人逃到巴基斯坦的普什圖年輕人。他們大部分都是在巴基斯坦邊境的難民營長大，甚至在那裡出生，要不然就是在伊斯蘭經院長大，跟隨穆拉學習伊斯蘭教法。他們的領袖是個目不識丁、神祕的獨眼隱士，名叫歐瑪穆

3 Taliban，伊斯蘭極端主義政權，Taliban 為 Talib 之複數，原意為「研習伊斯蘭教法的學生」，亦譯為「神學士」。

拉，拉席德帶著幾許消遣的意味說，他自稱是「信眾領袖」。

「那些年輕小夥子沒有根。」拉席德說，但他說話的對象既不是瑪黎安，也不是萊拉。自從兩年半前那次逃家失敗之後，瑪黎安知道，她和萊拉在他眼中已成一丘之貉，同樣卑劣，同樣合該承受他的猜忌、侮辱與蔑視。他說話的時候，瑪黎安覺得他是在自言自語，或者是某個在房間裡的隱形人，某個和瑪黎安與萊拉不同、有資格聽他發表高見的人。

「他們或許沒有過去。」他說，抽了一口菸，仰頭看著天花板。「他們或許根本對這個世界或這個國家的歷史一無所知。沒錯。而且呢，和他們比起來，瑪黎安簡直就像大學教授囉。哈！絕對不假。但是，看看妳們身邊。妳們看見什麼？腐敗、貪婪的聖戰士指揮官們，全副武裝，靠海洛因賺大錢，對彼此發動聖戰，殺光所有夾在中間左右為難的人——就是這樣。至少塔利班很純潔，很清廉。至少他們是正直的穆斯林年輕人。等他們來了，他們就會好好清理這個地方。他們會帶來和平與秩序。沒有人會再因為出門拿牛奶就被槍殺。再也不會有火箭彈！想想看哪。」

兩年來，塔利班一路奏捷朝向喀布爾前進，從聖戰組織手中攻城掠地，所到之處立即終止派閥爭戰。他們逮捕並處決了哈札拉指揮官阿布都．阿里．馬薩里。近幾個月來，他們駐紮在喀布爾南方近郊，對城內開火，與馬蘇德的部隊互射火箭彈。這年，一九九六年的九月初，他們已經攻下賈拉拉巴德和沙洛比兩地。

拉席德說，塔利班有個聖戰組織所缺乏的優勢：他們很團結。

「讓他們來吧。」他說：「至少，我會撒花迎接。」

那天他們一起出門，四個人一起。拉席德帶她們換過一輛又一輛公車，去迎接新世界、新領袖。每個炸毀傾頹的街區，瑪黎安都看見有人從斷垣殘壁中爬出來，走上街去。她看見一個老婦人，抓著一把米，撒向過往的行人，咧開無牙的嘴，露出微笑。兩個男人在一幢建築廢墟旁擁抱。他們頭頂上有咻咻、嘶嘶和砰砰聲，是幾個男孩在屋頂放鞭炮。錄音機裡播著國歌，和汽車的喇叭聲較勁。

「看，瑪黎安！」艾吉莎指著一群跑向迦蝶梅灣大道的男孩。他們拳頭高舉揮舞，拖著綁成一長串的生鏽罐頭跑，嘴裡高喊著馬蘇德與拉巴尼已經滾出喀布爾。

每個地方，都有人大聲嘶喊：*真主偉大！*

瑪黎安在迦蝶梅灣大道看見一條床單掛在窗外，上面有人寫了幾個粗黑的大字：**塔利班萬歲！**走過街道的時候，瑪黎安看見更多標語，寫在窗戶上、釘在門口、掛在汽車天線上迎風招展，全都是同樣的標語。

那天稍晚，瑪黎安第一次看見神學士。當時她和拉席德、萊拉以及艾吉莎一起在普什圖廣場。一群人嘈雜地聚在那裡。瑪黎安看見大家伸長脖子，擠在廣場中央那座藍色噴水池四周，站在乾涸的池裡。大家爭先恐後想看見廣場另一頭，靠近舊開伯爾餐廳的地方。

拉席德利用體形的優勢，推開圍觀群眾向前擠，領著她們三個到有人用擴音器講話的地方。

艾吉莎一看，就驚叫一聲，臉埋進瑪黎安的布卡。

拿擴音器講話的是個纏黑色頭巾、留大鬍子、瘦瘦的年輕人。他站在用來權充講台的東西上，一手拿擴音器，一手拿著一個火箭彈發射器。在他旁邊，兩個渾身血淋淋的男人被繩子吊在紅綠燈柱子上，衣服撕得稀爛，腫脹的臉已變成青紫色。

「我認得他。」瑪黎安說：「左邊那個。」

瑪黎安前面的一個年輕女子轉頭說那是納吉布拉。另一個是他的兄弟。瑪黎安記得在蘇聯統治期間，納吉布拉留鬍子的胖臉，在告示板和商店櫥窗上對大家微笑。

後來她聽說，塔利班在達魯拉曼宮附近把納吉布拉從藏身的聯合國總部拖了出來。他們對他刑求好幾個小時，然後把他的雙腿綁在卡車上，拖著他已無生息的身體穿過大街小巷。

「他殺了太多、太多穆斯林！」那個年輕的塔利班透過擴音器說。他先用帶著普什圖口音的法爾西語說了一遍，然後再改用普什圖語重覆一遍。他用武器指著那兩具屍體，加重語氣說：「每個人都知道他的罪行。他是個共產黨，是一個叛徒。違反伊斯蘭律法的無神論者，就會有這樣的下場！」

拉席德得意地笑了起來。

瑪黎安懷裡的艾吉莎放聲大哭。

第二天，喀布爾到處是卡車。卡哈卡哈納區、新城區、卡德帕灣區、瓦吉阿卡巴汗區和塔伊馬尼區，紅色的豐田卡車到處在街頭穿梭。戴著黑色頭巾、扛武器的大鬍子男人坐在車後。每部卡車都有擴音器，先用法爾西語，接著用普什圖語大聲廣播。清真寺屋頂的擴音器，以及現在改稱為「伊斯蘭教法之聲」的廣播電台都播放同樣的訊息。這些訊息甚至也寫成傳單，遍撒大街小巷。瑪黎安在院子裡找到一張。

我國已正名為阿富汗伊斯蘭大公國。民眾須遵守的法律如下：

所有國民必須每日禮拜五次。如果在禮拜時間做其他的事，處鞭刑。

所有男人必須蓄鬍子。長度至少達頷下一個拳頭的長度。未遵守者處鞭刑。

所有男生必須纏頭巾。一年級到六年級的男生纏黑色頭巾，六年級以上的纏白色頭巾。所有男生必須著伊斯蘭服裝。襯衫須扣至領口。

禁止唱歌。

禁止跳舞。

禁止玩牌、下棋、賭博與放風箏。

禁止寫書、看電影、畫圖。

飼養鸚鵡者將遭鞭打，鳥則殺死。

偷竊者斬斷手掌，再犯者斬腳。

如果不是穆斯林，不得在穆斯林視線所及之處禱告，否則處鞭刑並監禁。試圖勸穆斯林改信其他宗教者，處死刑。

女性注意：

必須隨時待在屋內，不可漫無目的在街頭遊蕩。出門時必須由男性親人陪同。如果單獨上街被發現，將遭鞭打，並押送回家。

任何情況下都不得露出面容。外出時須罩上布卡。若不遵從，將遭嚴厲鞭打。

禁止化妝。

禁止配戴珠寶首飾。

不得穿著引人注目的服裝。

除非答話，否則不得開口。

不得與男人有眼神接觸。

不得在公開場合發出笑聲，若不遵從，則遭鞭打。

不得塗指甲油，若不遵從，則斬斷一指。

女孩禁止上學。所有女子學校立即關閉。

禁止女人工作。

犯通姦罪者擲石處死。

聽清楚。仔細聽好。服從。真主偉大。

拉席德關掉收音機。他們一起坐在客廳地板上吃晚飯。看見納吉布拉的屍體被吊在繩子上是不到一個星期以前的事。

「他們總不能要一半的人待在家裡，什麼事也不做啊。」萊拉說。

「為什麼不行？」拉席德說。這一次，瑪黎安倒是同意他的看法。事實上他就是這樣對付她和萊拉的，不是嗎？萊拉當然也知道。

「這裡又不是小村子。這裡是喀布爾耶。這裡的女人以前當律師、當醫生。她們在政府部門任職——」

拉席德冷笑說：「滿嘴大話，就像個在大學裡讀詩的男人養出來的傲慢女兒。不過妳本來就是啊。妳真是個都市人，真是個塔吉克人哪。妳以為這是塔利班的激進新點子是吧？妳有離開過妳在喀布爾的這個寶貝窩，到其他地方去過嗎，我的大小姐啊？妳想前往南部、東部和巴基斯坦邊界的部族地區，去探訪真正的阿富汗人嗎？沒有？但是我有。我可以告訴妳，在這個國家，有許多地方就一直是這樣過活的，就算不是也相去不遠。妳根本什麼都不知道。」

「我才不相信呢。」萊拉說：「他們不是玩真的。」

「塔利班對納吉布拉做的事，在我看來是玩真的。」拉席德說：「妳不同意嗎？」

「他是共產黨！他是祕密警察的頭目！」

拉席德大笑。

瑪黎安在他的笑聲中聽到答案：在塔利班眼裡，納吉布拉雖然既是共產黨員又是恐怖的祕密警察頭子，但也只不過比女人稍稍下賤一些而已。

38

萊拉

塔利班當政之後，萊拉很慶幸爸比沒親眼目睹。否則他一定會崩潰。

一群人揮舞著鶴嘴鋤，衝進傾頹的喀布爾博物館，把伊斯蘭時期以前的雕像砸個粉碎——也就是那些沒遭聖戰士掠奪的古物。大學關閉，學生全遣散回家。牆上的繪畫被撕下來，用刀子割碎。電視螢幕被踢壞。除了《古蘭經》以外，書籍成堆成堆被燒毀。書店也關門。卡哈里利、帕吉瓦克、安薩里、哈吉．德赫昆、艾斯拉吉、貝塔伯、哈菲茲、賈米、納札密、魯米、卡哈揚、貝德爾以及其他許多作家的詩作全都燒個精光。

萊拉聽說有男人沒有按時禮拜，被拖到街頭，推進清真寺。她也聽說雞仔街附近的馬可波羅餐廳變成了偵訊中心，不時有慘叫聲從漆黑的窗戶裡傳出來。到處都有大鬍子巡邏兵開著紅色豐田卡車，在街頭巷尾搜尋沒按規定留鬍子的人，把他們打得血肉模糊。

他們也關掉戲院。全都關掉了。放映室遭仔細搜索，一卷卷的影片全放火燒了。萊拉永遠都記得，她和塔力格坐在這些戲院裡看印度電影，全都是愛人因命運捉弄而分離的通俗劇，一個遠離家鄉，另一個被迫成親、哭泣、在開滿金盞花的田野歌唱、渴望重逢團圓。她還記得，她看得掉眼淚的時候，塔力格是怎麼笑她的。

「我不知道他們會把我父親的電影院搞成怎樣。」瑪黎安有天對她說：「如果電影院還在的話。如果他還是老闆的話。」

卡哈拉巴特，這個喀布爾歷史最悠久的音樂區，寂靜無聲。樂手們被鞭打、監禁，他們的魯巴琴、鐸霍鼓和手風琴全被搗毀。塔利班甚至還找上塔力格最喜歡的歌手阿哈馬．札西爾，對著他的墳墓射了好幾槍。

「他都死了快二十年了。」萊拉對瑪黎安說：「難道死一次還不夠嗎？」

塔利班倒沒有讓拉席德太困擾。他僅僅需要留鬍子，到清真寺去，這些他都照辦。對於塔利班，拉席德總是抱著一種莫可奈何的寬容與溺愛，就像對待家裡瘋瘋癲癲、常搞些醜聞的古怪表弟一樣。每個星期三晚上，拉席德都收聽「伊斯蘭教法之聲」，塔利班會在廣播中公布即將接受懲罰者的名單。然後，星期五，他就到加齊體育場，買一罐百事可樂，看場好戲。回到床上，他強迫萊拉聽他用一種詭異的興奮情緒描述他所看見的砍手、鞭撻、絞刑和斬首。

「今天哪，我看見有個人把殺了他兄弟的凶手喉嚨割斷。」他吐出一口菸圈說。

「他們簡直是野蠻人。」萊拉說。

「妳覺得是嗎？」他說：「和誰比？蘇俄人殺了一百萬人。但是妳知道，單單過去這四年，聖戰士在喀布爾殺了多少人？五萬人。五萬哪！這樣一比，砍斷幾個小偷的手，難道就沒有道理嗎？以眼還眼，以牙還牙。這是古蘭經的聖訓。更何況，告訴我，如果有人殺了艾吉莎，妳難道不想找機會報復嗎？」

萊拉厭惡地瞥了他一眼。

「我只不過打個比方嘛。」他說。

「你和他們沒兩樣。」

「她眼睛的顏色實在很有意思，艾吉莎的眼睛。妳不覺得嗎？跟妳我的顏色都不一樣。」

他翻了個身，面對著她，用食指的指甲輕輕刮著她的大腿。

「我來說清楚吧。如果我突然心生奇想——我不是說我一定會，只是有可能——如果有可能呢，我是有權利把艾吉莎送走。妳喜歡這樣嗎？或者有一天我去找塔利班，就走進去說我懷疑妳。只要這樣就夠了。妳想他們會相信誰說的話？妳想他們會怎麼對付妳？」

萊拉把大腿縮回來。

「我不會這麼做的。」他說：「我不會。很可能不會。妳了解我的。」

「你真是卑劣。」萊拉說。

「卑劣？這可真是個了不起的字眼啊。」拉席德說：「我一直很不喜歡妳這樣。從妳還很小的時候，從妳還和那個瘸子滿街跑的時候，妳就自以為聰明，炫耀妳那些書啊詩的。但是現在看看，妳的聰明對妳又有什麼好處？讓妳免於流落街頭的，是妳的聰明才智還是我？我很卑劣？這城裡有一半的女人拚了命都想要像我這樣的丈夫。她們拚了命都想要。」

他躺了回去，對著天花板噴菸。

「妳愛賣弄文字是吧？那我也奉送一個：遠景。這就是我現在做的事，萊拉。妳可別把遠景葬送掉了。」

那天夜裡，萊拉的胃不停翻攪，因為她知道，拉席德說的每一句話，從頭到尾的每一句話，都是真的。

但是，到了早上，以及接下來的好幾個早上，她還是一直反胃，甚至愈來愈嚴重，變成一種熟悉的感覺，一種令她沮喪的熟悉感覺。

不久之後，一個寒冷陰霾的下午，萊拉仰躺在臥房地板上。瑪黎安在她房裡，與艾吉莎一起午睡。萊拉拿著一根金屬輻條，那是她用鉗子從一個廢棄的腳踏車輪上剪下來的。她是在幾年前親吻塔力格的那條巷子裡找到的。萊拉躺在地上，張口喘氣，雙腿張開，躺了好久。

打從知道艾吉莎存在的那一刻起，她就已經全心全意愛著艾吉莎。她一點都沒有像現在這樣懷疑過，這樣拿不定主意。萊拉此刻考慮的是，身為一個母親，如果無法愛自己的孩子，該有多麼可怕啊。多麼違背天理！她躺在地板上，滿是汗水的雙手準備將金屬條刺進之時，她不禁想著，她是不是真的能像愛塔力格的女兒一樣愛拉席德的孩子。

結果，萊拉還是下不了手。

她丟下金屬條，並不是怕流血而死，更不是想到這種行為很不應該——她早就想過了。萊拉丟下金屬條，是因為她不能接受聖戰士樂此不疲的行為：在戰爭中，有時必須殘殺無辜。她的戰爭對抗的是拉席德。孩子是無辜的。殺戮已經夠多了。在敵對陣營的交火之中，萊拉已見過太多被殘殺的無辜生命了。

39

瑪黎安

一九九七年九月

「這家醫院已經不看女人了。」警衛吼道。他站在階梯頂端，冷冰冰地俯看擠在馬拉拉伊醫院門口的人群。

群眾譁然抱怨。

「但這是婦女醫院啊！」瑪黎安背後的一個女人喊道。眾人紛紛大聲附和。

瑪黎安換隻手抱艾吉莎，空出來的那隻手則扶著萊拉。萊拉痛苦呻吟，猛然抱住拉席德的脖子。

「已經不是了。」那名警衛說。

「我老婆就要生了。」一個身材矮胖的男人高聲說：「難道你要她當街生孩子啊，弟兄？」

這年一月，瑪黎安曾聽到塔利班宣布，男人和女人必須到不同的醫院就醫，還有，所有的女性工作人員都要從喀布爾的醫院離職，到一所中央機構去工作。當時沒人相信，而塔利班也沒真的落實這項政策，直到此時。

「那麼，阿里阿巴醫院呢？」另一個男人大聲問。

警衛搖搖頭。

「瓦吉阿卡巴汗？」

「只收男性。」他說。

「那我們該怎麼辦？」

「去拉比亞巴爾克希。」警衛說。

有個年輕女人擠上前，說她已經去過那裡了。她說，那裡沒有乾淨的水，沒有氧氣，沒有藥品，沒有電。「那裡什麼都沒有。」

「你們只能去那裡。」警衛說。

群眾爆出更多的怨言和吼叫，夾雜著一兩句咒罵。有人丟石頭。

那名神學士警衛舉起他的步槍，對空開了幾槍。在他背後，另一名神學士揮著鞭子。

群眾立刻四散。

拉比亞巴爾克希的候診室擠滿穿著布卡的女人和她們的孩子。空氣裡有汗水與沒洗澡的臭味，混雜著腳臭、尿騷、香菸和消毒水的氣味。吊在天花板上的電扇一動也不動，小孩你追我逐，在伸腳打瞌睡的父親腿間跳來跳去。

瑪黎安扶著萊拉在牆邊坐下，牆上一塊塊形狀像外國地圖的灰泥斑駁掉落。萊拉不住地前後搖晃，雙手捧著肚子。

「我會讓妳看到醫生的，萊拉優。我保證。」

「快點。」拉席德說。

掛號窗口前面有一群婦人，妳推我擠的，有些還抱著小嬰孩。有些從群眾中間擠了出來，衝向通往診療室的雙扉門。一名持槍的神學士擋住路，把她們趕回去。

瑪黎安勇往擠向前。她腳先探進去，抵著陌生人的手肘、屁股和肩胛骨往前鑽。有人用肘彎撞她的肋骨，她也不客氣地撞回去。有隻手使勁抓她的臉，她用力撥開。為了能擠到前面，瑪黎安用指甲抓別人的脖子、手臂、肘彎和頭髮。旁邊的女人噓她，她也噓回去。

瑪黎安此時才明白，身為母親要做出多少犧牲。言行端莊只是其中之一。她悔恨交加地想起娜娜，想起娜娜也曾有的犧牲。娜娜大可以把她送走，或把她隨意丟在水溝裡一走了之。但是娜娜沒有這麼做，反而忍受懷著哈拉密的恥辱，一輩子扛著沒人感恩的重任，養育瑪黎安，而且用她自己的方式愛著瑪黎安。到頭來，瑪黎安竟然選擇了嘉里爾，而不是她。此時此刻，正當她奮不顧身粗魯地擠到人群前頭的此刻，瑪黎安真希望自己當年是娜娜的乖女兒。她真希望自己當年能像此刻一樣，真正了解為人母親的心情。

她發現面前就有個護士，從頭到腳裹在髒兮兮的灰色布卡裡。護士正與一個年輕的婦人講話，那人布卡的頭罩滲出一片黯淡的血跡。

「我女兒羊水破了，可是孩子生不出來。」瑪黎安大叫。

「我在和她說話！」那名流著血的年輕婦人吼道：「等輪到妳再說！」

整個人群開始左右騷動起來，就像微風吹過荒地時，小屋旁高高的野草一樣。瑪黎安背後有個女人喊說她女兒從樹上跌下來，手肘摔斷了。另一個女人高聲說她大便帶血。

「她有發燒嗎？」護士問。瑪黎安愣了一會才知道護士是在問她。

「沒有。」瑪黎安說。

「出血？」

「沒有。」

「她在哪裡？」

瑪黎安指著在一個個蒙面的人頭後面，與拉席德坐在一起的萊拉。

「我們等下會去看她。」護士說。

「要多久？」瑪黎安大叫。有人抓住她的肩膀，把她往後拉。

「我不知道。」護士說。她說這裡只有兩個醫生，現在都正忙著開刀。

「她很痛。」瑪黎安說。

「我也是！」頭上淌血的婦人大叫：「等輪到妳再說！」

有人把瑪黎安往後拖。一個個肩膀和後腦勺擋住了前方，她看不見那名護士。她聞到嬰兒打個飽嗝的奶味。

「帶她去走一走。」護士喊道：「然後等著。」

等護士終於叫她們進去的時候，外面天都黑了。產房裡有八張床，床上的女人都扭動著身體呻吟。照料她們的是全身包得嚴密的護士。兩個女人正在生。床與床之間沒有簾幕相隔。萊拉被分配到最裡面那張床，就在一扇被漆成黑色的窗戶下面。附近有個水槽，龜裂沒有水。水槽上有條繩子，掛著汙漬斑斑的外科手套。房間中央，瑪黎安看見有張鋁桌，上層鋪了一條煤灰色的毯子，下層空空的。

有個女人發現瑪黎安盯著鋁桌看。

「她們把活的放在上層。」那女人疲累地說。

身穿黑色布卡的醫生身材嬌小，看起來很煩惱，動作像小鳥一樣迅速。她說的每一句話聽起來都很沒耐性，很急促。

「第一胎？」她不像問話，倒像是宣告聲明似的。

「第二胎。」瑪黎安說。

萊拉哀嚎一聲，轉了個身。她的手緊緊抓住瑪黎安。

「上次生產的時候有問題嗎？」

「沒有。」

「妳是她母親？」

「是的。」瑪黎安說。

醫生掀起她布卡的下擺，拿出一個錐形的金屬儀器。她拉起萊拉的布卡，把那個儀器寬的一端放在萊拉肚子上，窄的一端靠在自己耳朵上。她聽了大約一分鐘，換了位置再聽，然後又換位置。

「我得摸一下胎兒，姊妹。」

她戴上用衣夾夾在水槽上方晒衣繩的手套，一手壓住萊拉的肚子，一手探進她身體裡。萊拉低聲呻吟。醫生檢查完之後，把手套交給護士，護士沖洗了一下，又晾回繩子上。

「妳女兒需要剖腹。妳知道那是什麼嗎？我們必須切開她的子宮，把孩子拿出來。因為她胎位不正。」

「我不了解。」瑪黎安說。

醫生說胎兒的姿勢不對，沒辦法自己出來。「而且已經耽擱太久了。我們必須馬上進開刀房。」

萊拉臉扭曲著，微微點頭，然後頭垂向一邊。

「有件事我得先告訴妳。」醫生說。她走近瑪黎安，挨著她，用更低、更隱密的語氣對她說了幾句話。聲音裡有幾分難堪。

「她說什麼？」萊拉嚷著：「孩子有什麼問題嗎？」

「那她怎麼受得了？」瑪黎安說。

醫生一定聽出她這句話的指責意味，因為醫生的語氣變得有點像在辯解。

「妳以為我想這樣嗎？」她說：「不然妳要我怎麼辦？我需要的東西他們又不給我。我沒有X光，沒有引產器，沒有氧氣，甚至連簡單的抗生素都沒有。無政府組織想給錢，但塔利班不肯要，再不然就是把錢拿去給迎合男人需求的地方。」

「可是，醫生，難道妳不能給她一點什麼嗎？」瑪黎安問。

「怎麼回事？」萊拉呻吟著問道。

「妳可以自己去買藥，但是——」

「把藥名寫給我。」瑪黎安說：「妳寫給我，我去買。」

罩著布卡的醫生很快地搖搖頭。「沒時間了。首先，附近的藥房買不到。所以，妳得和要命的交通奮戰，到處奔走，或許要跑遍全市，還不太可能買到。現在已經快八點半了，所以妳很可能因為宵禁而被抓。就算妳找到了藥，妳很可能也買不起。再不然，妳也很可能會碰上某個非買到不可的人，出更多的錢和妳競標。但沒有時間了。寶寶現在就必須出來。」

「告訴我，怎麼回事！」萊拉說。她用手肘撐起身體。

醫生深吸一口氣，告訴萊拉，醫院裡沒有麻醉劑。

「但是如果再耽擱，寶寶就保不住了。」

「那就把我切開吧！」萊拉說。她倒回床上，縮起膝蓋。「把我切開，把我的寶寶給我！」

老舊昏暗的開刀房裡，萊拉躺在輪床上。醫生在水盆裡刷洗雙手。萊拉渾身發抖。每回護士一用浸過黃褐色液體的布擦她的肚子，她就倒抽一口氣。另一個護士站在門口，讓門稍稍打開，瞄著外面。

醫生已經脫掉布卡，瑪黎安看見她一頭凌亂的銀髮，眼皮浮腫，嘴角疲累下垂。

「他們規定我們穿布卡開刀。」醫生解釋說，同時頭一揚暗指站在門邊的護士。「她在把風。一看見他們過來，我就套上。」

她講得一副實事求是、事不關己的樣子，瑪黎安了解，這是一個早就不再感到憤慨的女人。她想，這個女人知道自己運氣夠好還能繼續工作，知道總還是有某些東西，某些其他東西可能會被塔利班剝奪。

萊拉肩膀兩旁各有一根垂直的金屬棒。擦洗萊拉肚子的那位護士，用衣夾把一條被單別在金屬棒上。於是萊拉和醫生之間就隔起了一道簾幕。

瑪黎安站在萊拉旁邊，低下頭，與萊拉臉頰貼著臉頰。她感覺得到萊拉牙齒打顫。她倆的手緊緊相握。

透過簾幕，瑪黎安看見醫生的身影移向萊拉左邊，護士則在右邊。萊拉的嘴咧得大開。唾液泡沫在她緊咬的牙齒表面湧現、迸裂。她發出微小而急促的嘶嘶聲。

醫生說：「堅強一點喔，小姑娘。」

她俯身靠近萊拉。

萊拉的眼睛陡然大睜，然後張大嘴巴。她就這樣撐住，撐住，撐住，顫抖，脖子上青筋畢露，臉上汗如雨下，手指緊掐著瑪黎安。

事後，瑪黎安一直很佩服萊拉，因為她竟然能忍耐這麼久才開始放聲尖叫。

40

萊拉

一九九九年秋

挖洞是瑪黎安的主意。有天早上，她指著工具間後面的一小塊地。「我們可以在那裡挖。」她說：「那個地點不錯。」

她們輪流用鏟子鋤地，把挖鬆的土鏟到一旁。她們沒打算挖很大或很深的洞，挖土的工作應該不會太費力才對，但沒想到真累人。乾旱從一九九八年就已開始，到現在已邁入第二年了，到處災情嚴重。上次冬天幾乎都沒下雪，一整個春季也沒下雨。全國各地，農夫紛紛拋下乾涸的田地，變賣家產，從一個村莊流浪到另一個村莊，尋找水源。他們遷徙到巴基斯坦或伊朗，或者來到喀布爾落腳。但是，城裡的水位也不斷下降，比較淺的水井都乾涸了。而深水井前面大排長龍，萊拉和瑪黎安得排上好幾個小時才輪到她們打水。喀布爾河少了一年一度的春季氾濫，乾可見底。整條河現在變成了公共廁所，裡面只有排洩物和廢石。

所以她們不斷揮舞鏟子鋤地，但是被太陽晒焦了的土地硬的像石塊，土根本挖不動，又乾又硬，簡直像化石一樣。

瑪黎安四十歲了。她盤起來的頭髮已有幾縷灰白，眼睛下方一圈半月形的褐色眼袋，還掉了兩顆門牙。一顆是自己脫落的，另一顆是拉席德揍掉的，因為她不小心失手害薩瑪伊跌了下來。她的皮膚變得更粗糙了，長時間頂著豔陽坐在院子裡而晒得黝黑。她倆常坐在院子裡，看著薩瑪伊追著艾吉莎跑。

當終於完工，洞挖好了的時候，她倆站在洞邊往下看。

「這樣應該可以了。」瑪黎安說。

薩瑪伊今年兩歲，是個頭髮鬈鬈、胖嘟嘟的小男生。他有雙棕色的小眼睛，無論天氣冷熱，臉頰永遠紅紅的，跟拉席德一樣。他連頭髮都像爸爸，又濃又密，低垂在額頭上。

薩瑪伊與萊拉在一起的時候，總是很乖巧，很開心，很淘氣。他喜歡爬到萊拉肩上，和她還有艾吉莎在院子裡玩躲迷藏。偶爾，在他比較安靜的時候，會坐在萊拉腿上，要她唱歌給他聽。他最喜歡的歌是〈親愛的穆罕默德穆拉〉。她對著他的鬈髮唱的時候，他會晃著那雙小小胖胖的腿，等她唱到合唱部分，便跟著一起唱，用他那稚嫩的嗓音唱出他會的歌詞：

來吧，我們一起去馬札爾，親愛的穆罕默德穆拉，
去看鬱金香花田，喔，我親愛的同伴。

萊拉喜歡薩瑪伊印在她臉頰上溼溼的親吻，喜歡他胖的一圈圈的手肘和結實的小腳趾。她喜歡搔他癢，用墊子和枕頭搭成山洞讓他爬過去，望著他在懷裡熟睡，一隻手還抓著她的耳朵。她只要一想起那個下午，她躺在地板上，拿著從腳踏車輪子上拆下來的金屬條想往兩腿中間戳，胃就一陣翻攪。她差一點就這麼做了。她簡直不敢置信，當時竟然心生此念。她的兒子是上天的恩寵，萊拉鬆了一口氣發現，自己的擔憂全無由來，因為她愛薩瑪伊，就像愛艾吉莎一樣，愛得入骨。

但是，薩瑪伊崇拜父親，也因為如此，只要父親一走近逗他，他就馬上變了一個人似的。他會挑釁似的呵呵大笑，甚至囂張地咧嘴大笑。有父親在場，他動不動就發脾氣，充滿惡意。就算萊拉斥責，還是不停搗蛋。拉席德不在的時候他絕對不會這樣。

拉席德會替他撐腰。「這表示他很聰明啊。」他說。就連薩瑪伊搞得天翻地覆的時候也這樣說——不管是薩瑪伊吞下彈珠，後來又吐出來的時候，還是點火柴，或者是把拉席德的香菸放進嘴裡嚼的時候。

薩瑪伊出生以後，拉席德讓他睡在他和萊拉的床上。他買了一個新的搖籃，圍欄上畫有獅子和蹲伏的花豹。他花錢買新衣服、新波浪鼓、新奶瓶、新尿布給薩瑪伊，儘管他們負擔不起，而且艾吉莎用過的東西也都還能用。有一天，他帶了一個裝電池的旋轉音樂鈴回來，掛在薩瑪伊的搖籃上。一朵朵向日葵下面垂吊著一隻隻黃黑交錯的小蜜蜂，只要一壓就會噹一聲響，或者吱吱叫。打開開關，便有音樂聲。

「我還以為你說生意不好呢。」萊拉說。

「我有朋友可以借啊。」他的語氣很不屑。

「那你怎麼還？」

「情況會變好的。向來如此。看，他好喜歡。看見沒？」

大部分的白天，萊拉都見不著兒子。拉席德帶他到店裡去，讓他在堆滿東西的工作台底下爬來爬去，把玩舊的橡膠鞋底、用剩的皮料。拉席德一面釘鐵鎚、磨砂輪，一面注意著他。要是薩瑪伊打翻了鞋架，拉席德就擠出微笑，用平靜的語氣輕輕責備他。如果他再犯，拉席德會放下鎚子，把他抱到桌子上，好言好語地告誡。

他對薩瑪伊的耐心就像一口深井，永不乾涸。

傍晚，他們一起回家。薩瑪伊的頭趴在拉席德肩膀上晃動，兩人都帶著膠水與皮革的氣味。他們嘻嘻笑的模樣，像是兩個有什麼祕密的人，帶點狡猾的味道，宛如他倆一整天坐在昏暗的鞋店裡，並不是在做鞋子，而是在密謀籌畫什麼。晚餐的時候，瑪黎安、萊拉和艾吉莎忙著在餐蓆上擺餐盤，而薩瑪伊則喜歡坐在父親身邊，和他玩著親密的遊戲。他們輪流戳著彼此的胸口，嘰嘰咕咕笑，用麵包屑丟來丟去，互相咬耳朵，說著沒人聽見的悄悄話。如果萊拉和他們說話，拉席德就很不高興地抬起頭，一副討厭被人打斷的模樣。如果她想抱薩瑪伊，或者更糟的，薩瑪伊湊過來找她，拉席德就對她怒目而視。

萊拉只得心痛地走開。

有天晚上，就在薩瑪伊滿兩歲的幾個星期之後，拉席德帶著一台電視機和錄放影機回家。那天很暖和，幾乎可以說是溫暖宜人，但是傍晚比較涼，而且溫度愈來愈低，慢慢變成沒有星光、帶點寒意的夜晚。

他把東西擺在客廳桌上。他說他是在黑市買的。

「又是去借錢？」萊拉問。

「這是美國貨。」

艾吉莎走進客廳，一看見電視機，就跑過去。

「小心一點，艾吉莎優。」瑪黎安說：「別碰！」

艾吉莎有一頭像萊拉那樣的金色頭髮了。萊拉看見自己的酒渦印在她的臉頰上。艾吉莎已經出落成一個文靜、愛沉思的小女孩，萊拉看來，她的應對進退遠超過一般的六歲小孩。女兒講話的儀態、聲音的節奏與抑揚頓挫、深思熟慮的沉吟與語調，如此成熟，在一個這麼小的身軀裡有著這麼成熟的言行舉止，實在太怪了，也讓萊拉驚奇不已。每天早上，用愉悅卻帶點威嚴的口氣喚醒薩瑪伊、替他穿衣、梳頭、餵他吃早餐的，就是艾吉莎。哄他睡午覺、平心靜氣安撫浮躁弟弟的，也是艾吉莎。在他身邊，艾吉莎老是像個大人似的，有點惱怒地搖著頭。

艾吉莎按下電視開關。拉席德大聲怒罵，抓住她的手腕，壓在桌上。一點都不留情。

「這是薩瑪伊的電視。」他說。

艾吉莎奔向瑪黎安，爬到她膝上。她倆已經密不可分。近來，在萊拉的同意之下，瑪黎安開始教艾吉莎念《古蘭經》。艾吉莎已經可以背誦〈忠誠篇〉以及〈開端篇〉的章句[4]，也知道該如何進行晨禮的四個步驟。

這是我該教她的，瑪黎安對萊拉說，這些知識，這些經文，是我唯一真正擁有過的東西。

薩瑪伊也走進客廳了。拉席德像街上在等著看魔術師變簡單戲法的人一樣，用期待的眼光看著薩瑪伊拉拉電視機的電線，按下按鈕，手掌貼在空白的螢幕上。他一舉起手，印在螢幕上的小小手掌就消失了。拉席德得意地微笑，看著薩瑪伊把手掌貼在螢幕上，然後又抬起手，一次又一次。

塔利班禁止看電視。錄影帶被公開銷毀，磁帶被扯出來掛在圍牆欄杆上。衛星接收碟垂吊在路燈柱子上。但是拉席德說，禁止並不代表買不到。

「我明天就去找些卡通影片回來。」他說：「不會太難找的。黑市裡什麼東西都買得到。」

「那你或許可以買一口新的井給我們。」萊拉說。這句話換來了他輕蔑的白眼。

後來，在又一頓因旱災而只吃白米飯、沒茶喝的晚餐之後，在拉席德抽完一根菸之後，他才把他的決定告訴萊拉。

「不行。」萊拉說。

他說他不是在問她的意見。

「我才不管你的想法。」

「如果妳知道事情的來龍去脈，妳會同意的。」

他說他已經沒有朋友可以借錢了，單靠鞋店的收入已經無法支撐他們五個人的生活。「我沒早點告訴妳，是不想讓妳煩心。

「更何況。」他說：「妳一定會很訝異，這能賺進多少錢。」

4 忠誠篇，ikhlas，《古蘭經》第一一二章，僅有四節禱詞。開端篇，fatiha，《古蘭經》第一章，亦直譯為「法諦海」。

萊拉再說了一次不行。他們在客廳裡。瑪黎安和孩子在廚房。萊拉聽見碗盤叮叮噹噹響，以及薩瑪伊高亢的笑聲。艾吉莎用她平穩、條理分明的聲音對瑪黎安說了幾句話。

「還有其他像她一樣的孩子，有的年紀甚至更小。」拉席德說：「喀布爾的每個人都這麼做。」

萊拉說她才不管其他人怎麼對待他們的孩子。

「我會看緊她的。」拉席德開始有點不耐煩地說：「那個角落很安全。對街就有一座清真寺。」

「我才不讓你把我女兒當乞丐上街討錢！」萊拉吼道。

一巴掌摑來，聲音好大。他手指粗厚的手不偏不倚地打中萊拉的臉頰，打得她頭暈眼花。廚房裡的喧鬧隨之沉寂。有那麼一會，整個屋子一片死寂。接著走廊響起一陣慌亂的腳步聲，瑪黎安和孩子們走進客廳，眼睛一下看看她，一下看看拉席德。

然後，萊拉打了他。

這是萊拉第一次打人，除了她和塔力格以前笑鬧地打來打去之外。但是當時他們不會握起拳頭，與其說是打，不如說是拍來得貼切，他們都知道那是一種友善、自在的表達方式，是他們困惑激動得不知從何說起時的表達方式。她的拳頭會落在塔力格很內行地稱之為「三角肌」的肌肉上。

萊拉看著自己握緊拳頭，揮出去，指關節碰到拉席德結實粗糙的皮膚。發出的聲音好像一袋白米掉在地板上。她很用力打他。強勁的力道讓他倒退了一兩步。

房間的另一頭有一聲喘息、一聲嘶喊，還有一聲尖叫。萊拉不知道聲音是誰發出的。那一瞬間，她驚駭地無法去注意，也不在乎了，只能等自己從揮拳下手的動作中回過神來。等心神一定，她相信自己可能忍不住笑了起來。或許還是咧嘴大笑呢，因為令她大吃一驚的是，拉席德竟然一言不發地走了出去。

突然之間，在萊拉眼中，她們——她、艾吉莎和瑪黎安——生活中的所有困厄都宛如薩瑪伊印在電視螢幕的手印一樣，消失得無影無蹤。雖然荒謬，但是她們長期的忍氣吞聲似乎都是值得的，就為了這勝利的一刻，為了這足以結束一切悲慘折磨的反抗。

萊拉沒注意到拉席德又回到客廳來了。直到他的手掐住她的脖子。直到她被淩空舉起，用力丟到牆上。

貼近看，他那張輕蔑嘲弄的臉似乎大的不可思議。萊拉注意到，隨著年歲增長，他那張臉腫脹了不少，鼻子也多了許多細小紋路。拉席德一句話都沒說。事實上，還有什麼可說，還有什麼非說不可呢？在你把槍塞進你老婆嘴裡的時候，還要多說什麼呢？

突襲檢查，這是她們在院子裡挖洞的原因。有時候是每個月一次，有時候是每週一回。近來，幾乎是天天。塔利班會沒收違禁品，在違法的人屁股上狠踹一腳，或朝後腦勺上猛敲一兩下。有時候還會公開鞭撻，抽打腳底或手掌。

「輕一點。」瑪黎安曲膝跪在洞邊說。她們用塑膠布包住電視，一人抬一邊放進洞裡。

「這樣應該可以了。」瑪黎安說。

弄好之後，她們拍拍土，把洞填滿，在四周撒上一些土，讓那個地方看起來不會太可疑。

「好了。」瑪黎安說，雙手在衣服上抹了抹。

大家同意，等風聲過了，等塔利班取消突襲檢查之後，一個月、兩個月或六個月，也或許更久一點，她們再把電視挖出來。

在萊拉夢裡，她和瑪黎安又在工具間後面挖洞。但是，這一回，她們放進洞裡的是艾吉莎。她們用塑膠布包著艾吉莎，她呼出的空氣讓塑膠布霧濛濛的。萊拉看見她驚惶的眼神，她那雙白皙的手掌拍打、推擠著塑膠布。艾吉莎苦苦哀求。萊拉聽不見她的叫聲。只要一會兒，她喚著，只要一會兒就好。有突襲檢查，妳難道不知道嗎，甜心？等突擊檢查過了，媽咪和瑪黎安阿姨就會把妳挖出來。我保證，親愛的。然後我們可以一起玩。我們可以玩妳想玩的遊戲。她鏟滿土。萊拉醒來，無法呼吸，嘴裡有泥土的味道。就在第一鏟土塊落在塑膠布上的時候。

41

瑪黎安

二〇〇〇年夏季，乾旱進入第三年，也是最嚴重的一年。

赫曼德、札布爾和坎達哈的村民成了遊牧民族，不斷遷徙，不斷尋找牲口所需的水源和綠草。等他們遍尋不著，等他們飼養的山羊、綿羊與牛群相繼死亡之後，他們就來到喀布爾。他們移居艾里雅娜山坡，棲身在臨時搭蓋的貧民窟，十五、二十個人擠在一間小茅屋裡。

這也是《鐵達尼號》之夏，是艾吉莎和瑪黎安摟抱在一起、翻滾嘻笑的夏季。艾吉莎堅持要瑪黎安叫她「傑克」。

「安靜一點，艾吉莎優。」

「傑克！叫我的名字，瑪黎安阿姨，叫啊，傑克！」

「把妳爸吵醒了，他會很生氣喔。」

「傑克！妳是蘿絲。」

最後總是瑪黎安仰天躺著，投降認輸，再次答應當蘿絲。「好吧好吧，妳是傑克。」她心軟了：

「妳很年輕就死了，我活到七老八十。」

「沒錯，但是我死得像個英雄。」艾吉莎說：「而妳，蘿絲，妳這悲慘的一生都在想念著我。」然後，她跨坐在瑪黎安身上，宣布說：「現在，我們該親吻了！」瑪黎安的頭不停左右扭轉，但艾吉莎對自己的淘氣舉動樂在其中，噘起的嘴脣迸出咯咯笑聲。

有時候，薩瑪伊會晃進來，看著她們玩遊戲。他該演誰啊，他問。

「你可以當冰山。」艾吉莎說。

那年夏天，《鐵達尼號》風靡整個喀布爾。大家從巴基斯坦走私盜版的影片，有時候還藏在內衣裡走私進來。宵禁時間一到，每個人都鎖起家門，熄掉電燈，聲音關小，為傑克與蘿絲，以及那艘難逃厄運的大船上的旅客落淚。有電的時候，瑪黎安、萊拉和孩子們也一起看。至少有十幾次，他們趁深夜從工具間後面挖出電視機，關上燈，用被子遮住窗戶看。

在喀布爾河，攤販進據乾涸的河床。沒過多久，在河裡被太陽晒得焦熱的窪地，就有機會買得到鐵達尼地毯和鐵達尼布料，一卷卷擺放在手推車上供人選購。還有鐵達尼除臭劑、鐵達尼牙膏、鐵達尼香水、鐵達尼酥炸餡餅，甚至鐵達尼布卡。有個特別會纏人的乞丐，還自稱是「鐵達尼乞丐」。

「鐵達尼之城」就此誕生。

是因為那首歌，他們說。

不，是因為大海。那種奢華。那艘船。

是因為性愛，他們交頭接耳說。

李奥，艾吉莎羞答答地說，全都是因為李奥納多。

「每個人都想要傑克。」萊拉對瑪黎安說：「這就是原因。每個人都想要傑克來拯救他們脫離災難。但是，傑克根本不存在。傑克不會回來的。傑克死了。」

接著，那年夏末，有個布料商睡著的時候忘記捻熄香菸。他沒被燒死，但是店卻燒毀了。大火也燒掉了隔壁的布店、一家二手衣店、一家小家具店和一家麵包店。

後來，他們告訴拉席德，如果風是往東吹，而不是往西吹，他位在街角的那家店或許就能逃過一劫。

他們賣掉所有的東西。

先是賣掉瑪黎安的東西，再來是萊拉的東西。然後是艾吉莎小時候的衣服、萊拉吵著要拉席德買給她的幾件玩具。艾吉莎不吵不鬧地看著他們變賣家當。拉席德的手錶也賣掉了，還有他的舊電晶體收音機、他的兩條領帶、他的鞋子，以及他的結婚戒指。沙發、桌子、地毯、椅子，全都賣掉了。拉席德賣掉電視的時候，薩瑪伊狠狠發了一頓脾氣。

火災過後，拉席德幾乎天天都待在家裡。他打艾吉莎耳光，踢瑪黎安，砸東西。他找萊拉的碴，她身上的味道、穿衣服的樣子、梳頭髮的姿態、黃黃的牙齒，全都可以挑出毛病來。

「妳是怎麼搞的？」他說：「我娶的是仙女，現在卻變成醜老太婆。妳怎麼愈來愈像瑪黎安。」

哈吉．亞霍伯廣場附近那家烤肉餐館把拉席德給開除了，因為他和客人打架。客人抱怨拉席德怎麼可以把麵包用丟的放到他盤子上，一點禮貌都沒有。於是兩人開始惡言相向。拉席德罵那個客人是猴臉烏茲別克人。於是這邊掏出一把槍，那邊亮出一支烤肉叉。據拉席德說，他手上拿的是烤肉叉，但是瑪黎安很懷疑。

塔伊瑪尼區的餐館也開除他，因為顧客抱怨等太久，拉席德說是廚師動作太慢，又懶惰。

「很可能是你躲到後面去打瞌睡。」萊拉說。

「別惹他，萊拉優。」瑪黎安說。

「我警告妳，臭女人。」他說。

「不是打瞌睡就是抽菸。」

「我對真主發誓。」

「你真是本性難移，無可救藥。」

於是他把氣出在萊拉身上，拳如雨下，打在她的胸口、她的頭、她的肚子上，扯她的頭髮，推她去撞牆。艾吉莎尖聲驚叫，拚命拉他的襯衫。薩瑪伊也大聲尖叫，想讓拉席德放開他母親。拉席德推開孩子，把萊拉推倒在地，開始踢她。瑪黎安撲在萊拉身上。但他還是踢個不停，這會兒是踢在瑪黎安身上。他嘴角口沫飛濺，眼睛閃著狠毒的凶光，一直踢一直踢，直到踢不動為止。

「我發誓，妳這是在逼我殺妳，萊拉。」他氣喘吁吁地說，然後忿然走出房子。

錢用完之後，飢餓開始在他們的生命中投下陰影。瑪黎安吃驚的是，如何解決飢餓問題竟然這麼快就變成他們生存的關鍵。

米飯，簡單的白米飯，沒有肉或醬汁的白米飯，已經很少端上桌了。他們有一餐沒一餐的，愈來愈常沒東西吃，愈來愈讓人膽戰心驚。有時候，拉席德會帶回來沙丁魚罐頭，乾澀又易碎、嘗起來活像木屑的麵包。有時候，他冒著手被砍斷的危險，偷一袋蘋果回來。在雜貨店裡，他小心地把餃子罐頭塞進口袋。他們把罐頭分成五份，薩瑪伊吃掉最多的那一份。他們平日吃鹽漬的生蕪菁。晚餐吃枯萎的萵苣葉，發黑的香蕉。

餓死，突然變成迫在眉睫的可能。有些人選擇不要坐以待斃。瑪黎安聽說附近有個寡婦把乾麵包磨碎，混進老鼠藥，讓她的七個子女吃下。她把最多的一份留給她自己。

艾吉莎的肋骨一根根在皮膚下凸起，臉頰的肉也全不見了。她的小腿變細，一張臉泛著淡茶色。瑪黎安抱她的時候，可以感覺到她屁股都沒肉了。薩瑪伊總是在屋裡躺著，半閉的眼睛黯淡呆滯，再不然就像破布似的癱在父親膝上。他還有力氣的時候，總是哭到睡著，但是他忽睡忽醒，斷斷續續的。瑪黎安只要一站起來，眼前就有白色的光點跳躍。她頭暈目眩，耳鳴不止。她還記得費伊祖拉穆拉以前常在齋戒月開始時談到飢餓：就連被蛇咬的人都睡得著，但是飢餓的人卻睡不著。

「我的孩子快死了。」萊拉說：「就死在我面前。」

「他們不會死的。」瑪黎安說：「我不會讓他們死的。一切都會沒事的，萊拉優。我知道該怎麼辦。」

這天熱的像要燙出水泡來，瑪黎安罩上布卡，與拉席德一起走到洲際飯店。現在，搭巴士已成了負擔不起的奢華享受。等走到陡峭的山丘頂端時，瑪黎安已經筋疲力盡。爬上斜坡的時候，她一陣陣頭昏眼花，甚至必須兩度停下來，等暈眩的感覺消失。

來到飯店入口，拉席德與一個穿酒紅色西裝、戴鴨舌帽的門僮打招呼擁抱。他倆像朋友似地聊了幾句。拉席德手搭在門僮手肘上，朝瑪黎安站的方向點了個頭，兩人同時朝她這邊看了一眼。瑪黎安隱隱約約覺得那個門僮很眼熟。

門僮進了飯店，拉席德和瑪黎安在外面等待。從這個視野不錯的位置，瑪黎安可以看見理工學院，以及更遠處古老的卡哈哈納區和通往馬札爾的道路。往南，她看見早已廢棄的西羅麵包工廠，淡黃色的外牆經歷多次炮擊，千瘡百孔。更往南一些，她看見達魯拉曼宮的廢墟，那是許多年前拉席德曾經帶她去野餐的地方。那一天的回憶是過往歲月殘存的遺跡，但是那段歲月，卻已緲遠的不像她自己走過的歲月。

瑪黎安集中精神在這些過往、這些地標上面。如果任思緒飄盪，她擔心自己會勇氣盡失。

每隔幾分鐘，就有吉普車和計程車駛進飯店入口。門僮忙著招呼旅客。下車的全是攜武器、戴頭巾的大鬍子男人，每個人都一副志得意滿、耀武揚威的樣子。瑪黎安聽到他們一邊走進飯店大門，一邊閒聊。她聽到普什圖語和法爾西語，但也有烏爾都語、阿拉伯語。

「見見我們真正的主子吧。」拉席德壓低聲音說：「巴基斯坦人和阿拉伯的伊斯蘭基本教義派分子。塔利班根本只是傀儡。這些才是大玩家，阿富汗只是他們的遊戲場。」

拉席德說他聽到傳聞，塔利班准許這些人在全國各地設立祕密營地，訓練年輕人當自殺炸彈客和聖戰士。

「他怎麼去這麼久啊？」瑪黎安說。

拉席德吐了一口痰，踢踢土蓋起來。

一小時之後，瑪黎安和拉席德跟著門僮進到飯店裡。被領著走過涼爽宜人的大廳時，他們的鞋跟叩叩踩在地磚上。瑪黎安看見兩個人坐在皮椅上，中間擺著來福槍與茶几。他們啜著茶，吃著碟子裡的加拉比，一種撒上糖粉的小圈餅。她想起愛吃加拉比的艾吉莎，連忙轉開視線。

門僮領他們走到屋外的陽台。他從口袋裡掏出一支小型的黑色無線電話，還有一張潦草寫著電話號碼的紙。他告訴拉席德，這是領班的衛星電話。

「我幫你爭取到五分鐘。」他說：「不能再多了。」

「謝謝。」拉席德說：「我會記得你的恩情。」

門僮點點頭，走開了。拉席德撥了號碼，把電話交給瑪黎安。

瑪黎安聽到刺耳的電話鈴聲，心緒漫遊起來。她想到最後一次見到嘉里爾的情形，十三年前，一九八七年的春天。他站在她家外面的街道上，拄著手杖，旁邊一輛掛赫拉特車牌的賓士轎車，藍色的，一道白線將車頂、引擎蓋與車身一分為二。他在那裡站了好幾個小時，等著她，不時喚著她的名字，就像她以前在他家外面喚著他的名字一樣。瑪黎安一度拉開窗簾，只拉開了一點點，看了他一眼。雖然只是看了一眼，卻已看見他白髮蒼蒼，有點駝背。他戴著眼鏡，像往常一樣打條紅領帶，胸前口袋還是有條折成三角形的白色手帕。但最令人詫異的是，他變瘦了，比她記憶中瘦了許多，深咖啡色的西裝外套塌在他肩膀上，褲子鬆垮垮垂在腳踝邊。

嘉里爾也看見她了，雖然只有那麼一瞬間。透過微微掀開的窗簾，他們眼光交會，就如同多年以前，另一次窗簾的掀動，讓他們眼神交會一樣。但是，這一次，是瑪黎安立即拉上窗簾。她坐在床上，等著他離開。

她此時想起嘉里爾最後留在她家門口的那封信。她放了好幾天，塞在枕頭底下，三不五時拿出來，在手上轉啊轉的。最後，她還是沒拆開就撕碎了。

而今，她人在這裡，在這麼多年之後，打電話給他。

現在，瑪黎安對自己的愚蠢和年輕的傲氣覺得很懊悔。她真希望當時請他進屋裡來。讓他進來，和他坐一會兒，讓他說明來意，又礙著什麼呢？他是她父親哪。他以前並不是個好父親，這是真的，但是現在看來，比起拉席德的惡毒，或比起她所目睹的那些男人間你爭我奪的殘暴野蠻，他犯的錯是多麼稀鬆平常，多麼可以原諒啊。

她真希望自己當時沒撕掉他的信。

有個低沉的男子聲音在她耳邊響起，說她打到了赫拉特的市長辦公室。

瑪黎安清清喉嚨。「平安，弟兄，我想找一個住在赫拉特的人，或者應該說是以前住在這裡的人，很多年以前。他叫嘉里爾汗，住在新城區，開一家戲院。你知道他的下落嗎？」

聽得出來，那人被惹惱了。「這就是妳打電話來市長辦公室的原因？」

瑪黎安說她不知道還能打給誰。「原諒我，弟兄。我知道你有很重要的事要處理，可是，我打電話給你，是因為攸關生死啊，攸關生死的事啊。」

「我不認識他。戲院已經關掉好多年了。」

「那裡也許有人認識他，有人——」

「那裡沒有人了。」

瑪黎安閉上眼睛。「拜託，弟兄。有關孩子的生死哪。很小的孩子。」

長長的一聲嘆息。

「或許有人——」

「這裡有個管理員。我想他在這裡住了一輩子。」

「喔，問問他，拜託。」

「明天再打來。」

瑪黎安說不行。「我只能用這個電話講五分鐘。我不——」

電話另一端喀嚓一聲，瑪黎安以為他掛斷電話了。但她聽見腳步聲、講話聲、遠處的汽車喇叭聲，還有某種機械規律的喀啦喀啦聲，可能是電扇。她把電話換到另一耳，閉上眼睛。

她腦海中浮現嘉里爾面帶微笑，掏著口袋的情景。

啊，差點忘了。嗯，拿著。別煩這些事了……

一個葉狀的鍊墜，垂吊著鏤刻月亮和星星的小錢幣。

戴看看，瑪黎安優。

你覺得怎麼樣？

我覺得妳像皇后一樣。

過了幾分鐘，又響起腳步聲，嘰嘎嘰嘎，喀嚓一聲。「他認識他。」

「他認識？」

「他是這麼說的。」

「他人在哪裡？」瑪黎安說：「那個人知道嘉里爾汗在哪裡嗎？」

一陣沉默。「他說他幾年前死了，一九八七年的時候。」

瑪黎安的心往下沉。當然，她早就考慮到這個可能性。到了今天，嘉里爾已經七十幾快八十了，但是……

一九八七。

他那時快死了。他還從赫拉特大老遠開車來說再見。

她走到陽台邊上。從這裡，她可以看到這家飯店曾經遠近馳名的游泳池，現在已經乾涸破敗，到處是彈孔與剝落的磁磚。還有廢棄的網球場，破破爛爛的網子軟趴趴地躺在球場中央，就像蛇蛻下的死皮。

「我得掛電話了。」電話另一端的那人說。

「對不起，給你添麻煩了。」瑪黎安說，悄然落淚。她看見嘉里爾對她揮手，從一塊石頭跳到另一塊石頭上，越過小溪，口袋鼓鼓的裝著禮物。一直以來，瑪黎安都屏息等待他的來臨，屏息懇求真主多賜她一些與他相處的時光。「謝謝你。」瑪黎安終於說，但是另一端的人已經掛掉電話。

拉席德看著她。瑪黎安搖搖頭。

「真沒用。」他說，從她手裡搶過電話。「有其女必有其父。」

走出大廳的時候，拉席德腳步敏捷地走到已經沒人的茶几旁，把剩下的加拉比塞進口袋裡。他帶回家，給了薩瑪伊。

42

萊拉

艾吉莎把東西都裝到紙袋裡：她那件花襯衫和她僅有的一雙襪子、她不成套的毛手套、一條有著點點星辰與彗星圖案的橘色舊毛毯、一個缺角的塑膠杯、一條香蕉，她的一組骰子。

這是二〇〇一年四月一個頗有寒意的早晨，就在萊拉二十三歲生日前幾天。天空是半透明的灰色，陣陣瀅冷的寒風吹得紗門嘎嘎響。

萊拉幾天前才聽說馬蘇德已經到法國，去對歐洲議會發表演說。馬蘇德現在以他的北方故鄉為根據地，領導北方聯盟，是唯一仍和塔利班持續作戰的部隊。馬蘇德在歐洲警告西方世界，阿富汗境內設有恐怖分子營區，同時也呼籲美國協助他對抗塔利班。

「如果布希總統不幫助我們，這些恐怖分子很快就會危害美國與歐洲。」他說。

一個月前，萊拉聽說塔利班在巴米揚巨佛的隙縫中塞入炸藥，把佛像炸裂，只因為他們說那是偶像崇拜與罪惡的象徵。全世界各地一片譴責之聲。各國政府、歷史學家與人類學家紛紛寫信，籲請塔利班不要摧毀這兩尊阿富汗最偉大的歷史古蹟。但是塔利班一意孤行，在這兩尊有兩千年歷史的佛像裡裝上炸藥。每一聲爆炸響起，他們就念一句「真主偉大」，每當佛像在粉碎的煙塵中失掉一條手臂或腿，他們就歡聲雷動。萊拉還記得一九八七年，和爸比與塔力格站在最高的那尊佛像頂端，微風輕拂他們照耀在陽光下的臉龐，看著老鷹在下面蜿蜒開展的谷地飛繞盤旋。但是當聽到佛像被炸毀的消息時，萊拉卻麻木沒感覺。好像已經無所謂了。在她自己的生活正崩潰瓦解的時候，她怎麼可能還在乎雕像呢？

拉席德告訴她該走了之前，她一直坐在客廳的角落，一句話都沒說，面無表情，頭髮一綹綹地垂在臉上。無論她吸進呼出多少空氣，萊拉還是覺得自己的肺裡沒有足夠的氧氣。

往卡帖希斯區的路上，薩瑪伊在拉席德懷裡動來動去，艾吉莎拉著瑪黎安的手，加快腳步走在她身邊。風吹過繫在艾吉莎脖子上髒兮兮的圍巾，掀飛起她的裙襬。艾吉莎的臉色愈來愈難看，因為每走一步，她就更感覺到自己被騙了。萊拉沒有勇氣告訴艾吉莎實情。她告訴艾吉莎說是要到學校去，一所供學生吃住、放學後不必回家的特殊學校。現在，艾吉莎還是一直纏著萊拉問她已經問了好多天的問題：學生是分睡在不同房間，還是全睡在一個大房間裡？她交得到朋友嗎？萊拉確定老師人都很好嗎？

而一問再問的問題是，我要在那裡待多久？

在離那幢方方正正、兵營似的建築物還有兩個街口處，他們停下腳步。

「薩瑪伊和我在這裡等。」拉席德說：「噢，趁我還記得……」

他從口袋裡掏出一條口香糖，是臨別禮物，用一種既慷慨又僵硬、不自然的態度拿給艾吉莎。艾吉莎接了過來，低聲說：「謝謝。」艾吉莎的善良敦厚，艾吉莎的寬容大度，讓萊拉不敢置信，也讓她淚水盈眶。她的心揪了起來，一想到今天下午艾吉莎不能躺在她身邊午睡，她不能感覺到艾吉莎手臂輕輕擱在她胸口的重量，艾吉莎的頭斜斜抵著她的肋骨，艾吉莎呼出的空氣哈暖她的脖子，艾吉莎的腳枕著她的肚子，就哀傷的要讓她不支倒地。

艾吉莎被帶走的時候，薩瑪伊開始放聲大哭。吉莎！吉莎！他在父親懷裡亂踢亂動，喊著姊姊，直到對街有個手風琴樂手的猴子讓他轉移了注意力。

瑪黎安、萊拉和艾吉莎，她們三個走過最後兩個街口。到了那幢建築物外面，萊拉看見外牆滿目瘡痍，屋頂塌陷，只剩窗框的窗戶上釘著木板，傾頹的牆壁後面露出鞦韆的頂端。

她們站在門口，萊拉把先前告訴艾吉莎的話又重述了一遍。

「如果他們問起妳的父親，該怎麼說？」

「聖戰士殺了他。」艾吉莎很謹慎地說。

「很好。艾吉莎，妳知道為什麼要來這裡嗎？」

「因為這是一所特別的學校。」艾吉莎說。她們已經到了，建築物真真實實地出現在眼前，她看起來很害怕，下唇微微顫動，眼裡的淚水就快奪眶而出，萊拉看得出來，她有多麼努力想讓自己勇敢一點。「如果我們說實話。」艾吉莎用微弱急促的聲音說：「他們就不會收我。這是一所特別的學校。我想回家。」

「我會常來看妳。」萊拉勉強擠出話來。「我保證。」

「我也是。」瑪黎安說：「我們會來看妳，艾吉莎優。我們一起玩，就像以前一樣。只要再過一段時間，等妳父親找到工作，就可以回家。」

「這裡有東西吃。」萊拉顫抖著說。她很慶幸自己身罩布卡，很慶幸艾吉莎看不見布卡底下的她正在崩潰。「在這裡，妳不會餓肚子。他們有飯、有麵包、有水，說不定還有水果呢。」

「可是妳不在這裡。瑪黎安阿姨也不能陪我。」

「我會來看妳。」萊拉說：「會常常來。看著我，艾吉莎。我會來看妳的。我是妳的母親。就算拚了命，我也要來看妳。」

孤兒院院長是個傴僂瘦小的男人，看來和藹可親。他的頭快禿了，留著蓬鬆的鬍子，眼睛像豆子般細小。這位名叫札曼的院長，戴著無邊小圓帽，左邊的眼鏡裂了開來。

他帶她們到他的辦公室，一路問萊拉和瑪黎安的名字，也問了艾吉莎的名字和年紀。他們穿過一條昏暗的走廊，打赤腳的孩子們站在兩旁張望。他們要麼頭髮散亂，要麼就頂個大光頭，身上的毛衣袖子都脫線了，破破爛爛的牛仔褲膝蓋磨薄到只剩下幾縷線，外套用膠帶貼補得一塊一塊的。萊拉聞到肥皂與爽身粉的味道，還有糞尿的氣味，同時也感覺到艾吉莎愈來愈害怕，因為她已經開始啜泣。

萊拉瞥了一眼院子：長滿雜草的空地、搖搖欲墜的鞦韆、舊輪胎、沒有氣的籃球。他們走過的房間全都空無一物，窗戶用塑膠布遮著。有個小男孩從房裡衝了出來，抓住萊拉手肘，想要她抱在懷裡。有個正在清理一灘看似尿液的管理員，放下拖把，把那個男孩拉下來。

札曼對這些孤兒似乎很好。經過他們的時候，他拍拍幾個孩子的頭，說幾句打氣的話，搔搔他們的頭髮，一點都沒有高高在上的態度。孩子們也很喜歡和他接觸。萊拉覺得，他們全都期待得到他的肯定。

他帶她們到他的辦公室，裡面只有三張折疊椅，一張亂七八糟的書桌，上面散落著一疊疊的紙。

「妳是從赫拉特來的。」札曼對瑪黎安說：「我聽得出妳的口音。」

他靠在椅背，雙手交握放在肚子上，說他有個親戚以前住在那裡。從這些一般舉止裡，萊拉注意到他的動作似乎有些費力。儘管他微微笑著，但是萊拉感覺得出來，在他溫和的外表下，有著困難與痛苦，失望與挫敗。

「他是做玻璃的。」札曼說：「這些翠綠色的漂亮天鵝就是他做的。如果把它們舉到陽光下，就會看到裡面閃閃發光，好像玻璃裡面滿是小寶石一樣。妳回去過嗎？」

瑪黎安說沒有。

「我自己是從坎達哈來的。妳們去過坎達哈嗎，姊妹？沒有？那裡很漂亮。那些花園啊！還有葡萄！噢，葡萄。讓人流口水的葡萄！」

幾個孩子聚在門邊，偷偷往裡瞧。札曼溫和地用普什圖語叫他們走開。

「當然啦，我也喜歡赫拉特。有很多藝術家和詩人、很多蘇菲教徒和神祕學家的城市。妳聽過那個古老的笑話吧，在赫拉特只要一伸腿，就會踢中一個詩人的屁股。」

挨在萊拉身邊的艾吉莎噗嗤笑了一聲。

札曼假裝嚇了一跳的樣子。「喔，好啦好啦。我逗妳笑囉，小姑娘，這通常是最難的部分。我擔心了好一會兒呢。我還以為要學小雞咯咯叫，還是學驢子叫。還好，妳笑了。看看妳有多可愛啊。」

他叫管理員來帶艾吉莎出去一會兒。艾吉莎跳到瑪黎安膝上，緊緊攬住她。

「我們只是要講一下話，親愛的。」萊拉說：「我會在這裡，好不好？在這裡。」

「我們一起到外面去一下好嗎，艾吉莎優？」瑪黎安說：「妳媽媽要跟札曼卡卡談一下。只要一會。我們走吧。」

其他人都出去之後，札曼問了艾吉莎的生日、病史、有無過敏情況。他問起艾吉莎的父親，萊拉說了一個其實是事實的謊言，感覺怪透了。札曼傾聽著，臉上表情看不出來是相信或懷疑。他說，自己是用信任的態度管理孤兒院。如果有姊妹說她丈夫死了，或她養不起孩子，他絕對不會質疑。

萊拉開始哭。

札曼放下手中的筆。

「我好丟臉。」萊拉哽咽著，手掩住嘴。

「看著我，姊妹。」

「什麼樣的母親會拋棄自己的孩子啊？」

「看著我。」

萊拉抬起頭。

「這不是妳的錯。妳聽到了嗎？不是妳的錯。該責怪的是那些野蠻人。他們讓我們普什圖人蒙羞。他們汙辱了我們民族的名譽。不是只有妳會這樣做啊，姊妹。我們常碰到像妳這樣的母親，經常，碰到餵不飽自己孩子的母親，因為塔利班不准她們外出工作養家活口。所以妳不該怪妳自己。沒有人會怪妳。我了解的。」他的身子往前傾。「姊妹，我了解。」

萊拉用布卡擦擦眼睛。

「至於這個地方。」札曼嘆口氣，伸手做了個手勢。「妳看就知道，這裡的情況很糟糕。我們老是經費不足，老是湊合著過日子，走一步算一步。塔利班給我們的支援不多，幾乎可說沒有。但我們還可以應付。像妳一樣，我們做我們該做的事。真主仁慈寬厚，真主供給我們所需，而且，既然祂供應我們所需，我就會負責讓艾吉莎有吃有穿。我至少可以這麼保證。」

萊拉點點頭。

「沒事了吧？」

他很友善地微笑著。「但是記住，別哭，姊妹。別讓她看見妳哭。」

萊拉又擦擦眼睛。「真主保佑你。」她哽咽得口齒不清：「真主保佑你，弟兄。」

但道別的時間來臨時，場面演變得就和萊拉原本擔心的一模一樣。

艾吉莎驚恐不已。

回家的路上，萊拉靠著瑪黎安，耳中盡是艾吉莎尖銳的哭聲。在她腦海中，她看見札曼粗厚長繭的雙手緊抓住艾吉莎；她看見那雙手拉扯著，先是輕輕地，然後愈來愈用力，想把艾吉莎從她身上拉開來。她看見他們匆匆走過轉角時，艾吉莎在他懷裡不斷踢打；她聽見艾吉莎放聲尖叫，彷彿她就要從地球表面消失似的。萊拉自己也衝過走廊，頭也不回地往前跑，喉嚨湧出一聲哀嚎。

「我聞到她的味道。」到家的時候，她告訴瑪黎安。她的眼神茫然游移，飄過瑪黎安，飄過院子、圍牆，飄到山脈，飄過像老菸槍吐的痰一樣黃褐色的山脈。「我聞到她睡覺的味道。妳聞到了嗎？妳聞到了嗎？」

「噢，萊拉優。」瑪黎安說：「別這樣。這樣有什麼好處？有什麼好處？」

起初，拉席德還就萊拉，陪他們——她、瑪黎安和薩瑪伊一起到孤兒院去，雖然一路走的時候，他明明就是故意要她看見他不滿的表情，要她聽見他抱怨自己吃了多少苦頭，來回孤兒院的這一趟路讓他的腳和背有多難受。他明明就是故意要她知道，他有多惱火。

「我已經不是年輕小夥子了。」他說：「妳還一點都不在乎。如果可以為所欲為，妳老早就騎到我頭上了。但是，妳沒辦法哪，萊拉，妳沒辦法為所欲為。」

他們在離孤兒院兩條街的地方分開，他只肯給她們十五分鐘，多一分鐘都不肯。「晚一分鐘。」他說：「我就走人。我說真的。」

萊拉只好纏著他，哀求他，好多爭取一些與艾吉莎相處的時間。這麼做是為了她自己，也是為了瑪黎安。艾吉莎不在身邊，讓瑪黎安一直很鬱悶，雖然瑪黎安和往常一樣，選擇自己一個人默默忍受痛苦。這也是為了薩瑪伊，因為他每天都吵著要找姊姊，不停地鬧脾氣，有時候還哭得誰也安撫不了。

有時候，在往孤兒院的路上，拉席德會停下來，抱怨他腿痠，然後就轉身，開始跨著穩健的大步往回走，一點跛腳腿痠的樣子都沒有。再不然，就是咋舌說：「是我的肺啊，萊拉。我喘不過氣來了。也許我明天會覺得好一些，也許後天吧。我們再看看。」但他裝出氣喘不止的樣子從來不覺麻煩。甚至，轉頭走回家的時候，他還常常會點起一根菸。萊拉只能無助地隨他回家，因憎恨與莫可奈何的怒氣而渾身發抖。

終於，有一天，他告訴萊拉，他不會再帶她去了。「整天在街頭奔波找工作，我已經太累了。」他說。

「那我就自己去。」萊拉說：「你沒辦法阻止我，拉席德。你聽見了嗎？你想打我就打吧，可是我還是非去不可。」

「妳愛去就去。但是妳過不了塔利班那一關的。別說我沒警告妳。」

「我和妳一起去。」瑪黎安說。

萊拉不願意。「妳得和薩瑪伊待在家裡。如果我們被擋下來……我不想讓他看見。」

於是，突然之間，萊拉的生活就繞著如何想辦法見到艾吉莎而打轉。有一半的時間，她根本就到不了孤兒院。過街的時候，她會被塔利班攔下，盤問一大堆問題：妳叫什麼名字？妳要到哪裡去？妳為什麼自己一個人外出？妳丈夫呢？然後就被趕回家。如果運氣不錯，她只會被罵一頓，或屁股挨上一踢，背被推一把。其他時候，神學士會用木棍、剛折下的樹枝或短鞭打她，摑她耳光，還常常用拳頭揍她。

有一天，一個年輕的神學士用一根收音機天線打萊拉。打完之後，他狠狠敲著她的頸背說：「如果再讓我看到妳，我就打得妳老娘的奶水從妳骨頭裡流光。」

那一次，萊拉回家去。她趴下來，覺得自己像隻愚蠢可憐的動物。瑪黎安用溼布擦她血淋淋的後背和大腿時，她痛得一直呻吟。但是，通常，萊拉拒絕屈服。她會假裝要回家，然後拐進小路，另闢蹊徑。有時候她會被抓，被盤問，被斥罵——一天內碰過兩次、三次，甚至四次。然後，鞭如雨下，天線不斷揮下，她蹣跚回家，遍體鱗傷，連艾吉莎的面都沒見到。很快的，萊拉就學會多穿幾層衣服，儘管大熱天，她還是在布卡裡多穿了兩三件毛衣，當成被打時的保護墊。

但是對萊拉而言，只要能躲過塔利班，那種回報絕對值得。她可以與艾吉莎在一起，想待多久就多久——甚至可以待好幾個小時。她們坐在院子裡，在鞦韆旁，與其他孩子以及來訪的母親一起，聊著艾吉莎這個星期學到的東西。

艾吉莎說札曼卡卡最重視的是每天教會他們一些東西，大部分日子都是讀和寫，有時候是地理、一點歷史或科學，有時候是植物和動物。

「可是我們必須把窗簾拉起來。」艾吉莎說：「這樣塔利班就看不見我們。」札曼卡卡準備好織毛衣的棒針和毛線，以防萬一塔利班來盤查。「我們把書收起來，假裝在打毛線。」

萊拉去看艾吉莎的時候，見到一個來看三個男孩和一個女孩的中年婦人掀開布卡。萊拉認得那張稜角分明的臉孔、濃密的眉毛，儘管那凹陷的嘴脣與灰白的頭髮顯得陌生。萊拉記得她的披肩、她的黑裙、她俐落的聲音，她怎麼把一頭烏黑的頭髮挽成一個髻，讓她頸背上的深色汗毛清晰可見。萊拉記得這婦人曾經禁止女學生蒙面，說女人和男人一樣平等，如果男人不必遮頭掩面，女人也不必。

有那麼一回，油漆匠阿姨抬起頭，看著萊拉。但是萊拉從她的眼神裡沒看見遲疑，沒看見認得的跡象，這位萊拉從前的老師沒有認出她來。

「地殼有裂縫呢。」艾吉莎說：「那就叫斷層。」

這是個溫暖的午後，二〇〇一年六月的一個星期五。他們坐在孤兒院後面的空地，他們四個：萊拉、薩瑪伊、瑪黎安和艾吉莎。這一回拉席德大發慈悲——在他來說可是極為罕見——陪他們四個一起來。他在街尾的巴士站等他們。

光著腳丫的孩子在周圍跑來跑去。他們踢著一顆扁掉的足球，無精打采地追著跑。

「在斷層的兩邊，是構成地殼的岩層。」艾吉莎說。

有人把艾吉莎的頭髮往後梳，紮成辮子，整整齊齊地盤起來。萊拉覺得嫉妒，嫉妒那個坐在她女兒背後，先把頭髮一綹綹分好，叫她乖乖坐好的人，無論那個人是誰。

艾吉莎張開手，掌心朝上，互相磨擦，解說地殼的構造。薩瑪伊興趣盎然地看著。

「這叫地殼扁塊，對吧？」

「地殼板塊。」萊拉說。開口說話很痛苦，因為她的下巴還很痠，背後和脖子也都還很痛。她的嘴脣浮腫，舌頭老是抵到下排門牙的缺口裡。兩天前，拉席德揮拳揍掉了她的兩顆下門牙。在媽咪與爸比還沒去世，她的生活也還沒天翻地覆之前，萊拉絕對不會相信一個人的身體在承受這麼多、這麼狠毒、這麼家常便飯似的拳打腳踢之後，竟然還能動得了。

「沒錯。當板塊滑動，疊在一起的時候，就會擠壓移位——妳知道嗎，媽咪？——這樣會釋放出能量，傳達到地球表面，造成震動。」

「妳真是愈來愈聰明了。」瑪黎安說：「比妳這個笨阿姨聰明多了。」

艾吉莎臉色一亮，笑了起來。「瑪黎安卡哈拉，妳才不笨呢。札曼卡卡說，有時候，岩層的移動是在很深很深的地下，力量很大，很嚇人，但是我們在地球表面只感覺到微微的震動。只有微微的震動。」

上一回來看她的時候，她談的是太陽的藍光被大氣層裡的氧原子散亂。如果地球沒有大氣層，艾吉莎有點迫不及待地說，天空根本就不會是藍色的，而是一片黑漆漆，太陽看起來會是黑暗中一顆明亮的大星星。

「這一次艾吉莎會和我們一起回家嗎？」薩瑪伊問。

「很快就會，親愛的。」萊拉說：「就快了。」

萊拉看著他走開，他走路的姿勢像他父親一樣，身體往前傾，腳趾向內彎。他走向鞦韆架，推開一個空空的鞦韆，坐在地上，拔著從裂縫裡冒出來的雜草。

水分從葉子上蒸發——媽咪，妳知道嗎？——就像水分從晾在晒衣繩上的衣服蒸發掉一樣。這也就帶動水分往上流到樹木裡來。從泥土，透過根部，再穿過樹幹，經過樹枝，到樹葉上。這就是蒸散作用。

不只一次，萊拉心中納罕，如果塔利班發現札曼的祕密課程，會怎麼做。

會晤的時間裡，艾吉莎總是不願片刻沉默。她老是滔滔不絕，用銀鈴似高亢的聲音說個不停。她總是東扯西扯，一雙手誇張地揮舞，那副亢奮的神情，完全不像她平常的模樣。她的笑聲也變了。那其實不能真的算是笑聲，而是一種急著想強調什麼的表現，萊拉猜想，是為了讓人安心的表現。

還有其他的改變。萊拉注意到艾吉莎指甲裡的泥汙，而艾吉莎發現她注意到，立刻將手壓在大腿下。無論何時，只要附近有孩子大哭，擤鼻涕，或是光著屁股走過來，頭髮滿是髒汙，艾吉莎的眼皮就閃動著，急忙加以解釋。她像個女主人似的，因為客人看見她家裡到處亂糟糟，孩子髒兮兮而難為情。

問她過得好不好，只會得到愉快卻含糊的回答。

很好啊，阿姨，我很好。

其他孩子有沒有欺負妳？

他們不會的，媽咪。大家都對我很好。

妳有吃東西嗎？睡得好嗎？

我有吃。也睡得很好。是啊。我們昨天晚上吃羊肉。喔，或許是上個星期吧。

艾吉莎這麼說的時候，萊拉就彷彿從她身上看到些許瑪黎安的影子。

艾吉莎現在講話有點口吃。是瑪黎安先注意到的。不是很明顯，但是可以察覺得出來，特別是在念到t開頭的字。萊拉問札曼是怎麼回事。他皺起眉頭說：「我以為她一直都是這樣。」

那個星期五下午，他們帶艾吉莎離開孤兒院出去逛逛，與在巴士站等他們的拉席德碰面。薩瑪伊一看見父親，便興奮得吱吱叫，很不耐煩地在萊拉懷裡扭來扭去。艾吉莎和拉席德打招呼，很生硬，但沒有敵意。

拉席德說他們得快一點，他再過兩小時就得回去工作了。這是他在洲際飯店當門僮的第一個星期。從中午十二點到晚上八點，一週六天，拉席德的工作是開車門，提行李，偶爾有水濺在地上的時候負責拖拖地。工作結束之後，自助餐廳的廚師有時候會讓拉席德打包一些剩菜回家，只要他不張揚就行：包括油膩膩的冷肉丸、外皮又乾又硬的炸雞翅、嚼不動的義大利貝殼麵餃、生硬的不得了的米飯。拉席德答應萊拉，等他存夠了錢，就帶艾吉莎回家。

拉席德穿著他的制服：酒紅色尼龍西裝、白襯衫、夾上去的領帶，一頂鴨舌帽壓在他的滿頭白髮上。穿上制服，拉席德彷彿變了一個人。他看起來很脆弱，可憐兮兮，手足無措，簡直是一副無辜的模樣，像個對生命加諸的屈辱照單全收、一句怨言都沒有的人。一個溫順的令人同情又佩服的人。

他們搭巴士到鐵達尼城。他們走到河床上，乾涸的河堤兩邊擺滿臨時攤販。在橋邊走下階梯的時候，他們看見一個光腳的男人被吊死在起重機上，兩隻耳朵都被割掉了，脖子懸在繩子上。他們跟著人群東逛西逛，看到有兌換外幣的人、滿臉疲憊的非政府組織工作人員、賣香菸的小販，還有蒙面的女人替人施打偽造的抗生素。揮舞著皮鞭、口嚼菸草的神學士在鐵達尼城巡邏，看有誰敢放肆大笑或沒有蒙面。

賣皮外套和賣人造花的攤子中間有個玩具攤，薩瑪伊挑了一個有黃色與藍色渦旋花紋的橡膠籃球。

「挑一個吧。」拉席德對艾吉莎說。

艾吉莎沒有反應，尷尬得僵在一旁。

「快點。我再過一個小時就要去上班了。」

艾吉莎選了一個橡皮糖球機器——投進一個硬幣就能拿到糖，然後從機器下方的退幣口，就能把那個硬幣拿回來。

一聽小販說出價錢，拉席德馬上揚起眉毛。兩人討價還價一番，拉席德最後用很壞的口氣對著艾吉莎說：「放回去，我可買不起兩樣。」好像她是和他講價的人似的。

回去的時候，當離孤兒院愈近，艾吉莎興高采烈的表情就愈褪去幾分。她的手不再揮舞，臉色變得凝重。每一回都是這樣。現在輪到萊拉了，由瑪黎安起頭，萊拉話講個沒完，緊張地笑個不停，急著用漫無邊際的閒扯談笑來填滿令人悲傷的寂靜。

後來，拉席德留下他們，自己搭巴士去上班。萊拉看著艾吉莎和他們揮手道別，拖著沉重的腳步沿著孤兒院後面的牆邊走去。她想起艾吉莎的口吃，想起艾吉莎談到的地層斷裂與地底深處的猛烈碰撞，以及有時候，在地表的我們只感覺得到的輕微震動。

「走開！你走開！」薩瑪伊大叫。

「噓。」瑪黎安說：「你在對誰大吼大叫？」

他伸手一指。「那裡。那個人。」

萊拉順著他的手指看。屋子前面有個男人靠在大門口。一看見有人走近，他就轉過頭來。他放下環抱胸前的手臂，一跛一跛地朝他們走來。

萊拉停下腳步。

她的喉嚨一聲哽咽。她的膝蓋發軟。萊拉突然想要、也必須要，抓住瑪黎安的手臂、她的肩膀、她的腰，抓住點什麼，抓住任何東西好靠著。但是她沒有。她不敢。她一點都不敢挪動身子。她不敢呼吸，甚至不敢眨眼，就怕他只是個海市蜃樓般的幻影，任何最輕微的動作都會讓這脆弱的幻象消失無蹤。萊拉一動也不動地站著，直直盯著塔力格，直到她胸口喘不過氣來，眼睛刺痛得眨了一下。然而，奇蹟似的，等她喘了一口氣，閉了一下眼又睜開，他還是站在那裡。塔力格還是站在那裡。

萊拉讓自己往前踏一步，向他走去。再一步。又一步。然後，她開始飛奔。

43

瑪黎安

樓上，在瑪黎安的房間裡，薩瑪伊片刻不得閒。他玩了一會兒他的新籃球，在地板上拍，對著牆面丟。瑪黎安叫他不要這樣，但是他知道她管不動他，所以繼續玩他的球，眼睛還挑釁似的盯著她看。有一會兒，他們玩他的玩具車，一輛車身有醒目紅字的救護車。他們在房間裡各據一角，把車子在他們中間來回推著。

剛才，在門口見到塔力格的時候，薩瑪伊把籃球緊緊抱在懷裡，嘴裡吮著一隻拇指——這是他不安時才會有的動作。他用懷疑的眼神看著塔力格。

「那個人是誰？」他這時問：「我不喜歡他。」

瑪黎安試著解釋，說他是和萊拉一起長大之類的，但是薩瑪伊打斷她，要她把救護車掉個頭，讓車頭對著他。等瑪黎安照做之後，他又說他要玩籃球了。

「球呢？」他說：「爸爸買給我的球呢？哪裡去了？我要球！」他的聲音愈來愈大，愈來愈尖銳。

「就在這裡啊。」瑪黎安說，但他還是哭著：「沒有，不見了。我知道。我知道球不見了。到哪裡去了？哪裡去了？」

「在這裡。」她說，把滾到櫃子裡的球撈出來。但是薩瑪伊嚎啕大哭，捶著拳頭，哭叫說那不是同一個球，根本不是，因為他的球不見了。這個球是假的，他的球哪裡去了？哪裡去了？到底哪裡去了？

他大聲尖叫，直到萊拉上樓來抱他，搖著他，用手撫著他的大腿、他的黑色鬈髮，拭乾他臉頰上的淚，在他耳邊咯咯叫著。

瑪黎安在房間外面等著。從樓梯頂端，她只能看見塔力格的那雙長腿，好的那條腿和那條義肢，裹在卡其色的長褲裡，在沒鋪地毯的客廳地板上伸得長長的。就在這時，她才恍然大悟，那天她和拉席德到洲際飯店打電話給嘉里爾的時候，那個門僮為什麼看起來很眼熟。當時那人戴著帽子和太陽眼鏡，所以她一時沒認出來。但是瑪黎安現在想起來了，她想起九年前他就坐在樓下，用手帕揩著額頭，跟她要水喝。這時，她心頭冒出各種疑問：磺胺劑也是騙局的一部分嗎？他們兩人是哪一個想出這套謊言，編出這些令人信服的細節？拉席德給了阿布杜．夏拉夫（如果這是他的真名的話）多少錢，讓他來編造塔力格已死的故事，粉碎萊拉的希望？

44

萊拉

塔力格說他室友的表哥曾經因為畫火鶴而被公開鞭撻。那個表哥好像患上什麼不治之症一樣，非畫不可。

「整本素描簿。」塔力格說：「好幾十張的油畫，全是火鶴，有的在小湖漫步，有的在沼澤晒太陽。也有在夕陽裡展翅飛翔的。」

「火鶴？」萊拉說。她看著坐在牆邊的他，好的那條腿彎了起來。她有一股衝動，想再去撫觸他，就像剛才在門口朝他飛奔而去一樣。現在想來實在很難為情，她竟然摟住他的脖子，在他懷裡哭泣，用含糊不清的聲音喊著他的名字，一遍又一遍。她很擔心自己是不是表現得太熱切，太不顧一切了？或許是吧。但是她克制不了自己。此刻，她又渴望能撫摸他，證明他真的活生生地在這裡，證明他不是幻影，不是幽靈。

「是真的。」他說：「火鶴。」

塔力格說，塔利班發現那些油畫的時候，對火鶴赤裸裸的長腿很惱火。他們把那個表哥的腳綁起來，用鞭子抽他的腳底，打得鮮血淋漓。塔利班給他兩個選擇：要不就毀了那些畫，要不就讓火鶴變得高貴體面。所以那個表哥拿起畫筆，給每一隻鳥穿上長褲。

「於是呢，就有了信伊斯蘭教的火鶴啦。」塔力格說。

兩人笑了起來，但萊拉馬上就忍住笑意。她對自己那一口黃牙、那顆不見的門牙覺得很丟臉。對她憔悴的面容和浮腫的嘴脣也覺得很丟臉。她真希望自己有機會可以洗洗臉，至少梳一下頭髮。

「但是最得意的人是他，那個表哥。」塔力格說：「那些長褲是用水彩畫的。等塔利班一走，他就把顏色洗掉。」他微微笑——萊拉注意到，他也缺了一顆牙——低頭看著自己的手。「真的。」

他頭上戴了一頂氈帽，腳上一雙登山靴，身上穿了一件黑色羊毛衣，塞進卡其色長褲的褲腰裡。他似笑未笑，緩緩地點頭。萊拉記得他以前不是這樣說話的：用「真的」這兩個字、這種若有所思的神情、指尖相抵像在膝上搭成帳篷狀的手勢，還有點頭的樣子，全是以前沒有的。這種成熟的語氣，這種成熟的動作，為什麼會讓她這麼驚訝呢？他，已是一個成熟的男人了。塔力格，一個動作緩慢、微笑難掩疲憊的二十五歲男人。他的身材修長，留著鬍子，比她夢中的他看來更瘦，但是他那雙手，強壯的手，工人似的手，青筋畢露。他的臉還是清瘦英俊，只是皮膚已不再光滑，額頭已有風霜的痕跡，和脖子一樣晒得黝黑，是走完漫長艱辛路程的旅人才會有的額頭。他把氈帽往腦後推，讓她看見他的頭髮也日漸稀疏了。他那雙淡棕色的眼睛比她記憶中的顏色來得黯淡一些，更淺一些，也或許只是房間光線的關係。

萊拉想起塔力格的母親，她慢條斯理的舉止、聰慧的微笑、暗紫色的假髮。還有他父親，那斜瞥的眼神，語帶諷刺的幽默。剛才，在門口，她泣不成聲，講話結結巴巴地告訴塔力格，她以為他和他父母出了事，而他搖著頭。於是，她問起他父母的近況。但是她很後悔問了這個問題，因為塔力格低下頭，有點心神渙散地說：「他們過世了。」

「我很難過。」

「嗯，是啊，我也是。拿著。」他從口袋裡掏出一個小紙袋，遞給她。「艾優娜給妳的禮物。」

裡面是一塊用塑膠膜包起來的乳酪。

「艾優娜。好美的名字。」萊拉努力克制自己，讓聲音不顫抖：「你的妻子？」

「我的山羊。」他帶著期待的眼神對她微笑，彷彿在等她回想起來。

萊拉想起來了。那部俄國電影。艾優娜是船長的女兒，愛上大副的那個女孩。就在她、塔力格和哈西娜去看蘇聯坦克與吉普車撤離喀布爾的那天，塔力格戴了一頂可笑的俄羅斯毛皮帽的那天。

「我得把牠拴在地上的木樁。」塔力格說：「還得蓋圍籬。因為有狼。在我住的那個山麓附近，差不多在四分之一哩外吧，有片林地，大多是松樹，也有樅樹和雪松。狼多半棲息在樹林裡，但是喜歡亂逛、咩咩叫的山羊會把牠們引出來。所以得要有圍籬。要有木樁。」

萊拉問他住的山麓在哪裡。

「在巴基斯坦的皮爾潘佳。」他說：「我住的地方叫穆里。是避暑勝地，距離伊斯蘭馬巴德一個小時車程。那裡有很多山，到處都是翠綠一片，有好多樹，海拔很高。所以夏天很涼爽，是旅遊勝地。」

因為穆里離英軍在拉瓦平第的基地不遠，所以早在維多利亞時代，英國人就在此地建了一個避暑駐地。塔力格說，現在還有一些殖民時代留下的遺跡，例如幾棟茶屋，名為小木屋的錫頂小平房，諸如此類。城本身不大，但很宜人。主要的街道就叫「大街」。那裡有間郵局、一個市集、幾家餐館，還有一些賣彩繪玻璃和手織地毯的商店，不過賣給觀光客特別貴。最好玩的是，大街是單行道，但是行車方向每週替換一次。

「當地人說，愛爾蘭有些地方的交通和那裡一樣。」塔力格說：「我也不知道。反正，那裡很好。生活很單純，但是我很喜歡。我喜歡住在那裡。」

「和你的山羊艾優娜一起。」

萊拉說這句話，固然有幾分說笑的意味，但是她主要是想暗自轉換話題，例如有誰和他一起在那裡擔心羊被狼吃掉。塔力格卻只是點點頭而已。

「妳父母的事我也很難過。」他說。

「你聽說了。」

「我和這裡幾個鄰居聊過。」他說。一陣沉默，萊拉很想知道，那些鄰居還告訴了他什麼。「我一個也不認識。我的意思是，沒有認識的老鄰居。」

「大家都走了。這裡沒有半個你認識的人。」

「我也認不得喀布爾了。」

「我也是。」萊拉說：「但是我從沒離開過。」

「媽咪有新朋友。」那天晚上，塔力格離開之後，薩瑪伊吃過晚飯後說。「一個男的。」

拉席德抬起頭。「真的嗎？」

塔力格問他可不可以抽菸。

他們在帕夏瓦附近的納希爾巴赫難民營待了一陣子，塔力格說，一邊在小碟子裡撢撢菸灰。他和父母抵達的時候，那裡已經住了六萬名阿富汗人。

「比起其他難民營，例如，真主垂憐，賈羅札依的難民營，納希爾巴赫還不算太糟。」他說：「我猜，有段時間，也就是冷戰期間，那裡還是模範營區，讓西方國家可以向世界證明，他們除了提供軍火給阿富汗人之外，也做了其他的事。」

但那是抗蘇戰爭期間的事，塔力格說，那是聖戰時期，吸引了全球的目光，柴契爾夫人還慷慨提供大筆捐款和人力訪視。

「其餘的妳就知道啦。戰後，蘇聯四分五裂，西方世界繼續處理自個的事。對他們來說，阿富汗已經沒有什麼利害關係了，金援也就斷了。現在納希爾巴赫到處是帳篷、臭水溝，塵土飛揚。我們到那裡的時候，他們給我們一根木棍和一張帆布，叫我們自己搭帳篷。」

他們在納希爾巴赫待了一年，塔力格說他對那裡印象最深刻的，就是放眼盡是咖啡色。「咖啡色的帳篷。咖啡色的人。咖啡色的狗。咖啡色的稀飯。」

那裡有顆光禿禿沒葉子的樹，塔力格每天爬上去坐在樹上，看著難民躺在陽光裡，潰爛的傷口與殘肢都一覽無遺。他看見瘦弱的小男生拿汽油罐裝水，撿狗糞生火，用鈍刀刻木頭做ＡＫ４７玩具槍，拖著一袋袋結成硬塊、根本做不成麵包的麵粉。整個難民營裡，風吹得帳篷撲撲翻飛，吹得雜草殘株東倒西歪，吹得簡陋房舍屋頂上的風箏騰空飛翔。

「死了好多孩子。痢疾、肺結核、飢餓——妳想得出來的病都有。大部分都是死於該死的痢疾。天哪，萊拉。我看過那麼多孩子入土，那真的是最悲慘的景象。」

他交叉著腿。倆人又沉默了一晌。

「我父親沒撐過第一個冬天。他在睡夢中過世了。我想並沒有什麼痛苦。」他說。

同一年冬天，他母親得了肺炎，幾乎喪命，若不是改裝成流動診所的旅行車上有營區醫生駐診，她很可能就沒救了。她整夜無法入睡，高燒不退，咳出黃褐色濃稠的痰。等著看醫生的人大排長龍。排隊的人個個冷得發抖、呻吟、咳嗽，有些人甚至大小便失禁，大便順著腿流下來，其他人不是太累或是太餓，就是病得太嚴重，一句話都說不出來。

「但是他人很好，那個醫生。他治療我母親，給她點藥丸，讓她能撐過那年冬天。」

那年冬天，塔力格攔下一個孩子。

「十二歲，或許十三歲吧。」他平靜地說：「我拿了一片碎玻璃抵住他的喉嚨，搶走他的毯子，給了我母親。」

他暗自立誓，等母親的病好了，他們絕對不要在營區熬過另一個冬天。他要工作，存錢，帶著母親搬進帕夏瓦一間有暖氣有乾淨水的公寓。春天來臨的時候，他開始找工作。清晨經常有輛卡車開進營區，挑幾十個男孩，載他們到田裡搬石頭，或到果園採蘋果，給他們一點點錢，有時是給條毯子或一雙鞋子。但是他們從來不挑他。

「只要看到我的腿，就沒下文了。」

還有其他工作。有水溝要挖，有泥屋要蓋，有水要挑，有糞坑要清。但是年輕的男人搶破頭，塔力格一點機會都沒有。

這時，一九九三年的秋天，他遇見一個開店的生意人。

「他願意付錢給我，要我帶一件皮外套到拉合爾去。錢不多，但還夠用，夠付一兩個月的公寓房租。」

那個生意人給了他一張巴士車票，以及一個靠近拉合爾火車站附近的地址。他必須把皮外套送到那裡，交給那個生意人的朋友。

「我早就知道了。當然，我知道。」塔力格說：「他說我如果被抓了，只能自己一肩擔起來，我必須記住，他知道我母親住在哪裡。但是那筆錢的誘惑實在太大，我無法拒絕。而且，冬天又快來了。」

「你走了多遠？」萊拉問。

「沒多遠。」他笑了起來，有幾分歉意，幾分羞愧。「根本還沒坐上巴士。但是我以為我會沒事，妳知道的，我還以為會很安全。有個看起來像會計的傢伙在那裡，忙著查核貨品，一一登記，他把鉛筆夾在耳後，然後低頭看看說：『好，好，他可以帶這樣東西走，可以放行。這個人他已經付過稅了。』」

結果印度大麻藏在皮衣內襯的縫線裡，警察用小刀劃破皮衣，撒得街上到處都是。

塔力格說著說著又笑了起來，笑聲愈來愈大，顫抖著，萊拉記得他的這個笑聲，他們還小的時候，每當想掩飾尷尬，想把自己做的蠢事與犯的過錯掩蓋過去的時候，他就會這樣笑。

「他瘸了一條腿。」薩瑪伊說。

「就是我想的那個人嗎？」

「他只是來看看。」瑪黎安說。

「閉嘴，妳。」拉席德豎起一根手指，大怒說。他轉身對著萊拉。「喔，妳又知道什麼啦？萊麗和馬吉努團圓了。就像以前一樣。」他表情冷酷。「妳還讓他進來。到這裡來。在我的房子裡。妳讓他進來。他進到這裡，和我兒子在一起。」

「你騙了我。你編了謊話騙我。」萊拉咬牙切齒地說：「你叫那個人來，坐在我面前，還……你知道如果我認為他還活著，我就會離開。」

「**難道妳就沒騙我？**」拉席德咆哮說：「妳以為我看不出來啊？妳那個哈拉密？妳以為我是呆瓜啊，妳這個蕩婦？」

塔力格說得愈多，萊拉愈怕他會停下來。一旦他住口不說，沉默就會出現，也就意味著該輪到她開口，解釋這些年來經歷的種種與緣由，輪到她親口說出他必定已經知道的事。只要他稍一停頓，她就覺得一陣輕微的反胃。她迴避他的目光。她低頭看著他的手，看著這些年來在他手背上長出的濃密黑毛。

塔力格沒多談他坐牢的經歷，只說他在牢裡學會了烏爾都語。萊拉問起的時候，他只不耐煩地搖搖頭。從這個動作，萊拉看見了鏽蝕的鐵柵、骯髒的身體、殘暴的男人、擁擠的牢房，以及霉漬斑斑的天花板。她從他臉上看得出來，那是一個充滿羞辱、墮落與絕望的地方。

塔力格說他被捕之後，他母親曾試著要去看他。

「她來了三次。但是我從沒見到她。」他說。

他寫了一封信給她，雖然很懷疑她到底能不能收到，但他還是陸續寄了幾封。

「我也有寫信給妳。」

「真的？」

「嗯，寫了好多封。」他說：「妳的朋友魯米一定會嫉妒我的創作力。」他又笑了起來，這回是開懷大笑，彷彿不敢相信自己竟然會說出這麼大膽的話，覺得有點難為情似的。

樓上，薩瑪伊開始大哭。

「這麼說來，就像以前一樣囉。」拉席德說：「你們兩個。我猜妳還讓他看了妳的臉。」

「是啊。」薩瑪伊說。然後又對萊拉說：「妳有讓他看見臉，媽咪。我看見了。」

「妳兒子不太喜歡我。」萊拉回到樓下時，塔力格說。

「對不起。」她說：「不是這樣的。他只是……別管他了。」她匆匆改變話題。薩瑪伊是個孩子，一個愛他父親的小男孩，他對這個陌生人出於本能的厭惡，完全可以理解，也合情合理。一想到薩瑪伊的心情，就讓她覺得有種做錯事的罪惡感。

我也有寫信給妳。

寫了好多封。

好多封。

「你在穆里住多久了？」

「不到一年。」塔力格說。

他在牢裡與一名老頭子交上朋友，一個叫薩林的巴基斯坦人。薩林原本是曲棍球員，在監獄進進出出好些年，當時是刺傷便衣警察被判入獄十年。塔力格說，每座監獄都有像薩林這樣的人。牢裡總是有這種精明狡猾、門路很多的人，利用各種管道，可以幫你搞定大小事，只要接近他們身邊，馬上可以嗅到既有機會又帶著危險的氣息。就是薩林幫塔力格打聽到他母親消息的。薩林要塔力格坐下來，像慈父般輕聲對他說，他母親受凍而死了。

塔力格在巴基斯坦的監獄裡待了七年。「我沒被判重刑。」他說：「我運氣不錯。審我那樁案子的法官有個弟妹是阿富汗人。或許他對我網開一面吧，我不知道。」

塔力格在二〇〇〇年初冬刑滿出獄。薩林把他兄弟的地址和電話交給塔力格。他的兄弟名叫沙伊德。

「他說沙伊德在穆里開了家小旅館。」塔力格說：「有二十個房間和一間休閒娛樂室，是可供旅客住宿的小地方。他說告訴他，是我要你去的。」

塔力格一下巴士就愛上了穆里：積雪壓得松樹枝椏低垂，空氣冷冽清新，小木屋門窗緊閉，煙囪裡飄出縷縷輕煙。

真是個好地方，塔力格敲著沙伊德的旅館大門時心想，這裡不僅遠離他所熟知的人間悲苦，甚至連思及人生的痛苦與悲傷，在這裡都顯得荒唐，難以想像。

「我對自己說，這是個可以安身立命的地方。」

塔力格在旅館裡負責打掃和雜務。他做得很不錯，他說，第一個月的試用期間，沙伊德答應付他半薪。塔力格一邊說的時候，萊拉一邊想像沙伊德是個面色紅潤、小眼睛的男人，他站在接待櫃台窗邊，看著塔力格劈柴，鏟淨車道的積雪。她看見塔力格鑽進水槽底下修漏水的水管時，那個男人彎腰端詳塔力格的腿。她想像他正核對登記簿，檢查帳額是否正確。

塔力格住的小屋就在廚師家隔壁。廚師是個很有幾分威嚴的年長寡婦，名叫亞狄芭。他們這兩間小屋沒和旅館的主建築連在一起，中間隔著幾顆杏樹、一張公園長椅，還有一座金字塔型的石砌噴泉，夏日裡整天噴水不斷。萊拉想見塔力格在他的小屋裡，坐在床上，望著窗外林木蒼鬱的世界。試用期滿之後，沙伊德付給塔力格全薪，還供他午餐，給他一件羊毛大衣，幫他裝了一條新的義肢。塔力格說沙伊德的仁慈，讓他感動落淚。

領到全薪的第一個月，塔力格帶著錢進城，買了艾優娜。

「牠的毛是純白的。」塔力格微笑著說：「有時候，下了一整夜的雪之後，一大清早，往窗外一望，只看得見牠的眼睛和鼻嘴。」

萊拉點點頭。又一陣沉默。樓上，薩瑪伊又開始拿球往牆上丟。

「我以為你死了。」萊拉說。

「我知道。妳告訴過我了。」

萊拉幾乎說不出話來。她只得清清喉嚨，重新安定心神。「帶消息來的那個人，看起來很真誠……我信了他的話，塔力格。我真希望我沒有，但是我的確是相信了他的話。當時我覺得好孤單，很害怕。否則，我絕對不會答應嫁給拉席德的。我絕不會……」

「妳不必再提這些。」他迴避她的目光，輕聲說。他的語氣裡沒有隱含譴責或怨懟的意味，連一絲怪罪的意思都沒有。

「但是我非說不可。因為我之所以嫁給拉席德，還有一個更大的原因。有件事你還不知道，塔力格。有個人。我必須告訴你。」

「你也有坐下來和他說話？」拉席德問薩瑪伊。

薩瑪伊沒回答。萊拉在他眼裡看到遲疑與不確定的神色，彷彿他才恍然大悟，知道自己說出來的事比他原本想的更嚴重。

「我問了你一個問題，兒子。」

薩瑪伊吞了一口口水，眼神游移不定。「我在樓上，和瑪黎安玩。」

「你媽呢？」

薩瑪伊歉疚地看著萊拉，幾乎快哭出來了。

「沒關係，薩瑪伊。」萊拉說：「你實話實說吧。」

「她……她在樓下，跟那個人講話。」他的聲音非常微弱，簡直像耳語一般。

「我懂了。」拉席德說：「串通好的。」

準備離開的時候，塔力格說：「我要見她。我要去看她。」

「我會安排的。」萊拉說。

「艾吉莎。艾吉莎。」他微微笑，思索著這個名字。每回拉席德叫她女兒的名字，聽在萊拉耳裡，總覺得很難聽，甚至很粗鄙。「艾吉莎。好討人喜歡的名字。」

「她也很討人喜歡。你見了就知道。」

「我等不及了。」

從他們最後一次見面到今天，已經過了將近十年。萊拉心裡不斷回想他們在小巷見面，偷偷接吻的往事。她很想知道，此時她在他眼中是什麼模樣。他仍然覺得她很漂亮嗎？或者他眼中的她已經人老珠黃，像個步履蹣跚的醜老太婆一樣可憐兮兮？將近十年了。但是，在那一瞬間，和塔力格一起站在陽光裡，流逝的這段歲月彷彿從未存在。她父母不幸死於戰火，她被迫下嫁拉席德，殺戮、火箭彈、塔利班、鞭打、挨餓，甚至她的子女，所有的一切都恍然如夢，都只是一條迷離的岔路，只是最後共處的那個下午與現在此刻之間的一段間奏。

這時，塔力格的臉色變得凝重起來。她認得這個表情。多年以前，他倆還是小孩子的時候，他解開義肢，追打卡哈丁的那天，臉上浮現的就是這個表情。現在，他伸出手，輕撫著她下唇的嘴角。

「他竟然打妳。」他冷冷地說。

他的撫觸讓萊拉再次想起他們孕育艾吉莎的那天，那個狂野的下午。他哈在她脖子上的熱氣，他臀部肌肉的緊繃放鬆，他的胸口抵住她的胸部，他倆雙手緊扣。

「真希望我當時帶著妳一起走。」塔力格聲音低的像耳語。

萊拉垂下目光，努力忍住不哭。

「我知道妳已經為人妻，為人母。現在我人在這裡，在這麼多年之後，在發生了這麼多事情之後，來到妳的門口。這樣做很可能不恰當，也不公平，但是我長途跋涉來到這裡看妳……噢，萊拉，我真希望當時沒離開妳。」

「別這樣。」她哽咽說。

「我當時應該更努力嘗試。我應該把握機會，和妳結婚。那麼，一切的情況就都不同了。」

「別這麼說，拜託。我的心好痛。」

他點點頭，向她靠近一步，但又停了下來。「我並不想惹是生非。我也不是故意突然冒出來，攪亂妳的生活。如果妳要我離開，如果妳要我回巴基斯坦去，只要妳一句話，萊拉，我是說真的。只要妳開口，我就走。我絕對不會再來煩妳。我會——」

「不！」萊拉沒想到自己會脫口而出。她看見自己伸出手，抓住塔力格的臂膀。她放開手。「不。不要離開。塔力格。不要。拜託，留下來。」

塔力格點點頭。

「他上班的時間是從正午到晚上八點。明天下午再來。我會帶你去看艾吉莎。」

「我並不怕他，妳知道的。」

「我知道。你明天下午再來。」

「然後呢？」

「然後……我不知道。我得想想。這……」

「我了解。」他說：「我了解。我對不起妳。好多事情，都是我對不起妳。」

「別這樣。你答應過我你會回來。而你真的回來了。」

他淚水盈眶。「看到妳真好，萊拉。」

看著他走遠，她站在原地渾身發抖。她想，寫了好多封，全身又湧起一陣顫慄，是一股哀悽又悲涼的感覺，但也帶著熱切與破釜沉舟的希望。

45

瑪黎安

「我在樓上，和瑪黎安玩。」薩瑪伊說。

「你媽呢？」

「她……她在樓下，跟那個人講話。」

「我懂了。」拉席德說：「串通好的。」

瑪黎安看著他的臉放鬆，不再緊繃。她看見他不再皺著眉頭，眼裡的猜疑與擔憂消失了。他坐得直挺挺的，那短短的片刻，他看起來就只是在沉思，宛如得知手下即將叛變的船長，正在思索下一步該採取什麼行動。

他抬起頭。

瑪黎安正要開口，但他揚起手，看都沒看她一眼說：「太遲了，瑪黎安。」

他冷冷地對薩瑪伊說：「你上樓去，兒子。」

瑪黎安在薩瑪伊臉上看到警覺的神色。他緊張地看著他們三個大人。他現在察覺到了，他打小報告的遊戲惹來了嚴重——對大人來說很嚴重——的後果。他沮喪又懊悔地看看瑪黎安，又看看他母親。

拉席德換了一種口氣，大罵道：「快去！」

他一把抓住薩瑪伊。薩瑪伊乖乖地被父親帶到樓上去。

她們一動也不動地站著，瑪黎安與萊拉，低頭盯著地上，彷彿兩人只要眼神交會，就會證實拉席德的疑心：他替那些不屑看他一眼的人開門提行李的時候，她倆就在他家裡，當著他寶貝兒子的面，背著他偷偷串謀卑劣的勾當。她倆一句話都沒說，聽著樓上走廊的腳步聲，一個沉重如惡兆臨頭，一個輕盈如小動物跳躍。她們聽見低聲交談，一個尖聲請求，一個斷然回絕，然後砰一聲門關上，鑰匙喀啦喀啦轉。其中一個腳步聲回來了，但變得更加急躁。

他下樓來的時候，瑪黎安看見他的腳重重地踏下階梯。她看見他把鑰匙塞進口袋，看見他的皮帶，穿了孔的一端緊緊纏在指關節上。仿銅的釦環拖在背後，隨著他的腳步彈動。

瑪黎安上前攔住他，但他一把推開，快步走過她身邊。他一言不發揚起皮帶向萊拉揮去，速度之快，讓她根本沒有時間後退或閃躲，甚至連舉手護住自己都來不及。萊拉伸手摸摸太陽穴。她看看手指上的血跡，看看拉席德，一臉驚愕。但是，這種難以置信的表情只維持了極短的一瞬間，馬上就換成憎恨的神色。

拉席德又揮動皮帶。

這一次，萊拉用前臂遮擋，伸手去抓皮帶。她沒抓住，拉席德再次揮下皮帶。萊拉抓住皮帶，但不到一會，拉席德就用力扯開，再次揚起打她。接著萊拉滿屋子逃竄，瑪黎安含糊不清地高聲哭喊，在拉席德追著萊拉，擋住她的路，用皮帶抽打她的時候，苦苦哀求。萊拉一度閃開來，揮拳反擊，打在他耳邊，讓他破口大罵，更發狠地追著她跑。他抓住萊拉，拉她去撞牆，用皮帶一次又一次抽她，釦環打在她的胸口、她的肩膀、她舉起的手臂、她的手指，所到之處一片鮮血淋漓。

瑪黎安數不清皮帶揮打了多少次，數不清她對拉席德哭喊了多少哀求的話，數不清她在牙齒、拳頭、皮帶的混亂糾纏中繞了多少圈，但最後，她只看見手指抓向拉席德的臉，斷裂的指甲掐進他的下顎，扯著他的頭髮，抓著他的額頭。不知過了多久，她才驚訝又高興地發現，那竟是她自己的手指。

他放開萊拉，轉向瑪黎安。起初，他對她視若無睹，接著瞇起眼睛，頗有興味地打量她。他的眼神從迷惑變成震驚，然後再變成難以接受，甚至有些失望，盯著她看了一會。

瑪黎安還記得第一次看見這雙眼睛的情景。當時她戴著面紗，照著鏡子，在嘉里爾的注視之下，他倆的眼神穿過鏡中，交會在一起，他的眼神冷漠，而她溫馴，逆來順受，甚至還有幾許歉疚。

歉疚。

此時，從同樣的那雙眼睛裡，瑪黎安看清楚自己當時有多麼愚蠢。

她是個狡詐的妻子嗎？她問自己。自以為是的妻子？聲名狼藉的女人？不可靠？粗鄙？她到底做過什麼蓄意傷害這個男人的事，讓他可以這樣恣意虐待她，不時毆打她，享受著折磨她的滋味？他生病的時候，難道她沒照顧他嗎？難道她沒有做飯給他吃，款待他的朋友，善盡本分地跟在後面打掃收拾嗎？

難道她沒把青春奉獻給這個男人？

難道她就該忍受他的卑鄙刻薄？

拉席德把皮帶往地上重重一摔，朝她走來。皮帶落地的聲音意味著，有些工作得靠赤手空拳來完成。

但是，就在他準備把她撲倒時，瑪黎安看見萊拉在他背後，從地上撿起一個東西。她看見萊拉的手舉高，停住，然後猛然朝他的臉一砸。玻璃碎裂。玻璃杯鋸齒狀的碎片散落一地。萊拉手上有血，鮮血從拉席德臉上的傷口湧了出來，淌過他的脖子，流到他的襯衫。他轉身，咬牙切齒，眼露凶光。

拉席德和萊拉兩人撞倒在地，互相扭打。最後拉席德一翻轉，壓在萊拉身上，雙手扼住她的脖子。

瑪黎安用指甲抓他，捶打他的胸口，咒罵著他，努力要扳開他掐住萊拉脖子的手指。她甚至張口咬他。但是他的手指仍然緊緊掐住萊拉的氣管，瑪黎安知道，他不打算鬆手。

他想要勒死她，而她們兩人無計可施。

瑪黎安後退，走出客廳。她聽到樓上砰砰的聲音，知道是那雙小手在拍打上鎖的房門。她跑到玄關，衝出門口，穿過院子。

瑪黎安在工具間抓起一把鏟子。

拉席德沒注意到她走回客廳。他還壓在萊拉身上，怒目圓睜，眼神狂亂，雙手緊緊勒住她的脖子。萊拉臉色發青，翻著白眼。瑪黎安看見她已不再掙扎。他就要殺死她了，她想。他是來真的。瑪黎安不能也不會讓他得逞。這二十七年的婚姻裡，他已從她身上奪走太多東西了。她不能眼睜睜地看著他也把萊拉奪走。

瑪黎安站穩腳步，抓緊鐵鏟的握柄。她舉起鐵鏟，喊他的名字。她要他看著。

「拉席德。」

他抬起頭。

瑪黎安用力一揮。

她擊中他的太陽穴。這一擊讓他倒在萊拉身上。

拉席德用手摸著頭。他看看指尖的血跡，又看看瑪黎安。她以為她看見他臉色和緩下來。她想像著，他倆之間心意相通，或許她這一敲，真的把他的腦袋給敲清醒了。或許他也在她臉上看見了什麼，瑪黎安想，某種讓他不敢輕舉妄動的東西。這麼多年來和他一起生活，忍受他經年累月的傲慢施捨與暴力相向，他的吹毛求疵與卑鄙劣行，她要做出多少犧牲奉獻，付出多少心力，或許他現在終於略窺一二了。她在他眼裡看見的是尊敬嗎？還是懊悔？

但是，就在此時，他上唇一掀，露出惡毒的獰笑，瑪黎安頓時明白，如果她不能做個了結，一切都將白費力氣，甚至難以收拾。如果她現在讓他站起來，從他往口袋掏出鑰匙，上樓，到鎖住薩瑪伊的那個房間裡，拿出他的槍，要花多少時間？如果瑪黎安真能確定他只殺她一個人就滿意了，真能確定萊拉可以逃過一劫，那麼，她或許會放下鐵鏟。但是，從拉席德眼神裡，她知道她倆都難逃喪命的厄運。

所以瑪黎安舉起鐵鏟，竭盡所能地高高舉起，高的讓鏟子往後垂，都碰到她的後背了。她給鐵鏟轉了一個方向，讓銳利的那一邊豎直對準。就在這一刻，她突然想到，這是她畢生第一次決定自己人生的道路。

於是，瑪黎安揮下鐵鏟。這一次，她付出了一切。

46

萊拉

萊拉意識到有張臉俯望著她，那牙齒、菸味和凶惡的眼神全都清清楚楚的。她模模糊糊感覺到瑪黎安也在。就在那張臉的後面，瑪黎安的拳頭如雨點般落下。他們上方是天花板，吸引了萊拉的注意：天花板點點深色的霉斑，彷彿染在衣服上的墨漬，灰泥上的裂縫似笑也似皺眉，端視從房間的哪個位置仰望而定。萊拉想起她時常在掃把末端綁上破布，清理天花板上的蜘蛛網。還有，她和瑪黎安曾經三度給天花板刷上白色油漆。此時，裂縫不再是微笑，而是一道嘲弄的惡意睨視。然後天花板開始後退，不斷縮小，愈來愈高，離她愈來愈遠，遁入朦朧幽微的遠處。天花板愈來愈高，變得只剩郵票大小，又白又亮，周圍的一切全被遮天蓋地的黑暗淹沒。漆黑之中，拉席德的臉活像太陽黑子般。

接著她眼前閃現短暫卻眩目的點點光芒，宛如銀白的星星爆炸開來。光芒中出現各種奇異的幾何圖形，還有蟲形、蛋形的東西，上下左右移動，融合在一起，又裂開來，變成其他東西，然後逐漸隱去，一片漆黑。

有說話的聲音，聽起來模糊而遙遠。

她隱約看到，兩個孩子的臉一閃即逝。艾吉莎的臉，機靈警覺，憂心不安，洞明事理，卻不敢顯露出什麼。而薩瑪伊則是顫抖地急著想看看父親。

那麼，結局就是這樣了，萊拉想。這個結局還真可憐哪。

然而，黑暗卻逐漸淡去。她有種逐漸爬升的感覺，好像有人把她扶了起來。天花板慢慢地回到原位，擴展開來，現在萊拉又能看見那條裂縫了，依舊是原來那個傻兮兮的微笑。

有人搖著她。妳還好嗎？回答我，妳還好嗎？瑪黎安的臉，那張傷痕累累，憂心忡忡的臉，俯視著萊拉。

萊拉試著想吸一口氣。喉嚨如火灼燒。她又吸了一口。這次更痛了，不只是喉嚨，連胸口都灼痛。她開始咳嗽，喘著氣，大口喘氣，就只是拚命吸氣。她聽力正常的那隻耳朵開始耳鳴。

她坐起來之後，先看到的是拉席德。他仰躺著，一雙眼睛瞪得大大的，眨也不眨，活像條嘴巴大張的魚。一道淺粉紅的唾液從嘴角淌下臉頰。褲襠全溼了。她看見他的額頭。

接著看見那把鐵鏟。

她不禁呻吟一聲。「噢。」她渾然顫慄，幾乎說不出話來。「噢，瑪黎安。」

萊拉走來走去，悲嘆著，絞著手。瑪黎安坐在離拉席德不遠的地方，手放在膝上，安安靜靜的，一動也不動。好長一段時間，瑪黎安半句話都沒說。

萊拉口乾舌燥，喃喃自語，全身抖個不停。她強自壓抑著不去看拉席德，不去看他張得大大的嘴、圓睜的眼睛，以及凝結在鎖骨凹洞的血跡。

屋外，光線漸漸黯淡，暮色愈來愈濃。幽微的光線中，瑪黎安的臉看起來瘦弱，眉頭皺著，但是她完全沒有激動或驚恐的樣子，只是若有所思，沉浸在思緒裡，想得出神，連蒼蠅停在她臉頰上都沒有反應。她就只是靜靜坐著，下嘴唇突出，像她平常沉思時的模樣。

最後，她說：「坐下吧，萊拉優。」

萊拉順從地坐下。

「我們得把他移走。不能讓薩瑪伊看見。」

用床單把拉席德裹起來之前，瑪黎安從他口袋裡掏出臥房的鑰匙。萊拉從膝蓋處抬起他的腳，瑪黎安則抓著他的手臂。她們試著想抬起他，但他實在太重了，最後只好拖著他走。她們拖著他穿過門口，進到院子的時候，拉席德的腳被門框卡住，腿斜斜彎著。她們只好後退，重新再試一次。這時，樓上突然砰了一聲，萊拉嚇得兩腿發軟。一鬆手，丟下拉席德，倒在地上，渾身發抖地哭了起來。瑪黎安只好硬起心腸，雙手叉腰，說她一定得鎮定。因為覆水已難收。

一會兒之後，萊拉站起來，擦擦臉。她們一路順利地把拉席德拖到院子裡。她們把他拖進工具間，藏在工作台後面。工作台上擺著他的鋸子、一些釘子、一把鑿子、一把鐵鎚，還有一塊圓柱形的木頭，拉席德原本打算替薩瑪伊刻個東西的，但是卻遲遲沒動手。

然後她們回到屋裡。瑪黎安把手洗乾淨，用手順了順頭髮，深吸一口氣，再呼出來。「我來替妳敷藥吧。妳渾身是傷，萊拉優。」

瑪黎安說她需要一個晚上來好好想想。她得理清頭緒，想個計畫。

「一定有辦法的，只要想出來就行了。」她說。

「我們一定得走！我們不能留在這裡。」萊拉啞著嗓子低聲說。她突然想到，鐵鏟擊中拉席德頭部發出的聲響。她不自覺地身體猛然往前一傾，膽汁湧上她的胸口。

瑪黎安耐心等著萊拉覺得舒服一些。然後她要萊拉躺下來，用手梳著萊拉披散在她膝上的頭髮。瑪黎安說別擔心，會沒事的。她說她們要離開——她、萊拉、兩個孩子，還有塔力格。他們要離開這個家，這個殘酷的城市。他們要離開這個令人絕望的城市，瑪黎安輕撫著萊拉的頭髮說，到一個遙遠而安全的地方，一個沒人找得到他們，一個他們可以埋葬過往，安定生活的地方。

「一個有樹的地方。」她說：「沒錯，有很多樹的地方。」

瑪黎安說，他們會住在一幢小小的房子裡，在某個從沒聽過的小城外緣，或是在某個小路崎嶇、各種植物與矮樹沿途叢生的偏遠村莊。那裡或許還有條小路，一條通往草地的小徑，孩子們可以到草地上嬉戲。或者有條碎石路可以帶他們到一個清澈澄藍的湖泊，一個鱒魚悠游、蘆葦穿出水面的湖泊。他們可以養羊養雞，一起做麵包，一起教孩子們念書。他們可以展開新的生活——寧靜安詳、遺世獨立的生活——他們可以卸下所有忍受已久的重擔，可以找到幸福，可以真正擁有生活無憂的日子。

萊拉也在旁喃喃自語著。那樣的生活一定充滿艱難，她知道，但卻會是讓人樂在其中的那種艱難，是他們可以引以為豪，一如傳家寶般可以收藏、珍惜的艱難。瑪黎安輕柔如慈母的聲音不斷訴說，讓萊拉覺得寬心。一定有辦法的，她這麼說過。到了早上，瑪黎安就會告訴她，她們該怎麼做，然後她們就會著手進行，或許明天的這個時間，她們已經上路去追求新的人生，一個有著無窮可能與喜樂的人生，一個困難重重卻讓她們樂於迎接挑戰的人生。萊拉很慶幸是瑪黎安負起這個責任，因為只有冷靜鎮定且頭腦清楚的瑪黎安，才有辦法替她們兩人的未來好好打算。她自己心緒不寧，一片混亂。

瑪黎安站起來。「妳該上樓去照顧兒子了。」萊拉從來沒在其他人臉上看過如此決絕的表情。

萊拉在一片漆黑裡找到他，蜷縮在拉席德睡的那一側床墊上。她鑽進被窩，躺在他旁邊，拉起毯子蓋住他倆。

「你睡了嗎？」

他沒轉頭過來面對她：「還睡不著。爸爸將還沒和我一起念趕走巴巴魯[5]的咒語。」

「我今天晚上和你一起念吧。」

「妳沒辦法像他念得那麼好。」

她捏捏他小小的肩膀，親他的脖子。「我可以試試看。」

「爸爸將呢？」

「爸爸將去別的地方了。」萊拉說，她的喉嚨又哽住了。

就這樣，她第一次說出這個該死的漫天大謊。以後這個謊言必須說上多少次呢？萊拉不禁哀悽地想。薩瑪伊還要被騙多少次？她想起拉席德回家的時候，薩瑪伊興高采烈地跑上前迎接，拉席德抓著他的肘彎，把他舉起來，轉啊轉啊，轉得薩瑪伊的腿伸得直直長長，等薩瑪伊一落地，像個醉酒的人站不穩腳步時，父子倆就嘰嘰咯咯笑成一團。她想起他們的胡鬧嬉戲，他們的嘻嘻哈哈，他們神祕兮兮的眼神。

萊拉突然覺得很羞愧，很對不起兒子。

「他去哪兒？」

「我不知道，親愛的。」

他什麼時候回來？爸爸將回來的時候會帶禮物嗎？

她和薩瑪伊一起念咒語。二十一遍「奉慈悲的阿拉之名」——每一聲代表七根手指的一個指關節。她看著他把手放到嘴邊，吹了一口氣，然後雙手手背貼著額頭，做了個揮趕的動作，低聲念道：巴巴魯，走開，別來找薩瑪伊，他和你沒關係。巴巴魯，走開。結束之前，他們又念了三遍「真主保佑」。後來，夜更深了以後，一個隱隱約約的聲音嚇了萊拉一跳：爸爸將是因為我才離開的嗎？因為我說了妳和那個人在樓下的事？

她俯身靠近他，想安慰他，想告訴他說和你沒關係，薩瑪伊。不，這不是你的錯。但是他睡著了，小小的胸膛起伏著。

萊拉上床以後，心中猶如蒙上重重雲霧，混沌不清，完全無法思考。但等她從召喚晨禮的鐘聲中醒來，陰霾已幾乎散盡。

她坐起來，看著薩瑪伊好一會兒。他還在睡，握著的拳頭抵住下巴。萊拉彷彿看見瑪黎安在半夜悄悄進來，看著沉睡的她與薩瑪伊，暗自盤算著。

5 Babaloo，傳說中吃小孩的惡魔。

萊拉滑下床，費了很大力氣才站得起來。全身到處都痛。她的脖子、肩膀、背、手臂、大腿，全都有拉席德那條皮帶釦環留下的傷痕。她強忍疼痛，悄悄走出房間。

瑪黎安房間裡的光線有些陰暗，比灰色調來得更暗沉一些，這樣的光影總讓萊拉聯想起啼叫的公雞與草葉上滑落的露珠。瑪黎安坐在角落面對窗戶的禱拜毯上。萊拉緩緩地蹲下，與她面對面坐著。

「妳今天早上該去看艾吉莎。」瑪黎安說。

「我知道妳打算怎麼做。」

「別走路去。搭巴士，妳可以混上去。計程車太引人注意了。妳自己一個人搭車，一定會被攔下來。」

「妳昨天晚上答應過的……」

萊拉說不下去了。那些樹、那湖、那不知名的小村莊，全都只是幻想，她知道。一個用來安撫她的美麗謊言。就像哄騙苦惱的孩子一樣。

「我的意思是。」瑪黎安說：「我的意思是，妳可以過那樣的生活，萊拉優。」

「沒有妳的生活，我不要。」萊拉哽咽說。

瑪黎安悽然一笑。

「我要一切像妳說的那樣，瑪黎安，我們大家一起走，妳、我和孩子們。塔力格在巴基斯坦有個住處。我們可以在那裡躲一陣子，等事情平靜了──」

「那是不可能的。」瑪黎安很有耐性地說，像個慈母諄諄教誨心地善良卻搞不清楚狀況的孩子。

「我們可以互相照顧。」萊拉說。她哽咽地說不出話來，淚眼模糊。「就像妳說的那樣。不。如果妳和我們一起走，我會照顧妳一輩子的。」

「噢，萊拉優。」

萊拉結結巴巴地說個沒完。她談條件。她承諾。她說，她會做所有的打掃工作，也負責煮飯。「妳什麼事都不用做。再也不用做了。妳只要休息、睡覺，在花園裡種花弄草。不管妳想要什麼，只要開口，我都會弄來給妳。別這樣，瑪黎安。別離開我。別傷艾吉莎的心。」

「偷麵包會被砍斷手。」瑪黎安說：「妳想，如果他們發現有個丈夫被殺，兩個妻子跑掉了，會怎麼做？」

「沒有人會知道的。」萊拉低聲說：「沒有人找得到我們的。」

「他們一定會的，遲早而已。他們是嗜血的獵犬哪。」瑪黎安的聲音很低，帶著警告意味。這讓萊拉的承諾顯得異想天開，不切實際，荒唐愚蠢。

「瑪黎安，拜託——」

「等他們發現了，他們會認為妳和我一樣有罪。還有塔力格也是。我不想讓你們兩個像逃犯一樣亡命天涯。如果你們被抓了，孩子怎麼辦？」

萊拉淚如泉湧，雙眼刺痛。

「到時候誰來照顧他們？塔利班嗎？妳是個母親，替妳的孩子想想吧，萊拉優。站在母親的立場思考。就像我這樣。」

「我做不到。」

「妳非做到不可。」

「不公平。」萊拉哽咽說。

「這很公平的。過來，來，躺下來。」

萊拉靠向前，再次把頭枕在瑪黎安膝上。她想起她們互相綁辮子消磨時間的每一個午後。瑪黎安耐心聽她述說心中的胡思亂想與平淡無奇的故事，那副感激的模樣，猶如獲得獨一無二、令人羨慕的特權似的。

「這很公平。」瑪黎安說：「我殺了我們的丈夫。我讓妳的兒子沒了父親。我逃走是不對的。我不能逃。就算他們永遠抓不到我們，我也不能……」她嘴唇顫抖。「我也躲不開妳兒子的哀傷。我怎麼面對他呢？我怎麼可能有勇氣面對他呢，萊拉優？」

瑪黎安輕輕撫弄萊拉的一綹頭髮，解開纏在一起的鬈髮。

「對我來說，一切都結束了。我已經別無所求了。我小時候所夢想的一切，你們都已經給我了。妳和妳的孩子讓我這麼快樂。沒事的，萊拉優。沒事的。別傷心。」

萊拉找不出半句有道理的話來回答瑪黎安。但她還是前言不對後語、孩子氣地東拉西扯，說什麼有果樹等著要種，有雞等著要養。她還是談著那幢位在不知名鎮上的小屋子，散步到盛產鱒魚的湖泊等等。最後，再也找不到話說的時候，淚水還是流個不停，萊拉只能像個被大人無懈可擊的邏輯打敗的孩子，哭哭啼啼地投降。她只能縮起身子，最後一次把臉埋進瑪黎安溫暖的膝上。

那天上午稍晚，瑪黎安幫薩瑪伊打包了午餐的麵包和無花果乾。她也幫艾吉莎打包了一些無花果和小動物形狀的餅乾。她把東西裝進紙袋裡，交給萊拉。

「替我親親艾吉莎。」她說：「告訴她，她是我眼裡的明月，我心裡的國王。妳會替我跟她說吧？」

萊拉點點頭，緊抿著脣。

「搭巴士，照我說的話做，別抬頭。」

「我什麼時候能再見到妳，瑪黎安？我要先見到妳再出庭作證。我要告訴他們事情的經過。我會解釋說這不是妳的錯。妳是逼不得已的。他們會了解的，對不對，瑪黎安？他們會了解的。」

瑪黎安溫柔地看她一眼。

她蹲下來看著薩瑪伊。他穿了一件紅色T恤、破舊的卡其褲，還有拉席德在曼達伊市集買給他的二手牛仔靴。他雙手抱著那顆新籃球。瑪黎安在他臉上親了一下。

「你是個很壯很乖的男生喔。」她說：「你要好好照顧媽媽喔。」她捧起他的臉，他退縮了一下，但她沒放手。「對不起，薩瑪伊優。相信我，我真的很抱歉，讓你這麼痛苦，這麼悲傷。」

萊拉牽著薩瑪伊的手一起上路。就在轉過街角之前，萊拉回頭望，看見瑪黎安站在門邊。瑪黎安頭上戴著白色的頭巾，身上穿著一件前襟開釦的深藍毛衣，配上白色棉褲。一綹灰白的髮絲垂在額頭。幾縷陽光在她的臉上與肩膀留下一道道光影。瑪黎安慈祥地揮著手。

他們轉過街角。萊拉從此再也沒見到過瑪黎安。

47

瑪黎安

彷彿回到了小屋，在經過了這麼多年之後。

瓦拉葉特女子監獄是一棟土褐色的四方形建築，位在新城區的雞仔街附近，就在一幢監禁男性囚犯的大型建築物中央。一扇掛上大鎖的門，把瑪黎安和其他女犯與周圍的男囚區隔開來。瑪黎安數了一數，共有五間牢房。每間牢房都空無一物，只有斑駁骯髒的牆，開向中庭的小窗戶。窗戶裝有鐵柵，牢門卻沒上鎖，囚犯可以隨心所欲地自由進出中庭。窗上沒有玻璃。也沒有窗簾，也就是說，負責在中庭巡邏的塔利班警衛會監視著牢房內部的一舉一動。有些女人抱怨警衛在窗外抽菸，帶著色瞇瞇的眼神和貪婪的微笑偷窺，拿她們開些淫穢的玩笑。也因為這樣，大部分的女人整天穿著布卡，等到太陽下山，大門上鎖，警衛都回到崗位之後才脫掉。

入夜之後，瑪黎安和五個女人與四個小孩共住的牢房一片漆黑。有電的晚上，她們就把一個名叫娜格瑪的女孩舉到天花板上。娜格瑪個頭很小，胸部平坦，一頭黑色鬈髮。天花板上有條電線，絕緣外皮已剝落。娜格瑪用手把通了電的電線纏在燈泡底座，讓燈亮起來。

牢裡的廁所約莫只有櫥櫃大小，水泥地都已龜裂。地面開有一個長方形的小洞，洞底堆著排洩物，蒼蠅飛進飛出。

監獄正中央是一個露天的長方形中庭，中間有一口井。水井沒有排水口，所以中庭不時溼答答的，井水嘗起來有腐臭的味道。中庭拉滿橫豎交錯的晒衣繩，晾著手洗的襪子和尿布。這裡是犯人會客的地方，她們在這裡烹煮親友帶來的米——因為監獄裡不供伙食。中庭也是孩子的遊戲區，瑪黎安聽說很多小孩都是在瓦拉葉特出生的，從沒見過牆外的世界。瑪黎安看著他們彼此追逐，看著他們的光腳丫濺起泥濘。他們整天跑個不停，想出各種熱鬧的把戲，渾然不覺瀰漫在瓦拉葉特與他們自己身上的屎尿臭味，也不在乎那些塔利班警衛，每每要到有人挨了巴掌才開始留心。

瑪黎安沒有訪客。這是她對塔利班官員提出的第一個也是唯一的要求。不見訪客。

與瑪黎安同一個牢房的女人，都不是暴力犯罪入監服刑的，她們都只是因為稀鬆平常的「逃家」罪名而入獄。因此，瑪黎安在獄中頗有名氣，儼然成為某種名流。那些女人帶著崇拜地近乎敬畏的神情看她。她們把自己的毯子給她用，搶著把自己的食物給她。

最積極的當數娜格瑪，她總是挽著瑪黎安的手，瑪黎安走到哪就跟到哪。娜格瑪是那種以傳播壞消息為樂的人，不管倒霉的是她自己或別人。她說她父親曾把她許配給一個大她三十歲的裁縫。

「他臭的像大便，牙齒比手指頭還少。」娜格瑪說的是那個裁縫。

她愛上一個年輕人，是本地一位穆拉的兒子。他們打算私奔到加德茲，但還沒離開喀布爾就被攔下了。被抓回家之後，穆拉的兒子挨了一頓鞭打，於是反悔說是娜格瑪用她的女色勾引他。他說，她對他施了咒。他保證以後會重新鑽研《古蘭經》。穆拉的兒子獲釋。娜格瑪被判刑五年。

她說，坐牢對她來說未嘗不是好事。她父親已經立誓，等她一出獄，就要拿刀割斷她的喉嚨。

聽娜格瑪訴說她的遭遇，瑪黎安想起很久很久以前的那個清晨，孤冷的星辰微光閃爍，幾片淡紅薄雲飄過薩菲德山，娜娜對她說：就像指南針的針永遠指向北方，男人問罪的手指找到的永遠是女人。永遠都是。好好記住吧，瑪黎安。

瑪黎安是在前一個星期接受審判的。沒有辯護人，沒有公開審訊，沒有交叉檢視證據，沒有上訴。瑪黎安放棄傳訊證人的權利。全部的過程不到十五分鐘。

坐在中間那個看起來很虛弱的神學士是主審法官。他瘦的嚇人，皮膚枯黃，留者一把鬈鬈的紅色大鬍子。他戴的眼鏡讓眼睛看起來更大，也讓人看到他泛黃的眼白，而他的脖子細的好像快撐不住頭上精心纏繞的頭巾。

「妳認罪嗎，姊妹？」他用疲累的聲音又問了一遍。

「是的。」

那人點點頭。或許他並沒有點頭，這很難說；因為他的手和頭抖得很明顯，讓瑪黎安不禁想起費伊祖拉穆拉的顫抖。他想喝茶的時候，並沒有伸手去拿茶杯。他對左邊那個肩膀寬闊的男人示意，那人就恭敬地把杯子端到他脣邊。喝完之後，法官輕輕閉上眼睛，一個表示謝意、無聲卻優雅的姿態。

瑪黎安發現他身上有種讓人卸下心防的特質。他開口說話的時候，雖然帶著幾分精明，卻不掩和善。他的微笑很有包容力。他沒用嫌惡的眼神看她，也沒用怨恨或斥責的口吻對她說話。他語調輕柔，有著幾許歉意。

「妳完全了解妳所說的話嗎？」法官右邊那個臉孔稜角分明的神學士說。這個神學士不是剛才端茶的那個。他是三個神學士之中最年輕的一個。他講話的速度很快，有著武斷與傲慢的自信。瑪黎安不會講普什圖語，讓他很惱火。瑪黎安覺得他是那種自恃大權在握、喜辯好鬥的年輕人，看什麼都不順眼，以為自己天生就有權利審判別人。

「我了解。」瑪黎安說。

「我很懷疑。」那個年輕的神學士說：「真主把妳們女人和我們男人造得不同。我們的頭腦是不一樣的。女人無法像男人一樣思考。西方的醫生和科學家都證明了這一點。也就是這個緣故，如果證人是男的，一個就夠了，但如果證人是女的，就必須有兩個才行。」

「我承認我所做的事，弟兄。」瑪黎安說：「只是，如果我不動手，他就會殺了她。他那時正勒住她的脖子。」

「這是妳說的。但是，女人家什麼話都說得出來。」

「這是事實。」

「妳有證人嗎？除了妳那個姊妹之外？」

「我沒有。」瑪黎安說。

「那就沒辦法啦。」他攤開手，竊笑了起來。

接著開口的是那個病懨懨的神學士。

「我在帕夏瓦認識一個醫生。」他說：「一個很好的年輕傢伙。我一個月前去看他，上個星期又去了一趟。我實話實說吧，朋友。他對我說，三個月，穆拉先生，或許最多六個月——當然，全看真主的旨意。」

他悄悄對左邊那個寬肩男子點了個頭，又喝了一口替他準備的茶。他用顫抖的手背擦了擦嘴。

「結束生命我並不怕，因為我唯一的兒子在五年前就走了。人生就是這樣，總要我們忍受一個又一個的傷痛，儘管我們早就承受不了了。我不怕，我相信等到那一刻來臨的時候，我會很高興地離去。

「讓我害怕的是，姊妹，到了那天，真主召我到面前問：你為什麼沒照我的話做，穆拉？為什麼你不遵守我的律法？我該怎麼對祂解釋呢？我該怎麼為自己忽視祂的律令而辯解呢？我所能做的，我們每一個人所能做的，就只是在真主賜與的生命裡，遵守祂頒賜給我們的律令。我愈清楚看到人生的終點，愈接近我接受審判的日子，我遵照真主箴言行事的決心也愈堅定，不管會有多痛苦。」

他挪動了一下，身體縮了起來。

「我相信妳說的，妳丈夫是個脾氣很壞的人。」他又開始說。那雙戴眼鏡的眼睛牢牢盯著瑪黎安，眼神既嚴厲又帶同情。「但是妳的殘忍行為還是讓我很不安，姊妹。妳做的事讓我很為難。妳下手的時候，他的小兒子就在樓上哭，這也讓我很為難。

「我累了，也快死了，我很想要慈悲為懷。我想要赦免妳。但是等真主召喚我問道：但是，你何德何能可以赦免他人啊，穆拉？我該怎麼說呢？」

另位兩個人點點頭，用欽佩的眼神看著他。

「我看得出來，妳並不是個邪惡的女人。但是妳做了邪惡的事。妳必須為妳所做的事付出代價。伊斯蘭教法規定得很清楚。教法規定，我必須送妳到那個我馬上也要去的地方。

「妳了解嗎，姊妹？」

瑪黎安低頭看著雙手。她說她了解。

「願真主赦免妳。」

被帶出去之前，瑪黎安拿到一份文件，他們要她在自白與穆拉的判決下面簽名。三個神學士注視著她，瑪黎安一筆一劃寫出她的名字──「瑪─黎─安」。她想起上一次在文件上簽名是在二十七年前，在嘉里爾的桌上，在另一名穆拉的注視之下。

瑪黎安在牢裡待了十天。她坐在牢房的窗邊，看著中庭裡的獄中生活。夏風吹起，她看見碎紙片乘風狂亂旋舞，忽而東，忽而西，高高飛過監獄的圍牆。她看著風捲起塵土，捲成狂轉的螺旋，橫掃中庭。每一個人，包括警衛、犯人、孩子們，以及瑪黎安，全都用手肘護著臉，但還是擋不住。塵土灌進耳朵與鼻孔，吹進眼瞼與皮膚皺摺，甚至鑽進了齒縫裡。直到日落時分，風才平息。夜裡就算有微風輕拂，也是溫柔有加，彷彿要為兄弟姊妹在白晝裡的橫行霸道贖罪似的。

瑪黎安在瓦拉葉特的最後一天，娜格瑪給了她一個橘子。她把橘子擺在瑪黎安手心，合攏她的手緊握住，然後開始哭了起來。

「妳是我這一輩子最好的朋友。」她說。

這天的其他時間，瑪黎安都在鐵窗邊看著外面的犯人。有人在煮飯，一股小茴香的輕煙與暖暖的熱氣飄進窗來。瑪黎安看見孩子們在玩蒙眼遊戲。兩個小女孩哼著歌，那是瑪黎安童年記憶裡的歌，是嘉里爾和她一起坐在石頭上，在溪裡釣魚時唱的歌：

小小盆兒路邊站，

小小魚兒盆裡玩，
魚兒喝水喝喝水，
喝著喝著滑下水。

前一天晚上，瑪黎安斷斷續續做著夢。她夢見鵝卵石，總共十一顆，垂直排列。夢見嘉里爾，又變年輕了，迷人的微笑，有渦痕的下巴，點點汗漬，外套披在肩上，終於來帶女兒去搭他那輛亮晶晶的黑色別克轎車。捻著念珠的費伊祖拉穆拉，陪她在溪邊散步，他倆的身影映在水面，映在綠草茂密的溪岸上。溪岸綠草青青，卻有一抹薰衣草似的藍紫。那是一株野生的鳶尾花，夢裡，聞起來有丁香的味道。她夢到娜娜站在小屋門口，聲音幽微遙遠，喚她回去吃晚飯。而她，瑪黎安，在涼爽的雜草中玩耍，螞蟻爬來爬去，甲蟲匆匆趕路，蚱蜢在各色各樣的草葉上跳來跳去。手推車被費力地推上泥巴路，吱吱嘎嘎響。牛鈴叮叮噹噹。山坡上的羊群咩咩叫。

往加齊體育館的路上，只要車子駛過坑洞，車輪彈起石子，瑪黎安就在卡車裡被震一下。這一路的顛簸讓她的尾椎很痛。有個帶槍的年輕神學士坐在她對面看著她。

瑪黎安想，他會不會就是等下動手的人。這個一臉和善的年輕人，有雙明亮深陷的眼睛，五官分明，指甲黑黑的食指不斷敲著卡車圍欄。

「妳餓了嗎，伯母？」他說。

瑪黎安搖搖頭。

「我有個小麵包。很好吃的。如果妳餓了，可以給妳吃。我不介意。」

「沒關係，謝謝，兄弟。」

他點點頭，親切地看著她說：「妳害怕嗎，伯母？」

瑪黎安喉頭頓時一緊。她用顫抖的聲音老實對他說：「是的，我很害怕。」

「我有一張我父親的照片。」他說：「我不記得他了。他以前是修腳踏車的。我只知道這些。我不記得他的樣子，妳知道，不記得他笑的樣子或講話的聲音。」他別開視線，然後又看著瑪黎安。「我母親常說，他是她見過最勇敢的人，就像獅子一樣。但她告訴我，父親被共產黨抓走的那個早上，他哭得像個孩子。我告訴妳這個，是想讓妳知道，會害怕是很自然的。別覺得丟臉，伯母。」

瑪黎安哭了起來，那天的第一次。

好幾千雙眼睛盯著她看。擁擠的露天看台上，人人伸長脖子，爭相想看得更清楚一些。瑪黎安被扶下卡車的時候，整個體育場響起交頭接耳以及咋舌的聲音。瑪黎安想像得出來，擴音器宣布她的罪名時，人人搖頭的場景。但是她沒抬頭看他們搖頭是出於不以為然還是悲憫，是指責還是同情。瑪黎安對所有人都視而不見。

這天早晨的時候，她很怕自己會出醜，當場求饒或嚎啕大哭。她很怕自己尖叫、嘔吐，甚至失禁，在人生的最後一刻，還因動物本能與身體失態而丟臉。但是，她走下卡車的時候，腿沒軟，手沒抖，不必被拖著走。等真的覺得自己開始畏怯的時候，她就想著薩瑪伊，想到她奪走了他人生的至愛，讓他終此一生都必須活在沒有父親的哀傷陰影裡。於是，瑪黎安就堅定地跨出腳步，義無反顧地向前走。

一個帶槍的男人走近她，要她走到南面的足球門柱。瑪黎安感覺得出來，群眾正屏息以待。她沒抬頭望，依舊垂眼看著地面，看著她自己的影子，看著她背後那個劊子手的影子。

儘管曾經有過美好時光，但瑪黎安知道，她這一生過得艱苦坎坷。然而，在人生最後的這二十步路程裡，她卻還是渴望自己能再多活一些時間。她希望能再見到萊拉，聽到她清脆的笑聲，與她坐在星光點點的夜空下，喝著茶，吃剩下的棗泥糕。她好遺憾不能看著艾吉莎長大，不能看著她長成美麗的少女，不能用指甲花替她塗指甲，不能在她的婚禮上分喜糖。她不能和艾吉莎的孩子一起玩。她好想好想，好想活到老，好想和艾吉莎的孩子一起玩。

就快靠近門柱的時候，她背後的那人叫她站住。瑪黎安聽命照做。透過布卡紋路交錯的網紗，她看見他的影子，舉起卡拉希尼柯夫步槍的影子。

最後的人生時刻裡，瑪黎安心裡有千百個希望盤旋。但是，等她閉上眼睛，所有的遺憾悔恨全不見了，只有無邊無際的祥和安寧籠罩著她。她想起自己踏進這個世界，一個貧賤鄉下人所生的哈拉密，一個沒人想要的東西，一個可憐卻懊悔莫及的意外。一株野草。然而，她離開這個世界時，是個曾經愛過也被愛的女人。離開世界的此刻，她是個朋友，是個同伴，也是個守護者。一個母親。一個舉足輕重的人。不。這結局並不算太壞。瑪黎安想，她是該這麼死去的。不算太壞。以非法身分而開始的人生，終於能得到合法的結局。

瑪黎安最後想到的是《古蘭經》的幾句話，她默默念著：

祂本著真理，創造天地；祂截夜補晝，截晝補夜。祂制服日夜，各自運行，到一定期。真的，祂確是萬能的，確是至赦的6。

「跪下。」那名神學士說。

噢，主啊！赦免我，悲憫我吧，因為祢是至慈至悲的。

「跪在這裡，姊妹。往下看。」

最後一次，瑪黎安最後一次聽命行事。

6《古蘭經》第三十九章〈隊伍〉第五節。

第四部

48

塔力格會犯頭痛。

有些夜裡，萊拉醒來，發現他在床角，前搖後晃，拉起內衣蒙住頭。頭痛打從在納希爾巴赫難民營的時候就開始了，他說，坐牢的時候更加惡化。有時候他痛得嘔吐，一隻眼睛看不見。他說那就像一把刀子插進太陽穴，慢慢地轉啊轉地鑽過他的腦袋，從另一邊的太陽穴穿出來。

「一痛起來，我嘴巴裡甚至嘗得到那把刀的味道。」

有時候萊拉會擰條溼布，放在他額頭，讓他好過一些。沙伊德的醫生開給塔力格的白色圓形小藥丸也有用。但是有些晚上，塔力格就只能抱著頭呻吟，眼睛充血，鼻涕直流。他痛成這樣的時候，萊拉就坐在他身邊，輕輕揉著他的背，握住他的手。他手上的婚戒冰涼涼的，抵在她的掌心。

他們一到穆里當天就結婚了。塔力格說他們要結婚時，沙伊德露出鬆了一口氣的表情。如此一來，他就不必和塔力格討論未婚情侶住在他旅館裡的敏感話題。萊拉原本想像沙伊德是個紅光滿面，配上一雙小眼睛的人。結果卻不是。他有兩撇灰白的鬍子，尾端修得尖尖的，一頭灰白長髮往後梳，露出額頭來。他輕聲細語，風度翩翩，說起話來不疾不徐，一舉一動都從容不迫。

那天替他們婚禮找來朋友和穆拉的是沙伊德；把塔力格拉到一邊，塞錢給他的也是沙伊德。塔力格不肯收，但沙伊德堅持要給。塔力格到大街上買了兩只單薄樸素的婚戒。當天晚上孩子們入睡之後，他們就結婚了。

穆拉為他們披上綠色的面紗。從遮進面紗底下的鏡子裡，他倆眼神交會。沒有淚光，沒有終成眷屬的微笑，沒有低聲呢喃的海誓山盟。靜默中，萊拉看著他倆的形影，看著他們超齡的滄桑面容，曾經光滑年輕的面容，已經有了眼袋，有了皺紋，鬆弛下垂。塔力格張開嘴，正準備說話，卻有人一把扯掉面紗，於是萊拉也就沒機會聽他到底想說什麼。

那天夜裡，他們以夫妻的身分躺在床上，孩子們在地上的床墊熟睡。萊拉記得她和塔力格年紀更輕的時候，總有著說不完的話。他們說得又急又快，不停打斷對方，扯著彼此的衣領來加強語氣，暢快大笑，恣意取樂。從那段童年時光之後，發生了多少的事，有多少的話要說。但是婚後的第一夜，她卻心魂激盪地說不出話來。這一夜，能有他在身邊已經是最大的福分了。能知道他人在這裡，能感覺到他挨在她身邊的溫度，能和他躺在一起，頭靠著頭，他的右手緊扣住她的左手，已經是最大的福分了。

半夜，萊拉口渴而醒來，她發現他倆仍然手拉著手，拉得緊緊的，手指關節都泛白了，就像孩子緊緊拉住氣球繩子一樣。

萊拉喜歡穆里涼爽又霧濛濛的清晨，眩目耀眼的黃昏，星月閃爍的夜空。松樹的蒼蒼翠綠，配上在粗壯樹幹跳上跳下的松鼠身上柔和的棕色。還有突如其來，讓大街行人手忙腳亂躲進店家遮雨篷的傾盆大雨。她喜歡紀念品商店，喜歡接待遊客的各色飯店，儘管當地人老是悲嘆接連不斷的開發、周邊建設的擴張逐漸侵蝕穆里的自然美。竟然有人為大興土木而哀傷，萊拉覺得很不解。在喀布爾，大家歡迎還來不及呢。

她喜歡他們擁有一間浴室，不是戶外廁所，而是真正的浴室，有沖水馬桶，有蓮蓬頭，有浴缸，還有兩個水龍頭，只要輕輕一轉，就會流出冷水或熱水。她喜歡清晨在艾優娜的咩叫聲中醒來，也喜歡亞狄芭——這位廚藝一流的廚師雖然不太好相處，人倒不壞。

有時候，萊拉看著熟睡的塔力格，看著孩子們在睡夢中翻身說夢話，心中就湧起感激，她喉頭發緊，熱淚盈眶。

早晨，萊拉跟著塔力格走過一個又一個房間。鑰匙在他腰間的鎖匙鍊上叮噹響，一瓶窗戶清潔噴劑掛在他牛仔褲的皮帶環上。萊拉提著水桶，裝滿抹布、消毒水、馬桶刷、梳妝台的清潔臘。艾吉莎跟在後面，一手拿拖把，一手抱著瑪黎安做給她的那個布娃娃。薩瑪伊心不甘情不願地跟著她們，沉著臉，老是落在後面好幾步遠。

萊拉吸地，鋪床，撢灰塵。塔力格清洗浴缸和洗臉槽，刷馬桶，拖淨地板。他把乾淨的毛巾掛上架子，又放上小瓶裝的洗髮精以及杏仁香味的香皂。艾吉莎搶著要負責噴清潔劑擦窗戶。就算忙著工作，她的布娃娃還是從不離身。

婚禮過後幾天，萊拉把塔力格的事告訴艾吉莎。

萊拉覺得，艾吉莎和塔力格之間的互動怪怪的，甚至讓人有點不安。艾吉莎能接口說完他的話，他也能知道她想說的。他還沒開口，她就把他要的東西遞過去。他倆在飯桌上偷偷交換的親密微笑，彷彿是久別重逢的夥伴，而不是初識的陌生人。

萊拉把身世告訴艾吉莎的時候，艾吉莎若有所思地低頭看著自己的手。

「我喜歡他。」艾吉莎沉默良久之後說。

「他很愛妳。」
「他說的？」
「他不必說，艾吉莎。」
「把其他所有的事都告訴我吧，媽咪。告訴我，讓我明白。」
於是萊拉全說出來了。
「妳父親是個好人。他是我所認識最好的一個人。」
「如果他離開了怎麼辦？」艾吉莎說。
「他永遠不會離開的。看著我。妳父親絕對不會傷害妳，他絕對不會離開。」
艾吉莎鬆了一口氣的神情讓萊拉為之心碎。

塔力格買了木馬給薩瑪伊，還替他做了一輛推車。塔力格坐牢的時候跟牢友學會了做紙動物，所以他又摺、又剪、又疊，拿無數張紙做成獅子、袋鼠、馬以及羽毛鮮麗的鳥兒給薩瑪伊。但是這些示好的動作，薩瑪伊一概不領情，他的反應不只無禮，有時甚至充滿恨意。
「你這個大笨驢！」他大叫：「我不要你的玩具！」
「薩瑪伊！」萊拉罵他。
「沒關係。」塔力格說：「萊拉，沒關係。隨他吧。」
「你不是我的爸爸將！我真正的爸爸將去旅行了，等他回來，就會打死你！你逃不掉的，因為他有兩條腿，你只有一條！」

夜裡，萊拉把薩瑪伊抱在胸前，和他一起念巴巴魯咒語。他一問起，萊拉就把謊言再說一遍，說他的爸爸將走了，她不知道他什麼時候回來。她痛恨這麼做，痛恨自己對孩子說這樣的謊言。

萊拉知道，她必須一而再、再而三地說這個可恥的謊言。她必須說，因為薩瑪伊會問，他跳下鞦韆時會問，他從午睡中醒來時會問，然後，等他大得可以自己繫鞋帶，可以自己走路去上學時，他還是會問，於是這個謊言就必須一說再說。

到了某個時候，萊拉知道，這個問題終會消失。慢慢的，薩瑪伊不會再懷疑父親為何遺棄他。他不會再於紅綠燈前瞥見他的父親，不會再以為某個彎腰駝背過馬路或在大門開敞的茶館中喝茶的老人是他父親。總有一天，沿著蜿蜒的小河漫步或眺望緲無人跡的雪原時，他會驚覺，父親的下落不明不再是血淋淋、赤裸裸的傷口，已經變成完全不同的東西，某種邊緣模糊、無痛無傷的東西。就像個傳說，像某種被敬畏、被抹上神祕色彩的東西。

萊拉在穆里很幸福。但是這幸福得來不易。這幸福並非全無代價。

放假的時候，塔力格會帶萊拉和孩子們到大街去。沿街全是賣小飾品的商店，旁邊有一座十九世紀中期蓋的英國國教教堂。塔力格在攤子上買辣炸羊肉餅給他們吃。他們在街上閒逛，周圍有本地人，也有手拿行動電話與數位相機的歐洲人，還有到這裡躲避平地炎熱天氣的旁遮普人。

偶爾，他們會搭車到喀什米爾山岬。在那裡，塔力格帶他們遠眺杰赫勒姆河谷、松林密布的山坡、森林蓊鬱的峰巒，他說那裡還看得到猴子在樹枝間跳躍。他們也到距穆里約三十公里處、楓樹成林的納西亞加里。在那裡，塔力格拉著萊拉的手，走過林蔭道的小路到總督宅邸。他們在舊的英國墓園歇歇腳，或搭計程車到山頂，欣賞腳下雲霧繚繞的蒼翠山谷。

有時在出遊的途中，經過商店櫥窗，萊拉瞥見他們倒映在窗上的身影。男人、妻子、女兒、兒子。她知道，在陌生人眼裡，他們就像個普通的家庭，沒有祕密，沒有謊言，沒有悔恨。

艾吉莎做惡夢，嚇到醒過來，驚叫連連。萊拉只得陪她躺在床墊上，用袖子擦乾她的臉頰，哄她再度入睡。

萊拉也做夢。夢裡，她總是回到喀布爾的家裡，穿過玄關，爬上樓梯。她獨自一人，但是她聽見一扇扇門後有熨斗的嘶嘶聲，有抖開床單又摺起來的聲音。有時候，她還聽見有女人低聲哼著古老的赫拉特歌謠。但等她一走進去，房間卻空蕩蕩的。一個人都沒有。

這些夢讓萊拉不寒而慄。她滿身大汗地驚醒，眼睛因淚水而刺痛。椎心刺骨，每一次都椎心刺骨。

49

那年九月的一個星期天，萊拉才剛哄感冒的薩瑪伊睡午覺，塔力格就衝進小屋。

「妳聽說了嗎？」他喘著氣說：「他們殺了他。阿哈馬德．謝赫．馬蘇德，他死了。」

「什麼？」

塔力格站在門口，把他聽到的事說給她聽。

「聽說有兩個記者去訪問馬蘇德，他們自稱是摩洛哥裔的比利時人。採訪的時候，藏在錄影機裡的炸彈爆炸了，炸死了馬蘇德和其中一個記者。另一個記者想逃的時候被槍殺了。他們說那兩個記者很可能是蓋達組織的人。」

萊拉想起媽咪臥房牆上貼著的馬蘇德海報。馬蘇德微微前傾，揚起一邊的眉毛，一臉專注地蹙起眉頭，彷彿正在凝神傾聽某個人說話。萊拉記得媽咪有多感激馬蘇德在他哥哥的葬禮上念經文，她是如何自豪地告訴所有的人這件事。即使在馬蘇德的部隊和其他聖戰組織的部隊開戰後，媽咪還是不願責怪他。他是個好人，她以前常這麼說。他要的是和平。他要的是重建阿富汗。但是他們不讓他這麼做。他們就是不讓他這麼做。對媽咪來說，就算到了最後，所有的事情都離經叛道，喀布爾成為一片廢墟，馬蘇德仍然是潘吉夏之獅。

萊拉就沒有這麼寬大為懷了。她並不樂見馬蘇德慘遭橫死，但是她也無法忘懷，在他的掌控之下，街坊夷為平地，屍體從瓦礫堆中拖出來，孩童的斷手斷腳在葬禮過後好多天才在屋頂或樹椏高處找到。她記得一清二楚，那天火箭彈襲來之前，媽咪臉上的神情，還有她想忘也忘不了的，爸比斷首的軀體飛落在她身邊，印在他T恤上的橋塔，籠罩在濃霧和鮮紅的血跡裡。

「他們會舉行葬禮。」塔力格說：「我相信會有。很可能會在拉瓦平第舉行。一定會很隆重。」

原本快睡著的薩瑪伊坐了起來，握起拳頭揉著眼睛。

兩天後，他們在打掃客房的時候聽見一陣騷動。塔力格丟下抹布，衝了出去。萊拉追隨在後。嘈雜聲是從旅館大廳傳來的。接待櫃台右邊有個休息區，擺了幾張椅子，兩張米黃色的麂皮長沙發。沙發對面的角落裡有台電視，沙伊德、經理和幾個客人全圍在電視機前。

萊拉和塔力格也擠了過去。

電視轉到BBC頻道。螢幕上有座大樓，塔狀的大樓，頂樓冒出濃濃的黑煙。塔力格對沙伊德說了句話，沙伊德回答的時候，螢幕的角落出現一架飛機。飛機撞上旁邊另一幢高樓，爆炸成一團火球，好大的一團火，讓萊拉此生見過的所有火災都成了小巫見大巫。大廳裡的每個人都同時驚呼起來。

不到兩小時，兩座高樓都坍塌了。

過沒多久，所有的電視台都開始談起阿富汗、塔利班與奧薩瑪．賓．拉登。

「妳聽到塔利班是怎麼說的嗎？」塔力格問：「關於賓．拉登？」

艾吉莎和他面對面坐在床上，想著該下哪一步棋。塔力格正教她下棋。她這會兒皺起眉頭，手指敲著下脣，這是從她父親身上學來的肢體語言。每當塔力格考慮該怎麼走時，她就會有這樣的動作。

薩瑪伊的感冒好多了。他很想睡，萊拉在他胸口搽著薄荷膏。

「我聽說了。」她說。

塔利班宣布，他們絕對不會交出賓拉登，因為他是個在阿富汗尋求庇護的客人，出賣客人有違普什圖的倫理道德。塔力格苦笑起來，從他的笑聲中，萊拉聽得出來，他很痛恨他們這樣刻意扭曲普什圖人高尚的傳統習俗，胡亂曲解族人的行事作風。

恐怖攻擊事件過後幾天，萊拉和塔力格又在大廳看新聞。電視螢幕上是喬治·布希在講話。他背後有面很大的美國國旗。他的聲音有點顫抖，萊拉以為他快哭了。

懂英語的沙伊德告訴他們，布希剛剛宣布開戰。

「打誰？」塔力格問。

「你們國家。從你們國家開始打。」

「這未必是壞事。」塔力格說。

他們剛做完愛。他躺在她身邊，他的頭靠在她胸前，手臂橫在她的肚子上。最初幾次嘗試，他們總是有困難。塔力格不停道歉，萊拉不停要他安心。現在也還是有困難，不是生理上的，而是外在環境的問題。他們和孩子一起住的小屋實在太小了。孩子們就睡在他們下面的床墊上，所以很難有隱私。大半時候，萊拉和塔力格都靜悄悄地做愛，壓抑熱情，不發出聲音，不脫衣服，躲在毯子底下，以免孩子突然干擾。他們永遠擔心床單的沙沙聲，擔心睡床的吱嘎響。但是對萊拉而言，只要能和塔力格在一起，再多的擔心害怕都值得。做愛的時候，萊拉有種停泊靠岸的感覺，有種遮風蔽雨的感覺。她向來擔心他們的廝守只是短暫的福分，擔心美夢很快就會再度幻滅，但在耳鬢廝磨之際，她的憂慮舒緩了。她擔心離別的恐懼消失了。

「你指的是什麼？」她此刻說。

「老家那邊發生的事。到頭來未必是壞事。」

在老家，炸彈再次落下，這回是美國炸彈——萊拉每天換床單吸地毯的時候，都會在電視上看見戰爭的景像。美國再次提供軍火給那些軍事首領，援助北方聯盟，以推翻塔利班，緝捕賓・拉登。

但是塔力格的話讓萊拉膽顫心寒。她用力推開他的頭。

「死了人未必是壞事？女人、小孩、老人呢？家又被毀了呢？未必是壞事？」

「噓。妳會吵醒孩子的。」

「你怎麼能這樣說，塔力格？」她很氣。「才剛發生過所謂的卡拉姆[1]誤炸事件？一百條無辜的人命哪！你親眼看到那些屍體了！」

「不。」塔力格說。他用手肘撐起身體，俯望著萊拉。「妳誤會了。我的意思是——」

「你不會懂的。」萊拉說。她知道自己的聲音愈來愈大，這是他們結婚之後第一次吵架。「你離開的時候，聖戰組織才剛開始交戰，記得嗎？留下來的人是我。我。我了解戰爭。戰爭奪去了我的父母。我的父母啊，塔力格。現在，聽聽看你自己說的話，戰爭未必是壞事？」

1 Karam，位於賈拉拉巴德西方約七十公里的村莊，於二〇〇一年十月十一日遭英美聯軍轟炸，造成百餘平民死亡，後來美國軍方承認為誤炸。

「對不起，萊拉，對不起。」他雙手捧起她的臉。「妳說得沒錯。很對不起。原諒我。我的意思是，等這場戰爭結束了，或許會帶來希望，或許是這麼多年以來的第一次——」

「我不想再談這個。」萊拉說。她沒想到自己竟然會痛罵他。這不公平，她知道，她的話對他來說並不公平——戰爭不也奪走他的父母嗎？她的怒火漸漸平息。塔力格開始輕聲細語，他伸手攬她入懷，她沒抗拒。他吻著她的手、她的額頭，她由著他。她知道，他很可能是對的。她知道他的話是什麼意思。或許這是必要的。或許等布希的炸彈不再落下時，那裡仍有希望。但是她實在說不出口，因為此時此刻，發生在爸比和媽咪身上的事也正發生在其他人身上，此時此刻，某個男孩或女孩也和她一樣，因為一枚火箭彈，在毫無準備下成了孤兒。萊拉說不出口。她如何能慶幸呢。慶幸，豈非自欺欺人，豈非顛倒是非？

那天夜裡，薩瑪伊咳得醒過來。萊拉還來不及起身，塔力格已經翻下床。他繫上義肢，走到薩瑪伊身邊，把他抱進懷裡。萊拉在床上看著塔力格摸黑走動的身影。她看見薩瑪伊的輪廓，頭靠著塔力格的肩，手攬著塔力格的脖子，一雙小腳在塔力格屁股旁晃動。

塔力格回到床上後，兩人都沒說話。萊拉貼近他身邊，摸著他的臉。塔力格的臉頰是溼的。

50

對萊拉而言，穆里的生活舒適安寧。工作並不繁重，放假的日子，她和塔力格就帶孩子搭纜車到帕特里亞山，或到平迪岬。天氣晴朗的時候，平迪岬的視野非常好，可以眺望遠處的伊斯蘭馬巴德，拉瓦平第市區也一覽無遺。他們會在草地上鋪條毯子，吃肉丸三明治配小黃瓜，喝冰涼的薑汁汽水。

生活很美好，萊拉對自己說，是值得感恩的生活。事實上，這也正是她和拉席德過活的那段黑暗歲月中經常夢想的生活。每一天，萊拉都這樣提醒自己。

二〇〇二年七月一個暖和的夜晚，她和塔力格躺在床上，壓低聲音談著老家的種種變化。情勢驟變。聯軍已經把塔利班趕出各大城市，逼他們越過邊界進入巴基斯坦，或躲進阿富汗南部與東部的山區。國際維和部隊ＩＳＡＦ[2]已奉派到喀布爾。阿富汗有了一位臨時總統哈米德·卡爾札伊[3]。

萊拉下定決心，該是告訴塔力格的時候了。

一年前，她不惜代價也要離開喀布爾。但是近來幾個月，她發現自己思念著她成長的城市。她懷念喧鬧的索爾市場、巴布爾的花園、揹著羊皮袋挑水夫的吆喝。她懷念雞仔街叫賣衣服的攤商，以及卡帖帕爾灣賣香瓜的販子。

2 International Security Assistance Force，為二〇〇一年十二月波昂會議之後成立，以協助塔利班政權垮台之後的阿富汗建立新秩序，二〇〇三年由北約（ＮＡＴＯ）接手主導，任務由維和擴及戰後重建。

3 Hamid Karzai，塔利班垮台後的阿富汗臨時政府領導人，二〇〇四年十月當選阿富汗首任民選總統。

但是，萊拉這些日子以來如此思念喀布爾，並不單純只是鄉愁或懷舊。她變得心神不寧。她聽說喀布爾蓋起學校，鋪了馬路，女人重返工作崗位，而她在此地的生活，雖然如此愉快，如此值得感恩，卻似乎……對她來說還不夠。無足輕重，甚至更糟的是，浪費生命。最近，她老是在腦海中聽見爸比的聲音。妳可以做任何妳想做的事，萊拉，他說。我很清楚妳的能力。我也知道，等戰爭結束了，阿富汗會需要妳。

萊拉也聽見媽咪的聲音。她想起爸比提議離開阿富汗時，媽咪說的話。在夢想成真、阿富汗重獲自由的那一天，我一定要親眼目睹，這樣我的兒子也才能看見。他們會透過我的眼睛看見。這也是萊拉此刻想回喀布爾的部分原因，為了爸比與媽咪，為了讓他們透過她的眼睛看見。

但是，對萊拉來說最重要的是，瑪黎安在喀布爾。瑪黎安是不是為此而付出了生命？萊拉問自己。瑪黎安是不是犧牲了自己的生命，好讓萊拉可以在異鄉當僕傭？或許對瑪黎安來說，萊拉怎麼做都無關緊要，只要她和孩子們平安快樂就足夠了。但是對萊拉來說卻有關係。而且突然之間變得關係重大。

「我想回去。」她說。

塔利格從床上坐起來，低頭看著她。

他俊秀的外貌再次令萊拉心動不已，那額頭優美的弧度，手臂精瘦的肌肉，深思睿智的眼睛。儘管已過了一年，但是在像眼前這樣的時刻裡，萊拉還是無法相信他們能再重逢，無法相信他真的就在她身邊，無法相信他就是她的丈夫。

「回去？回喀布爾？」他問。

「如果你也想回去的話。」

「妳在這裡不快樂嗎？妳看起來很快樂啊。孩子也是。」

萊拉坐起來。塔力格挪了一下身體，讓出空間給她。

「我很快樂。」萊拉說：「我當然很快樂。可是……我們下一站要到哪裡去，塔力格？我們要在這裡待多久？這裡不是我們的家，喀布爾才是，那裡正發生這麼多的改變，大部分都是好事，我也想盡一份力。我想做些事。我想有點貢獻。你了解嗎？」

塔力格緩緩地點頭。「這就是妳想要的？妳確定？」

「是我想要的，沒錯，我確定。但是不只這樣。我覺得我必須回去。我總覺得不該再留在這裡。」

塔力格低頭看著自己的手，然後抬頭看她。

「只是──只是──要你也想回去才行。」

塔力格綻開微笑。他緊鎖的愁眉放鬆了，那一瞬間，他又變成從前的那個塔力格，那個不犯頭痛、那個有回說在西伯利亞擤鼻涕還沒碰到地就變成冰柱的塔力格。或許只是出於想像，但是萊拉相信，這陣子以來，她更常看見從前的塔力格了。

「我？」他說：「我會跟著妳到海角天涯，萊拉。」

她抱著他，吻著他。她相信自己從沒像此刻愛他這麼深。「謝謝你。」她說。他倆額頭貼著額頭。

「我們回家吧。」

「但是，我要先到赫拉特去一趟。」她說。

「赫拉特？」

萊拉話說從頭。

兩個孩子都需要安撫，但必須用不同的方式。艾吉莎還是惡夢連連，萊拉必須起床陪在受驚的她身旁。前一個星期，有人在附近的一場婚禮上對空鳴槍，她嚇得抖了起來。萊拉對艾吉莎解釋說，等他們回到喀布爾的時候，已經沒有塔利班，沒有戰爭，而且她也不會被送回孤兒院。「我們會住在一起。妳父親、我、薩瑪伊，還有妳，艾吉莎。妳絕對絕對不會再離開我身邊。我保證。」她對女兒微微笑。「直到妳想離開我的那天。等妳愛上某個年輕小夥子，想嫁給他的時候。」

他們離開穆里的那天，薩瑪伊鬧起脾氣。他緊緊抱著艾優娜的脖子，不肯放開。

「我沒辦法拉開他呀，媽咪。」艾吉莎說。

「薩瑪伊。我們不能帶隻羊坐巴士啊。」萊拉再次解釋。

直到塔力格蹲了下來，對薩瑪伊保證，回到喀布爾的時候要買一隻和艾優娜一模一樣的羊，薩瑪伊才心不甘情不願地鬆開手。

沙伊德也淚眼汪汪地和他們道別。他站在門口，手捧《古蘭經》，讓塔力格、萊拉和孩子們各吻三次，然後高高舉起，讓他們從底下穿過，以祈求真主庇佑。他幫塔力格把兩個行李箱擺進他車子的後車廂。沙伊德載他們到車站，巴士發動引擎開動之後，還站在路邊對著他們揮手。

萊拉轉頭望向後車窗，看著沙伊德的身影逐漸消失，腦海裡響起質疑的聲音。她懷疑，他們是不是太傻了，竟然離開穆里安定的生活？回到她父母兄長遇害、炮火煙硝才剛平息的地方？

就在此時，從早已晦暗的記憶深處，浮現了兩行詩句，是爸比當時要揮別喀布爾念的詩句：

數不盡照耀她屋頂的皎潔明月
數不盡隱身她牆後的燦爛千陽

萊拉靠在座位上，眨著淚光閃動的眼睛。喀布爾等待著他們。喀布爾需要他們。回家是他們應該做的事。

但是，在這之前，她還有最後一句再見要說。

阿富汗的連年戰事，切斷了連接喀布爾、赫拉特和坎達哈的道路。如今，到赫拉特最便捷的方法是經由伊朗的馬什哈德。萊拉一家人只在那裡過了一夜。他們在旅館住了一晚，隔天早上就搭另一班巴士離開。

馬什哈德是個擁擠喧鬧的城市。萊拉望著窗外掠過的公園、清真寺和烤肉餐廳。車子行經什葉派第八世伊瑪目雷札[4]的聖殿時，萊拉伸長脖子，想看清楚那閃亮亮的磁磚、宣禮塔、宏偉的金色圓頂，整幢建築維護得完美無瑕。她想起自己國家的佛像，如今已化為塵土，在巴米揚谷地隨風飄蕩。

巴士開了將近十小時才到伊朗與阿富汗邊界。愈接近阿富汗，景物變得愈荒涼，愈貧瘠。就在跨

4 伊瑪目（Imam）指的是什葉派穆斯林的最高領導人。而雷札（Reza, 766-818）是第八代什葉派領袖，被認為遭遜尼派毒死，安葬之處成為什葉派聖地。

越邊界進入赫拉特之前，他們經過一座阿富汗難民營。放眼望去盡是黃色塵土、黑色帳篷，波浪鐵板搭成的簡陋房舍。她伸出手，握住塔力格。

赫拉特大部分的馬路都鋪得很平整，路旁種著成排的香松。這裡有正在興建的公園與圖書館，有美侖美奐的花園，還有粉刷一新的建築。交通號誌運作如常，但萊拉最訝異的是，電力供應竟然很穩定。萊拉早就聽說，這裡形同封建諸侯的軍事領袖伊斯梅爾汗[5]，在阿富汗與伊朗邊境坐收巨額關稅，雖然喀布爾宣稱這筆收入應歸中央政府所有，但伊斯梅爾汗卻用來協助赫拉特重建。載他們去穆瓦法格旅館的計程車司機，一提到伊斯梅爾汗，語氣顯得敬畏有加。

在穆瓦法格旅館住兩個晚上，就要花掉他們將近五分之一的積蓄。但是從馬什哈德一路過來的旅程實在太遠也太辛苦，孩子們都筋疲力盡了。櫃台年長的服務人員把鑰匙交給塔力格的時候說，很多新聞記者與很多非政府組織的人員都喜歡下榻穆瓦法格旅館。

「賓・拉登也來住過一次。」他誇耀說。

房裡有兩張床，一間供應冷水的浴室。兩張床中間的牆上掛了一幅詩人安薩里的畫像。從窗戶望出去，萊拉看見下面熱鬧的街道，以及對街的公園。公園裡繁花似錦，一條色彩柔和的磚道穿過花叢。已習慣在電視世界中成長的孩子，對房間裡沒有電視覺得很失望。但是，很快地，他們就睡了。很快地，塔力格和萊拉也躺平了。萊拉在塔力格懷裡安心沉睡，只在半夜醒來一次，因為她做了一個回想不起來的夢。

隔天早上，吃過新鮮麵包、榅桲果醬、水煮蛋，喝過茶之後，塔力格替她叫計程車。

「妳確定不要我陪妳去？」塔力格說。艾吉莎拉著他的手，薩瑪伊沒有，但他站在塔力格身邊，肩膀靠著塔力格的臀部。

「我確定。」

「我很擔心。」

「沒事的。」萊拉說：「我保證。帶孩子去市場吧，買點東西給他們。」

計程車開走的時候，薩瑪伊哭了起來。萊拉回頭望，看見他伸手拉著塔力格。他開始接受塔力格了，萊拉覺得很寬慰，卻也有點傷心。

「妳不是赫拉特人吧？」司機說。

他有一頭及肩的黑髮，左臉則有道疤痕劃斷鬍子。萊拉發現，留這種髮型來對已垮台的塔利班表達不屑，是很流行的做法。他面前的擋風玻璃上貼了一張照片，是個年輕的女孩，臉頰粉嫩，頭髮中分，紮成兩條辮子。

萊拉告訴他，她過去一年住在巴基斯坦，正準備回喀布爾。「瑪桑區。」

透過擋風玻璃，她看見銅匠忙著把銅把手焊在茶壺上，製作馬鞍的工人把皮料攤在太陽下曝晒。

「你在這裡住了很久嗎，弟兄？」她問。

---

5 Ismail Khan（1947-），出身赫拉特的塔吉克族聖戰領袖，曾為北方聯盟要角，塔利班垮台後曾先後出任赫拉特省長與阿富汗能源部長。

「噢，住一輩子囉。我在這裡出生的。什麼事都見識過了。妳還記得那次暴動嗎？」

萊拉說她記得，但他繼續說。

「那是一九七九年三月，蘇聯入侵的九個月之前。有些憤怒的赫拉特人殺了幾個蘇聯顧問，所以蘇聯派了坦克和直昇機來鎮壓。整整三天啊，姊妹，他們轟炸了整整三天。炸壞了建築物，毀了一座宣禮塔，殺了好幾千人。好幾千哪。那三天裡，我失去了兩個妹妹。其中一個才十二歲。」他指著擋風玻璃上的照片。「就是她。」

「我很遺憾。」萊拉說。她很驚訝，為什麼每一個阿富汗人的故事都帶著死亡、失落與無法想像的哀傷。但是，她也知道，大家仍然會找到方法活下去，繼續往前走。萊拉想起自己的這一生，以及發生在她身上的種種遭遇，不禁詫異，因為她也活下來了，她還活得好好地坐在計程車上，聽著這人的故事。

古爾達曼是個很小的村落，只有幾幢有圍牆的房舍，其他都是用泥塊與稻草蓋成的小屋。小屋外面，萊拉看見晒得黝黑的婦人在煮飯，臨時搭起的柴灶上放著黑黑的大鍋子，冒出的蒸汽燻得她們滿臉汗水淋漓。騾子吃著飼料槽裡的東西。原本追著小雞的孩子開始追著計程車跑。萊拉看見男人推著堆滿石頭的手推車。他們停下來看車子駛過。司機轉了個彎，經過一個墓園，正中央有座飽經風霜的大墳，司機說那是村裡一個蘇菲教徒的長眠之處。

村裡也有風車。風車鏽蝕靜止的扇葉陰影裡，三個小男孩蹲在地上玩泥巴。司機停下車，探出車窗外。回答的是那個看起來年紀最大的男孩。他指著這條路往上開更遠處的一間屋子。司機謝謝他，又開車上路。

他停在一間有圍牆的平房外面。萊拉看見牆內的無花果樹，有些枝椏垂到牆外。

「我不會太久的。」她對司機說。

應門的中年男子瘦瘦小小的，一頭紅褐色的頭髮，鬍子已有縷縷灰白。他穿著一身傳統的棉衫和長褲，外面套著罩袍。

他們互相問好。

「這是費伊祖拉穆拉的家嗎？」萊拉問。

「是的。我是他兒子哈姆薩。有什麼事嗎，姊妹？」

「我是為了令尊的一位老朋友瑪黎安來的。」

哈姆薩眨眨眼睛，臉上閃過一絲迷惑。「瑪黎安……」

「嘉里爾將的女兒。」

他又眨眨眼，手掌撫著臉頰，頓時恍然大悟，笑了起來，露出一口缺了好幾顆的爛牙。「噢！」他說。他尾音拖得老長，像吐了一大口氣。「噢！瑪黎安！妳是她女兒？她──」他扭著脖子，急忙朝她背後尋覓。「她來了嗎？已經這麼多年了！瑪黎安來了嗎？」

「她恐怕已經過世了。」

哈姆薩臉上的笑容褪去。

他們就這樣在門口站了好一會兒。哈姆薩盯著地面看。不知何處，有隻驢子叫了起來。

「請進。」哈姆薩說。他拉開門。「請進。」

他們坐在地板上，房間裡幾乎沒有什麼家具。地上鋪了一條赫拉特地毯，擺了幾個綴有流蘇的坐墊，牆上掛了一幅裱框的照片，是聖地麥加。他們坐在敞開的窗邊，隔著一道長方形的日光。萊拉聽見另一個房間裡有女人低聲交談。一個光腳丫的小男孩端來綠茶與蜜糖開心果。哈姆薩對他點點頭。

「我兒子。」

小男孩默不作聲地走開。

「說給我聽吧。」哈姆薩疲憊地說。

萊拉說了。她把所有的事說給他聽。花了比她預期還久的時間。到最後，她得很努力才能維持鎮靜。還是很不好受，經過了一年，談到瑪黎安還是很不好受。

她說完之後，哈姆薩沉默了好長一段時間。他緩緩地轉著茶碟上的杯子，左轉轉，右轉轉。

「我父親，願他安息，非常疼她。」最後他說。「她出生的時候，是我父親在她耳邊念經文的，妳知道。他每個星期去看她，從來不爽約。有時候，他帶我一起去。他是她的老師，沒錯，但也是她的朋友。我父親，他是個很仁慈的人。嘉里爾汗把她送走的時候，我父親簡直心都碎了。」

「很遺憾你父親過世了，願真主赦免他。」

哈姆薩點頭致謝。「他算是高齡了。事實上，他比嘉里爾汗還長壽。我們把他安葬在村裡的墓園，離瑪黎安母親安葬的地方不遠。我父親是個很好很好的人，他必定與真主同在。」

萊拉放下茶杯。

「我可以拜託你嗎？」

「請說。」

「你可以帶我去嗎？」她說：「瑪黎安住的地方。你能帶我去嗎？」

司機答應再多等一段時間。

哈姆薩和萊拉走出村子，沿著古爾達曼通往赫拉特的道路往下坡走去。走了約莫十五分鐘，他指著一條兩旁草叢高長的狹窄小徑。

「往那裡走。」他說：「就是那條路。」

小徑崎嶇不平，蜿蜒陰暗，長滿茂密的植物與草叢。萊拉和哈姆薩拐了個彎，沿著小徑往上走，風吹得高高的草拍打在萊拉的小腿上。身邊絢麗如萬花筒的野花在風中搖曳，有些抽出長長的莖，開著花瓣彎彎的花朵；有些低低彎著腰，葉子如扇片。幾朵凋零的金鳳花從矮樹叢裡探出頭來。萊拉聽見頭頂上的燕子啁啾，腳邊的蚱蜢孜孜鳴叫。

他們沿著上坡路走了大約兩百多碼。然後路變平了，眼前出現一片平坦的空地。他們停了下來，喘口氣。萊拉用袖子擦著額頭，揮開在她面前成群流連的蚊子。從這裡，她看見眼前顯得低矮的山脈、幾株三葉楊、幾株白楊，還有許多她叫不出名字的野生灌木。

「這裡以前有條小溪。」哈姆薩說，有點喘不過氣來。「可是早就乾枯了。」

他說他要在這裡等她。他要她跨過乾涸的小溪，向山裡走去。

「我在這裡等。」他在白楊樹下找塊石頭坐下。「妳去吧。」

「我不——」

「別擔心，不急。去吧，妹妹。」

萊拉謝謝他。她跨過溪床，踏著一個接一個的石頭前進。她瞥見石塊間有破碎的汽水瓶、生鏽的鐵罐，長霉的錫蓋金屬容器半埋在土裡。

她往山裡走去，走向成蔭的垂柳，她看見了，長長的柳條隨著陣陣微風輕輕搖擺。她的心臟在胸膛劇烈跳動。她看見柳樹的排列，就像瑪黎安描述的一樣，圍成一個圈圈，圈住中間的一塊空地。萊拉加快腳步，幾乎是跑著前進。她轉頭往後望，看見哈姆薩變成一個小小的影子，他身上的罩袍對襯著棕色的樹幹上顯得很亮眼。她絆上一塊石頭，幾乎跌倒，但馬上就又站穩腳步。她捲起褲管，加快腳程。等跑到柳樹下時，她已氣喘吁吁。

瑪黎安的小屋還在。

走近小屋，萊拉看見唯一的一個窗框上已沒有窗子，門也不見了。瑪黎安提過這裡有個雞舍、一座烤爐，一間木板搭的戶外廁所，但萊拉全找不著。她在小屋入口停下腳步，聽見屋裡有蒼蠅嚶嚶飛。

要進到屋裡，她得側身閃開一個在風中微微抖動的大蜘蛛網。屋裡很暗。萊拉得等上一會，才能讓眼睛適應幽暗的光線。她看見屋裡比她想像的還要狹小。木頭地板只剩下半片腐爛碎裂的木頭。萊拉想，其餘的可能都被拆開當柴燒了。地板上滿是葉緣乾枯的樹葉、破碎的瓶子、丟棄的口香糖包裝紙、野生蕈菇、年久泛黃的菸蒂。但最多的還是雜草，有些萎靡低矮，有些卻蓬勃地長到半牆高。

十五年，萊拉想。在這裡住了十五年。

萊拉坐下，背靠著牆。聽著風吹過柳樹的聲音。天花板上有更多的蜘蛛網。有人在牆上塗鴉，但大多都褪色了，萊拉猜不透寫的是什麼。後來她突然意會過來，那些是俄文。貼著低矮天花板的牆角上有個廢棄的鳥巢，另一角有隻倒掛的蝙蝠。

萊拉閉上眼睛，靜靜坐了一會兒。

在巴基斯坦，有時候很難回想起瑪黎安的容貌。偶爾，就像話到舌間卻怎麼也想不起來，瑪黎安的面容突然離她而去。但是現在，在這個地方，她卻很容易讓瑪黎安來到她的眼簾裡：溫柔注視的眼神、長長的下巴、頸上粗糙的皮膚、緊抿嘴唇的微笑。在這裡，萊拉的臉頰可以再次枕在瑪黎安柔軟的腿上，可以感覺到瑪黎安前後晃動，誦念《古蘭經》，可以感覺到那些字句透過瑪黎安身體的震動，傳到她的膝蓋，灌進她耳朵裡。

此時，野草突然開始消失了，彷彿有人從地底下猛力拉它們的根。野草愈來愈低，愈來愈低，最後，連尖尖的草葉也被小屋的泥地全吞沒了。蜘蛛網神奇地抽絲拆網，鳥巢自動解體，枝葉逐一折斷，一根接一根地飛離小屋。一塊隱形的橡皮擦抹掉牆上的俄文塗鴉。

木頭地板回來了。現在，萊拉看見兩張小床了，一張木桌、兩把椅子，角落裡有個鍛鐵爐子，牆邊擺著櫃子。她聽見屋外小雞咯咯叫，遠處小溪潺潺。

年輕的瑪黎安坐在桌邊，就著油燈的光線做娃娃，嘴裡哼著歌。她光滑的臉龐青春洋溢，頭髮洗得乾乾淨淨，往後梳。一口牙齒完整無缺。

萊拉看著瑪黎安把絨線黏在娃娃頭上。再過幾年，這個小女孩就會長成一個女人，一個對生活要求不多、從不增加他人負擔、從不說出她也有哀傷有失望的女人，一個曾有夢想卻屢遭揶揄的女人。

一個宛如河床岩石的女人，無怨無悔地忍耐，激流沖刷都不能折損她的本質，反而形塑了她的優美尊貴。萊拉已經在這小女孩的眼睛裡看見某種特質，某種潛藏在她靈魂深處的特質，是拉席德或塔利班都奪不走的，宛如石灰岩般堅硬難以撼動，最終成就她自己的解脫與萊拉的救贖。

小女孩抬起頭，放下娃娃，微微一笑。

萊拉優？

萊拉的眼睛突然睜開。她大喘一口氣，身體往前一撲。蝙蝠被她驚動了，從小屋的一角衝到另一角，翅膀像翻動的書頁般啪啪拍動，飛出窗外。

萊拉站起來，拍掉長褲上的枯葉，走出小屋。屋外，陽光已微微偏斜了。風吹著，野草如波浪起伏，柳枝沙沙作響。

離開這片荒地前，萊拉再看小屋最後一眼。這是瑪黎安睡覺、吃飯、做夢、屏息等待嘉里爾的地方。隨風飄揚的柳枝在半倒的牆上映出婀娜的暗影，搖曳多姿。一隻烏鴉停在屋頂上，啄著什麼東西，嘎嘎叫了幾聲，又飛走了。

「再見了，瑪黎安。」

萊拉渾然不覺自己已悄然落淚，開始回頭跑過草叢。

哈姆薩還坐在石頭上。他一看見她，便站了起來。

「我們回去吧。」他說。接著又說：「我有東西要交給妳。」

萊拉在門外花園裡等哈姆薩。剛才端茶給他們的那個小男孩抱著一隻雞，站在無花果樹下，面無表情地看著她。萊拉瞧見兩張臉孔，一個老婦人與一個年輕女孩，蒙著頭巾，靜靜地從窗裡盯著她看。

房子的門一開，哈姆薩走了出來。他帶著一個盒子。

他把盒子交給萊拉。

「嘉里爾汗過世前一個月左右，把這個東西交給我父親。」哈姆薩說：「他要我父親替瑪黎安保管，等她回來拿。我父親保管了兩年。然後，在過世之前，他又交給我，要我留著給瑪黎安。但是她……妳也知道，她一直沒回來。」

萊拉低頭看著這個橢圓形的錫盒。看起來像個舊的巧克力盒。盒子是橄欖綠的，盒蓋上印滿渦狀花紋，但鍍金的顏色已褪色黯淡。側面已略有鏽跡，盒蓋正面邊緣有兩個小小的凹痕。萊拉想打開盒子，但卻是鎖著的。

「裡面裝了什麼？」她問。

哈姆薩在她掌心放上一把鑰匙。「我父親從來沒打開過。我也是。我想，東西交到妳手上，是真主的旨意。」

回到旅館，塔力格和孩子都還沒回來。

萊拉坐在床上，盒子擺在膝上。她有點不想打開盒子，想讓嘉里爾的心願永遠成為祕密。但最後好奇心還是戰勝一切。她插進鑰匙，嘎嘎響還有顫音，不過總算打開來了。

盒子裡有三樣東西：一個信封、一個牛皮紙袋，還有一卷錄影帶。

萊拉抓起錄影帶，到樓下的接待櫃台。前一天招呼他們的那個年長服務人員告訴她，這家旅館只有一部錄放影機，在最大的一間套房裡。目前套房沒人住，他答應帶她上去。他把櫃台交待給一個留八字鬍、穿西裝、正在講行動電話的年輕人。

年長的服務人員帶萊拉到二樓，穿過長長的走廊，走到盡頭的一扇門前。他打開門鎖，讓她進去。萊拉一眼就瞧見角落裡的電視機，對套房裡的其他設備視而不見。

她打開電視，打開錄放影機，放入錄影帶，按下放映鍵。螢幕先是一片空白，讓萊拉開始懷疑，嘉里爾幹麼這麼費事地留一卷空白錄影帶給瑪黎安。但是，緊接著，音樂聲揚起，螢幕上出現了影像。

萊拉皺起眉頭。她繼續看了一、兩分鐘，然後按下停止鍵，快轉，再播放。還是同一部影片。

那位老先生大惑不解地看著她。

螢幕上播放的影片是迪士尼的卡通《木偶奇遇記》。萊拉摸不著頭緒。

塔力格和孩子回到旅館的時候剛過六點。艾吉莎跑向萊拉，給她看塔力格買給她的耳環，一對鏤刻著蝴蝶的銀耳環。薩瑪伊抱著一隻充氣海豚，只要往嘴巴一捏就叫一聲。

「妳還好嗎？」塔力格攬著她的肩頭問。

「我很好。」萊拉說：「晚點再跟你說。」

他們走到附近的烤肉店吃晚飯。那是個小餐館，鋪著黏答答的塑膠桌布，油煙瀰漫，喧譁吵鬧。但是羊肉肥嫩多汁，麵包熱烘烘。飯後，他們在街上散步。塔力格跟街邊的小販買玫瑰露冰淇淋給孩子。他們坐在長椅上吃，背後有群山剪影襯在豔紅的晚霞裡。空氣暖洋洋的，充滿了香松的芳香。

萊拉看過錄影帶之後回到房間，打開了那個信封。裡面是一封信，藍色墨水的字跡，寫在黃色的橫條紙上：

一九八七年五月十三日

親愛的瑪黎安：

收信平安。

妳知道的，我一個月前到喀布爾去，希望和妳談談。但是妳不願見我。我很失望，不過並不怪妳。如果我是妳，很可能也會做同樣的事。很久很久以前，我就已經失去求妳寬恕的資格了，所以我只能怪我自己。但是如果妳現在正在看這封信，那麼妳很可能已經看過我留在妳門口的信了。妳已經讀過信，所以照我所說的，來找費伊祖拉穆拉。我很感激妳這麼做，瑪黎安優。我很感激妳肯給我機會對妳說幾句話。

我該從何說起呢？

自從我們最後一次交談之後，瑪黎安優，妳父親已經歷太多傷痛。妳的大媽艾芙森在一九七九年暴動的第一天就被殺了。同一天，一顆流彈殺了妳的妹妹妮洛珐。我到現在眼前還看得見她，我的小妮洛珐，倒立著取樂客人的妮洛珐。妳哥哥法哈德在一九八〇年加入聖戰。一九八二年，在赫爾曼德城外被蘇聯軍隊殺害。我從沒見到他的屍體。我不知道妳是不是有了自己的子女，瑪黎安優，如果妳有，我會祈求真主眷顧他們，讓妳免於我所遭遇的傷痛。我仍然會夢見他們。我仍然會夢見已經與我天人永隔的兒女。

我也夢見妳，瑪黎安優。我想念妳。我想念妳的聲音，妳的笑聲。我想念念書給妳聽的情景，想念我們一起釣魚的往事。妳還記得我們一起釣魚的情景嗎？妳是個乖女兒，瑪黎安優，只要一想起妳，我心中就充滿羞愧與悔恨。悔恨……一想起妳，瑪黎安優，悔恨就排山倒海而來。我很懊悔，妳到赫拉特來的那天我沒見妳。我懊悔，我沒開門帶妳進來。我懊悔，我沒把妳當女兒看，讓妳在那個地方住那麼多年。為了什麼？為了怕失面子？為了維護我所謂的好名聲？經過這麼多傷痛，在這場該死的戰爭中見過這麼多可怕的事情之後，這些顧慮變得多麼微不足道。但是，當然，如今已經太遲。或許這就是對無情無義的人的懲罰，讓他們在事情已無可挽救之時才恍然大悟。現在我所能做的就只是告訴妳，妳是個乖女兒，瑪黎安優，我不配擁有妳這樣的女兒。現在我所能做的就只是懇求妳的寬恕。請原諒我吧，瑪黎安優。原諒我。原諒我。原諒我。

我已經不再像妳知道的那麼富有了。共產黨沒收了我大部分的土地，以及我所有的商店。但是我不能抱怨，因為真主——為著某些我無法了解的原因——仍然眷顧我，我擁有的東西已經比大多數人來得多了。我從喀布爾回來之後，想辦法賣掉了僅剩的一些土地。這裡附上的是妳應該繼承的一份。妳看得出來，這稱不上是一筆財富，但仍然不無小補。不無小補。（妳也會發現，我自作主張把錢兌換成美金。我認為這樣比較好。只有真主知道我們的貨幣會有何命運。）

我希望妳不要認為我想用錢換得妳的寬恕。我希望妳還能對我有一點信心，因為我知道妳的寬恕是用錢買不到的。絕對買不到。我只是把一直都該屬於妳的東西給妳，如果還不算太遲的話。我活著的時候不是妳稱職的父親，希望我死了之後能稍盡心意。

嗯，死亡。我不想用這些細微末節來煩妳，但是死亡已近在我眼前了。心臟衰弱，醫生說。對一個懦弱的男人來說，我想，這還真是再適合不過了。

瑪黎安優。

或許是癡心妄想吧，但是我真的希望在妳讀過這封信之後，能憐憫我，雖然我以前並不曾如此憐愛妳。那麼，妳或許會願意來看妳父親。妳或許會敲我的門，讓我有機會為妳開門，迎接妳，擁妳入懷，我的女兒啊，讓我有機會做我多年前就該做的事。這個希望和我的心臟一樣微弱。我知道。但我還是等待著。我還是等待著妳的敲門聲響起。我還是懷抱希望。

願真主保佑妳長壽安康，我的女兒。願真主賜妳健康與美麗的子女。願妳找到我未能給妳的幸福、平安與接納。好好保重。我將妳交到真主慈愛的手中。

妳不配為人父的父親

嘉里爾

那一夜，回到旅館，孩子們玩著玩著入睡之後，萊拉把信的事告訴塔力格。她給他看裝在牛皮紙袋裡的錢。她哭了起來。塔力格吻著她的臉，擁她入懷。

51

二〇〇三年四月

乾旱結束了。剛過完的那個冬季終於下雪了，雪深及膝。而現在，雨下了好幾天了。喀布爾河再次流淌。河水的春季泛濫沖掉了鐵達尼城。

街道上到處泥濘。一腳踩下去，鞋子吱吱響。汽車陷在泥巴裡動彈不得。馱著蘋果的驢子，步履沉重，每走過水窪，就濺起一堆泥濘。但是沒有人抱怨泥汙，沒有人悼念鐵達尼城。我們喀布爾就要再變成一片翠綠了，大家說。

昨天，萊拉看著孩子在傾盆大雨裡玩耍，他們頂著鐵灰色的天空，在後院的水坑之間跳來跳去。她站在廚房的窗邊看著他們。現在，他們在瑪桑區租了一幢兩間臥房的小房子。院子裡有棵石榴樹，還有一叢薔薇。塔力格把牆修好，給孩子搭了一座溜滑梯和鞦韆架，還用籬笆圈起一塊地，給薩瑪伊養他新買的羊。萊拉看著雨水打在薩瑪伊的頭上——他自己要求理成平頭，像塔力格一樣。現在，和他一起念巴巴魯咒語是塔力格的工作。雨淋得艾吉莎的一頭長髮塌扁扁的，看起來就像浸溼的藤蔓，一甩頭就打得薩瑪伊滿臉是水。

薩瑪伊快六歲了，艾吉莎十歲。他們上個星期才幫她慶生，帶她到電影院，因為《鐵達尼號》終於在喀布爾市民面前公開放映了。

「快點，孩子們。我們要遲到了。」萊拉喊著，把他們的午餐裝進紙袋。

現在是早上八點。萊拉五點就起床了。一如往常，是艾吉莎搖醒她，起床晨禮。萊拉知道，禮拜禱告是艾吉莎懷念瑪黎安的方式，是在時光流逝、在對瑪黎安的記憶如花園中的雜草被連根拔除之前，她緊緊擁抱瑪黎安的方式。

晨禮之後，萊拉又回床睡覺，到塔力格出門的時候還在沉睡。她只迷迷糊糊地記得他親吻她的臉頰。塔力格在一個法國的非政府組織找到工作，替地雷受害者與截肢者裝義肢。

薩瑪伊追著艾吉莎進了廚房。

「你們帶筆記本了嗎，你們兩個？鉛筆？課本？」

「都帶了。」艾吉莎說，拎起她的背包。萊拉再次注意到，她的口吃已經漸漸好轉了。

「那就走吧。」

萊拉帶孩子走出家門，鎖上大門，在涼爽的清晨邁步出發。今天沒下雨。天空藍澄澄的，萊拉放眼望去，一朵雲都沒有。他們三人手拉手，走向巴士站。街道已經忙碌起來了，人力車、計程車、聯合國卡車、巴士、維和部隊的吉普車川流不息。睡眼惺忪的商人掏鑰匙打開夜裡拉下的店門。攤販坐在堆得高高的口香糖和香菸後面。行乞的寡婦已經在街角占好地盤，向過往行人討零錢。

萊拉覺得回到喀布爾有種異樣的感覺。這個城市變了。每一天，她都看見有人種樹，粉刷舊房子，扛磚塊蓋新屋。他們挖了水溝與水井。在窗台上，萊拉看見火箭彈的空彈殼裡種著花草——火箭花，喀布爾人是這麼叫的。不久前，塔力格帶萊拉和孩子去著名的巴布爾花園玩。多年來第一次，萊拉在喀布爾街頭聽到音樂，魯巴琴和手鼓、鐸霍鼓、手風琴和四弦琴，還有阿哈馬．札西爾的老歌。

萊拉真希望媽咪和爸比能活著看到這些改變。但是，就像嘉里爾的信一樣，喀布爾的贖罪懺悔來得太遲了。

萊拉和孩子就要過街到巴士站的時候，突然有輛車窗貼著隔熱紙的黑色豐田休旅車衝了過來，在千鈞一髮之際才猛然閃開，差一點點就撞上萊拉。車輪濺起茶色雨水，噴得孩子們襯衫髒兮兮。

萊拉猛力把孩子拉回人行道上，一顆心差點沒跳出喉嚨。

休旅車加速揚長而去，一路開到街底，按了兩下喇叭，猛然左轉。

萊拉站在那裡，驚魂未定，手指緊緊掐住孩子們的手腕。

萊拉恨之入骨。軍閥獲准回到喀布爾，讓她恨之入骨。殺害她父母的兇手住在圍牆高聳、花園環繞的豪宅，獲派擔任這個部長、那個次長的，厚顏無恥地駕著閃亮亮的防彈休旅車，呼嘯駛過被他們一手摧毀的大街小巷。她恨之入骨。

但是萊拉決定，不能讓仇恨沖昏了頭。瑪黎安應該也不會想這樣的。有什麼意義呢？她會帶著純真與睿智的微笑說。有什麼好處呢，萊拉優？所以萊拉打起精神往前走。為了她自己，為了塔力格，為了兒女。也為了不時來到萊拉夢中的瑪黎安，仍然長存在她思緒中的瑪黎安。萊拉繼續往前走。因為到頭來，她知道自己也只能這樣做。繼續往前走，懷抱希望。

札曼站在罰球線上，膝蓋微彎，拍著籃球。他在教一群男生打球。那群男生身穿成套的運動服，在院子裡圍坐成半圓形。札曼看見萊拉，把球夾在手臂下，和她揮手。他對男生們說了幾句話，大家全揮手大叫：「老師好！」

萊拉也對他們揮揮手。

孤兒院的遊戲區現在沿牆種了一排蘋果樹苗。萊拉打算等南面的牆重新砌好之後，也種些樹。遊戲區有了新的鞦韆、新的攀吊桿，還有個攀爬架。

萊拉穿過紗門，走回室內。

他們給孤兒院裡裡外外都重新粉刷過了。塔力格和札曼修好了屋頂所有的漏水縫隙，補好了牆，重新裝上窗戶，在孩子們睡覺和遊戲的房間鋪上地毯。上一個冬天，萊拉替孩子們的寢室買了幾張新床，還有枕頭，以及保暖的羊毛毯。為了禦寒，她也安裝了鍛鐵爐。

一個月之前，喀布爾《新聞報》報導了孤兒院重新整建的消息，也登了照片，札曼、塔力格、萊拉和一個管理員站在一排孩子後面。萊拉看到報導的時候，想起童年好友吉娣和哈西娜，哈西娜說過：等我們二十歲的時候，吉娣和我，我們會各有四、五個小孩。但是妳，萊拉，妳會讓我們兩個笨蛋引以為榮。妳會成為名人。我知道，有一天，我拿起報紙，會在頭版上看見妳的照片。照片並沒有登上頭版，但還是上報了，就像哈西娜預言的一樣。

萊拉轉身，走上長廊。就是這條長廊，兩年前，她和瑪黎安帶艾吉莎來交給札曼的那條長廊。萊拉還記得，他們費了多大勁才能把艾吉莎的手指從她手腕上扳開。她還記得她強忍住不哀嚎，跑過這條長廊，瑪黎安在背後叫她，艾吉莎驚慌尖叫。如今，走廊牆面貼滿海報，有恐龍，有卡通人物，有巴米揚大佛，還張貼著院童的作品。畫裡多半是坦克輾過茅屋，揮舞著ＡＫ４７衝鋒槍的人，再不然就是難民營的帳篷或戰爭的場景。

萊拉在走廊的轉角拐彎，看見孩子們等在教室外面。裹在脖子上的圍巾，戴著無邊便帽的大光頭，以及他們瘦小的身軀，色澤單調之美，映入眼簾。

孩子們一看見萊拉，就湧了過來。他們全速奔來，把萊拉團團圍住。高亢的招呼聲此起彼落，嘰嘰喳喳，有人拍，有人扯，有人拉，有人撲過來，互相推擠著想爬進她懷裡。一雙雙小手伸了出來，想引起她的注意。有些孩子叫她「媽媽」，她並沒有糾正他們。

這天早上，萊拉花了一番功夫才讓孩子們安靜下來，排成整齊的隊伍，進到教室裡。

塔力格和札曼敲掉相鄰兩個房間的隔牆，弄了這間教室。地板還是到處有裂縫，許多磁磚脫落。現在暫時鋪上防水油布，但是塔力格答應很快就會補上磁磚，鋪上地毯。

教室門口上釘了一塊長方形的板子，札曼用砂紙磨平，漆成亮白色，用刷子寫上四行詩句。萊拉知道，這幾句詩是札曼的回應，回應那些總是抱怨外國承諾援助阿富汗的錢遲遲未來、抱怨重建工程進度太過緩慢、抱怨政府貪汙腐敗、抱怨塔利班已經重整旗鼓遲早會回來復仇、抱怨世界已經再次遺忘阿富汗的人。那是引自他最愛的哈菲茲詩句：

約瑟終將重返迦南，何哀傷之有，
茅舍終將成為玫瑰花園，何哀傷之有，
倘有洪水將至，奪走生靈，
挪亞方舟必將在暴風眼中指引你的方向，何哀傷之有。

萊拉穿過寫著詩句的木板，走進教室。孩子都已就座，翻開筆記本，嘰嘰喳喳講個沒完。艾吉莎正和鄰座的女生講話。一架紙飛機高高飛越教室，劃出一道弧線。有人把飛機丟了回去。

「翻開法爾西語課本，同學們。」萊拉把課本攤開放在書桌上說。

書頁翻動聲中，萊拉走到沒裝窗簾的窗戶旁邊。透過玻璃，她看見男生在球場排成一列，練習投籃。在他們上方，在山脈之上，朝陽正緩緩升起。陽光照亮籃框的金屬圈，照亮輪胎鞦韆的長鍊，照亮札曼掛在頸間的哨子，照亮他新配的那副沒有裂痕的眼鏡。萊拉掌心貼著暖暖的玻璃窗。閉上眼睛。她讓陽光灑上臉頰，灑上眼瞼，灑上額頭。

他們剛回到喀布爾時，萊拉不知道塔利班把瑪黎安葬在哪裡，傷心地不得了。她很希望能到瑪黎安墳上，陪她坐上一會，放一、兩朵花。但是此時此刻，萊拉知道這根本無關緊要。瑪黎安從來就沒走遠。她在這裡，在他們重新粉刷過的牆裡，在他們新種的樹裡，在讓孩子們保暖的毛毯裡，在他們的枕頭、書本與鉛筆裡。她在孩子們的笑聲裡。她在艾吉莎誦念的經文、在她朝西跪拜時喃喃誦念的禱詞裡。但是，最重要的是，瑪黎安就在萊拉自己的心裡，宛如燦爛千陽般光芒萬丈。

萊拉突然意會到有人在叫她的名字。她轉過身來，本能地偏著頭，微微揚起聽力正常的那隻耳朵。是艾吉莎。

「媽咪？妳還好嗎？」

教室裡鴉雀無聲。孩子們全望著她。

萊拉正準備回答，卻突然屏住氣。她的一雙手急忙往下伸，輕撫著她剛剛有陣感覺襲來的地方。她等著。但是沒有其他動靜。

「媽咪？」

「沒事，親愛的。」萊拉微笑說：「我很好。真的。非常好。」

萊拉走回教室前方的書桌時，想起前一天晚餐的時候，他們玩了一遍又一遍的取名遊戲。自從萊拉把消息告訴塔力格和孩子之後，這已經變成他們每天晚上例行的活動。他們你來我往，為自己選擇的名字爭辯。塔力格喜歡穆罕默德。最近剛看過《超人》錄影帶的薩瑪伊很不解，為什麼阿富汗男孩就不能叫克拉克。艾吉莎極力擁護阿曼。萊拉喜歡的是歐瑪。

但是，他們討論的只有男孩的名字。因為，如果是個女孩，萊拉已經想好名字了。

木馬文學 26

燦爛千陽 A Thousand Splendid Suns

作　　者　卡勒德・胡賽尼（Khaled Hosseini）
譯　　者　李靜宜
副 社 長　陳瀅如
總 編 輯　戴偉傑
責任編輯　丁維瑀（二版）
初版主編　林立文
校　　對　沈如瑩
行銷總監　陳雅雯
行銷企劃　趙鴻祐
封面設計　蕭旭芳
排　　版　顧力榮

出　　版　木馬文化事業股份有限公司
發　　行　遠足文化事業股份有限公司（讀書共和國出版集團）
地　　址　231 新北市新店區民權路 108-4 號 8 樓
電　　話　(02) 2218-1417
傳　　真　(02) 8667-1891
E-mail　service@bookrep.com.tw
郵撥帳號　19588272 木馬文化事業股份有限公司
客服專線　0800-221-029
法律顧問　華洋法律事務所 蘇文生 律師
印　　刷　中原造像股份有限公司

二版一刷　2025 年 5 月
定　　價　新台幣 420 元
ISBN　978-626-314-822-2
EISBN　978-626-314-820-8 (EPUB)

有著作權　翻印必究

【特別聲明】有關本書中的言論內容，不代表本公司 / 出版集團之立場與意見，文責由作者自行承擔。

A Thousand Splendid Suns
Copyright © 2007 by ATSS Publications, LLC
This edition is published by arrangement with The Grayhawk Agency.
All rights reserved.

國家圖書館出版品預行編目 (CIP) 資料

燦爛千陽 / 卡勒德 . 胡賽尼 (Khaled Hosseini) 作 ; 李靜宜譯 . -- 二版 . -- 新北市 : 木馬文化事業股份有限公司出版 : 遠足文化事業股份有限公司發行, 2025.05 400 面 ; 14.8x21 公分 . -- (木馬文學 ; 26)
譯自 : A thousand splendid suns
ISBN 978-626-314-822-2(平裝)

869.157　　114004092